Kapitel Eins

„Krieg ist der natürliche Zustand der Dinge. Frieden ist eine Zeit, um aufzurüsten und sich neu zu formieren.“

Aus den Memoiren von Flottenadmiral Thaylon Loore.

„Noch ein Prog-Wrack? Sie erinnern sich doch an das letzte.“ Mit verschränkten Armen rollte Major Declan Payne seine Augen und schüttelte langsam den Kopf.

„Ihr Video ist eingeschaltet, Major“, merkte Flottenadmiral Harry Wesson an.

„Was unterscheidet es von den letzten dreizehn Wracks? Wer auch immer diese Flotte betrieben hat, war Profi darin, nichts Nützliches zurückzulassen. Aber das feindliche Blaze-Kollektiv ist auf dem Vormarsch. Wäre es nicht besser, hinter den Linien eine weitere Suchaktion durchzuführen? Tut mir leid, Admiral, dass ich so skeptisch bin.“ Er presste seine Kiefer zusammen und versuchte, sich zu beruhigen, dann verschränkte er die Arme hinter dem Rücken, um mehr wie der ranghöhere Offizier zu wirken, dem er unterstellt war.

„Das muss Ihnen nicht leidtun, mein Sohn“, antwortete der Admiral. „Dieses Progenitor-Schiff ist größer als alles, was wir bisher oder jemals gesehen haben. Ich glaube, sein Unsichtbarkeits-System hat versagt. Sonst wäre es für uns immer noch unsichtbar gewesen. Die Eierköpfe glauben, dass es schon seit tausend Jahren da ist." Der Admiral schaute jemanden außerhalb des Bildschirms an, bevor er sich wieder Major Payne zuwandte und den Kommandanten des Space-Ops-Teams mit einer Fingerbewegung aufforderte, sich zu beeilen.

„Es hatte also bis vor kurzem noch Strom, was bedeutet, dass es wahrscheinlich intakt ist." Payne wurde langsam klar, warum sein Team eingesetzt wurde.

„Positionieren Sie Ihr Team auf die *Cleophas*, schnappt euch den Skimmer und bereitet euch darauf vor, bei der Ankunft auf Ganymed loszulegen."

„Erde? Wir kehren nach Hause zurück?"

„Nein. Nach Ganymed, dem Mond, der den Jupiter umkreist." Der Admiral lächelte. „Ich habe geahnt, dass das Ihre Aufmerksamkeit erregen würde. Ich wäre enttäuscht gewesen, wenn Ihre ersten Worte nicht von Urlaub gehandelt hätten. Work hard, play hard. Ist das nicht Ihr Motto?"

Richtig, aber Declan fragte sich immer noch, warum Wesson sein Team auf ein Schiff der Kaiju-Klasse verlegen wollte. Er wartete.

Der Admiral fuhr fort: „Wir glauben, dass das Blaze-Kollektiv von diesem Fund erfahren hat. Wir sind zwar sicher, dass wir vor ihnen dort ankommen werden, aber es kann sein, dass Sie Ihre Arbeit noch nicht beendet haben, wenn sie dort auftauchen."

Paynes Gedanken stürzten sich auf die Planung. Er tippte auf dem Bildschirm auf den sekundären Kanal, rief eine Reihe von Daten auf und scrollte durch die Bilder.

„Alle Informationen sind angekommen", bestätigte Payne. „Ich spreche sofort mit Captain Malone, um die Sache in die Wege zu leiten. Wir brechen innerhalb einer Stunde auf."

„Machen Sie uns stolz, Major! Wir brauchen, was dieses Schiff hat, wenn wir die Blaze aufhalten wollen." Der Admiral grüßte informell, indem er mit dem Finger an die Braue tippte. „Wesson out."

Der Videokanal wurde dunkel. Declan widerstand dem Drang, die Dateien komplett durchzulesen. Das konnte er später

SCHLACHTSCHIFF: LEVIATHAN

Military Science Fiction

Schlachtschiff Leviathan
Buch 1

CRAIG MARTELLE

Dieses Buch ist erschienen bei:

A7L Thrilling Books Limited

Besuchen Sie die Verlags-Website A7LBooks.de für weitere spannende Science-Fiction-Titel. Viel Spaß beim Lesen!

A7L Thrilling Books Limited

Amiens Street, Five Lamps Place, 77-80

Dublin 1, Dublin, Ireland, D01 A7V2

Website & Newsletter: craigmartelle.com

Facebook: www.facebook.com/AuthorCraigMartelle/

Übersetzung: Martin Vonrath

Lektorat: Alexandra Gentara

Covergestaltung: A Cover Design God

Bestellung und Vertrieb: Nova MD GmbH, Vachendorf

Druck: Custom Printing, Warszawa

Gruß an alle, die einen Autor unterstützen, indem sie seine Bücher kaufen und lesen. Ich könnte diese Geschichten nicht weiter erzählen, wenn es euch und das Team, das mich unterstützt, nicht gäbe. Niemand arbeitet allein in diesem Geschäft.

Das Schlachtschiff: Leviathan Team umfasst:
Beta-Leser und Korrekturleser - mit meiner tiefsten Dankbarkeit!

Micky Cocker
James Caplan
Kelly O'Donnell
John Ashmore

noch tun, wenn sie unterwegs waren. Jetzt musste er erst den Captain der Fregatte und dann sein Team einweisen.

Er rannte von seinem Quartier in Richtung des zentralen Korridors, wo er fast mit dem Tech Specialist Seven Katello Mateus Andfen zusammenstieß, den alle Blinky nannten, weil er mit Computern arbeitete. Blinkten die Lichter, wenn sie es sollten? Er sagte, das habe wenig mit Computertechnik zu tun, aber niemand im Team glaubte ihm.

„Blinky, bereite das Team auf eine Verlegung in dreißig vor. Wir nehmen den Skimmer."

Combat Specialist Seven Cointreau „Heckler" Koch beugte sich hinter seinem Kollegen Spec-7 hervor. „Ziehen wir in den Kampf, Sir?" Er rieb sich die Hände und strahlte über das ganze Gesicht.

„Du musst etwas dagegen tun, Heckler. Es gibt mehr im Leben als nur Krieg. Ich informiere euch an Bord des Skimmers. Dreißig Minuten. Auf geht's!" Major Payne stürmte den breiten Korridor hinunter, während seine beiden Unteroffiziere sich in Bewegung setzten.

Blinky lief in Richtung Labor und Heckler rannte zu den Trainingsräumen, wo sich der Rest des Teams aufhielt. Blinkys erster Gedanke galt natürlich der Ausrüstung, die sie benötigten. Heckler hingegen ging es um die Menschen.

Und um Waffen, was dasselbe war, denn in der Welt von Heckler Koch überlebten nur die, die sich auf eine überlegene Taktik mit ausreichender Feuerkraft stützten. Alle anderen wurden in einem Leichensack vom Schlachtfeld getragen.

Payne erreichte die Brücke in Rekordzeit und betrat das Kommandodeck. Es befand sich strategisch genau in der Mitte des Schiffes und erhöhte dadurch die Überlebenswahrscheinlichkeit.

Die Menschheit befand sich schon so lange im Krieg, wie sie zwischen den Sternen herumgetanzt hatte. Jede Funktion an Bord eines Kriegsschiffes war aufgrund der Lektionen eingeführt worden – gelernt durch das Blut derer, die vor ihnen gegangen waren. Der Tod war ein großartiger Lehrmeister für diejenigen, die überleben wollten.

„Captain Malone, kann ich Sie kurz sprechen?" Payne trat

näher und sprach mit neutraler Stimme. Wenn er zu laut redete, wurde das komplette Flottenpersonal nervös.

Der Captain lehnte sich in seinem Stuhl zurück, kaute auf einem Kunststoff-Zahnstocher und deutete auf den Hauptbildschirm. Die Fregatte, das Flottenkriegsschiff FW *Voeller*, befand sich bereits innerhalb des waffennahen Verteidigungsperimeters von *Cleophas*, dem neuesten der drei Kaiju-Klasse-Dreadnoughts der Menschheit. „Ich habe es bereits gehört. Befehle von ganz oben. Sie können jederzeit los, wann immer Sie bereit sind, Major."

„Danke, Sir. Wir sehen uns auf der anderen Seite."

„Ich werde Sie und Ihr Team vermissen", murmelte einer der Steuermänner. „Das ständige Laufen und Schreien. Ich werde es wirklich sehr vermissen."

Die Mundwinkel des Captains zuckten nach oben, als er sich bemühte, sein Gesicht starr zu halten.

„Mir kommen gleich die Tränen", erwiderte Payne. „Nö. Muss der Staub in der Luft sein." Die Luft auf der Fregatte wurde ständig gereinigt. Es gab keinen Staub.

Er streckte seine Hand aus. Der Captain schüttelte sie kräftig.

„Wir werden folgen, aber sie wollen Sie auf dem großen Schiff haben. Was auch immer passieren wird, Sie erhalten eine Menge Deckung von oben. Die BEP-Zentrale schickt die Hälfte ihrer Leute. Vielleicht wollen sie aber auch nur ihren Nachwuchs vor Ihrem Team schützen, wenn die Clubs öffnen."

Ein Scherz, aber er meinte es ernst mit der Flotte. BEP. Das Blue Earth Protectorate. So nannte die Erde die Militäreinheiten, die innerhalb des Sonnensystems operierten. *Cleophas* und die Schiffe, die im tiefen Weltraum und darüber hinaus im Einsatz waren, wurden Erdflotte genannt. Sie waren ausschließlich für Offensivmaßnahmen bestimmt. Die Menschheit hatte gelernt, dass der Weltraum ein gewalttätiger Ort war und die einzige Möglichkeit, mit Außerirdischen gleichzuziehen, lag in einem unübertroffenen Gewaltpotenzial.

Die Menschheit stellte sich dieser Herausforderung.

Dann trafen sie auf das Blaze-Kollektiv.

„Wir nehmen den Skimmer. Mit dem Ding brauchen wir keine Luftschleuse", antwortete Declan, als die Fregatte den Sicherheitsabstand des Dreadnoughts durchbrach. Payne verließ das Kommandodeck und lief den Korridor entlang, um seine persönlichen Habseligkeiten zu holen. Seine Reisetasche war bereits an Bord der *Glamorous Glennis*, genau wie die des restlichen Teams.

„Standoff eintausend", rief der Captain.

Der Major kümmerte sich nicht um die Flottenoperationen. Das Fliegen der Schiffe war ihre Angelegenheit. Er war nur an Bord, um von Ort zu Ort zu fliegen. Sein Team führte seine Operationen außerhalb des Schiffes durch. Jedes Kriegsschiff der Flotte hatte ein Space-Ops-Force-Team an Bord. Das Flottenpersonal nannte sie SOFTies.

Der erste Stopp galt der Waffenkammer, wo er Combat Specialist Three Alphonse Periq antraf, der die Ersatzwaffen und Reserveladungen überprüfte. Periq war neu in der Force und neu im Team. Er war auch das jüngste der zehn Mannschaftsmitglieder.

„Können wir los, Fetus?", fragte Payne.

Der Specialist reichte dem Major seine personalisierte Kampfaxt und sein Pulsgewehr. Payne prüfte die Schneide der Klinge, bevor er sie in die Scheide steckte und zu seinen privaten Gegenständen legte. Er überprüfte noch einmal sein eigenes Waffennachladesystem, ein in den Körperanzug integriertes Geschirr, das im Notfall auch als Umgebungseinheit eingesetzt werden konnte.

Er kontrollierte das Pulsgewehr, obwohl Fetus sie auch bereits vor der Übergabe auf Sicherheit inspiziert hatte. Es war eine Standardprozedur; beide Beteiligten verifizierten. Es reduzierte die Zahl der Unfälle, aber leider nicht auf null. Es gab immer noch Unfälle, aber nicht in Paynes Team.

Er hängte sich das Gewehr über die Schulter und streckte die Hand für mehr aus.

„Sir?"

„Plasmagranaten! Enttäusch mich nicht, Fetus. Es ist ein Riesenspaß, bis man Granaten braucht und dann keine hat."

Der junge Combat-Specialist zählte vier ab und legte sie Payne in die Hand. Der Major steckte sie in die vier Schlitze an seinem Gurt. „Weitermachen." Er ging an Fetus vorbei in Richtung seines Quartiers.

„Sir? Kann mir jemand helfen, das ganze Zeug zum Skimmer zu tragen?"

Payne gab dem Jungen einen Daumen hoch und ging weiter, aber der Junge war neu und sie hatten keine Zeit dafür, dass er mit den Waffen herumfuchtelte wie zwei unbeholfene Jungfrauen. „Nein. Wenn du Hilfe bekommen würdest, hätte Heckler sie schon geschickt."

„Aber wie soll ich das Zeug denn transportieren?" Der Specialist verzog das Gesicht, als hätte man ihn vor eine unerfüllbare Aufgabe gestellt. Ein schwerer Laser mit Batterie-Backup. Eine von der Besatzung gesteuerte Pulswaffe. Kisten mit Granaten. Ersatzladungen für die Schulter-Pulsgewehre. Stolze zweihundert Kilo.

Der Major seufzte, bevor er die Notschottwand öffnete. Er zog einen Hoverstretcher heraus, aktivierte ihn und ließ ihn danach mit einem sanften Stoß durch den Korridor gleiten.

Der Specialist stand mit offenem Mund da und deutete auf ein Schild neben der Schaltschranktür.

Nur für Notfälle. Andere Verwendungen werden strafrechtlich verfolgt.

„Wenn wir die Waffen nicht haben, brauchen wir einen Stretcher, aber wenn wir unsere vollständige Ausrüstung haben, ist es viel unwahrscheinlicher, dass wir ihn benötigen. Wenn wir fertig sind, bringen wir ihn zurück." Er zwinkerte dem Specialist zu.

Fetus blickte auf den Hoverstretcher, das Schild und dann den Korridor hinunter. Payne ging weg. Er musste noch seine Ausrüstung holen, bevor er sich auf den Weg zum Skimmer machte, dem Kampflandungsschiff des Teams. Er hatte das Gefühl, dass dies keine schnelle Operation werden würde und er mochte es lieber, wenn sein Gesicht sauber war. Die anderen rasierten sich in der Regel während eines Einsatzes nicht, da sie schon seit langem wetteiferten, wer sich am schnellsten Gesichtsbehaarung wachsen lassen konnte.

Die Bärte waren ein Zeugnis dafür, wie lange das Team schon im Einsatz war.

Payne füllte einen Rucksack mit seinen privaten Utensilien, verabschiedete sich von seinem kleinen Quartier und ging zu seinem Team.

Auf dem untersten Deck des Schiffes führte eine vertikale Leiter in den oberen Teil des Skimmers. Es handelte sich um ein flaches und breites Raumschiff mit einem Auftriebskörper, das dafür konzipiert war, durch die obere Atmosphäre eines Planeten zu gleiten und ein ausgedehntes Flugprofil zu absolvieren, bevor es seine Triebwerke zur Landung zündete.

Glamorous Glennis war das Standard-SOF-Einsatzschiff. Payne hatte es nach dem ersten menschlichen Raumschiff benannt, das die Schallgeschwindigkeit durchbrochen hatte. Der nächste Teamleiter würde es anders nennen. Das war eine von vielen Traditionen innerhalb der SOF.

Man nannte das jüngste Besatzungsmitglied so lange Fetus, bis es nicht mehr das jüngste war. Danach wurde ein neuer Spitzname vergeben.

Payne stieg in das Schiff hinab und begab sich nach vorn, um den Vorflug zu leiten. Sein leitender Offizier, Major Virgil Dank, war bereits an Bord und hatte die Checkliste bereits viermal durchlaufen.

„Virge. Wir haben eine weitere Weltraum-Schrott-Mission."

Der XO stöhnte. „Ich war auch gerade dabei, in Vorfreude zu schwelgen."

„Einen Funken Hoffnung beibehalten. Dieses könnte intakt sein."

„Exakt! Ich bin dermaßen bereit, herauszufinden, wie diese Dinger von innen aussehen. Nicht wie die zig leeren, bei denen wir nur ein großes fluoreszierendes orangefarbenes ‚X' auf die Außenseite des Rumpfes sprühen."

„Wir werden alle Details prüfen, sobald wir uns auf *Cleophas* niedergelassen haben."

Sie vergewisserten sich nacheinander, dass jedes einzelne System funktionierte, während der Rest des Teams das Schiff belud. Declan blickte hinter sich und sah, wie Combat Specialist Five Marsha Skellig den gestohlenen Hoverstretcher am Heck befestigte.

„Dir ist klar, dass der gestohlen ist, oder, Turbo?", rief Payne über seine Schulter.

„Hab's vermutet", antwortete Skellig. Sie schob Fetus auf seinen Sitz. „Gut aufpassen, Frischling."

Neunundzwanzig Minuten nach dem Anruf des Flottenadmirals war Payne bereit, das Deck von *Voeller* zu *Cleophas* zu wechseln.

„*Voeller Ops*, hier ist *Glennis*, ich bitte um Erlaubnis zum Abflug."

„Roger. Hände weg, wir übernehmen."

„Warum haben wir dann überhaupt die Flug-Checkliste durchlaufen?", platzte Payne heraus, bevor er sich zurückhalten konnte.

„Weil es SOP ist und es liegt den SOFTies fern, eine Vorschrift zu verletzen."

Virgil kicherte. „Als ob sie uns kennen würden." Er warf einen Blick auf den Hoverstretcher. „Oder auch nicht."

Payne nickte und lächelte. Die Befestigungsklemmen lösten sich mit einem dumpfen Geräusch. Der Skimmer blieb an seiner Position, fixiert durch ein Kraftfeld. Das Schiff setzt sich in Bewegung, als das Feld es von der Fregatte wegschob.

„Danke für die herzliche Verabschiedung, Ops. Wir sind heilfroh, dass wir hier wegkommen. Wenn ich so behandelt werden will, dann kann ich auch gleich zurück nach Hause zu meiner Frau."

„Ich übergebe an *Cleophas*. Genießt die Reise, Leute. Ops out."

„Ich wusste nicht, dass du verheiratet bist", sagte Virgil.

„Bin ich auch nicht. War einfach passend. Wenn wir zurück sind, brauchen wir dringend einen Spieleabend, damit wir diese Jungs mal wieder in ihre Schranken weisen können."

Jemand räusperte sich. Payne musterte die Gesichter seines Teams, um herauszufinden, wer etwas sagen wollte. Tech-Specialist Four Salem Shao. „Was ist los, Shaolin?"

„Beim Antigrav-Rennen sind sie uns jedes Mal überlegen."

„Aber in allem anderen nicht. Willst du echt sagen, wir müssen mehr trainieren?"

„Das habe ich nicht gesagt", konterte Shaolin. „Aber wenn wir es nicht schaffen, zu gewinnen, dann sollten wir auch nicht spielen."

„Du hast das gesamte Team Payne in einem Satz zusammengefasst, Specialist. Gut gemacht", merkte Declan an, bevor er seinen Sitz drehte, um sich dem Team zuzuwenden. Major Dank tat es ihm gleich. „An euch, die ihr euer Leben für das Wohl der Galaxie geopfert habt …"

Heckler ließ seinen Zeigefinger in der Luft kreisen, um den Major aufzufordern, weiterzumachen.

„Wir haben Traditionen in dieser Einheit.“ Der Major starrte den Combat-Specialist an, der weiter seinen Finger schwenkt. „Ich akzeptiere euer Leben als Tribut! Nun zur Sache selbst. Wir haben hier ein weiteres Wrack, aber es scheint intakt zu sein. Außerdem ist es größer als alle anderen, die wir geentert haben. Viel größer.“

„Was hat das zu bedeuten, Major?“, fragte Blinky.

„Es bedeutet, wenn wir es zum Fliegen bringen können, werden wir das machen und es danach zur BEP-Werft bringen.“

„Wenn sie es aufgegeben haben, kann es vermutlich nicht fliegen.“ Blinky war überzeugt von seiner Denkweise.

„Vielleicht. Das werden wir herausfinden, aber wir könnten Gesellschaft bekommen. Anscheinend sind die Blaze auch an diesem Ding interessiert.“

Der XO rieb seine Finger und presste seine Lippen aufeinander. „Sie sind fünfhundert Lichtjahre von dem Punkt entfernt, an dem sie sich der Erde jemals genähert haben. Ich kann mir nicht vorstellen, dass sie ins Sonnensystem reisen würden.“

Payne schüttelte langsam den Kopf. „Soweit wir wissen, sind sie schon eingedrungen. Die Tatsache, dass die Alleswisser glauben, sie kämen, zeigt, dass dieses Ding etwas Besonderes ist. Anscheinend war es bis vor kurzem unsichtbar, bis das Abschirmsystem des Prog-Schiffs versagte und es auf den Sensoren der Verbündeten auftauchte. Was wäre ein Unsichtbarkeitsschirm wert? Das könnte all ihre mittelmäßigen Karrieren lohnenswert machen.“

„Jetzt wird es interessant, Boss“, erwiderte Blinky. „Wenn ich herausfinde, wie man das Ding fliegt, darf ich dann auch dabei bleiben? Ich hatte den Eindruck, diese außerirdischen Systeme wären ein wenig fortschrittlicher als unsere. Ich würde mich gerne mit ihnen messen, um zu sehen, wer den besseren Intellekt hat. Ich tippe auf mich.“

„Du bringst mich echt zum Kotzen“, sagte Tech Specialist Six Laura Walker, Spitzname Sparky, zu ihm. Ihre Spezialgebiete waren Technik, Triebwerke und Umweltkontrollen. Wenn sie an Bord eines feindlichen Schiffes mussten, war sie diejenige, die dem Team half, dessen Schwächen zu verstehen.

Blinky machte ein nachdenkliches Gesicht und antwortete: „Worte. Sie sind alles, was wir haben, auch wenn sie noch so ineffizient sind. Ist dir zum Kotzen zumute, oder willst du kotzen? Oder wolltest du mir nur vorwerfen, dass du zwar kotzen willst, aber nicht wirklich kotzen musst? Am Ende all dieser Szenarien ist das Einzige, was noch fehlt, echte Kotze. Kotzende Laura. Du brauchst dringend einen neuen Spitznamen."

„Teamregel! Keine Spitznamen mit mehr als zwei Silben. So läuft das hier." Payne kniff seine Augen zusammen und starrte Blinky in die Augen.

„Kann hier mal irgendjemand ernst bleiben?", erwiderte Sparky.

Keiner nickte. Payne fuhr fort: „Ich werde unterwegs den vollständigen Bericht lesen, und danach werde ich euch wissen lassen, was ich rausgefunden habe. Morgen früh werden wir gemeinsam einen Plan für den Einstieg erstellen. Sobald wir an Bord der *Cleophas* sind, sucht ihr den Trainingsraum auf und geht an die Gewichte. Keine Ahnung, wie viel Zeit wir an Bord des Wracks für Fitness haben werden."

„Wir werden uns die Zeit nehmen", erklärte Turbo und knackte mit den Fingerknöcheln in ihren Handschuhen. „Und dann sehen wir, ob Blinky wirklich etwas drauf hat."

„Ach was. Ich bin ja noch nicht bereits getestet worden. Wie viele sind es, Major? Zwölf Schiffe?"

„Tote, schwere Hüllen? Wir sind bei Glückszahl dreizehn. Bis dato nur Vorspiel, aber kein Ergebnis. Die Oberen glauben, dass es dieses Mal anders sein wird. Und vielleicht haben sie dieses Mal sogar recht."

Die Mannschaft grinste gleichzeitig, während *Cleophas* die *Glamorous Glennis* in die Landebucht manövrierte und den Skimmer magnetisch am Deck verriegelte.

„Alle an Deck, die an Deck gehen wollen." Major Payne stemmte seine Faust in die Luft.

Kapitel Zwei

„Nur weil Frieden herrscht, heißt das nicht, dass man aufhört, sich auf den Krieg vorzubereiten.“

Aus den Memoiren von Flottenadmiral Thaylon Loore.

Als die beiden Majors von Team Payne das Hangardeck verließen, hatte *Cleophas* bereits auf Überlichtgeschwindigkeit beschleunigt.

Ein Schiffssteward empfing sie. „Wenn Sie mir folgen wollen, zeige ich Ihnen Ihr Quartier.“

„Erst, wenn meine Leute versorgt sind“, erwiderte Major Payne.

„Sie werden in einem Raum untergebracht, der für alle reicht. Sie werden in einer Zwei-Mann-Kabine untergebracht.“

„Wir sind es gewohnt zu teilen, aber dies ist ein Schiff der Kaiju-Klasse“, erwiderte Declan.

„Der Platz ist knapp bemessen, meine Herren. Der größte Teil der *Cleophas* ist der Energieerzeugung und den Rohstoffen gewidmet. Diese beiden Dinge machen alles andere möglich.“

„Und jede Menge Panzerung.“

„Es gibt auch eine Menge physischer Abschirmungen. Dieses

Schiff hat eine Bruttomasse von über einer Million Tonnen. Mit dem Gewicht der Waffensysteme ist die *Cleophas* den Dreadnoughts der Linion-Klasse dem Blaze überlegen und ihre Kampfschiffe haben keine Chance gegen uns."

„Das ist die Annahme, aber wir fliegen in die entgegengesetzte Richtung der Frontlinien."

„Wir fliegen nicht nach Kepler-186f?"

„Nein. Wir fliegen zurück in unser Sonnensystem", antwortete Payne.

Eine Welle der Übelkeit überkam sie. Sie verharrten und lehnten sich schwer gegen die Schottwände. Als das Übelkeitsempfinden vorüber war, machten sie weiter, als ob nichts passiert wäre. Weil nichts passiert war. Es war ein Nachteil von FTL-Reisen, dass bei Reisenden kurzzeitiges Unbehagen ausgelöst wurde. Man reagierte darauf wie auf einen Kater. Man beruhigte sich und machte einfach weiter, wenn der Drang zum Kotzen nachließ.

Der breite Korridor entlang der Mittellinie des Schiffes hatte eine konstante Brise aus Luftbewegungen als Hauptkanal der Umgebungssteuerung. Bei Kampfeinsätzen schlossen sich die Schotten und ein schnelles, gefiltertes und abgezweigtes Sekundärsystem übernahm die Aufgabe. Ein tertiäres System unterstützte jeden in sich geschlossenen Raum und wurde aktiviert, wenn die ersten beiden ausfielen. Die Kampfeinsätze wurden in feuer- und korrosionsbeständigen, unabhängigen Schutzanzügen durchgeführt.

Im Weltraum war Luft nur im Inneren des Schiffes zu finden. Luft war Leben. Luftkammern verschafften den Rettern Zeit. Lufträume in Lufträumen erhöhten die Überlebensfähigkeit einer ausgebildeten Besatzung. Schiffe konnten ersetzt werden.

Eis stellte die größte Menge an Rohstoffen an Bord dar. Es lieferte sowohl Wasser als auch Sauerstoff. Zusammen waren sie die Garanten für Leben.

„Wie lang ist dieser zentrale Korridor?", fragte Payne.

„Zweihundertfünfundzwanzig Meter." Er zeigte auf einen Seitengang, der mit einer Rahmennummer beschriftet war, die für die Meter von der Vorderseite des Schiffes stand, gefolgt von der Decknummer und den Metern vom Mittelgang an Backbord oder Steuerbord bis zum äußeren Rumpf. „Ihr Quartier ist zwölfhundertnullsechs-vierundzwanzig-achtzehn-Steuerbord.“

Er bog in einen Seitengang ein.

„Das sollte ich mir besser aufschreiben“, antwortete Virgil. „Ich nehme an, dass alles im Standard-Schiffsgrau gestrichen ist, und wenn wir uns einmal verirrt haben, finden wir nie wieder zurück.“

„Kann sein“, scherzte der kleinere Mann. „Oder Sie können auf dem interaktiven Wandschirm nachsehen, wo das Quartier ist.“ Er führte sie zurück in den zentralen Korridor von Deck vierundzwanzig. An der Ecke befand sich ein dunkler Bildschirm. Er tippte ihn an und er erwachte zum Leben. Er sprach mit klarer Artikulierung. „Ein vorübergehendes Quartier für Major Declan Payne, bitte.“

„Herzlichen Glückwunsch, Sie haben es fast geschafft“, antwortete das Gerät und zeigte einen Pfeil in der Ecke an, der in den Seitenkorridor einbog und ein kurzes Stück weiter zu dem Raum auf der rechten Seite im hinteren Teil des Schiffes führte. „Er ist auf Ihr Gesicht eingestellt. Schauen Sie auf den Bildschirm neben der Tür und sie wird sich für Sie öffnen. Willkommen an Bord der *Cleophas*, der neuesten und größten technischen Errungenschaft der Menschheit.“

„Klingt wie eine Videowerbung. Ich dachte, die Flotte wäre ein wenig schlichter“, meinte Payne.

„Warten Sie es ab. Nach sechs Monaten im All wird die KI gnadenlos auf unser Niveau der ewigen Verzweiflung herabsinken.“ Die Begleitperson zog die Augenbrauen hoch und nickte.

„Jetzt klingen Sie wie ein echter Fleetie. Wie viel Zeit haben Sie bereits?“

„Fünf Jahre. Drei davon im Weltraum“, antwortete der Begleiter.

„Elf. Die ganze Zeit hier draußen“, sagte Payne und klopfte dem kleineren Mann auf die Schulter. „Wo ist der Speisesaal?“

Der Begleiter tippte auf den Bildschirm. „Wo ist die Offiziers-Mensa?“

„Es gibt drei Offiziersspeisesäle an Bord der *Cleophas*. Der nächstgelegene befindet sich auf Deck zweiundzwanzig an der Position eintausendzweihundert-zweiundzwanzig-Backbord.“

Declan lehnte sich nahe heran. „Wann ist dort Essen verfügbar?“

„Mahlzeiten werden ständig serviert, Tag und Nacht. Wann immer Sie hungrig sind oder Zeit haben, kommen Sie einfach. Nennen Sie Ihren Namen und es wird eine Mahlzeit zubereitet, die Ihrem Aktivitätsniveau entspricht.“

„Was zum …“, begann Virgil, aber Payne unterbrach ihn.

„Das ist doch irre. Essen, wann immer wir es wollen. Eine Frage. Woher kennt das Ding mein Aktivitätsniveau?“

„Das *Ding* weiß alles“, antwortete die Begleitperson.

Eine Gruppe Flottenmitglieder eilte vorbei, die aussahen, als wären sie auf einer Mission.

„Gibt es an Bord einen Club, einen Ort, an dem man nach einem harten Arbeitstag einen Drink nehmen und sich entspannen kann?“, scherzte Declan.

„Natürlich“, antwortete der Bildschirm und zeigte eine Karte des Offiziersclubs.

„Wo finden wir Nutten und Koks?“, hakte Virgil nach. Declan rieb sich die Schläfen.

Die KI stoppte ihn. „An Bord der *Cleophas* gibt es keine derart schäbigen Ablenkungen.“

„Oder, du weißt nichts davon“, konterte Virgil. „Ich bin bekannt dafür, dass ich für ein paar Credits zwielichtige Dinge mache.“

„Verkneif es dir, Virge“, murmelte Declan.

„Ich versuche nur, herauszufinden, wo die linke und rechte Seitenbegrenzung dieses Schießstandes liegt.“

„Was schätzt das Schiff, wie lange wir hier sein werden?“, fragte Payne. Ihre Begleitperson zeigte auf den Bildschirm. „Wie lange werden die erhabenen Majors Payne und Dank an Bord sein?“

„Major Payne und Major Dank sind für dreizehn Tage vorgesehen, mit einer möglichen Verlängerung auf dreihundert Tage“, antwortete die KI.

„Dreihundert? Ich mag die *Voeller*. Ich will sie nicht zurückzulassen!“ Dank warf seine Hände in die Luft. „Ich fühle mich, als hätte ich das kleine bisschen Kontrolle, das ich über mein eigenes Leben hatte, komplett verloren.“

„Das Trügerische ist, dass du nie die Kontrolle hattest.“

Payne legte seinem XO den Arm um die Schultern, während er die Begleitperson ansah. „Gehen Sie voran, Sie Draufgänger. Wir werden unsere Sachen in unserem Quartier abladen und dann unsere Leute finden, damit wir trainieren und uns die ungeheuren Mengen an Futter verdienen können, die wir verzehren werden. Und danach werden wir den Club unsicher machen."

„Das glaube ich nicht", sagte der kleinere Mann. „Sie werden heute Abend mit am Tisch des Captains essen. Bitte ziehen Sie sich angemessen an."

Payne trat einen Schritt zurück und stieß dabei fast mit einem Mitglied der Schiffsbesatzung zusammen, der den Korridor entlang schlenderte. „Das hier tragen wir." Er streckte die Arme aus und zeigte seine Uniform, bevor er sich im Kreis drehte.

„Wir haben einen Uniform-Shop an Bord."

Payne schüttelte dem Mann kräftig die Hand. „Vielen Dank für Ihre Hilfe. Wir sehen uns wieder. Gibt es eine spezielle Nummer, unter der wir Sie erreichen können?"

„Nein", antwortete er. Er hielt Declans Blick einen Moment lang fest und ging dann weg.

„Ich schätze, wir sind jetzt entlassen. Captains-Messe, hm? Eine große erste Nacht, Virge."

„Müssen wir uns Uniformen anfertigen lassen? Scheint eine Verschwendung zu sein." Virgil folgte Declan nicht, der bereits um die Ecke gebogen war, um seine kleine Tasche in ihrem Zimmer abzustellen, es aber nicht geschafft hatte. Er kehrte zu Virgil zurück, der vor dem Bildschirm wartete.

„Na gut." Declan verschränkte die Arme und wartete.

Virgil tippte auf den Bildschirm. „Oh wundersamer Bildschirm allen Wissens, ich werde dich von nun an SOAK nennen …"

„Darauf werde ich nicht reagieren", unterbrach der Bildschirm.

„Diese KI ist viel besser als die auf *Voeller*." Er trat näher an den Bildschirm heran und studierte ihn. „Ist da hinten jemand, der sich mit uns anlegt?"

„Willkommen an Bord von *Cleophas*, der neuesten und größten technologischen Errungenschaft der Menschheit. Außer mir ist niemand hier drin. Das Schiff. Ich bin das Schiff und es ist ich. Wir sind eins, die Verkörperung einer perfekten symbiotischen Beziehung. *Cleophas* gibt mir Energie, die ich nutze, um denen, die hier drin sind, Freude zu bringen."

Virgil und Declan sahen sich an. „Ich könnte den ganzen Tag hier stehen und mit dir reden, aber dann würde ich nicht genug Kalorien verbrennen, um mir eine Mahlzeit zu verdienen, die sich lohnt. Wo ist der Uniform-Shop?"

„Es gibt keinen Uniform-Shop an Bord der *Cleophas*. Sollte Ihre Dienstuniform beschädigt werden, können Sie sie im Versorgungszentrum auf Deck 12 gegen eine neue eintauschen."

„Ich weiß nicht einmal den Namen von dem Kerl und er versucht, uns zu verarschen. Der verdammte Fleetie kann zum Teufel fahren." Virgil hob die Hand, um ihrer Begleitperson den Stinkefinger zu zeigen, aber er war schon zu weit den Korridor entlang. Declan hielt ihn auf.

„Wir hätten ihn nach seinem Namen fragen sollen. Wir sind Gäste an Bord dieses bösen Jungen. Eine Führung wäre schön gewesen, aber ich hatte nicht vor, lange hierzubleiben. Wir werden uns auf SOAK verlassen müssen, um uns herumzuführen. Lass uns Team Payne finden." Er wandte sich wieder dem Bildschirm zu.

„Ich habe bereits gesagt, dass ich so nicht genannt werden möchte."

„Als SOAK sollte man sich seiner hohen Position bewusst sein. Bitte sag uns, wo wir Tech Specialist Seven Katello Andfen und Combat Specialist Seven Cointreau Koch finden können?" Payne versuchte, freundlich zu sein, auch wenn er mit einer Maschine sprach. Sie versuchte ihm zu helfen, obwohl er ihr das Leben schwer machte.

„Sie sind in ihrem Quartier auf diesem Deck. Zweitausendeinhundertundvierzig-einhundertacht-Backbord."

Virgil begann an seinen Fingern zu zählen. „Das ist fast genau ein Kilometer von hier."

„Fast." Der Bildschirm blieb an.

„Danke, SOAK." Declan ging um die Ecke und auf das Quartier zu. Er zeigte sein Gesicht auf dem Raumbildschirm an Steuerbord 18 und die Tür glitt auf. „Hübsche Bude."

Das Zimmer war schlicht eingerichtet, mit zwei Etagenbetten, um den vertikalen Raum optimal auszunutzen. Es hatte eine separate Toilettenkabine. Auf der Fregatte hatten die Majors ihre eigenen Kabinen, aber eine Gemeinschaftstoilette.

„Ich habe schon Schlimmeres gesehen“, sagte Virgil, als er ankam.

Declan warf seine Tasche in die untere Koje. „Überleg mal, Virgil. Dieses ganze Schiff, um uns zu unterstützen.“

„Ohne Scheiß. Wir brauchen mehr Informationen. Lass uns herausfinden, womit wir es zu tun haben. Es wäre eine Schande, diesen ganzen Weg auf uns zu nehmen und dann die Flotten um Hilfe bitten zu müssen.“

„Das heißt, wir sollten uns besser anstrengen. Es scheint, als hätten wir zwölf Tage Zeit, um es herauszufinden. Aber wir müssen uns auch die Frage stellen: ‚Warum hat der BEP das nicht geregelt, ohne einen Dreadnought aus der Kampfzone abzuziehen?‘ Ist es besser, eine schwächere Truppe an der Front zu lassen, oder ist die Bedrohung zu Hause so groß?“

„Alle drei Kaiju-Klassen waren hier draußen. Vielleicht fühlt sich die Erde ein wenig ungeschützt.“ Virgil schaltete sofort einen Gang zurück. „Du weißt, dass ich nackt schlafe, oder? Und ich muss auf meine Pritsche klettern, direkt an deinem Gesicht vorbei.“

„Bei dir läuft echt was verkehrt, Virgil Dank. Zwing mich nicht, deine Mutter anzurufen.“ Declan holte den tragbaren Computer aus seiner Tasche und schaltete ihn auf online. Er verband sich automatisch mit den Systemen von *Cleophas*. Declan griff auf seinen Dateispeicher zu, um die Bilder des Prog-Schiffs aufzurufen. „Es ist sogar größer als dieses Teil.“

Virgil pfiff, als das Bild den Rumpf des Behemoths vom Bug bis zum Heck durchlief.

„Wir müssen der Sache auf den Grund gehen, Virge. Mit all den Mitteln, die dem BEP zur Verfügung stehen, haben sie uns von der Front zurückgerufen. Das passt irgendwie nicht. Das macht mir Magenprobleme.“

„Das liegt wahrscheinlich an den Wraps, die du gestern Abend gegessen hast, aber ich verstehe, was du meinst. Es ist genau da. Das BEP könnte auf den Gravitationswellen bei Teil-Lichtgeschwindigkeit reiten und noch vor uns da sein. Verdammt, sie waren schon dort, weil wir Bilder haben.“

Declan lehnte sich zurück und verschränkte die Arme, als der Kameraschwenk zum Bug des massiven Schiffes zurückkehrte.

Virgil verlangsamte die Geschwindigkeit der Aufnahme, spulte zurück und fror das hochauflösende Bild ein. „Siehst du, was ich sehe?"

„Zugangsluke oder Raketenöffnungen?"

„Ich denke Letzteres, da sie in einer schönen Reihe angeordnet sind. Raketen von einem Schiff, das sich unsichtbar machen kann? Das könnte den Krieg verändern."

„Von einer Spezies, die ihre Schiffe in der ganzen Galaxie zurückgelassen hat. Ich bin nicht davon überzeugt, dass irgendetwas an diesem Schiff den Krieg verändern kann, aber es bringt mich zurück zu …"

Ein plötzliches Klopfen an der Tür unterbrach ihn. „Rein!", rief Declan. Das Hämmern ging weiter.

„Die Tür mag dich nicht", sagte Virgil. „Tür öffnen!" Die Tür reagierte auf seinen Befehl aus dem Inneren des Raumes.

„Wo ist Payne?", riefen acht Stimmen.

„Kommt rein. Hier findet die Party statt." Virgil trat zur Seite.

„Offiziersland – Land der verwöhnten Schlampen", sagte Heckler, als er eintrat und sich im Quartier umsah. „Unser Zimmer ist so ähnlich. Gleiche Raumgröße, aber zwei Vierer-Kojen und keine Toilette. Könnt ihr da was machen?"

„Major Dank, schau, ob es noch was gibt. Vielleicht können ein paar im Skimmer schlafen, um die Situation zu entschärfen. Es sind weniger als zwei Wochen. So lange könntet ihr auf dem Kopf stehen, wenn ihr müsstet. Wenn wir aus dem FTL kommen, wird der Preis, der auf uns wartet, es wert sein. Meine Damen und Herren, ich präsentiere Ihnen das Behemoth."

Payne trat zur Seite, damit das Team den Bildschirm sehen konnte. Blinky lehnte sich vor. „Warum projizieren Sie es nicht auf den Wandbildschirm?"

Der Major zuckte mit den Schultern und deutete seinem Computerspezialisten an, die Arbeit zu übernehmen. Blinky tippte auf paar Tasten und das Bild erschien auf dem großen Bildschirm gegenüber dem Bett. Das Team verteilte sich, um es besser sehen zu können, ohne dass irgendwelche Köpfe im Weg waren.

„Das ist ein großes, hässliches Monster-Beyotch“, bemerkte Specialist Skellig. „Aber keine Narben oder Vernarbungen. Ich bin mir nicht sicher, ob es in einen Kampf verwickelt war. Warum ist es geparkt?“

„Das werden wir herausfinden müssen. Turbo hat beschrieben, wie es von außen aussieht, aber im Innern wird wunderbares Equipment sein. Es war unsichtbar. Die Geeks glauben, dass das System versagt hat, aber egal, es hatte tausend Jahre lang Energie und war unsichtbar. Allein diese beiden Dinge machen es zu einem lohnenden Projekt.“ Payne hatte das Video bereits gesehen. Er beschloss, stattdessen seine Leute zu beobachten und ihre Reaktionen abzuschätzen, als sie es zum ersten Mal sahen.

Heckler hörte auf zu blinzeln und starrte auf den Bildschirm. Er fing an, in einem Strom des Bewusstseins zu murmeln. „Raketenschächte, Nahkampfwaffen, Sendeantennen, Strahlen, Laser, Partikelstrahlen … Ist das eine Railgun? Vielleicht. Hangartore, Jägerschächte, ich zähle sechzehn, achtzehn, zwanzig auf dieser Seite, wahrscheinlich auch auf der anderen Seite … Verdammt!“

„Was denkst du, Heckler?“, fragte Declan.

„Es ist ein schweres Schlachtschiff, größer als ein Superdreadnought und definitiv ein Schiff, das für die Schlacht gebaut wurde. Ein Schlachtschiff.“

Tech Specialist Six Augry Byle, eine Waffenspezialistin, wippte mit dem Kopf, als das Video weiterlief. „Ich könnte mich ein Leben lang mit dieser Ausrüstung beschäftigen.“

„Ich auch, Byle“, stimmte Shaolin, ein Schiffswaffenspezialist, zu. „Das ist doch absurd. Nichts weiter als Kanonen, Raketen und Geschütze. Wissen wir, ob noch etwas intakt ist?“

„Wir wissen es nicht, Shaolin. Und genau das ist der Haken.“ Sie pausierte das Video. „Warum schicken sie uns da rein und nicht ein Team, das bereits im System ist?“

„Weil wir mehr Kampferfahrung haben als alle anderen zu Hause. Alle außer Fetus, denn dieser Verräter Slayer hat sich dank seines trägen Herzens zur Ruhe gesetzt.“

„Slayer war gut, aber er wird langsamer. Es ist besser, wenn er sich zurückzieht, solange er es noch genießen kann, aber das lässt uns im Ungewissen.“

Dank hob einen Finger anstelle seines Arms. „Weil Team Payne die einzige SOFT-Einheit mit einer Mischung aus Technik und Kampfspezialisierung ist. Waffensystemlastig mit Byle und Shaolin und drei Combat Specialists. Andere Teams sind entweder nur auf Kampf oder nur auf Technik spezialisiert, mit einer Wertung, die besagt, dass sie ein diversifiziertes Team haben. Haben sie nicht."

„Sie sind scheiße", meinte Blinky.

Payne hob beschwichtigend die Hände, bevor sich das Team auf das einfache Ziel stürzte, sich über die anderen Teams lustig zu machen. „Egal, was der Grund ist. Wir wurden gewählt." Er deutete auf das eingefrorene Bild auf dem großen Bildschirm. „Wir müssen in dieses Ding und es sichern. Ich habe keine weiteren Befehle, aber ich denke, es wird sich zeigen. Wir werden alle gebraucht, um dieses Ding zu knacken. Das dürfen wir nicht vermasseln. Habt ihr mich verstanden?"

„Ja, Sir", antworteten sie mit gedämpften Stimmen.

„Wir werden jede Information, die BEP uns gegeben hat, analysieren. Wir werden dieses Video so lange ansehen, bis wir genau wissen, wo die verwundbarsten Punkte sind und wo wir reingehen. Wenn wir dann drinnen sind, werden wir unseren riesigen Wissensschatz über Prog-Schiffe nutzen, um uns durch das Innere zu führen und das Herz und den Verstand des Schiffes zu finden."

„Wie bitte? Wir wissen nichts über diese Schiffe. Die anderen zwölf, in denen wir waren, waren nicht mehr als eine Hülle über dem Innenleben."

„Dreizehn, Sparky", korrigierte Payne.

„Ein ganzes Dutzend. Siehst du, wie leicht es ist, den Überblick zu verlieren, wenn man immer wieder dasselbe sieht?"

„Vergesst ihr, dass Team Payne der Held des Unmöglichen ist?", platzte Fetus heraus. Das Team starrte ihn an.

„Wir hatten einfach mehr Glück als alle anderen. Daran ist nichts Heldenhaftes", erwiderte Payne.

Fetus blieb unnachgiebig. „Ich habe die Videos gesehen. Ihr habt mit dem Tod getanzt und ihn in die Knie gezwungen. Deshalb habe ich alles Mögliche unternommen, um in euer Team zu kommen. Ich hoffe, ich bin eines Tages des Blue Planets würdig, den ihr gewonnen habt."

Payne seufzte, zuckte mit den Schultern und betrachtete das Deck. „Er steht in einer Vitrine im Haus meiner Eltern. Vielleicht machen ihre Freunde große Augen, wenn sie ihn sehen. Ich hätte lieber ein Plasmagewehr gehabt, mit einer Reichweite von tausend Metern. Das ist etwas, das sich auszahlt."

„Aber du bist ein Gewinner des Blue Planets!"

„Halt die Klappe, Fetus. Es zählt nur das, was wir heute tun, um uns auf morgen vorzubereiten. Ich wollte diese Besprechung eigentlich später abhalten, aber wir haben die Zeit aus den Augen verloren, als wir die Akten für einen kurzen Blick hochgeholt haben. Jetzt, wo wir das hinter uns haben, werden wir morgen mit einer gründlicheren Analyse beginnen, einschließlich der anderen Scans, um herauszufinden, was wir brauchen, um uns in dieses Ding hineinzubrennen."

„Warte mal", drängte Blinky. „Wenn das Schiff noch intakt ist, was ist, wenn Aliens an Bord sind? Und wenn nicht, sind sie bestimmt in der Lage, wieder hineinzukommen. Ich schlage vor, dass wir uns ins Innere hacken, ohne etwas kaputtzumachen."

„Ich mache gerne Sachen kaputt", merkte Heckler an.

„Trottel", konterte Blinky.

„Und zwar ohne Wenn und Aber." Cointreau Koch blieb unbeirrt in seinen Überzeugungen. Er hatte eine Zusatzausbildung in Computeranalytik absolviert, aber nur, um zu verstehen, was Katello Andfen sagte. Heckler hatte nicht den Anspruch, das zu können, was Blinky konnte.

„Geht es nur mir so, oder wird es heiß hier drin?", fragte sich Major Dank. Die Teammitglieder sahen einander an. Turbo öffnete die Tür und stellte sich in den Türrahmen, um zu verhindern, dass sie sich schloss. Jemand pfiff vom Korridor her. Sie zeigte ihm den Finger.

„Bin schon dabei, Fleetie!"

„Du mich auch, SOFTie", kam als Antwort.

„Ein Ex-Freund?", fragte Byle.

„Sind sie das nicht alle?", warf Sparky ein, was ihr ebenfalls den Finger einbrachte. Sie erwiderte ihre Geste, und innerhalb eines einzigen Atemzuges zeigte sich das gesamte Team einander von der schlechtesten Seite.

„Leute!" Paynes einziges Wort brachte Ordnung ins Chaos.

„Diese Operation wird alles in den Schatten stellen. Merkt euch meine Worte. Time check."

„Dreizehn-Uhr-fünf", antwortete Dank. Die anderen überprüften ihre Zeitmesser. Sie wurden automatisch mit dem Schiff synchronisiert und meldeten ihm einen konstanten Gesundheitszustand. *Cleophas* nutzte diese Daten, um den Überblick zu behalten.

„Wenn wir das gute Essen auf diesem Schiff genießen wollen, müssen wir ein paar Kalorien verbrennen. Nächster Halt: der Trainingsraum. Oooha! Hardcore! Wir wollen Schmerzen!"

„Team Payne!", riefen sie und eilten in den Korridor. Fetus blieb stehen und Turbo stieß mit ihm zusammen.

„Was zum Teufel, Fetus?"

„Wo gehen wir denn hin?"

„Ins Gym, Blödmann."

„Ich weiß, was ein Gym ist, aber wo ist es?"

„Geh mir aus dem Weg, Fetus." Er ging an den Rand des Korridors. Sie rempelte ihn an, als sie vorbeiging.

Die Majors waren die letzten beiden, die den Raum verließen, während der Rest des Teams im Gänsemarsch den Korridor entlang marschierte.

„Worauf wartest du noch?", fragte Payne.

„Ich wusste nicht, wo das Gym ist, und Turbo hat mich aus dem Weg geschoben."

„Keiner weiß, wo es ist. Sie werden den Touchscreen da um die Ecke fragen. Geh und frag zuerst, dann führst du die Parade an. Komm schon, Fetus, zeig etwas Initiative."

„Ja, Sir!" Der CS3 rannte den Korridor hinunter und verpasste fast die Kurve, bevor er um die Ecke verschwand.

Dank hielt sich die Hand vor den Mund, als er mit dem Kommandanten des Teams sprach. „Glaubst du, dass er mithalten kann?"

„Der Junge ist ein Technikgenie. Wahrscheinlich hat er sich für die Kampfwaffe entschieden, weil er verprügelt wurde, weil er der Klügere ist. Er wird uns stolz machen. Nur nicht sofort. Ich spreche mit Turbo ein Wörtchen, damit sie sich etwas zurückhält. Sie ist sauer, dass Slayer weg ist. Sie hat zu ihm aufgeschaut."

„So wie Fetus zu ihr aufschauen wird, wenn sie sich seinen Respekt verdient hat“, sprach Dank laut genug, dass es alle hören konnten. „Turbo!“

Sie eilte herbei, um ihrer Pflicht nachzukommen. Major Payne ergriff das Wort. „Warum bist du so unfreundlich?“

„Sir?“ Sie zuckte zusammen bei der Frage.

„Es gibt einen großen Unterschied zwischen hart und unfreundlich sein. Ich fordere dich auf, den Unterschied zu lernen. Weitermachen.“

„Ja, Sir.“ Sie schloss sich der Truppe wieder an.

Als sie die Ecke erreichten, sahen sie Fetus, der übertriebene Armbewegungen in Richtung des hinteren Teils des Schiffes machte. Er marschierte zügig davon und bewegte sich dabei auf die rechte Seite des Korridors. Das Team folgte ihm, nicht aus Loyalität zu seinem jüngsten Mitglied, sondern um zu sehen, wohin er sie führen würde.

„War das Gym nicht in der anderen Richtung?“, flüsterte Dank.

„Hier hinten gibt es auch eines. Obwohl es doppelt so weit ist, ist es viel näher an ihrem Quartier.“

„Du meinst also, dass er das macht, um mit seinen Kameraden in Kontakt zu kommen.“

„Wie wir es auch machen würden, Virgil. Ein geschickter Zug von ihm. Das Gefuchtel mit seinem Arm nicht so sehr.“

Kapitel Drei

„Der Wert liegt nicht im Plan, sondern in der Planung.“

Aus den Memoiren von Flottenadmiral Thaylon Loore.

„Ich will mit unserem Team essen“, beschwerte sich Dank.

„Halt die Klappe und nimm es hin wie ein Mann.“ Payne klopfte seinem XO auf den Rücken. Sie folgten der Wegbeschreibung zum Aufzug und dann hinauf zu Deck dreizehn, der Mitte des Schiffes, wo sich die Captains-Messe und Suite befanden.

„Du willst auch nicht.“

„Stimmt. Aber du bist in den hohen Rang eines Majors befördert worden, und das bedeutet, dass du Verantwortung trägst. Du hättest Captain bleiben sollen, aber du verdienst dein eigenes Team. Du bekommst eins, sobald wir diese Operation abgeschlossen haben.“

„Ich weiß. Ich wollte es auch, aber ich mag unser Team.“

„Du wirst dein eigenes Team lieben lernen.“ Payne deutete auf ein Schild am Schott, auf dem zu lesen war, dass sie die Captains-Messe erreicht hatten. „Sollen wir Flagge zeigen?“

„Ganz wie Sie wollen, Major Payne.“

Payne klopfte an die altmodische Holztür. Sie gab ein

scharfes Klicken von sich, anders als beim Klopfen gegen Metall oder Karbonfaser. Er lehnte sich gegen die Tür, um zu hören, ob sie eintreten durften. Die Tür glitt auf und Payne stolperte hinein.

„Sie!" Declan deutete auf den Adjutanten, der sie zu ihrem Quartier begleitet hatte. Er trug ein Handtuch über dem Arm im Stil eines Dieners und lächelte höflich.

„Meine Herren", sagte eine ältere Stimme leise. Der Mann stieß sich vom Tisch ab und stand auf. „Ich bin Captain Ezekial Smith. Willkommen auf *Cleophas*."

Der Captain trug einen ähnlichen Dienstanzug wie die Majors. Payne warf einen Blick auf den Adjutanten. Der erwiderte den Blick mit einem fast unmerklichen Achselzucken. „Etwas zu trinken, meine Herren?"

„Dunkles Bier, eiskalt", antwortete Dank.

„Sehr gerne. Wir haben eine Auswahl an alkoholfreiem Bier zur Verfügung. Und für Sie, Major Payne?"

„Dasselbe. Danke. Ich habe Ihren Namen vorhin nicht verstanden."

„Fähnrich Lord." Der Mann nickte und eilte davon.

Payne richtete seine Aufmerksamkeit auf den Captain, der sich gesetzt hatte. Er wies auf die Sitze zu seiner Linken und Rechten. Es war ein Esstisch für acht Personen, aber nur drei Plätze waren besetzt.

„Mein Kompliment zu Ihrem Schiff, Captain. Das ist ein beeindruckendes Stück Hardware."

„Ich stimme zu, aber ich fürchte, die Kaiju-Klasse ist zu klein und zu weit auseinander. Die Dreadnoughts der Armageddon-Klasse sind bereits veraltet. Eine Überholung dauert fast so lange wie der Bau eines neuen Schiffes und verbraucht genauso viele Rohstoffe."

„Die Herausforderungen und Schwierigkeiten einer Welt im Krieg", antwortete Payne.

Der Adjutant erschien mit zwei beschlagenen Gläsern Fast-Bier. Dank nippte daran, nickte Payne zu und trank einen vollen Schluck.

Major Payne sprach den entsprechenden Toast aus. „Auf die Flotte."

„Und auf die, die sie groß machen", erwiderte der Captain.

Nachdem sie getrunken hatten, fuhr der Captain fort. „Es ist schon eine Weile her, dass ich einen solchen Rausch verspürt habe wie bei dieser Mission. Ich habe noch nie ein Millionen-Tonnen-Taxi gesteuert. Also, wer sind Sie, und veralbern Sie mich nicht?"

Dank erstarrte mitten im Getränk und stellte sein Glas lässig ab. Er und Payne tauschten Blicke aus. Der Teamleiter trug die Verantwortung.

„Ich glaube, wir sind einfach ein Haufen von Soldaten, die gut zusammenarbeiten. Ich habe meine Befehle direkt von Flottenadmiral Wesson erhalten, aber abgesehen von dem Informationspaket, das er weitergeleitet hat, hat er nicht viel gesagt. Ich vermute, Sie haben dasselbe Paket erhalten. Mein Team wird bereit sein, *Cleophas* zu verlassen, sobald wir auf Ganymed ankommen. In den nächsten dreizehn Tagen werden wir einen mehrgleisigen Ansatz entwickeln, um in das Innere des Prog-Schlachtschiffs vorzudringen."

„Sie haben bereits festgestellt, dass es ein Schlachtschiff ist?"

„Sir, bitte. Es strotzt nur so vor Waffen. Es ist unmöglich, dass es etwas anderes ist."

„Manchmal muss ich euch Bodentruppen testen, um zu sehen, ob ihr wisst, worum es uns Flotten geht. Ich glaube immer noch, dass Sie mehr sind, als Sie mir erzählen, aber behalten Sie Ihre Geheimnisse für sich. Ich werde es früher oder später herausfinden. Was das Progenitor-Schiff angeht, haben Sie recht. Unsere besten Leute glauben, dass es ein Schlachtschiff ist, das wir *Leviathan* nennen."

Payne blickte an die Decke, während er versuchte, sich an die Definition des Wortes zu erinnern. Schließlich fiel es ihm ein. *Ein riesiges Meerestier, aber auch eine totalitäre Regierung.*

„Die Meereskreatur, ja. Gibt es so etwas wie eine Leviathan-Regierung? Wusste ich nicht, aber ich könnte mir vorstellen, dass es passt. Wenn die Waffen dieses Dings so mächtig sind, wie wir glauben, könnte es den Großteil unserer Flotte ohne mit der Wimper zu zucken vernichten. Es bräuchte die Zusammenarbeit aller drei Kaiju-Klassen, um es zu besiegen."

„Wie lange haben Sie dieses Ding schon analysiert?", fragte Payne. Dank nahm noch einen Schluck, aber er hörte aufmerksam zu.

„Nicht lange, nur einen Tag, aber da wir nicht in den Kampf eingreifen, machen die Geheimdienstler nichts anderes als analysieren und bewerten. Sie konzentrieren sich voll und ganz auf dieses Wrack."

„Es könnte sich herausstellen, dass es nur eine weitere Hülle ist, Captain."

„Könnte sein, aber das glaubt niemand. Es wird viel Geld darauf gesetzt, dass es eine Schatztruhe ist. Wie wollen Sie reinkommen?"

„Genau das müssen wir noch herausfinden." Payne rieb sich erwartungsvoll die Hände.

„Wir sollten das in sechs Tagen wiederholen, falls Sie irgendwelche Flottenmittel wie Plasmabrenner oder schweres Gerät wie einen Kran brauchen. Und dann treffen wir uns ein letztes Mal in der Nacht vor unserer Ankunft, um die Details zu klären. Wir werden Sie nahe an Ganymed heranbringen, aber nicht zu nahe."

Der Captain stand auf und streckte seine Hand aus. Die Majors schüttelten sie nacheinander. „Ich bin sicher, Sie wollen mit Ihrem Team essen. Ich will Sie nicht aufhalten."

Die Majors nickten. Payne warf einen wehmütigen Blick auf sein Bier. Dank hatte nur noch einen kleinen Schluck übrig, hielt es aber für Verschwendung, es zurückzulassen. Der Adjutant geleitete sie hinaus.

Als sich die Tür hinter ihnen schloss, sahen sie sich an und kicherten.

„Das schlechteste Abendessen, bei dem ich je war", brummte Dank.

„Fähnrich Lord ist mein eingeschworener Todfeind. Wir werden uns rächen!", erklärte Payne und drohte mit der Faust zur Tür. „Aber der Captain hat schon recht. Ich würde lieber mit der Mannschaft essen."

Major Payne hatte für die Abschlussbesprechung seines Teams einen Konferenzraum reserviert, weil jeder ein Mitspracherecht haben wollte. Leider war das Team zum Entschluss gekommen, dass sie zusätzliche Leute benötigen würden, um schneller in die

Leviathan zu gelangen. Sie saßen draußen und überließen den Tisch dem Flottenpersonal, einschließlich Captain Smith, der eine formelle Besprechung mit den wichtigsten Mitarbeitern für sinnvoller hielt.

Das Team war eine halbe Stunde früher da, um den Einsatzplan zum fünften Mal durchzugehen.

Payne stand neben dem Bildschirm.

„Um sicherzustellen, dass wir den Plan kennen, denn es ist wichtig, dass alle ihn kennen, wird diese Besprechung von Combat Specialist Periq gehalten. Komm schon, Fetus. Komm hier rauf. Wenn der Captain und sein Stab eintreffen, dann wirst du diese unangenehme Aufgabe übernehmen."

„Aber Sir!", platzte das jüngste Teammitglied heraus, die Augen weit aufgerissen und die Beine ausgestreckt, als ob er seinen Stuhl von den anderen wegschieben könnte. Die Wand hinderte ihn an der Flucht.

„Schwing deinen Arsch hier hoch!" Payne machte einen wütenden Schritt nach vorn, Fetus sprang auf und ging widerwillig nach vorn in den Raum. „Ein kurzer Durchlauf, nur du und ich. Was kommst als Erstes?"

„Essen, bis man müde ist und schlafen, bis man hungrig ist. Die Herrlichkeit des Lebens an Bord. Ooooha!", bot Heckler an. Die anderen lachten. Payne biss sich auf die Lippe.

„Ignorier ihn. Nur du und ich. Wir gehen an Bord des Skimmers. Und was dann?"

„Wir ziehen unsere Anzüge für die Space-Operation an", antwortete der junge Mann.

„Ganz genau. Und was dann?"

„Transit zum Ziel. Drei Teams. Blinky führt Team Eins an, das nach einem digitalen Zugang für *Leviathan* suchen und sich hineinhacken wird. Er, Joker und ich werden in diesem Team sein." Joker, Huberta Hobbes, Communication Specialist des Teams.

„Warum du, Fetus?", fragte Major Dank.

„Weil ich auf diesem Gebiet gut bin, aber ich bin auch einsatzbereit, wenn Sie zusätzliche Feuerkraft brauchen." Er streckte die Brust heraus, als wollte er jemanden herausfordern, der ihn in Frage stellte. Payne richtete seinen Blick auf Combat

Specialist Skellig, um sie davon abzuhalten, auf Fetus zu reagieren.

„Wir verlassen uns darauf, dass wir keine zusätzliche Feuerkraft brauchen, obwohl wir genau darauf vorbereitet sind." Er klopfte Fetus auf die Schulter. „Zweites Team."

„Sie werden das zweite Team leiten und versuchen, eine der beiden potenziellen Luftschleusen auf der Oberseite des Rumpfes zu knacken. Major Dank wird das dritte Team anführen, das versuchen wird, durch eine Luftschleuse in Menschengröße in das einzudringen, was wir für den Hangarbereich halten."

„Welche Ressourcen benötigen wir?"

„Plasmabrenner und schwere Hebebots. Beide wurden angefordert, getestet und sind an der Außenseite des Skimmers angebracht, bereit zur Aktivierung."

Die Stimme des jungen Mannes wurde lauter, als er den Plan wiederholte, den sie alle auswendig kannten.

„Und hier ist die wichtigste Frage: Was sind mögliche Risiken?"

„Von nichts bis zum Maximum. Es könnte ein weiteres leeres Schiff sein, aber wir gehen davon aus, dass Blinkys Team das wissen wird, bevor jemand *Glamorous Glennis* verlässt. Die Penetrationsteams werden eine gründliche visuelle und technische Untersuchung durchführen, um nach Sprengfallen zu suchen. Das nächste Risiko ist die explosive Dekompression beim Eindringen in das Innere. Wenn wir erst einmal drinnen sind, könnte es Fallen geben oder ein kaputtes Schiff im Sterben oder eventuell Aliens, die noch leben und unglücklich darüber sind, dass wir an Bord ihres Schiffes sind."

„Was ist, wenn wir die Hülle nicht zerschneiden können?"

„Oder die Türen nur durch nettes Bitten öffnen können?", fügte Blinky hinzu.

„Dann kehren wir zur *Cleophas* zurück, um uns neu zu formieren, bevor wir sekundäre und tertiäre Zugangspunkte ansteuern. Wenn das nicht klappt, werden wir versuchen, mit *Cleophas* Präzisions- und Hochleistungswaffen wie den Railguns der Hauptklasse in den Hangar zu sprengen, aber nur mit dem Rat und der Zustimmung der Flotten."

„Wie können wir die Risiken minimieren?"

„Sprengfallen und explosive Dekompression sind durch Inspektion, Aufmerksamkeit und Arbeit hinter den Schutzschilden zu vermeiden. Die Transponder der Anzüge werden aktiv sein, falls jemand ins All geschleudert wird. Such- und Bergungseinheiten werden in Bereitschaft sein, da wir die einzige Truppe in der Stadt sein werden, mit achttausend Flotten, die jede unserer Bewegungen beobachten."

Die Gruppe nickte, ohne zu lachen. Es war nicht das erste Mal, dass das Team unter der Beobachtung eines Begleitschiffes eingesetzt wurde.

„Für Außerirdische bringt Team Payne eine Menge Kampfkraft durch die Standard-Waffenausrüstung mit. Das bedeutet Äxte, Pulsgewehre, Plasmagranaten, Blendgranaten und Stunner, die dem Team sowohl tödliche als auch nicht tödliche Optionen bieten."

„Siehst du?" Der Major umfasste den Oberarm des jungen Mannes und lächelte. „Du kennst den Plan. Einfach ist gut." Er starrte Fetus in die Augen. „Wenn ihr euch nicht einhacken könnt, dann brennen wir uns den Weg hinein. Die technischen Scans deuten darauf hin, dass es aus einem Metall besteht, das schmelzen wird."

Blinky stieß sich von der Wand ab und begann, auf und ab zu gehen. „Die technischen Scans zeigen auch aktive und schwache Energie im ganzen Schiff. Das sagt mir, dass ein Triebwerk noch in Betrieb ist. Aber was ist, wenn es ein lebendes Schiff ist und die schwache Energie wie das Pulsieren von Blut in seinen Adern ist?"

Er blickte auf und sah, wie das Team ihn anstarrte.

Payne deutete auf das Bild auf dem Bildschirm. „Darf ich dich noch mal auf die strotzenden Waffensysteme aufmerksam machen? Raketenwerfer. Geschützpforten. Energiewaffen. Hör auf, dieses Science-Fiction-Zeug zu lesen. Das macht dich komplett irre. Lies ein paar gute Western. Die werden dich wieder rund machen."

„Ich spiele lieber Computerspiele. Lesen? Warum sollte ich mich mit Fiktion beschäftigen, wenn die reale Welt so viel besser ist?"

„Blinky. Es gibt keine Adern in diesem Schiff. Die Energie

sickert durch Leitungen und wird über Transformatoren, Relais und den üblichen Energieverteilungskram zu verschiedenen Systemen geleitet."

„War nur so ein Gedanke. Du bist nicht der Einzige hier, der Fantasie hat."

Eine Stimme knisterte durch die Deckenlautsprecher. Das Team sah sich an. Sie hatten nicht gewusst, dass sie auf Sendung waren und auch an andere Stelle auf dem Schiff übertragen wurden. „Wenn ich hier unterbrechen darf", sagte Captain Smith. „Ausgezeichnetes Briefing, Specialist Fetus."

„Specialist Periq, Sir. Sein *Spitzname* ist Fetus, weil er das neueste Mitglied des Teams ist, so neu, dass er noch nicht einmal ein Baby ist …" Paynes Erklärung versickerte in der Stille der Erkenntnis, dass der Captain sie von Anfang bis Ende beobachtet hatte.

„Specialist Periq, also. Flotteneinheiten sind bereits mit Ihrem Schiff verbunden. SAR-Fahrzeuge werden um beide Teams herum eingesetzt. Wenn jemand wegtreibt, wird er nicht weit kommen. Und Sie haben recht, das ganze Schiff wird Sie beobachten, und für diesen einen kurzen Moment wünschten wir, wir wären an Ihrer Stelle. Aber dann ist uns eingefallen, dass Sie ja gerne im Schlamm schlafen und kalte Mahlzeiten essen. Dann bleiben wir doch lieber Fleet. Ich habe meinen Führungsstab bei mir. Ich nehme an, es sind noch Fragen offen."

„Doktor Peter van Lier hier, leitender Medical Officer. Wenn Sie auf Außerirdische stoßen, muss ich darauf bestehen, dass Sie sie nicht töten. Wir müssen etwas über ihre Physiologie und ihren mentalen Zustand erfahren. Es ist besser, wenn ich das nicht mittels Obduktion mache."

Payne presste den Kiefer zusammen, bis der Arzt nachhakte. „Und?"

„Doktor van Lier. Wir werden geeignete Maßnahmen ergreifen, um unsere persönliche Sicherheit und dann die Sicherheit der uns anvertrauten Personen zu gewährleisten. Nächste Frage, bitte."

„Wie viel Zeit werden Sie dem digitalen Penetrationsversuch geben, bevor Sie anfangen, dieses schöne Überbleibsel aus der Vergangenheit aufzuschneiden?"

Major Payne rieb sich die Schläfen. „Das Cyber-Unlocking-

Team wird wahrscheinlich ein paar Stunden lang ungehinderten Zugang haben, in denen wir uns positionieren, die Einstiegsmöglichkeiten inspizieren und unsere Ausrüstung einrichten. Ich werde mit Blinky abklären, wo er sich aufhält, bevor wir uns physisch Zugang verschaffen."

„Ein paar Stunden? Das ist doch lächerlich. Captain, wir sollten diesen Teil der Operation übernehmen, und zwar so lange, wie es nötig ist", erklärte die Stimme.

„Wer spricht eigentlich?", fragte Payne.

„Hier spricht Chief Sheila Waverly, Leiterin der Kommunikationsabteilung. Das bedeutet, ich bin auch für die Teams zur Erfassung von Signalen und technischen Informationen verantwortlich. Wir haben die Mittel, um diese Mission durchzuführen. Vielleicht klingt es dreist, aber wir können das besser als Sie."

Blinky ballte seine Fäuste. Payne lächelte und gestikulierte ihm beruhigend. „Wissen Sie, was Sie nicht haben, Chief?"

„Nein", kam eine leise Antwort.

„Befehle von Flottenadmiral Wesson, diese Mission durchzuführen. Lassen Sie uns also keine Zeit verschwenden, außer uns darauf zu konzentrieren, wie Team Payne an Bord der *Leviathan* kommt. Und das, bevor die Blaze-Flotte auftaucht."

„Was? Niemand hat etwas über die Blaze-Flotte gesagt. Captain?", beharrte die Stimme, aber sie sprach nicht mit Major Payne.

Es gab eine lange Verzögerung, bevor der Captain sprach. „Es gibt Spekulationen, dass die Blaze-Flotte von diesem Schiff weiß und es übernehmen will. Das war keine öffentlich zugängliche Information, Major Payne."

„Welche Spionageabwehr-Operation auch immer von der Flotte durchgeführt wird, um diesen Blaze-Kollaborateur ausfindig zu machen, es wird uns nicht beeinträchtigen. Was uns beeinträchtigen wird, ist, wenn das Blaze-Kollektiv auftaucht. Darauf sollten wir uns auf jeden Fall vorbereiten. Warum sonst sollte ein Kaiju hierher geschickt werden? Sie sollten Ihre Informationen überprüfen, Chief, wenn Sie noch nicht vermutet haben, dass es ein Rennen um das Wrack geben wird."

„Haben Sie noch etwas für uns, Major?", unterbrach ihn der Captain.

„Wir wissen Ihre Unterstützung und die Ihrer Crew zu schätzen. Sie kennen unsere letzte Option, falls wir nicht reinkommen. Wir werden Präzisionsschüsse brauchen, um die Hangartür zu durchbrechen, ohne den Rest des Schiffes zu beschädigen. Von dort aus sollten wir alternative Zugänge zum Inneren finden. Sobald wir drin sind, passen wir uns an und fordern weitere Einheiten an. Vielleicht können Sie mir eine Frage beantworten: warum wir und nur wir? Die *Leviathan* ist fast fünf Kilometer lang. Dutzende Teams könnten versuchen, sich Zugang zu verschaffen und jeden Quadratmeter dieses Dings zu durchsuchen."

Der Captain räusperte sich. „Wenn wir nur wüssten, wie Admiräle denken, aber das tun wir leider nicht. Waidmannsheil, Major."

„Wir hoffen, dass uns hervorragende Schlossknacker davor bewahren können, ein großes Loch flicken zu müssen. Wir freuen uns darauf, Bericht zu erstatten, wenn wir an Bord sind, Captain."

Das Knistern und Schnappen signalisierte, dass die Leitung geschlossen worden war. Zumindest dachten sie das. „Sind wir allein?", fragte Tech Specialist Four Huberta Hobbes. Sie war immer die Ruhige, obwohl sie die Kommunikationsspezialistin war, diejenige, die für das Reden zuständig war, also nannte man sie Joker, weil sie am wenigsten zu Scherzen aufgelegt war. Es ergab Sinn, wenn es um Team-Spitznamen ging.

„Ich habe davor auch geglaubt, dass wir alleine sind. Nehmen wir also besser an, dass wir es nicht sind. Was gibt's?"

„Wie lange haben wir Zeit, den Code zu knacken? Egal, was die Fleeties sagen, niemand ist besser als Blinky. Wenn es eine Verschlüsselung gibt, wird er uns hineinbringen."

„Ich weiß den Vertrauensbeweis zu schätzen", antwortete Blinky. „In zwei Stunden werde ich wissen, ob es möglich ist, aber dann habe ich es mit einem fremden Betriebssystem zu tun. Und weißt du, was nicht fremd ist? Mathematik. Wenn es überhaupt ein Signal gibt, das über die Schiffshülle hinausgeht, kann ich eindringen."

„Ich wette mit dir um die erste Runde im Giorgio's, wenn wir auf der Erde sind. Und ich hoffe, dass du gewinnst, aber wenn nicht, werde ich meinen Trunk mit vollen Zügen genießen. Leute. Wir werden reinkommen. Ich wette, dass es nicht einmal das Aufwärmen vor dem Dehnen vor dem ersten Spiel der Saison sein wird, geschweige denn das große Spiel. Und gerade, wenn wir bereit sind, die Trophäe zu holen, wird die Flotte kommen und alles mitnehmen. Dann sind wir wieder an Bord der *Voeller* und auf dem Weg zu unserer nächsten Mission. Ihr wisst doch, wie es abläuft. Wir kriegen Medaillen – sogar du, Fetus –, und dann sind wir wieder im Schlamm und prügeln uns mit einem Außerirdischen, den wir noch nie gesehen und den die Blaze überzeugt haben, gegen uns zu kämpfen. Wash. Rinse. Repeat. Noch irgendwelche Fragen?"

Alle schüttelten ihre Köpfe.

„Essen um Null-Fünfhundert. Waffenkontrolle um Null-Sechs. Aufladen und Anziehen um Null-Sieben. Wir sollten kurz danach aus dem FTL kommen. Sobald wir in Reichweite sind, rücken wir aus. Ich verlasse mich darauf, dass jeder Einzelne von euch seinen Job so gut wie möglich macht. Spart euch das Abendessen heute. Bei zwölf Stunden oder länger in euren Anzügen ist das Letzte, was ihr wollt, kacken zu müssen." Major Payne schaute von einem Gesicht zum anderen, um sicherzustellen, dass er sich klar ausgedrückt hatte.

„Also, wir sehen uns morgen früh in eurem Speisesaal. Wir essen als Team und besiegen dieses Ding als Team. Ooooha!", erklärte Major Dank.

Das Team wiederholte den Kampfruf und verließ den Konferenzraum.

„Denkst du auch, was ich denke?", fragte Dank.

„Keine Ahnung, was du denkst." Payne überprüfte den Raum, um sicherzugehen, dass nichts zurückgeblieben war.

„Offiziers-Messe und dann Club?" Er zog eine Augenbraue hoch.

„Training, dann Messe, dann zurück ins Zimmer zum Schlafen. Wir müssen auf der Hut sein, denn … Wann sind unsere Einsätze jemals nach Plan verlaufen?"

„Nicht unsere Schuld!", konterte Dank.

„Ist es nie, aber wir sind diejenigen, die damit klarkommen müssen. Das gehört nun mal dazu."

„Ich weiß", räumte er ein. „Ich dachte an einen letzten

Streich, so eine Art Junggesellenabschied. Wenn wir das hier beendet haben, bin ich weg.“

Sie verließen den Raum. „Zuerst diese Mission erfolgreich abschließen, danach können wir darüber diskutieren, wie viel besser dein Nachfolger sein wird.“

Kapitel Vier

„Subtil ist kein Wort, das von einer Kriegspartei benutzt wird."

Aus den Memoiren von Flottenadmiral Thaylon Loore.

Team Payne hatte gegessen und seine Waffen überprüft. Wie immer brachten sie ihre gesamte Ausrüstung mit, um sie im Skimmer zu verstauen. Sie wechselten so häufig die Decks – begaben sich also auf andere Schiffe –, dass sie bestrebt waren, nichts zurückzulassen, da sie nie wussten, wann sie zurückkommen würden.

Nachdem sie im Skimmer angelangt waren, zogen sie sich aus und begannen dann, die Anzüge anzuziehen. Fetus warf einen Blick auf die Körper, männlich und weiblich.

„Mädels stehen auf Narben", sagte Turbo, bevor sie sich zur Seite drehte, um ihr muskulöses Bein und die Narbe zu zeigen, die von der Mitte der Hüfte bis zum Knie verlief. „Weil richtige Mädels Narben haben."

Hecklers Rücken sah aus, als wäre er durch einen Fleischwolf gedreht worden. Fetus hielt den Kopf gesenkt und schämte sich für seine glatte Haut. Heckler rempelte ihn an.

„Junge, tu mir einen Gefallen, ende nicht so wie wir. Keiner mag Narben. Sie sind scheiße. Sie tun weh. Das Einzige, was sie einem sagen, ist, dass man schlecht darin ist, den Kopf unten zu halten."

„Mein Kopf war unten, Heckler. Und der Rest von mir? Im Ernst, Fetus. Lass den Kopf unten." Turbo starrte ihn so lange an, bis er zustimmend nickte. Sie schlüpfte in ihren Anzug und ließ ihn sich bis zum Hals abdichten, dann aktivierte sie den Systemcheck des Anzugs.

Einer nach dem anderen zogen sie die Kampfanzüge an, die gleichzeitig als Umgebungseinheiten dienten, in sich geschlossene Systeme, die zwölf Stunden oder im Survival-Mode zweiundsiebzig Stunden funktionstüchtig blieben. Team Payne hatte schon einmal fünfundsechzig Stunden überlebt, bevor es geborgen wurde. Das hatte sie etwas verunsichert und ihr Vertrauen in ihre Anzüge gefestigt.

Zudem zeigte es auch die seltsame Eigenschaft bei Gegenangriffen: Manchmal schnitten sie Kampfwaffen am spitzen Ende des Speers ab.

Blinky und Joker belegten die Vordersitze, während Fetus sich an einer seitlichen Konsole niederließ. Alle anderen machten es sich auf den Außenbordsitzen bequem. Der Plan war, aus der Bodenluke zu springen und sich darauf zu verlassen, dass die schwache Schwerkraft von Ganymed sie in Richtung des kleinen Mondes ziehen würde, bevor das Team die Steuerdüsen ihrer Anzüge aktivierten, hauchdünne pneumatische Düsen, die ihren Abstieg verlangsamen und sie zu ihrem Ziel fliegen würden.

Doch zuerst stand der Versuch eines möglichen Handshakes an, um eine Verbindung mit dem System herzustellen.

Als *Cleophas* von der Überlichtgeschwindigkeit zu einem Beinahe-Stillstand in der Umlaufbahn um Jupiter überging, floss das Warp-Feld über sie hinweg.

„Wir haben Gesellschaft", verkündete Blinky.

„Vom Typ Arschficker oder was anderes?"

„BEP-Schiffe, Wachtposten der Dragonfly-Klasse. Sieht aus, als hätten wir eine Eskorte."

„Comm-Channels sind aktiv und scannen nach anderen Signalen", meldete Joker.

Blinky drehte sich um und sah Major Payne an. Der Major gab ihm den Daumen hoch.

„Launching.“ Blinky aktivierte die Flugkontrollsysteme, löste die Andockklammer und manövrierte sich von *Cleophas*weg. Diese Seite von Ganymed lag noch in Dunkelheit. Blinky stellte die Sensoren von passiv auf aktiv. „Ah, da bist du. Aktiviere Autopiloten. Wir sind auf Kurs. Nächster Halt: *Leviathan*.“

Blinky aktivierte seinen Hauptbildschirm auf und begann, eine Reihe von Programmen laufen zu lassen, diese sollten alle verfügbaren Signale des Wracks lokalisieren und isolieren. Joker, die Kommunikationsspezialistin, scannte weiter die Frequenzbänder und veränderte die Modulationen, bevor sie auf lichtbasierte Kommunikation umschaltete. Die Laser des Skimmers sprühten ein ausgefallenes Farbenspiel auf die Schiffshülle.

„Wir verlangsamen unsere Annäherung.“ Blinky tippte auf den Bildschirm. Payne und der Rest des Teams konnten nur zusehen, wie die drei Specialists im Rahmen ihrer Möglichkeiten arbeiteten. Ihre Finger tanzten über die Bildschirme, während sie unverständlich vor sich hin murmelten. Nach fünfzehn Minuten waren die sieben inaktiven Teammitglieder fest eingeschlafen, die Gesichter an die Helme gepresst, Münder offen.

Fetus tippte, lehnte sich zurück und machte sich wieder an die Sache. „Prüfe siebenhundertzweiundfünfzig Kilohertz, amplitudenmoduliert.“

Joker rekonfigurierte ihr System, um außerhalb des Bereichs moderner Systeme zu suchen. „Kannst du dir das mal ansehen?“

„Warum sollte es ein so ineffizientes Kommunikationsmittel verwenden?“, fragte sich Blinky, während er versuchte, mit einem komplexen Programm auf der AM-Trägerwelle zu senden. Es dauerte mehr als eine Minute, um einen Handshake-Versuch zu übertragen und eine Verbindung herzustellen, bevor er abgewiesen wurde. „Das wird ewig dauern. Lass mich das Programm neu schreiben. Gib mir fünfzehn Minuten.“ Er warf einen Blick auf das Team und beschloss, ihre Annäherung noch weiter zu verlangsamen. Er brauchte mehr Zeit, um festzustellen, ob die Trägerwelle nützlich war, und das konnte er nicht mit einer Minute pro Versuch schaffen. Jeder Versuch einzudringen durfte nicht länger als ein oder zwei Nanosekunden dauern, damit er *Leviathan* mit Versuchen überfluten konnte, bis er eine Antwort erhielt, und von da an weiter anpassen konnte.

Fetus schüttelte den Kopf. „Die Amplitudenmodulation

verringert nicht die Frequenz der Daten. Wir müssen den Abstand zwischen veränderten und nicht veränderten Funkwellen reduzieren, um das Signal binär zu schalten."

„Genau das tun wir, aber der Transmitter wurde nicht speziell dafür entwickelt. Die Umleitung ist das Problem", erklärte Blinky.

„Versuch das hier", sagte Fetus und schickte das Programm, das er hatte, an Blinkys Arbeitsstation.

Der Tech Specialist sah es sich an.

„Du musst es mit deinem Hackerprogramm modifizieren, aber das sollte nicht mehr als Copy-and-paste sein."

„Woher hast du das?", fragte Blinky. Er drehte seinen Stuhl und wandte sich dem jungen Mann zu.

„Meine Freunde und ich hatten einen Geheimcode, mit dem wir kommunizierten. AM-Daten innerhalb einer PM-Welle. Fast wie zurück in die Zukunft, hm?"

„Was verheimlichst du uns denn noch alles?"

„Haben wir kein Schiff, in das wir einbrechen wollen? Ihr könnt die hellen Lichter und Daumenschrauben später herausholen. Ich habe mich für Kampfwaffen entschieden, um von meinen Freunden wegzukommen, die es übertrieben haben und jetzt fünf bis sieben Jahre in einem Umschulungs-Camp festsitzen."

Blinky bot seine Hand für ein Highfive an. „Es wäre schön gewesen, wenn wir das früher gewusst hätten. Wenn wir diesen Safe geknackt haben, werden du und ich uns zusammensetzen und uns darüber unterhalten, was du noch für dieses Team tun kannst. Das hier ist kein Hobby-Hacker-Zeug."

„Ich dachte, es könnte nützlich sein."

„Keine Geheimnisse, Fetus! Ich werde meine Station spiegeln, und du stellst sicher, dass wir das richtig machen."

„Ja, Sir!"

„Verdammter Frischling! Bring mich nicht dazu, dich zu vermöbeln." Blinky war bereits dabei, den Geheimcode aus dem pulsmodulierten Programm zu extrahieren und fügte sein bestes Teilprogramm als Unterprogramm ein, das in der Empfangsstation den PM in AM umwandelte, wo es bei der Ankunft entpackt wurde. „Die Amplitudenänderungen sind in den Impulsen verborgen, die fest und nicht variabel sind. Für einen normalen

Empfänger würden sie wie weißes Rauschen klingen, wenn das Empfangsgerät sie überhaupt in einen Ton umwandeln würde."

„So in etwa", antwortete Joker. „Pakete in Paketen."

„Ich habe eine Verzögerung von zwei Komma vier Nanosekunden. Gute Arbeit, Fetus. Aber werde nicht gleich überheblich. Wir haben noch eine Menge Arbeit vor uns, bevor die Schwachköpfe an Bord sind."

„Das habe ich gehört", murmelte Major Payne und blinzelte sich in die wache Welt. „Wie spät ist es?" Er stand auf und lehnte sich zwischen die Sitze des Cockpits. „Wir sollten schon viel näher dran sein." Er starrte Blinky an, bis der Computerspezialist seine Anwesenheit bestätigte.

„Ich habe uns gedrosselt, als wir entdeckten, dass das Handshake-Protokoll in dem versteckt war, was wir als alte Technik betrachten. Wir …", er deutete auf Joker und Fetus, „… mussten unsere Sender neu konfigurieren. Fetus hatte den Code dazu. Jetzt sind wir auf dem besten Weg, die Zugangskombinationen in ein oder zwei Stunden abzurufen."

Payne kaute auf seiner Lippe, während er über den Arbeitsablauf nachdachte. Er überprüfte die Zeit auf der Anzeige. „Wir müssen mit der Inspektion der Eintrittsstellen beginnen. Zweigleisiger Einsatz. Tut mir leid, aber wir können uns nicht nur darauf verlassen, uns einfach hineinzuhacken, weil wir Befehle haben, aber ich werde es langsam angehen lassen, um euch so viel Zeit wie möglich zu geben. Ich will keine Löcher in ein Schiff schlagen, das vielleicht noch flugfähig ist."

„Warum sollte ein Schiff aufgegeben werden, das flugfähig ist?"

„Vertragstreue? Sie haben mit jemandem einen Vertrag geschlossen und wollten ihr bestes Material nicht zerstören, also haben sie es an einem Ort versteckt, an dem die alten Menschen es niemals finden würden, nicht, bevor wir die Raumfahrt entwickelt haben. Vielleicht haben sie nicht damit gerechnet, es für tausend Jahre zurückzulassen."

„Das ergibt mehr Sinn als alles, was ich mir gedacht habe. Und es gibt mir auch Hoffnung, dass es vielleicht noch intakt ist. Das aktive Signal, auch wenn es eine alte Technologie ist, deutet darauf hin, dass die Systeme funktionieren, aber keinen bewohnbaren Raum bieten. Ich denke, wir würden Luftpumpen, Filter und Verteilersysteme in Aktion sehen. Ich sehe aber nichts davon. Zeit für die Helme." Blinky tippte auf die Flugsteuerung, um das Schiff zu schließen.

Der Skimmer beschleunigte auf die Oberfläche von Ganymed zu und nutzte die Sensoren, um ihn durch die Dunkelheit zu führen.

„Auf geht's! Es ist fast Zeit, Payne freizusetzen." Declan schlenderte durch das offene Zentrum von *Glamorous Glennis*und stampfte mit seinen Stiefeln. Das Team meckerte und brummte. „Wenn ihr euch mal nicht beschwert, dann stimmt etwas nicht!"

Die Mannschaft brachte ihre Helme in Position. Payne schlenderte zum vorderen Teil des Skimmers, wo das Cockpit durch einen erhöhten Sims vom Mannschaftsraum getrennt war.

„Setzt eure Helme auf, meine Herren. Ich will nicht, dass ihr draufgeht, bevor wir zu dem Pig können, nachdem wir den Safe geknackt haben."

Ein Pig war die Bezeichnung für jedes beliebige Schiff, auf dem sie eine Koje und eine warme Mahlzeit bekommen konnten. Major Payne war immer noch unendlich dankbar für die Unterstützung der Flotte, aber er hatte eine seltsame Art, dies zu zeigen. Er warf einen Blick auf den kleineren Monitor, um eine Heckansicht zu erhalten. *Cleophas* füllte den Bildschirm fast aus.

„Wie langsam steuerst du das Schiff?", fragte Payne.

Blinky kicherte und zögerte mit seinem Helm zwischen den Händen. „Wir fahren mit einer rasenden Geschwindigkeit von einem km/h. Manche mögen sagen, ich bin ein Raser, während andere ungeduldige Kommandanten sich gezwungen sehen, auszusteigen und zu schieben. Wir werden in einer Minute da sein. Bereitet euch auf den Einsatz vor. Ich werde die Ausrüstung außerhalb des Schiffes abdocken. Schnappt sie euch auf dem Weg nach unten. Wenn alles glattläuft, sind *Leviathans* Türen bei eurer Ankunft bereits geöffnet."

„Das ist wohl ein Scherz, Blinky. Wir wissen beide, dass wir uns einen Weg in dieses Ding sprengen müssen, so wie wir es bei den letzten dreizehn getan haben. Nur, um festzustellen, dass sie lediglich eine Hülle waren, aber so fest verschlossen wie ein Hühnerei."

„Eier. Echte Eier. Wer ist jetzt der Scherzbold?" Blinky setzte seinen Helm auf und rastete ihn ein. Der Systemcheck wurde bestätigt und er gab einen Daumen hoch. Major Payne schaute einen nach dem anderen durch die Visiere an und begann mit den drei vorderen, um grünes Licht zu bekommen. Er ging an der einen Seite des Skimmers entlang und beendete den Vorgang auf der anderen Seite.

„Team Payne ist startklar. Major Dank, erster Halt ist Access Point Dank. Drop vorbereiten."

Virgil, Heckler, Sparky und Shaolin begaben sich in die Mitte des Abteils und griffen nach der Stange über ihren Köpfen.

Blinky startete einen Countdown von zehn. Als er bei eins ankam, löste sich der Boden und spaltete sich, sodass die Mitte des Laderaums zum Weltraum hin geöffnet wurde. Diejenigen, die nicht fielen, beugten sich vor und sahen hinaus. Das Wrack füllte den Raum unter ihnen vollständig aus. Dank zählte von drei herunter, und bei eins ließen sie los. Sparky und Shaolin aktivierten sofort ihre Anzugdüsen, während Dank und Heckler weiter nach unten flogen und dabei auf ein-Komma-vier-drei Meter pro Sekunde beschleunigten. Nichts allzu Extremes.

Die beiden Specialists ergriffen einen Skid, der sich sofort löste, und begannen mit ihrem Abstieg. Fünfzig Meter vor ihnen drehten sich Dank und Heckler um dreihundertsechzig Grad, um alle Details ihres Landeplatzes besser zu überblicken. Dank streckte seinen Arm aus in die Richtung, wo sich die vermeintliche Luftschleuse befand. Heckler zündete seine Jets, um in diese Richtung zu beschleunigen, und Dank war ihm dicht auf den Fersen.

Nichts wurde dem Zufall überlassen. Die Head-up-Displays der Anzüge zeigten ihre Position und das Ziel an, aber sie verließen sich auf ihre Augen, um auf dem richtigen Weg zu bleiben. Über ihnen schlossen sich die Tore des Skimmers und es glitt weiter.

Dank und Heckler sahen sich an, um sich zu vergewissern, dass ihr Abstand korrekt war, dann drehten sie sich um neunzig Grad und flogen abwärts, fast Schulter an Schulter, aber in entgegengesetzter Richtung. Sie betätigten die Jets, um ihren Sinkflug zu verlangsamen.

Die Größe des Schiffes wurde ihnen schlagartig deutlich, als sie näher kamen. Was wie kleine Vorsprünge ausgesehen hatte, war ein Dutzend Meter hoch. Die Strukturen, die den Rumpf durchzogen, schienen keinen Sinn zu ergeben.

„Bestätige. Ein-Komma-vier-zwei-acht Meter pro Sekunde Schwerkraftbeschleunigung“, sagte Dank zu sich selbst, bevor er den Kommunikationskanal des Teams aktivierte. „Wir kommen zügig näher. Ihr solltet eure Düsen einschalten und euren Sinkflug vor dem Aufsetzen verlangsamen.“

„Roger“, bestätigte Sparky.

Mit einem letzten Schub, um ihren Schwung zu stoppen, setzten sie auf der Außenhülle des Wracks auf. Dank machte einen Schritt von der menschengroßen runden Luke weg, schwebte in die Luft und landete langsam wieder. Er hüpfte über die Oberfläche des *Leviathans* und kundschaftete einen Bereich aus, der zehn Meter vom Zielpunkt entfernt war. Der Rumpf war aus glattem Metall mit einer rutschfesten, nicht reflektierenden Beschichtung.

Dank beugte sich hinunter und berührte sie. „Gummiartig“, berichtete er. Er blickte nach oben, als die letzten beiden seines Teams neben der Luke landeten. Sie aktivierten Haftmagnete, um sich unten zu halten.

„Sucht zu zweit kreisförmig bis auf fünfzig Meter, in Geraden und im Uhrzeigersinn, dann zurück auf fünf Grad. Lasst euch Zeit. Wir haben nur eine Gelegenheit, das richtigzumachen.“ Heckler und Shaolin starteten von der Luftschleuse aus und gingen nach außen, Dank wählte die entgegengesetzte Richtung. Als Sparky sich ihm anschloss, gingen sie mit Bedacht gemeinsam weiter. Es gab nicht viel zu sehen, aber das spielte keine Rolle. Manchmal war es nur wichtig, einem Plan zu folgen.

Hundert Meter waren nur eine Minute entfernt. Sie erreichten das Ende vor Heckler und Shaolin, die stoppten, um eine halbmeterhohe Beule zu inspizieren.

„Wir protokollieren die Position und begutachten sie.“ Sie beugten sich darüber und strichen mit den Händen über die Oberfläche. „Wir haben festgestellt, dass es keine Nähte oder Ähnliches gibt, das darauf hinweisen könnte, dass es sich um ein Verteidigungssystem handelt. Es ist eher wie eine Beule in einer Kuchenglasur. Nichts zu erkennen. Wir machen weiter.“

Dank und Sparky waren fast zurück an der Luke, als Heckler

und Shaolin sich umdrehten. „Ihr passt auf uns auf und wir auf euch“, sagte Dank. Heckler gab ihm den Daumen hoch.

„Wie immer“, erwiderte Shaolin. „Anders und doch gleich.“

„Locker bleiben, Specialist.“

„Wir sind nicht die Ersten hier“, erklärte Sparky.

„Wie kommst du denn darauf?“, unterbrach Dank.

„Komm.“ Er winkte den Major zurück zur Luke. „Sieh dir diese Kratzer an. Jemand hat mit einer Stange bearbeitet. Die Zugangsklappe ist völlig zerkratzt.“

„Ich habe zuerst überall anders nachgesehen, ein Blick darauf wäre wohl besser gewesen. Als wäre man auf einer Party und würde versuchen, Blickkontakt mit einer heißen Braut aufzunehmen, also starrt man sie an. Sie ertappt dich und du stellst sofort deine ganze Existenz in Frage. Wirke ich wie ein Serienmörder oder wie ein harmloser Kerl? Eher das Erste, also verschwindest du von der Party.“

„Sorry, Sir. Was?“, fragte Shaolin. Heckler lachte in sein Mikrofon.

„Nichts. Es ist schön, draußen an der frischen Luft zu sein. Gut, dass du das bemerkt hast. Dank an Payne. Hast du das mitbekommen?“

„Habe es gehört und sehe es. Interessant. Ich habe den Feind gesehen und er ist wie wir. Ich vermute, es waren BEP-Techno-Dweebs und sie konnten nicht eindringen. Wir haben jetzt zehn Wachposten hier draußen. Mach dich zurück an die Arbeit, Virgil. Sie sagten zwar, dass wir die gewünschte Zeit bekommen würden, aber ich glaube nicht, dass sie es auch so gemeint haben. Ich lasse mich sicher nicht beiseiteschieben, damit irgendein Mistkerl hier hereinstolziert und den Job macht, der uns aufgetragen wurde. Payne out.“

Kapitel Fünf

„Extreme Gewalt zwingt einen Feind ebenso leicht in die Knie wie ein einziger gezielter Schuss."

Aus den Memoiren von Flottenadmiral Thaylon Loore.

Payne blickte auf die Mitglieder seines Teams, Byle und Turbo.

Danks Bericht hatte ihn nicht überrascht. „Ihr habt den Mann gehört. Wir sind nicht die Ersten an der Tür, aber wir werden die Ersten sein, die drinnen die Eltern kennenlernen."

„Ganz wie Sie meinen, Sir", antwortete Byle.

„Wie sieht es bei euch oben aus? Habt ihr die Tür schon für uns geöffnet? Bringt mich nicht dazu, diesen Plasmabrenner zu aktivieren", parierte Major Dank.

„Glaub mir, wenn ich sage, dass ich auch nicht will, dass du diesen Plasmabrenner benutzt. Bereit in fünf, vier …" Payne zählte rückwärts.

Die drei SOF-Mitglieder klammerten sich an die obere Schiene, als sich die Türen unter ihnen öffneten. Auf „Go" löste Payne seinen Griff und verschwand im Nichts. Die beiden anderen aktivierten ihre Düsen und ließen sich auf die Höhe der Unterseite des Skimmers fallen, wo sich ihre Skids mit einer einzigen Berührung lösten. Sie übernahmen jeweils eine Seite und folgten dem Major nach unten.

Payne griff hinter sich, um sein Impulsgewehr in Bereitschaft zu bringen, und glitt nach unten, als ob er in eine heiße Zone gehen würde. Keiner der anderen hatte seine Waffen bereitgelegt. Das war eine individuelle Entscheidung, die von der jeweiligen Situation abhing. Payne war der Einzige, der niemanden hatte, um ihm den Rücken freizuhalten.

Payne starrte auf das HUD, das den Countdown bis zum Auftreffen herunterzählte. Die Kurzstreckenscans der am Helm befestigten Einheit zeigten nichts außer dem metallenen Behemoth, auf das er zuraste. Er schaltete seine Düsen ein, um seinen Sinkflug rechtzeitig vor dem Aufprall zu verlangsamen.

Als er die Hülle betrat, scannte er visuell den Metallhorizont, während seine Sensoren über die komplexe und vielfältige Oberfläche tanzten und hüpften. Als Nächstes überprüfte er die Luftschleusenluke.

„Sie haben auch versucht, hier hereinzukommen", berichtete Payne dem Team. Byle und Turbo ließen sich in die Nähe fallen und gingen mit den schweren Skids näher an die Luftschleuse heran, bevor sie sie am Rumpf festklemmten. „Ihr zwei fangt hier mit einer Mikroanalyse der Luftschleuse an. Ich werde den Bereich absuchen."

Im Gegensatz zu Danks Team bewegte sich Payne in einer immer größer werdenden Spirale von der Luftschleuse weg. In diesem Bereich des Schiffes gab es weniger äußere Hindernisse. Auf hundert Meter Entfernung war es ein glatter Rumpf. Es dauerte dreißig Minuten, bis er seinen Rundgang beendet hatte und zur Luke zurückkehrte.

„Major Dank, Report", befahl Payne.

„Wir essen einen großen Nichtburger an unserem Einsatzort. Wir haben die Durchsuchung abgeschlossen und bitten um die Erlaubnis, diese äußere Beschichtung auf einem rechteckigen Kasten von vier mal zehn mal fünf Metern abzubrennen. Er wurde offenbar lange nach dem Bau des Schiffes am Rumpf angebracht, und wir können ihn vielleicht durchdringen, um Einblick in die Systeme zu erhalten, die er möglicherweise enthält."

„Wie seid ihr zu dieser Annahme gekommen?" Payne starrte

auf sein HUD, auf dem die übertragenen Bilder von Tank erschienen.

„Es hat eine andere Farbe“, sagte Dank sachlich.

„Ich schließe mich dem an. Erlaubnis erteilt. Break, break. Blinky, wie weit bist du?“

„Wir würden mehr schaffen, wenn wir nicht alle fünf Minuten unterbrochen würden, Sir. Allem Anschein nach haben wir einen Handshake geschafft, aber wir arbeiten immer noch an den zwanzig Fragen, um in das System zu gelangen.“

„Es sind schon über dreißig Minuten vergangen.“

„Ich spreche von diesen verdammten Wachschiffen. Die sind hier draußen und nerven uns. Ich sage ihnen ständig über Funk, dass sie sich zurückziehen sollen.“

„Das ist meine Verantwortung. Joker, stell mich bitte zum Kommandokanal der *Cleophas* durch.“

„Verbindung aktiv“, meldete die Kommunikationsspezialistin.

„*Cleophas* Actual, hier ist SOFT One. Bitte um Unterstützung bei der Freihaltung des Luftraums bis zu einer Entfernung von zehn Kilometern um die laufende Operation.“

„Hier ist *Cleophas*. Wir werden uns darum kümmern, Major. Wie sieht es bei Ihnen aus?“, fragte Captain Smith.

„Das Schiff ist mit einer rutschfesten Schicht überzogen. Wir versuchen, einen Teil dessen abzubrennen, was wir für einen nachträglichen Anbau halten. Wir haben noch nicht versucht, physisch in die Luftschleusen einzudringen, werden dies aber bald tun. Wir haben einige Fortschritte an der digitalen Front gemacht, also haben wir es nicht eilig, Löcher in dieses Gefährt zu brennen. Übrigens hat vor uns schon jemand versucht, auf das Schiff zu gelangen. Ich glaube nicht, dass wir die erste Wahl für diesen Job waren, weder Sie noch ich.“

„Roger. Das ist jenseits meiner Liga. Wir werden die Wachschiffe in Schach halten, damit Sie Ihren Job machen können. Viel Glück. Smith out.“

Das war es, was Payne wollte. Der Captain hatte nicht überrascht geklungen, als er erfuhr, dass jemand anderes versucht hatte, sich Zugang zu dem Wrack der Progenitor zu verschaffen, aber er war mehr auf das konzentriert, was die höheren Stellen taten. Payne konzentrierte sich auf chirurgische Angriffsmissionen. Dreizehn Wracks, aber Team Payne hatte fünfundzwanzig Kampfeinsätze gegen Mitglieder des Blaze-Kollektivs durchgeführt.

Er hatte noch kein Mitglied seines Teams verloren.

Bis jetzt.

Major Dank klickte sich durch den Teamkanal. „Wir beginnen jetzt mit der Reinigung der Beschichtung. Shaolin übernimmt das und wir beobachten aus der Deckung."

„Muss sich scheiße anfühlen, Byle zu sein", murmelte Heckler. Payne atmete scharf aus, aber er wusste ganz genau, dass Heckler sich freiwillig gemeldet hätte, wenn Byle es nicht getan hätte.

Byle und Turbo beobachteten den Major. Er schaltete auf ihren Privatkanal um. „Was gibt's?"

„Wir sind startklar."

„Hört auf zu brennen, hört auf zu brennen!", rief Blinky über den Teamkanal. „STOPP!"

„Halt dich fest", sagte Dank. „Ich entferne den Brenner und schalte ab. Was ist los, Blinky?"

„Du hättest die RF-Spikes sehen sollen, als du die Fackel angezündet hast. Wer meint, dass das Schiff nicht lebendig ist? Ich jedenfalls nicht."

„Was ist das für eine abstruse Logik?" Payne sah auf und erkannte den Skimmer zwischen den anderen Lichtern über ihnen. „Hast du die Zwei-Wege-Kommunikation mit dem Schiff aktiviert?"

„Noch nicht", antwortete Blinky mit gedämpfter Stimme. „Aber wir sind auf dem richtigen Weg", fügte er zuversichtlicher hinzu.

„Was, glaubst du, hat die Hochfrequenzspitzen verursacht?"

„Das Verbrennen der Haut eines verwundeten Tieres."

Byle und Turbo verzogen nach der Antwort das Gesicht.

„Könnte es sich bei der Beschichtung um eine Art Sensorschirm handeln, auf den das Schiff die Reparaturkräfte lenkt?"

„Warum wurden dann die anderen Bereiche um die Luke nicht repariert?", schoss Blinky zurück.

„Weil es schon so lange hier ist, dass es keine Reparaturmittel mehr zur Verfügung hat. Kleine Bots mit beweglichen Teilen gehen schneller kaputt als große."

„Möglicherweise“, räumte Blinky ein.

„Wie kommen wir rein, wenn wir kein Loch schneiden können? Wir wollten ja nicht mal ein Loch schneiden, sondern nur etwas von dem rutschfesten Material entfernen.“

„Wir haben eine Naht gefunden“, berichtete Dank. „Nehmen die Brechstangen. Blinky, sag uns Bescheid, wenn wir eine Rückmeldung vom Schiff bekommen.“

„Und sag ihm, es soll diese verdammte Tür öffnen“, fügte Major Payne hinzu.

„Wir müssen den Spalt ein wenig weiter öffnen. Ich hole das Werkzeug für die Justierung heraus.“ Ein Vorschlaghammer.

„Meine Damen und Herren“, sagte Fetus mit der Stimme eines Moderators. „Ich präsentiere Ihnen: *Leviathan*.“

Das Deck polterte heftig, bevor eine schnelle Vibration die Stiefel der beiden Gruppen auf dem Rumpf kitzelte. Gleichzeitig zogen sich die Außentüren der beiden Luftschleusen zurück.

„Was zum Teufel, du Arsch!“, brüllte Blinky. Er löste seinen Helm und nahm ihn ab, damit er Fetus besser anstarren konnte. Die Atmosphäre war wiederhergestellt worden, nachdem das Team in den Weltraum geschickt worden war, aber im Inneren des Schiffes war es immer noch kalt. Blinkys weißer Atem kam in kleinen, schnellen Stößen.

„Was? Wir wollten doch die Tür der Luftschleuse öffnen, oder? Ich hatte den Code des Schlüssels. Ich habe ihn abgerufen, bevor er wieder verborgen wurde.“

„Wo hast du ihn gefunden? Ich habe gesehen, was du gesehen hast.“

„Uh-uh.“ Fetus schüttelte den Kopf, um seinen Standpunkt zu bekräftigen. Seine behandschuhte Hand hob sich und mit dem Zeigefinger tippte Fetus an die Seite seines Helms. „Es war ein Aural-AM-Funk. Das Schiff übermittelte den Zugangscode, aber nur in seiner umgewandelten Form – eine Reihe von Pieptönen. Ich habe gezählt und es ausprobiert. Ich schlage vor, wir finden einen Weg, dem Schiff zu sagen, dass es das nicht tun soll.“

„Fetus, so wahr mir Gott helfe …“

„Er ist ein Genie, Blinky“, bemerkte Joker mit einem Achselzucken. „Wir wollten rein. Wir sind drin. Was gibt es noch zu meckern?“

Blinky neigte den Kopf zur Seite. „Wann hast du den Zugangscode gehört?“

„Mit dem Ansturm der Signale, als Byle anfing zu brennen. Das Schiff hat uns gesagt, dass wir das nicht machen müssen.“

„Verdammt. Vielleicht bist du wirklich ein Genie. Wir haben gemacht, was andere versucht haben und woran sie gescheitert sind, und jetzt sind wir drin. Gut gemacht, Fetus.“ Blinky beruhigte seinen Gesichtsausdruck und saß regungslos da, während er seinen Verstand wiedererlangte und über die nächsten Schritte nachdachte.

„Kann ich einen neuen Spitznamen bekommen, wie Keyman oder Jail Break?“

Blinky und Joker antworteten gleichzeitig. „Nein.“

Nachdem Blinky seinen Helm aufgesetzt hatte, schickte er den Skimmer in Richtung Major Paynes Standort, wo es ausreichend Platz zum Landen gab. *Glamorous Glennis* manövrierte schnell durch die dünne Atmosphäre und ließ sich auf dem Rumpf von *Leviathan* nieder, der wie eine Mücke auf einem Elefanten aussah. Magnetische Klammern hielten sie fest.

Fetus schaute zu Blinky und erhielt ein anerkennendes Lächeln, während der Computerspezialist seinen Helm wieder aufsetzte. Alle drei zeigten Grün für die Außenbordbewegungen.

Joker betätigte den Knopf, die Seitenluke öffnete sich und fiel als dreistufige Rampe auf das Deck. Fetus stieg aus, gefolgt von Joker und Blinky. Sie trugen kleine Werkzeugkästen bei sich, die ihnen helfen sollten, sich mit den Systemen im Inneren zu verbinden.

Blinky sicherte den Skimmer mit einem Fernsteuersignal. „Merkt euch, wo wir geparkt haben“, sagte er zum Team. „Warum der Stopp?“

Major Payne winkte ab. „Abwarten, bis wir alles freigegeben haben.“

Blinky blieb der Mund offen stehen und er starrte fassungslos. Er deutete sprachlos auf die offene Luke.

„Ich weiß es zu schätzen, dass du den Eintritt ermöglicht hast, aber warte, bis du dran bist. Du weißt, wie wir alles handhaben. Und vergiss nicht, du denkst selbst, dass dies ein lebendiges Schiff ist, also was könnte passieren, wenn wir es nicht noch wütender machen, als es ohnehin schon ist?"

Blinky schob seine Erwartungen zur Seite, das Schiff zu betreten und sich an einem Arbeitsplatz niederzulassen, um seine überwältigende Brillanz zu nutzen, um mit den Progenitoren eins zu werden. Er deutete auf Fetus. „Er war es. Er hat uns reingebracht."

Fetus strahlte unter seinem Helm, aber niemand konnte ihn sehen.

„Gute Arbeit!", lobte Payne und wandte sich wieder der Sache zu. Sparky und Turbo richteten ihre Waffen durch die offene Luke und die Lichter an den Läufen erhellten den Innenraum. Payne positionierte sich in Bauchlage und rutschte an den Rand. Mit den Fingern am Lüftungsschacht schaute er hinein. „Eine Standard-Luftschleuse. Wie es scheint, hat sich in tausend Jahren nicht viel verändert."

Während die *Cleophas* über ihm auftauchte, aktivierte er den direkten Kommandokanal, ohne durch den Skimmer zu kommunizieren. „Wir haben die Luken geöffnet und bereiten uns darauf vor, in *Leviathan* einzudringen. Wir werden einen limitierten Zugang nutzen, bevor wir den Rest unseres Teams hineinbringen. Payne out."

Es war seine Aufgabe, Bericht zu erstatten, und nicht, Anweisungen von der *Cleophas* zu erhalten, aber die Kaiju-Klasse tat dem Team einen Gefallen, indem sie die BEP-Wachschiffe abblockte, die jeden Schritt von Payne beobachteten. Flotte und BEP waren nicht immer einer Meinung. Die Anwesenheit der Wachposten verstärkte die schlechte Meinung, die Payne vom Blue Earth Protectorate hatte. Sie hatten versucht, hineinzukommen, waren aber gescheitert und wollten nun diejenigen beobachten, die es hineingeschafft hatten.

Payne schaltete auf den Teamkanal um. „Wie geht es euch da hinten, Virge?"

„Ich warte auf den Befehl, reinzugehen. Ich musste Heckler schon dreimal festhalten und ihn davon abhalten, in das Loch zu springen." Payne schickte die Bilder, die sein Helm aufgezeichnet hatte. „Unseres ist identisch. Sie sind der Boss, also sollten Sie mich vielleicht zuerst gehen lassen."

„Ich bin sicher, das hat Buzz Aldrin auch zu Neil Armstrong gesagt", antwortete Payne. „Schalte um auf Live-Übertragung. Ich gehe jetzt rein." Die neun Mitglieder des Teams sahen sich das Video auf den Head-up-Displays an, während Payne langsam das Innere der Luftschleuse abtastete. „Ich sehe hier einen manuellen Entriegelungshebel und einige Knöpfe. Keine Farben, nur Formen. Ich hatte gehofft, es gäbe rote und grüne Knöpfe. Blinky und Fetus, kommt runter."

Die anderen seufzten, weil ihre Namen nicht aufgerufen worden waren. Fetus fühlte sich, als würde er schweben. Blinky gab ihm ein Zeichen, dass er zuerst gehen sollte. „Rein mit dir, Buzz."

„Den Göttern sei Dank", erwiderte Fetus.

„Hör auf zu trödeln und geh an die Arbeit!" Blinky stieß ihn in das Loch. Der Major fing ihn auf, bevor er einschlug. Der neu benannte „Buzz" sah sich um.

„Orientieren, Specialist. Wir sind durch den oberen Teil des Schiffes eingestiegen. Wenn dieses Schiff eine künstliche Schwerkraft hat, ist sie nicht aktiv. Der Ausgang ist in dieser Richtung." Der Major zeigte auf ihre Seite, neunzig Grad vom Eingang entfernt. An der Seitenwand war eine Leiter angebracht. Bei der geringen Schwerkraft war es völlig sicher, hineinzuspringen, aber nach Erd-Maßstab hätte der drei Meter tiefe Fall nach unten beim Aufprall des Körpers einen Knöchel oder ein Knie verdrehen können. „Du und Blinky müsst diese Knöpfe entschlüsseln, damit wir keine Unfälle haben und uns ein- oder ausschließen."

Blinky kletterte langsam die Leiter hinunter, um in die Luftschleuse zu gelangen. Er versuchte, überall gleichzeitig hinzusehen. Auf Augenhöhe neben der Leiter befanden sich zwei Knöpfe, einer in Form eines Kreises, der andere in Form eines Dreiecks.

Buzz fuhr mit dem Finger über das Dreieck. „Ich könnte wetten, dass damit die Außentür geöffnet wird."

Blinky zuckte mit den Schultern. „Wenn es die Tür schließt, dann öffnet das andere sie. Wir haben die Antwort mit einem Knopfdruck."

„Kannst du sie wieder öffnen, wenn sich die äußere Luke schließt?", fragte Payne.

Blinky zuckte mit den Schultern; er wusste es nicht. Er klopfte auf seine Tasche. „Wir kriegen das schon hin. Buzz, schick Joker den Zugangscode, um sie von außen zu öffnen, nur für den Fall, dass wir abgeschnitten werden."

„Stand-by", sagte die Spezialistin dienstbereit. „Fertig."

„Wollen Sie sich die Ehre geben, Sir?", fragte Blinky. Payne nickte Buzz zu. Er drückte den Knopf und nichts geschah.

„Wir haben unsere Antwort", erklärte Buzz stolz.

„Drück auf den anderen." Payne wartete, während Buzz den runden Knopf drückte.

Nichts geschah. Buzz und Blinky tauschten einen Blick aus, bevor sie ihre Helme zusammensteckten und versuchten, einen besseren Blick auf die Knöpfe zu erhaschen.

Payne tippte auf den runden Knopf vor der Luke, die in das Schiff führte, und die obere Tür begann sich zu bewegen. Blinky wich zurück und trat zur Seite. Alle drei blickten nach oben und sahen *Cleophas*, die den Blick auf die Sterne versperrten. Die Tür schloss sich und sie wurden von dem Geräusch der Luft begrüßt, die die Kammer füllte.

„Comm-Check. Könnt ihr mich hören, Major Dank? Turbo? Joker?"

Das Ausbleiben einer Antwort gab ihm seine Antwort. Sobald der Druckausgleich vollzogen war und Luft die Schleuse füllte, öffnete sich die Innentür zu einem dunklen Durchgang dahinter. Major Payne richtete seine Waffe durch die Öffnung und beleuchtete den Gang. Er war breit und hoch und reichte tiefer in das Schiff hinein, als das Licht durchdringen konnte. Von der Öffnung ging links und rechts ein Quergang ab. Payne steckte den Kopf hinaus und blickte erst in die eine und dann in die andere Richtung.

Er zog sich in die Luftschleuse zurück und blickte den Korridor hinunter. „Blinky, sei so nett und drück auf das Dreieck."

Blinky tippte es an und die Luke vor dem Major schob sich zu. Die Luft strömte aus, bevor sich die Außentür öffnete.

„… Payne!"

„Ganz ruhig, Leute. Ich habe vermutet, dass das passieren würde. Ich glaube, wir können im Schiff weiter kommunizieren. Bringen Sie Ihr Team rein, Major Dank. Drücken Sie auf den runden Knopf an der inneren Luke, um hineinzukommen, und auf das Dreieck an der äußeren Luke, um hinauszukommen. So hat es bei uns funktioniert. Diejenigen von euch, die mit mir kommen, kommt rein und feiert mit."

Er schaltete auf den Kommandokanal um. „*Cleophas* Actual, hier spricht der Teamleiter. Dies ist ganz sicher keine leere Hülle. Sobald wir drinnen sind, wirkt das Schiff wie ein Signaldämpfer, und wir werden keinen Kontakt mehr haben. Habt Geduld, während wir es erkunden. Beide Teams sind in Position. Wir melden uns in einer Stunde zurück."

„Wie sind Sie hineingekommen, falls wir Sie rausholen müssen?"

„Nicht über einen offenen Kanal, Sir. Ich sende eine verschlüsselte Übertragung, bevor wir die Verbindung verlieren. Out." Payne schaute zu Blinky. „Schicken Sie dem Captain den Zugangscode."

„Sie wissen, dass das Signal, sobald es in den offenen Raum gelangt, selbst verschlüsselt, gehackt werden kann", bemerkte Blinky.

„Dann musst du wohl herausfinden, wie du den Zugangscode dieses Gefährts ändern kannst, oder?"

Blinky begann zu lachen. „Ich freue mich schon darauf. Keine Angst, Blinky ist mit Buzz hier, um *Leviathan* unserem Willen zu unterwerfen."

Kapitel Sechs

„Die Energie zum Führen eines Krieges liegt in der Kraft, sowohl in der Arbeitskraft als auch in einer guten Maschine."

Aus den Memoiren von Flottenadmiral Thaylon Loore.

MAJOR DANK DRÜCKTE auf den runden Knopf und die vier Mitglieder seiner Gruppe konnten zusehen, wie sich die Außenluke schloss, als wären sie in ein Gefängnis eingesperrt worden. Sobald die Tür zugefallen war, wurde Luft in die Luftschleuse gepumpt, um den Druck und die Atmosphäre mit dem Inneren des Schiffes auszugleichen.

„Bleibt cool, Leute. Wir bleiben zusammen, bis wir mehr wissen. Lichter und Sensoren an."

„Sauerstoff-Stickstoff-Atmosphäre. Schwerkraft ist Ganymed-Standard. Temperatur ist minus einundvierzig."

„Auch wenn es verlockend ist, nackt durch Hitze und Sonne zu laufen, behaltet eure Helme auf", antwortete Dank.

„Daran habe ich gar nicht gedacht. Minus einundvierzig ist nicht so kalt wie die Oberfläche des Planeten. Die ist minus einhundertzwölf", erklärte Shaolin.

„Das bedeutet, dass es genug Energie für Wärme gibt. Eine

Menge Wärme, um die Temperatur dieses Ungeheuers um siebzig Grad zu erhöhen“, bemerkte Heckler. „Ich übernehme die Führung, Sir.“

„Ich übernehme die Führung. Du bildest das Schlusslicht. Ich mache mir mehr Sorgen darüber, was hinter uns auftauchen könnte. Dieses Schiff ist doppelt so groß wie die *Cleophas* und wir sind etwa drei Kilometer von Major Paynes Team entfernt. Da fällt mir ein …“ Dank schaltete auf den Teamkanal um. „Major Payne, können Sie mich hören?“

Der Teamleiter antwortete fast augenblicklich. „Wie ich vermutet habe, Virgil. Die Beschichtung an der Außenseite des Schiffes dämpft das elektromagnetische Spektrum von außen nach innen und umgekehrt, aber nicht, wenn wir uns im Schiff befinden. Team Payne ist auf dem Weg zur Zentralachse. Ich denke, wir müssen ein paar Ebenen tiefer gehen, um zu den Kontrollsystemen zu gelangen. Wir suchen die Brücke, ihr sucht den Maschinenraum.“

„Im Weltraum halten dich Luft und Wasser vielleicht am Leben, aber ohne Energie wirst du mit Sicherheit sterben.“

„Amen, Major Dank. Alle Kommunikationen über den Teamkanal. Ich möchte, dass jeder weiß, was die anderen vorhaben.“

„Roger“, bestätigte Major Dank. „Waffen scharf.“

Die innere Luke öffnete sich. Dank leuchtete hindurch und enthüllte zwei breite Gänge, die in einem Winkel von fünfundvierzig Grad von der Luke abgingen. Dank teilte seinen Video-Feed, bevor er einen vorsichtigen Schritt nach vorn machte. Das Deck klang nicht nach Metall. Er beugte sich vor und inspizierte den Korridor.

„Sieht aus wie Teppich. Berber, glaube ich, in einer weichen und angenehmen Farbe“, berichtete Dank mit einem Kichern. „Nicht unbedingt die Hangarhalle, die ich erwartet hatte. Einer dieser Korridore sollte dorthin führen.“

„Sicher, dass Sie mich nicht dabei haben wollen, Sir?“, fragte Heckler aus der Luftschleuse. Dank straffte sich, zeigte den Daumen nach oben und bog in den rechten Korridor ein.

„Ich nehme an, die Maschinen sind im hinteren Bereich, da es von außen so aussah. Sparky, bist du da?“

„Ja, bin ich. Das war meine Vermutung. Die Lebenserhaltung

ist wahrscheinlich zentraler gelegen. Ein Schiff dieser Größe hat wahrscheinlich mehrere Kraftwerke. Die Triebwerke treiben vielleicht nur den Antrieb an. Sucht nach allem, was die Systeme des Schiffes mit Energie versorgen könnte. Die Übertragungsleitungen werden euch direkt dorthin führen."

Dank ging langsam weiter, bis ihm auffiel, dass es keine Türen gab, dann beschleunigte er das Tempo und ging tiefer in das Schiff hinein. „Wir gehen nach hinten. Das ist ein langer, leerer Korridor. Wir melden uns, wenn wir am Ende angekommen sind."

Major Payne hatte nicht Danks Problem, dass es bei ihm nichts zu sehen gab. Zahlreiche Türen befanden sich an beiden Seiten aller drei Korridore.

„Wir können unmöglich jeden Raum an Bord des Schiffes überprüfen, also was haltet ihr davon, wenn wir ein paar Stichproben aufgrund der Größe machen und dann die größeren Räume wie die Brücke suchen?"

„Nichts spricht dafür, dass die Brücke größer ist", sagte Specialist Andfen.

„Du bringst mich um, Blinky. Die Progs müssen es uns leicht machen, nicht ihnen. Alles andere ist schlichtweg unüberlegt." Payne deutete mit seinem Gewehr auf eine Tür. Blinky und Buzz standen davor und überprüften sie. Kein Handpad oder Iris-Scan. Kein Türknauf. Kein offensichtlicher Bewegungssensor.

„Ich hoffe, sie sind nicht genetisch codiert", meinte Blinky.

Payne schüttelte den Kopf. „Hör auf, ein Freak zu sein."

„Sie lieben das doch."

Buzz tat das einzig Vernünftige, was möglich war: Er klopfte an die Tür.

Sie öffnete sich daraufhin. Blinky sprang zur Seite und Buzz stolperte rückwärts und prallte gegen den Major. Payne hielt ihn fest, um ihn vor dem Sturz zu bewahren. Die Tür schloss sich.

„Hat jemand gesehen, was drin war?", fragte Payne.

„Nein. Zu viele Leute hatten einen Herzinfarkt", bemerkte Turbo.

„Buzz, du hast die Ehre." Payne richtete seine Waffe auf die Tür.

Der Specialist klopfte mit den Fingerknöcheln seines Anzughandschuhs an die Tür. Die Tür glitt auf. Mit dem Strahl seines Gewehrs scannte er das Innere des Raums. „Keine Ahnung, was das sein soll."

Payne folgte Buzz nach drinnen. „Sieht aus wie ein Überlaufquartier. Spärlich. Nicht viel mehr als ein Bett."

„Ich sehe kein Bett", sagte Buzz und blickte schnell von links nach rechts.

Der Major tippte an die Wand neben einer Reihe von Linien, die ein Rechteck bildeten. Das Licht im Raum ging an und ein Bett drehte sich nach unten, um sich einen halben Meter über dem Boden niederzulassen. „Licht", murmelte Payne. Er stupste die Matratze an. „Dreifach. Extra fest. Ich frage mich, ob das vom Alter herrührt oder ob sie gerne auf einem Brett schlafen. Nächstes Zimmer."

Sie versuchten es an der Tür auf der gegenüberliegenden Seite des Flurs. Ein Knöchelklopfen später offenbarte sie weitere Zimmer.

„Verteilt euch. Jeweils einer." Mit den digitalen Spezialisten hatte Payne nun sechs der zehn Teammitglieder. Jeder von ihnen wählte eine Tür, klopfte an und erhielt Einlass. „Ganz einfach. Sucht einen Weg nach unten, denn auf diesem Oberdeck werden sich keine kritischen Systeme befinden."

„Wie kommen Sie darauf?", fragte Turbo.

„Wenn das Schlachtschiff einen Treffer erleidet, wird dieser Raum als erster von einem Waffendurchschlag betroffen sein und in den Weltraum entweichen. Angenommen, die Besatzung ist auf Kampfstationen, dann wäre sie nicht hier. Ich vermute, dass dieses gesamte Deck wie eine zweite Hülle wirkt. Wir haben wahrscheinlich vierzig Decks unter uns. Irgendwo da unten werden wir finden, was wir suchen, aber nicht hier."

„Zeit an Deck ist zehn-zehn", meldet Joker. „Zwanzig Minuten an Bord. Report in vierzig."

„Danke, Joker. Gib Bescheid, wenn wir bei zehn sind. Du und Turbo müsst zurück und mir einen Statusbericht liefern. Lass uns die Treppe suchen."

„Liebes Schiff, kannst du bitte dein Licht anmachen?", fragte Blinky.

„Ist das Teil deiner Falschinformation, dass das Schiff noch lebt?", fragte der Major.

„Ich habe nichts gesehen, was mich vom Gegenteil überzeugt, Sir. Wir sollten uns beeilen. Wir haben noch eine Menge zu tun."

„Eine Menge zu tun …", wiederholte Payne. „Wenn jemand das Schiff durch die Luftschleuse betreten würde, müsste er nicht einen Kilometer laufen, um einen Weg nach unten zu finden. Die Bewegung innerhalb des Schiffes müsste effizienter sein als das, es sei denn, die Progs sind Marathonläufer. Lasst uns zurückgehen und die nächstgelegenen Räume überprüfen. Ich wette, hier ist ein Aufzug in der Nähe."

„Denken wie ein Offizier. Schlauer arbeiten, nicht härter", riet Blinky.

Sie kehrten um und Turbo führte die Parade in Richtung Luftschleuse an. Dort angekommen, bog sie nach links ab, um einen Seitengang gegenüber dem Längskorridor zu betreten. Sie leuchtete mit ihrem Licht auf das hintere Ende des Schiffes. Der Korridor ging so weit, wie das Licht leuchten konnte. „Wenn Major Dank das Schiff dort unten betreten hat, hätten wir sie dann nicht sehen können?"

„Er sagte, es gäbe zwei Korridore mit einem Winkel von fünfundvierzig Grad. Keiner, der in diese Richtung führte", antwortete Payne.

„Hier, Sir", meldete Joker. „Eines dieser Dinger sieht anders aus als die anderen."

Payne und Blinky arbeiteten sich zu der Stelle vor, auf die Joker zeigte. Sie fanden eine Tür, die breiter war als die anderen und weniger Platz in den Wänden zur nächsten Tür bot, wo sich die Öffnungen in gleichmäßigen Abständen fortsetzten, wie in den übrigen Räumen, die sie für Überlaufquartiere hielten.

Major Payne klopfte an die Tür und sie öffnete sich. „Ein Aufzug. Blinky?"

Der Computerspezialist trat ein und sah sich um. „Ich nehme an, er ist sprachgesteuert. Was sollen wir ihm sagen? Spricht jemand Prog?"

„Das wäre ein Problem. Können wir ihm Englisch beibringen?“ Der Major lehnte sich hinein, um nachzusehen, überschritt aber nicht die Schwelle.

„Wie denn?“, wunderte sich Blinky. „Wir haben nirgendwo eine Schnittstelle zu den Hauptsystemen gefunden. In den Räumen gab es keinen Computer, Bildschirm oder Ähnliches.“

„Neurale Schnittstelle“, schlug Buzz vor.

„Damit kann ich arbeiten“, antwortete Blinky. Er schaute sich um, wählte die nächstgelegene Tür und klopfte an. Drinnen befand sich eine weitere schlichte Kabine. Er klopfte gegen die Wand und das Bett fiel an seinen Platz. Er setzte sich auf das Bett, lehnte sich an die Wand und breitete sein Werkzeug aus. Buzz nahm neben ihm Platz. Sie starteten Blinkys tragbaren Computer und begannen, nach Signalen zu suchen.

„Was macht ihr?“, fragte Payne.

„Erinnern Sie sich an Ihr Quartier, als wir die Bilder auf den Wandmonitor projiziert haben? Das ist das gleiche Prinzip wie hier, aber die Schnittstellen waren wahrscheinlich in ihren Köpfen und deshalb brauchten sie keine Monitore oder Zugangspads. Die Informationen wurden über ihre optischen Nerven oder direkt auf das Stimuluszentrum projiziert. Ich suche nach dem Sendesignal und schaue, ob wir es anzapfen können.“

„Gefällt mir“, stimmte Payne zu. „Joker und Turbo, ihr bleibt hier und sorgt für Überblick und Sicherheit. Vergesst nicht, der *Cleophas* einen Statusbericht zu liefern.“

„Was sollen wir ihnen sagen?“, fragte Turbo.

„Ich werde etwas aufnehmen. Die Specialists arbeiten daran, sich direkt mit dem Schiff zu verbinden. Wir sollten in der Lage sein, innerhalb einer Stunde loszufliegen.“

„Was?“ Blinky hätte fast geschrien.

„Dein Tonfall verrät mir, dass du glaubst, dass das ein zu optimistischer Zeitplan sein könnte. Aber du hast ja Buzz dabei. Löst das Problem als Team. Das verkürzt die Zeit, um es herauszufinden.“

„Aus einer negativen Zahl kann man immer noch keine Quadratwurzel ziehen“, konterte Blinky.

„War nur ein Scherz. Bleibt dran, Leute. Der Bericht wird einfach das wiedergeben, was wir tun – wir versuchen, eine Verbindung herzustellen, wir erforschen, es gibt noch keine

Enthüllungen, abgesehen davon, dass das Schiff völlig intakt zu sein scheint."

„Die Temperatur ist auf null Grad Celsius gestiegen", berichtete Joker.

„Und das. Das Schiff weiß, dass wir hier sind und versucht, uns entgegenzukommen. Ich hoffe, die Grenzen von dem, was wir als angenehm empfinden, werden nicht überschritten. Ich würde gerne diesen Anzug ausziehen."

„Hat jemand eine Toilette gesehen?", fragte Byle.

Payne schüttelte den Kopf. „Byle, mit mir. Turbo, Joker, ihr habt eure Befehle. Blinky und Buzz, ihr sorgt für die Magie. Deine Solar Flare First-Klasse wird lauten: ‚Während ich in einer Koje auf dem exotischen Progenitor-Schiff *Leviathan* faulenze …'"

„Wäre das nicht cool?", murmelte Buzz.

„Hör auf zu träumen und mach dich an die Arbeit, Fetus!", schnauzte Blinky.

Nach einem halben Kilometer stieß Major Dank auf die erste Tür. Er streckte eine Faust in die Luft, damit die anderen sehen konnten, dass er stehen blieb.

„Ich wette, in der anderen Richtung wäre ein Aufzug gewesen", sagte er. „Aber da wir das verdammte Ding ohnehin nicht benutzen können, sehen wir mal, was wir hier drin haben. Am besten klopfen und wir werden es herausfinden."

Major Dank klopfte mit einer behandschuhten Hand dagegen.

„Habe ich falsch geklopft?", versuchte Dank es noch einmal, aber ohne Erfolg. „Major Payne, wie hast du an diese Türen geklopft?"

„Normales Klopfen, Virge. Du bist wahrscheinlich auf eine Tür gestoßen, die nicht für die Öffentlichkeit zugänglich ist. Wir befinden uns in einem Quartierbereich, der wahrscheinlich für jeden zugänglich ist, der eintreten möchte. Seid ihr in der Nähe des hinteren Endes?"

„Sind wir. Nach der Entfernung zur nächsten Tür zu urteilen, ist das ein ziemlich großer Raum, wenn wir durchkommen."

„Wenn sie sich nicht öffnen lässt, dann geht zur nächsten.

Wir haben keine Zeit zu verlieren. Wir könnten für den Rest unseres Lebens hier drin sein und trotzdem nicht alles begutachten. Versuch, herauszufinden, was du kannst und geh weiter. Ich kann nicht sagen, ob außer uns noch jemand an Bord ist oder nicht. Wir haben genau ein Millionstel von einem Prozent des Schiffes gesehen."

„Vielleicht ein Tausendstel, Declan. Kein Grund, zu übertreiben und unsere Seelen noch mehr zu quälen, als sie es ohnehin schon sind. Wir sind einen halben Kilometer gelaufen und haben einen Scheißdreck gesehen. Ich werde mich wieder melden."

Heckler schob sich an den beiden Specialists vorbei und stellte sich neben Major Dank. Er deutete an, dass er die Führung übernehmen würde, sagte es aber nicht laut. Heckler pirschte sich vorsichtig, aber zügig den Korridor entlang, bis er die nächste Tür auf der gegenüberliegenden Seite des Korridors erreichte. Er wartete, bis der Rest des Teams sich bereit machte, den Eingang zu durchbrechen, dann griff er über das Ende seiner Waffe hinaus und klopfte vorsichtig an, bevor er sich in die Hocke zurückzog, während die Tür aufglitt. Er schwenkte seinen Lauf, um den Raum so schnell wie möglich auszuleuchten.

„Gehe rein", sagte er leise, während er hineinsprang und nach links auswich, um sich mit dem Rücken an die Wand zu stellen. Dank nahm die andere Seite der Türöffnung ein und untersuchte seine Hälfte des Raums. Das Licht im Raum wurde langsam heller.

„Lagerraum", sagte Heckler. „Aber wovon? Wissbegierige Geister wollen es wissen, Progs. Erzählt dem freundlichen Kochmeister eure Geheimnisse."

Sparky und Shaolin schlenderten herein, betrachteten die bis zum Boden reichenden Kisten und gingen in die ordentlich angeordneten Regale.

„Irgendwelche Geräte für den Materialtransport?", wunderte sich Heckler.

„Nicht nötig", sagte Sparky. „Sieh dir das an." Sie zog mit einem Finger eine kubikmetergroße Kiste aus dem Regal. „Sie hat eine Art Antigravitationsfunktion, die einsetzt, wenn man sie berührt."

Sie führte ihn zum Ende des Ganges und senkte ihn auf eine bequeme Höhe ab, bevor sie den Deckel aufklappte.

Heckler blieb zurück, während die anderen drei sich auf die Kiste stürzten und hineinschauten.

„Irgendeine Idee?“, fragte Dank über die ordentlich und dicht gepackte Kiste.

„Essensriegel vielleicht?“ Shaolin zog einen heraus und sie und Sparky untersuchten ihn. „Sieht organisch aus, könnte aber alles Mögliche sein.“

„Nimm einen und stell die Schachtel zurück“, befahl Dank.

„Bewegung!“, rief Heckler und stürmte zum Ende der Lagerhalle. Dank rannte ihm hinterher.

„Bleibt dort!“, rief der Major über den Teamkanal, während Heckler einen Gang weiter schlich. Dank ging am Ende in Stellung, den Lauf seiner Waffe nach oben gerichtet. Heckler sprang und landete auf etwas. Nach einem kurzen Kampf stand Heckler auf und hob einen kleinen Metallgegenstand hoch. Seine vier gelenkigen Gliedmaßen hingen schlaff herunter.

„Sieht aus wie ein Bot.“ Heckler trug ihn zum Ende des Ganges und hielt ihn hin. Dreißig Zentimeter pro Seite, vier Beine, die einen kastenförmigen Körper herumschleppen.

„Sparky, was hältst du davon?“

„Beine für Vorwärts-, Rückwärts- und Seitenbewegung. Ich sehe keine Anschlüsse oder andere Vorrichtungen. Dieses Ding kann sich bewegen, aber es kann mit nichts interagieren. Vielleicht nimmt es Inventar auf.“

„Auf einem Raumschiff hat sich seit tausend Jahren nichts verändert. Was zum Teufel zählt es denn?“

„Einfache Programmierung. Es tut genau das, was es in den letzten tausend Jahren getan hat, fehlerfrei, was bedeutet, dass es auf diesem Schiff eine rechtmäßige Energiequelle gibt, die diese Teile auflädt.“ Sparky nahm Heckler das Gerät ab und setzte es ab. Es lief einen Gang zwischen den Regalen entlang und nahm seine Arbeit wieder auf.

„Ich glaube, es ist am Zählen. Lasst es. Es ist keine Bedrohung für uns“, sagte Dank. „Überprüft diese Kisten und nehmt noch ein paar Proben. Dann machen wir weiter.“

Heckler sorgte für Sicherheit, indem er den kleinen Bot im Auge behielt, während die anderen zufällige Gänge auswählten, zufällige Kisten herausholten und pflichtbewusst Proben aus dem Inneren nahmen, bevor sie die Kisten zurückstellten.

„Es wird zum ersten Mal seit langem eine veränderte Zählung melden. Ich frage mich, ob irgendwelche Schaltkreise überlastet werden?“, scherzte Heckler.

Dank ignorierte ihn. „Wir haben genau die gleichen in hellbraun und grün.“

„Ich habe blau.“ Sparky winkte mit ihrem Riegel.

„Rot hier.“ Shaolin zeigte ihre Beute, bevor sie sie wegsteckte.

„Major Payne, Virgil hier. Ich glaube, dieses Schiff hat ein Biomasse-Drucksystem für Nahrung verwendet. Wir haben einige Vorräte und einen lebenden Bot gefunden, der herumläuft. Es ist immer noch ein funktionierendes Schiff. Das ist das Maximum unserer Begeisterung. Wir gehen weiter.“

„Roger“, kam als neutrale Antwort von Major Payne.

Kapitel Sieben

„Wer seine Reserven zuletzt einsetzt, wird die Schlacht gewinnen.“

Aus den Memoiren von Flottenadmiral Thaylon Loore.

Der Weltraum bebte, als die Schiffe aus dem FTL kamen und eines nach dem anderen auf *Cleophas* Bildschirmen erschien.

„Alarmieren Sie das Hauptquartier“, befahl Captain Smith, ohne seinen Blick von der taktischen Anzeige abzuwenden. „Die Ebren sind hier!“

Das Blaze-Kollektiv hatte gewusst, dass die *Cleophas* im Weg sein würde, also hatten sie ihre Untergebenen geschickt, um ein Maximum an Feuerkraft zu bieten. Als der Weltraum aufhörte, sich aufgrund der Neuankömmlinge zu verformen, ließ die endgültige Anzahl der feindlichen Schiffe einen Schauer über Smiths Rücken laufen. Er war waffenmäßig unterlegen, denn er stand einem Geschwader von Ebren-Schlachtschiffen gegenüber, das von einem einzigen Dreadnought der Behemoth-Klasse unterstützt wurde.

Die feindlichen Schiffe benötigten einen Moment, um sich zu orientieren, bevor sie direkt auf Ganymed zusteuerten.

Auf der Brücke der *Cleophas* sah es aus wie immer, aber die Bildschirme mit der Außenansicht zeigten das exakte Gegenteil. Captain Smith beugte sich vor. „Hauptbatterien eins und drei, Peilung ausrichten und schießen."

„Peilung ausgerichtet. Delta Omega. Feuer", wiederholte der taktische Offizier den Befehl, während er in die Anzeige seines Waffensystems vertieft war. Unter seiner Kontrolle befanden sich zwanzig verschiedene Waffensysteme, die jeweils von verschiedenen Offizieren befehligt wurden. Die Hauptwaffensysteme unterstanden seiner direkten Kontrolle, denn wenn sie feuerten, repräsentierten sie die gesamte Flotte.

Die Hauptwaffensysteme eines Dreadnoughts waren hochwertige Systeme und entsprachen den Sechzehn-Zoll-Kanonen auf den Schlachtschiffen der alten Zeit. Die elektrothermischen Beschleuniger schossen ein plasmageladenes Projektil mit nahezu Lichtgeschwindigkeit. Mit einem Projektilgewicht, das in Megatonnen gemessen wurde, war dies die tödlichste Waffe der Kaiju-Klasse. Ihre Wiederaufladegeschwindigkeit war im Vergleich zu anderen Systemen langsam und es handelte sich nicht um intelligente Waffen, aber ein einziger Treffer konnte die meisten Schiffe zerstören. Ein einziger Schuss war ausreichend, um einen Eindruck zu hinterlassen.

„Auf zwanzig Prozent beschleunigen", befahl der Captain. „Gebt uns etwas Manövrierspielraum. Taktische Abteilung, stellen Sie Wachen über *Leviathan* auf, um die Enterkommandos abzuwehren."

„Ich sehe keine …", begann die taktische Abteilung.

„Sie werden kommen. Merken Sie sich meine Worte. Comm, verbinden Sie mich mit der gesamten Flotte."

„Kanal ist offen."

„Hier ist *Cleophas*. Wir werden von Jupiter weg in die Einsatzzone Jupiter Gulf Sieben jenseits der Orbitalbögen seiner Monde manövrieren, um diese Schlacht zu führen. *Voeller*, übernehmen Sie das Kommando über die Wachen und kontrollieren Sie den leeren Raum von Jupiter Gulf Eins. *Leviathan* muss um jeden Preis beschützt werden. Schwere Cruiser *Ezio* und *Sirus*, bewegt euch hinter *Cleophas*, um die Profile eurer Schiffe zu begrenzen und meine Flanken zu schützen. Leichter Cruiser *Plamen*, du bist Wächter. Sorgt dafür, dass sich keines der

Ebrenships zu weit entfernt. Geradeaus und oft schießen. Smith out."

Die spärliche Flotte bestätigte ihre Befehle und begab sich in den komplexen und tödlichen Tanz des Weltraumkampfes.

„Comm, gib mir die BEP-Zentrale."

„In der Leitung", antwortete Comm nach einer kurzen Verzögerung und benutzte eine Kommunikationssprache aus einer längst vergangenen Zeit. Es gab keine Leitungen mehr. Alles strömte ganz ohne Drähte.

„BEP-Kommando, hier ist *Cleophas*. Wir haben das Blaze-Kollektiv angegriffen. Wir bitten um sofortige Unterstützung durch alles, was Sie zur Verfügung haben. Übertragen taktische Anzeigen und Bilder. Wir werden einen Live-Feed liefern, solange der Kanal offen bleibt."

„Hier spricht Commodore Nyota Freeman. BEP-Kräfte errichten eine Blockadeposition zwischen dem Asteroidengürtel und Jupiter für den Fall, dass jemand an Ihnen vorbeikommt."

„BEP-Kommando, die Ebren sind wegen des Schiffes hier, das auf Ganymed ist. Sie werden nicht durch den Gravitationsschacht auf die Erde zustürmen. Ihre Unterstützung bei der Bekämpfung dieses Kampfes *hier draußen* würde aufrichtig geschätzt werden."

„Wir werden eine Blockadeposition einnehmen, weil wir glauben, dass Ihre strategische Einschätzung falsch ist, Captain."

„Wenn die Blaze *Leviathan* erobern, wird Ihre Blockadeposition bedeutungslos sein und Sie persönlich werden für den Verlust der gesamten Menschheit verantwortlich gemacht. Ich schlage vor, dass Sie das Prinzip von Teilen und Herrschen studieren, da Sie an Strategie interessiert sind. Denken Sie darüber nach, wie wir hier draußen die Menschheit beschützen, obwohl Sie auch in diesem Kampf sein sollten. Ich habe nichts als unfreundliche Worte für Sie. Smith out." Er biss die Zähne zusammen und brummte den Bildschirm an. „Lassen Sie den Feed aktiv, damit sie eines Tages in der Geschichte nachlesen können, wie beschissen das BEP ist."

„Empfehle Rapier-Raketensalve über alle Ziele in Reichweite. Sechsundneunzig Geschosse bereithalten", schlug die Taktik vor.

„Starten Sie die Rapiers", bestätigte der Captain.

Die zehn Meter langen Raketen strömten in einem Flammenvulkan aus ihren Rohren, der in der Leere des Weltraums schnell verglühte. Die Raketen erhöhten ihre Geschwindigkeit mit Hilfe ihrer fortschrittlichen Ionenantriebe, bis sie nur noch als Flackern auf den Sensoren erschienen.

Die Schlachtschiffe beschleunigten mit Unterlichtgeschwindigkeit, um die *Cleophas* in Hochgeschwindigkeit im Vorbeiflug anzugreifen, während das Ebren-Schiff der Behemoth-Klasse am Rande der Feuerreichweite dahindümpelte. Wenn die Schlachtschiffe durchkämen, würde die *Cleophas* in ein Kreuzfeuer geraten.

„Feuer frei!", brüllte der Captain.

Die taktische Abteilung fixierte die ankommenden Schiffe und startete eine automatische Feuersequenz, die durch die vier Kanonen rotierte, um einen massiven Ball nach dem anderen aus überhitztem Plasma in die Ebren-Formation zu schicken.

Es würde keine zweite Chance geben, um es richtigzumachen.

„Ionenströme im Anflug", meldete das Verteidigungssystem. „Pulsierendes EM. Punktverteidigungssysteme sind aktiv und auf hundert Prozent."

Das Schiff konnte die Ionenkanonen wegen der Größe der Partikel nicht erkennen, bis die geballte Ionenwelle über ihnen war. In den ersten Tagen waren Ionenkanonen tödlich, da sie die elektrischen Systeme beeinträchtigten und die Schiffe tot im Raum zurückließen, unfähig, sich gegen die schwächsten anderen Geschosse zu verteidigen.

Die *Cleophas* war immun gegen Ionenwaffen. Die Menschheit war lange genug im Krieg gewesen, um Experten im Umgang mit der Technologie der ersten Generation zu sein. Danach nicht mehr so sehr.

Die nächste Welle ankommender Geschosse ließ Smith aufhorchen.

Cleophas hatte sechsundneunzig Raketen auf acht Ziele abgefeuert, aber diese acht feindlichen Schiffe hatten ihre Batterien mit der ersten Salve geleert. Einhundertsechzig Raketen rasten auf sie zu – Raketen, die wie große, schwerfällige Ungetüme von der Größe der Wachschiffe der Flotte aussahen.

Die Ebren-Raketen passierten die Rapiers in dem als Jupiter

Gulf Sieben bezeichneten Gefechtsraum. Ein Dutzend Raketen verlor den Antrieb und begann zu taumeln.

„Was zum Teufel?“, platzte der Captain heraus und beugte sich in seinem Sitz nach vorn, um die taktische Anzeige besser betrachten und sehen zu können, ob sie echt war. Defekt. Veraltet. Oder etwas anderes?

„Finde etwas und mach es fertig“, murmelte das Verteidigungssystem vor sich hin, als die Laser durch die Leere tanzten und Löcher in die Bugspitzen der ankommenden Schiffe brannten. Gleichzeitig schickte das Gegenbatteriefeuer Wolken von kleinen Raketen ins All, die vor den ankommenden Raketen explodierten und überhitzte Plasmaspritzer in die Spitzen der feindlichen Raketen schickten, um die ankommenden Raketen, die die Laserlicht-Show überlebt hatten, abzufangen.

Weitere fünfzig verloren ihr Ziel und begannen, sich wild zu drehen, wie wahnsinnig gewordene Kobras, die versuchten, sich vor dem Fressfeind zu schützen. Die Abwehrraketen prallten auf die ankommenden Raketen wie eine Welle an einem felsigen Ufer. Von den verbleibenden einhundert Raketen lösten sich achtzig in direkten und gemeinsamen Explosionen auf. Aus der Trümmerwolke tauchten die letzten zwanzig auf, die zielsicher ihren Kurs hielten.

Laser feuerten durch die Dunkelheit und versuchten, die Raketen zu zerreißen, während das Schiff seine Nahkampfwaffen abfeuerte. Die Besatzungen vom Bug bis zum Heck verwalteten ihre Bereiche, indem sie die Kettenkanonen und die Vierfachkanonen abfeuerten, die an der Außenseite des Schiffes der Kaiju-Klasse angebracht waren. Die zwei Zentimeter breiten Geschosse, die sowohl durch chemische Treibstoffe als auch durch Magnetschienen beschleunigt wurden, füllten den Weltraum vor den Raketen im Endanflug.

Sie sprengten eine nach der anderen. Mit jeder Explosion wurde die schwere Panzerung mit nuklearer Strahlung überflutet. Die Besatzungen jubelten.

„Festhalten!“ Die Defensive sendete eine automatische Warnung für das eine große Monstrum, das durchkam. Mehr war nicht möglich. Die Besatzung klammerte sich an ihren Plätzen fest.

Einen Augenblick später waren die Räume des Schiffes mit

dem ohrenbetäubenden Dröhnen eines Einschlags einer Hundert-Kilotonne in die Außenhülle erfüllt. Das Schiff erbebte. Es war so konstruiert, dass es bis zu einer Megatonne standhalten konnte, ohne zu zerbrechen.

Die Schadensanzeige blinkte kurz auf, bevor ein rotes Licht erschien. Unbedeutend. Die Besatzung machte sich wieder an die Arbeit.

Die *Cleophas* beschleunigte, während sie eine starke Schräglage einschlug und zurück in Richtung Ganymed flog. Der Captain konnte nicht zulassen, dass die Kampfschiffe zwischen den neuesten Dreadnought der Flotte und den Jupitermond gerieten.

Oder vielleicht …

„Langsam auf ein Viertel drehen."

„Das führende Kampfschiff wird an uns vorbeikommen", meldete Helm. „Der Feind bewegt sich auf die Öffnung zu."

„*Ezio* und *Sirus*, bereit machen zum Feuern. Waffen frei, sobald Ebren Eins unseren Schatten verlässt." Die taktische Anzeige hatte jedem Schiff eine Zielnummer zugewiesen, damit eine koordinierte Flotte einheitlich vorgehen konnte. Smiths Lippen zuckten bei dem Gedanken, dass die BEP-Flotte auf das Ende der Schlacht wartete. Vielleicht beteten sie für die Flotten.

Alle Hoffnungen und Gebete des Universums würden diese Schlacht nicht gewinnen. Es kam auf den Einfallsreichtum derer an, die die Kaiju-Klasse entworfen hatten und auf diejenigen, die in ihr unterwegs waren.

Das Symbol für Ebren Vier flackerte, bevor es sich rot färbte – außer Gefecht, aber nicht zerstört. Es war düster geworden, weil die Energie fehlte. Helm passte den Kurs an, um nicht von den Trümmern getroffen zu werden.

Ebren Sechs färbte sich gelb und Ebren Acht blinkte rot. Zwei weitere Kampfschiffe leuchteten gelb auf. Vier Schiffe mit einem Raketensperrfeuer. *Cleophas* konnte noch neun weitere Raketen abfeuern, bevor die Autoload-Racks leer waren.

„Wechsel", meldete die taktische Abteilung. Die Hauptleitung stellte das Feuer von Ebren Sechs auf Ebren Zwei um.

„Eine weitere Rapier-Salve abfeuern. Volle Breitseite auf die letzten vier Ziele in Reichweite." Der Captain lehnte sich in das Kissen seines Stuhls, die Augen auf die Anzeige gerichtet. Die

Behemoth-Klasse schwebte knapp außerhalb der Waffenreichweite und wartete auf den richtigen Moment.

Wann würde das sein?

Der Befehl des Captains wurde automatisch an den Rapier-Raketenkontrolloffizier weitergeleitet. Sie gab die Ziele frei, bestätigte die neue Streuung und startete. Der gesamte Vorgang dauerte dank des hochmodernen Computersystems der *Cleophas* nur zwei Sekunden. Die nächste Salve von sechsundneunzig Rapier-Raketen löste sich aus ihren Rohren und zog tödliche Bögen über die rasch abnehmende Entfernung.

Die Menge des Abwehrfeuers von *Cleophas* bedeutete eine wahre Wolke von Geschossen, die auf ihrem Weg nach draußen durchfliegen mussten. Nicht alle schafften es. Das Risiko, eine ihrer eigenen Raketen abzuschießen, war es wert gewesen. Das Computersystem deckte den Weltraum so weit wie möglich, aber die unabhängige Zielerfassung der Rapiers bedeutete, dass die Raketen sich anpassen konnten, sobald ihre Motoren ansprangen.

Das Nahkampfwaffensystem CIWS, genannt Sea Whit, konnte ebenfalls unabhängig vom Hauptwaffenprogramm abgefeuert werden. Akzeptables Risiko. Akzeptabler Verlust im Schnellfeuergefecht des Weltraums.

Sechs Raketen schafften es nicht, das Feld zu verlassen. Der Rest beschleunigte auf sein Ziel zu.

Countdown bis zum Einschlag. Drei … zwei … Die Abwehrsysteme schickten eine Feuermasse in den immer kleiner werdenden Raum zwischen den Schiffen, die eine undurchsichtige Wolke auf dem Scanbildschirm erzeugte. Zu viele der Raketen lösten sich unter dem Sperrfeuer auf.

Aber nichts lenkte die Plasmageschosse ab. Sie konnten nicht gelasert werden und man konnte sie nicht austricksen. Man konnte ihnen nur ausweichen. Die Hauptkanonen feuerten weiter. Mit dem neuesten Kühlsystem und drei Sekunden zwischen jedem Kanonenschuss verhinderte das System eine starke Überhitzung. Dennoch lief der Countdown bis zur Abschaltung. Noch eine Minute. Fünfzehn Schüsse aus jeder Vorrichtung.

Die taktische Abteilung hatte Mühe, das Ziel zu erfassen, da die Manöver des Schiffes mit den Drehungen der ankommenden

Kampfschiffe und der gewaltigen Menge an Geschützen, die sich bereits in der Atmosphäre befanden, im Gleichgewicht waren.

„Wir nähern uns dem Ziel", verkündete die taktische Abteilung ohne Grund. Die gesamte Brückenbesatzung konnte sehen, dass das Feuergefecht zu einem Messerkampf wurde. Das Schiff der Kaiju-Klasse ruckte und ächzte bei jedem Einschlag. Die verbliebenen Schlachtschiffe feuerten alles, was sie hatten, auf den neuesten Dreadnought der Flotte.

„Treffer!", schrie die taktische Abteilung und schoss direkt auf Ebren Zwei, wobei der Rumpf zerbrach und der Reaktor überkritisch wurde. Der Blitz der Explosion verwischte den Bildschirm. Der Captain zuckte zusammen und wandte den Blick ab. Das Rumpeln des CIWS war eine gleichmäßige Vibration, die er nicht hörte, sondern fühlte. Das Plätschern von Regen auf einem Blechdach klang wie der Einschlag von Geschossen in die Außenhülle, die die Panzerung aufbrachen.

Ebren One lieferte eine gefährlich nahe Breitseite und feuerte sowohl Defensiv- als auch Offensivwaffen in den Bug der *Cleophas*, als sie vorbeiflog. Das Schiff der Kaiju-Klasse kam ruckartig zum Stehen, als die Munition in seine gehärtete Bugspitze einschlug. Einige von ihnen entgingen den Streifschüssen, aber die übrigen trafen mit brachialer Gewalt das härteste Material, das die Menschheit erschaffen konnte.

Das feindliche Schlachtschiff trat mit leeren Waffen in den Gefechtsbereich der schweren Cruiser ein. Als die *Ezio* und die *Sirus* ihre Railguns abfeuerten, sandten sie einen Strom von Ein-Kilogramm-Geschossen mit nahezu Lichtgeschwindigkeit zu Ebren Eins. Das Kampfschiff zersplitterte, als ob er von einem scharfen Skalpell aufgeschlitzt worden wäre, aber er setzte seine Flugbahn in Richtung Ganymeds Oberfläche fort.

„Feuer!", rief die taktische Abteilung.

Die Haupttriebwerke hörten auf zu laufen und feuerten in Salven, zwei nach zwei.

Die Schadenskontrollanzeige signalisierte mit jeder verstreichenden Sekunde zusätzliche rote Lichter.

„Verteidigungssysteme auf Maximum!" *Cleophas* schoss mit den nach außen gerichteten Waffen.

„Volle Geschwindigkeit!", befahl der Captain, als die letzten vier Kampfschiffe in schneller Folge starben. Ein explodierender

Kern konnte eine Kraft von bis zu einer Million Megatonnen erzeugen, aber das Vakuum des Weltraums würde eine solche Explosion dämpfen, wenn man genug davon zwischen das Schiff und die Explosion bringen konnte. Wrackteile im Wert von acht Kampfschiffen waren auf dem Weg nach Ganymed, mit *Cleophas* in der Mitte.

„Macht den Luftraum frei!“, befahl Smith.

Ezio und *Sirus* drehten ab und flogen auf einer Flugbahn senkrecht zu den ankommenden Wrackteilen durch den Himmel.

Die Zentrale leitete einen Anruf von Captain Malone an Smiths Position weiter. „*Voeller*, erbitte Anweisungen.“

„Mal, du musst da raus. Dir werden sonst ein paar Millionen Tonnen Wrackteile auf den Kopf fallen.“

„Aber *Leviathan* ...“

„Es muss sich selbst verteidigen. Es ist schon seit tausend Jahren hier und immer noch intakt. Es kann sich selbst schützen und wird es müssen. Es gibt nichts, was du tun kannst. Verschwindet sofort von dort und nehmt die Wachen mit.“

Smith hörte nicht, wie *Voeller* berichtete, dass Ebren-Späher es geschafft hatten, an ihm vorbeizukommen und Soldaten wie in alten Zeiten Soldaten an der Spitze des Schiffes abgesetzt hatten. Sie hatten das eindringende Schiff ausgeschaltet, zögerten aber, auf das Prog-Schiff zu schießen, falls es aktive Verteidigungssysteme hatte. Es brauchte nicht viel für einen Dreadnought, um eine Fregatte in Sternenstaub zu verwandeln.

Smith konzentrierte sich auf das Ungetüm der Behemoth-Klasse. Es hatte begonnen, in das taktische Feld mit der Bezeichnung Jupiter Gulf Sieben zu beschleunigen.

„Zeit, sich auf dem Schiff zu melden, Major“, verkündete Joker.

„Berichte ihnen, was ich dir vorhin gesagt habe. Es gibt nichts Neues. Wir arbeiten an der Verbindung mit dem Schiff, das intakt zu sein scheint. Und sag ihnen, dass wir uns erst in drei Stunden wieder melden werden.“

„Roger.“ Joker machte sich auf den Weg zur Luftschleuse.

„Turbo, du gehst mit ihr. Notiz an alle: Geht niemals alleine auf dieses Schiff."

Die Combat-Spezialistin nickte und eilte der Comm-Spezialistin hinterher. Sie betraten die Luftschleuse und drückten auf das Dreieck an der gegenüberliegenden Wand neben der Leiter. „Ich vermisse Sie jetzt schon, Sir", funkte Turbo.

„Natürlich. So nahe, wie ich hier bin, könnte ich wahrscheinlich mit dir reden. Öffne die äußere Luke und ich werde es versuchen."

„Sie bekommen Ihre Chance in etwa zehn Sekunden. Die Luft wird abgelassen", sagte Joker. Nach der angegebenen Zeit verkündete sie: „Luke ist offen."

Der Major hatte keine Gelegenheit, sich zu melden. Ein Schatten versperrte die Sicht auf *Cleophas* und eine Waffe feuerte in den Luftschleusenraum. Joker wurde von einer Plasmaladung in die Brust getroffen, die sie in die Knie zwang. Turbo schrie auf und hatte ihre Waffe im Handumdrehen erhoben und abgefeuert. Die Sicht auf *Cleophas* kehrte zurück.

Turbo blieb, wo sie war. Joker zog sich die Leiter hinauf und überprüfte die Brustplatte ihres Anzugs. Der Streifschuss hatte eine Brandspur hinterlassen.

Payne rannte zur Luke der Luftschleuse, konnte aber durch das kleine Fenster nur wenig sehen. „Bericht!"

„Jemand hat draußen auf uns geschossen. Sichert die äußere Luke", knurrte Turbo.

„Warte. Break, break. *Cleophas* Actual, Team Payne. Jemand ist an der vorderen Luftschleuse und schießt auf uns. Kann uns jemand weiterhelfen?"

„Zurück, Joker. Ich sehe mir das mal an. Wenn das ein Fleetie ist, mache ich ihn fertig."

„Seit wann hat die Flotte Plasmagewehre?", fragte Joker.

Laser schossen in den Himmel zwischen dem Dreadnought und der *Leviathan*. Turbo kletterte langsam die Leiter hinauf, wobei sie sich so weit wie möglich zur Seite beugte, um dem Feind nicht den Rücken zuzuwenden. Zwei Sprossen vor dem Ende gab sie einen Schnellschuss ab, stieg dann auf die oberste Sprosse und feuerte noch zweimal. Ein Schuss von hinten prallte von der Oberseite ihres Helms ab.

Sie duckte sich, ließ ihr Gewehr in der Schlinge hängen und

zog eine Plasmagranate. Sie steckte sie in ihre Achselhöhle, zog den Stift und ließ sie bis drei abbrennen, bevor sie sie aus der Luke warf und nach hinten kippte. Weniger als zwei Sekunden später explodierte sie und schleuderte ihren Feind in Richtung Luke; er fiel hindurch und an Turbo vorbei. Als er auf dem Deck aufschlug, beschoss Joker ihn mit dem Pulsgewehr.

„Sir, das Blaze-Kollektiv ist hier. Mindestens zwei Ebren-Soldaten sind gefallen."

„Team Payne. *Cleophas* ist im Einsatz. Schließen Sie sich in dem Schiff ein. Wir werden auf die Luke schlagen, wenn die Luft frei ist. Smith out."

„Sichert die Luke", meldete Joker. Ein weiterer Schatten tauchte auf und Turbo verpasste ihm eine volle Ladung Impulsgeschosse, bevor die Luke zuschnappte und die Luft sich auszugleichen begann. Sie kletterte hinunter und sprang über den großen, dünnen Körper auf dem Deck, danach schoss sie eine Kugel durch die Gesichtsplatte des Helms, um sicherzugehen, dass er sich nicht tot stellte.

Die Ebren waren eine große und dünne Spezies, zwischen zwei und drei Metern groß, aber die schwersten wogen nicht mehr als fünfundsiebzig Kilo. Ihre Körper bestanden aus faserigem Material, daher brauchten sie keine Raumanzüge, sondern nur Helme zum Atmen. Außer einem Plasmagewehr trugen sie normalerweise keine Ausrüstung. Ihr Vorteil lag in der Anzahl. Sie stopften ihre Schiffe voll und schickten ihre Soldaten in Massenangriffen aus.

Der Geheimdienst ging davon aus, dass sie auf dem Weg zu einer Schlacht gezüchtet worden waren – Klone –, aber einige von ihnen hatten unabhängiges Denken bewiesen. Team Payne hatte sie schon einmal gesehen. Sie waren leicht zu töten, aber sie waren wie Kakerlaken. Wo das Team eine sah, folgten Hunderte.

„Melde drei Tote." Turbo hob das Plasmagewehr auf. Noch zwanzig Ladungen und es wäre leer. Sie würde es vorerst behalten.

„Was zum Teufel haben die vor der Luke gemacht?"

„Wahrscheinlich haben sie sich den Skimmer angesehen. Ich glaube, wir haben sie überrascht."

„Kein Scheiß, Major. Sonst wären sie in Scharen durch die Luke gestürmt und wir hätten Pech gehabt."

Joker klappte die Luke ins Schiff auf. „Blockiert diese Innenluke, damit sich die Luftschleuse nicht ausgleicht und die Boneracks nicht von außen in die Luftschleuse gelangen können. Major Dank, auch Sie müssen Ihre Luke blockieren. Es hat keinen Sinn, wenn die bösen Jungs hinter Ihnen eindringen. Macht es euch bequem. Wir werden noch eine Weile hier sein."

Kapitel Acht

„Der Weltraum ist der große Ausgleich. Niemand kommt von dort und am Ende gewinnt immer die Leere."

Aus den Memoiren von Flottenadmiral Thaylon Loore.

„Macht es euch bequem. Ich brauche euch beide in unmittelbarer Nähe dieser Luftschleuse", meinte Major Payne.

Turbo und Joker nickten mit ihren behelmten Köpfen. „Roger. Wir können doppelt so viel Fläche abdecken, wenn vier statt nur zwei suchen", schlug Turbo vor. „Die beiden sollen die Luftschleuse bewachen. Sie können einen Signalgeber oder so aufstellen. Wenn jemand die äußere Schleuse durchbricht, was ich nicht für möglich halte, bekommen sie eine Menge explosiver Dekompression direkt in ihre ausgemergelten Gesichter."

„Gute Idee. Bewegt euch nicht zu weit in den Längskorridor, nicht mehr als hundert Meter in jede Richtung." Payne beugte sich in den Raum, in dem Blinky und Buzz arbeiteten. „Haltet die Luftschleuse im Blick und stellt sicher, dass es keine Boneracks hierher schaffen."

Blinky wirkte verärgert über die Unterbrechung. „Das Schiff kann sich darum kümmern, sobald wir uns eingehackt haben."

„Seid ihr bereits drin?“

„Nein.“

„Dann ist es immer noch eure Aufgabe. Lasst den Feind nicht ins Schiff. Ich werde sehr verärgert sein, wenn sie diese Festung stürmen. Sehr.“

„Roger. Wir kümmern uns darum.“ Blinky winkte abweisend.

Der Major gab sich damit nicht zufrieden. Er stürmte in den Raum. „Mir ist klar, dass es das alles wert sein wird, wenn ihr euch ins System gearbeitet habt, aber im Moment brauchen wir keine weiteren Überraschungen. Bringt eine Sprengfalle oder so etwas an der Tür an. Wir haben zehn Leute, um die Arbeit von tausend zu erledigen. Helft uns, euch zu helfen.“

„Ich werde mich darum kümmern, Blinky.“ Buzz legte sein Gerät ab und salutierte kurz. Er kramte in der Tasche und brachte zwei Blendgranaten zum Vorschein. Mit der Schnur und dem Klebeband, die in jedem Space-Pack enthalten waren, machte er sich auf den Weg zur Luftschleuse.

Der Major gab Byle ein Handzeichen, um ihm zu folgen. Nach zwanzig Metern blickte Payne zurück und entdeckte eine Ad-hoc-Sprengfalle, die an beiden Seiten der Schleusenluke befestigt war. Wenn sie sich öffnete oder schloss, würde die Schnur den Stift einer der Blendgranaten auslösen. In dem engen Raum des Korridors würde es einen höllischen Knall geben, aber das Team nicht blenden, da die Helme den Blitz kompensierten. Buzz hielt einen Daumen hoch, bevor er in den Raum zurückkehrte, um Blinky bei der Arbeit an den Einsen und Nullen zu helfen.

„Das hätte ich auch geschafft“, meldete sich Byle.

„Ich auch. Verdammt! Buzz macht uns ernsthaft Konkurrenz.“

„Was schaffen?“, fragte Major Dank.

„Er hat Blendgranaten an die Luftschleuse geklebt, falls sie geöffnet wird.“

„Okay. Von unserer Seite haben wir noch nichts gehört. Vielleicht wurden sie von dem Skimmer angelockt und sind deshalb an eurer Position aufgetaucht und nicht hier unten.“

„Sie haben die Luke nicht geöffnet“, erwiderte Payne. „Blinky und Buzz machen die Schwerstarbeit. Der Rest von uns macht die Routinearbeit. Weitersuchen und Bericht erstatten. Alles absuchen, das helfen könnte, um mit dem Schiff in Kontakt zu treten."

„Roger. Wir machen weiter." Dank beendete sein Signal, hielt aber den Kanal offen.

„Sir", begann Byle, „zumindest wissen wir, dass sie humanoid waren, mit den gleichen Schwächen wie wir. Eine Leiter zum Hinunterklettern, was auf eine zweibeinige Spezies hindeutet und Betten, also benötigen sie Schlaf, in horizontaler Ausrichtung. Auch Biomasse, was mir sagt, dass sie essen mussten, also hatten sie wahrscheinlich auch Münder. Das legt auch nahe, dass es Bäder geben sollte. Ich denke, wir stammen von ihnen ab."

„Das ist ein großer Gedankensprung, Byle."

„Ich nehme es in Kauf, denn ich möchte nicht glauben, dass wir von so einer der Spezies im Kollektiv abstammen wie den Boneracks."

„Ich hoffe, dass du recht hast und wir von einer Spezies abstammen, die anderen Spezies gegenüber etwas freundlicher gesinnt ist als die Blaze. Denn diese Typen sind echte Arschlöcher."

Byle lachte. „Das ist wirklich passend für sie."

Sie gingen weiter den Querkorridor hinunter, weit über die Stelle hinaus, an der sie zurück zur Luftschleuse sehen konnten. Es gab viele Türen, die fast alle gleich aussahen, bis auf den Aufzug, der am nächsten an der Luftschleuse lag.

„Die Progs mussten ausgezeichnete Kondition haben, um auf diesem Schiff zu leben."

„Oder vielleicht hatten sie andere Fortbewegungsmittel, wie Hoverboards", bot Byle an und versuchte, möglichst ahnungslos zu wirken.

„Jetzt fängst du echt ein Thema an. Nur fürs Protokoll: Wenn jemand ein Hoverboard findet, darf ich bei der Flur-Hoverboard-Olympiade Erster sein. Ich war damals auf dem College ein Teufelskerl. Ich wäre fast rausgeflogen, weil ich besonders beeindruckend die Treppe runtergerutscht und aus dem Fenster im zweiten Stock gesprungen bin."

„Beeindruckend? Für wen?", sagte Byle.

„Für mich selbst natürlich! Break, Break. Wir haben die Mitte fast erreicht. Es gibt einen breiten Korridor, ähnlich dem der *Cleophas*. Anscheinend sind wir nur circa tausend und zehn Jahre hinter den Progs zurück. Ansonsten sieht die Grundstruktur des Schiffes verblüffend ähnlich aus. Alles bis auf die neuralen Schnittstellen und vielleicht verhindern unsere eigenen KIs das, weil sie in unseren Verstand gesehen haben."

„Du hast eine richtige Glückssträhne, Declan", bemerkte Dank. „Wo bist du, Heckler? Ich glaube, wir haben den Maschinenraum gefunden und wir sollten gemeinsam rein."

„Komme!", sagte Heckler in der Art, wie man beim Laufen spricht. „Mein Kardiotraining ist für heute erledigt."

„Du bist unglaubliche zwei Kilometer in geringer Schwerkraft gelaufen, du Riesenbaby", antwortete Sparky.

„War nicht so einfach, wie es klingt", keuchte Shaolin. Die Anzüge waren so konzipiert, dass sie einen Soldaten bei Kampfeinsätzen im Vakuum schützten. Das bedeutete, dass man wegen der Magnetstiefel nur mit geringer Geschwindigkeit manövrieren konnte. „Wir hätten die Düsen benutzen sollen."

„War nur ein kleines Training für uns", erwiderte Heckler.

„Schaltet auf eure Gruppenkanäle um", forderte Payne, da das Geplänkel ihn ablenkte. „Es scheint allen gutzugehen. Meldet euch alle fünfzehn Minuten."

„Roger. Wir werden uns um alles Weitere kümmern. Nächster Halt: Maschinenraum. Wenn ich richtig liege. Dank out."

Payne und Byle gingen zwei Schritte, bevor der Kommunikationskanal aktiviert wurde.

„Ich glaube, dieser Raum liegt über den Hauptmaschinen. Wir werden von hier aus einen Weg nach unten suchen und uns melden, wenn wir Sichtkontakt zu den Motoren dieses Biests haben."

Payne machte einen weiteren Schritt und blieb stehen.

„Sir?", fragte Byle verwundert.

„Ich hatte etwas anderes erwartet und gehofft. Mal sehen, wohin dieser Hauptkorridor führt."

Sie gingen weitere zehn Minuten schweigend weiter. An der Kreuzung des Haupt- und des Querkorridors blieben sie stehen und sahen sich um. Der Korridor auf der gegenüberliegenden Seite reichte weiter, als das Licht des Gewehrs eindringen konnte. Beide Richtungen des breiten Mittelgangs versanken im selben unendlichen Pool von Dunkelheit.

„Wir haben Leute hinter uns. Lass uns weiter nach vorn gehen." Mit Paynes Worten wandelte sich die Helligkeit der Lichter zu einem dämmrigen Schein.

„Sir!", rief Byle. Er drehte sich um und sah eine breite Kiste, die auf der rechten Seite des Korridors auf sie zukam. Sie versteckten sich im Seitenkorridor, die Waffen in Position und schussbereit. Der Eindringling blieb stehen.

„Es ist ein Hoverscooter oder so."

„Zählt das als Hoverboard?", konterte Byle.

„Vielleicht, Byle. Ich glaube, wir haben unser Gefährt gefunden. Steig ein."

„Und wenn es eine Falle ist?"

„Wenn dieses Schiff uns hätte töten wollen, hätte es das bereits machen können. Ich glaube, es arbeitet wie üblich, obwohl es keine Besatzung hat. Niemand hat den Drohnen gesagt, dass sie nicht mehr zu arbeiten brauchen. Was auch immer die Energiequelle dieses Dings ist, sie besteht bereits seit über tausend Jahren. Daraus könnten wir definitiv lernen, auch wenn sonst nichts an diesem Ding funktioniert."

„Das ist es ja gerade, Sir. Es sieht so aus, als ob alles funktioniert."

„Was ist, wenn es kaputt war und aufgegeben wurde und im Laufe der Jahre haben Wartungsroboter alles repariert? Was, wenn es fliegen kann?"

„Das wäre eine schöne Ergänzung für die Flotte, vorausgesetzt, die Waffensysteme sind funktionsfähig."

Sie nahmen auf den Sitzen des Personenbeförderungssystems Platz. Nichts passierte. „Blöd, dass wir keine neurale Schnittstelle haben. Vielleicht sollten wir ihm sagen, wohin die Reise gehen soll. Brücke, bitte."

Der Wagen setzte sich in Bewegung.

„Versteht es unsere Sprache?"

„Wir haben genug geredet, während wir an Bord waren. Vielleicht hat es gelernt." Das Fahrzeug beschleunigte zehn Sekunden lang und bremste dann zehn Sekunden lang ab. Die Doppeltüren auf der linken Seite öffneten sich und das Fahrzeug rollte ins Innere.

Major Payne zapfte den Firmenkanal an. „Wir sind an Bord eines Fahrzeugs, das im Zentralkorridor aufgetaucht ist. Wir haben gefragt, ob es uns zur Brücke bringt und wir sind jetzt in einem Aufzug, der nach unten fährt. Wir werden euch Bescheid geben, wenn wir ankommen."

„Roger", antwortete Dank. „Wir klettern eine Leiter hinunter. Wir haben bereits zwei Decks ohne Ausgang hinter uns. Wir machen weiter, bis wir rauskommen können oder zu müde sind, um weiterzugehen, und dann nutzen wir die Düsen zurück zum Oberdeck."

„Klingt nach einem Plan. Break, Break. Turbo und Joker, Bericht erstatten."

„Nichts als leere Kabinen, so weit das Auge reicht. Ich zähle mal grob durch. Wenn dies das einzige Deck mit Unterkünften ist, könnte es eine Besatzung von zehntausend Menschen fassen."

Payne dachte einen Moment lang darüber nach. „Dieses Schiff könnte fünfzigtausend Menschen befördern, wenn es wollte?"

„Alles abhängig von Belüftung und Verpflegung", warf Blinky ein. „Platz ist genug vorhanden. Es ist fünf Kilometer lang, eineinhalb Kilometer breit und einen Kilometer hoch. Das sind über sieben Milliarden Quadratmeter. Eine Menge Platz, Major."

„Eine Milliarde mit neun Nullen."

„Wenn man eintausend Quadratmeter pro Person vorsieht, könnte dieses Schiff siebeneinhalb Millionen fassen. Fünfzigtausend? Das würde viel Platz übrig lassen. Kannst du dir das mal ansehen? Buzz macht irgendetwas. Wir melden uns gleich wieder."

„Was macht Buzz? Was ansehen?", fragte Payne, wohl wissend, dass er keine Antwort bekommen würde. Er hatte sich an die Art und Weise der Tech-Specialists in seinem Team gewöhnt, die alle auf ihre eigene Weise exzentrisch waren. Als Payne das Team zusammenstellte, hatte er nach Personen gesucht, die großartig waren in dem, was sie taten, weil sie eine Leidenschaft hatten, die alles andere in den Schatten stellte. Und dann hat er sie zu einem Team geformt.

Aber wenn die Exzentrik ihn ausgrenzte, dann musste er sich damit abfinden können. Er wusste, dass sich das Ergebnis lohnen oder alles damit enden würde, dass er vor dem Flottenadmiral einen Tanz auf dem Teppich aufführte, das Unerklärliche erklärte und dem alten Mann versicherte, dass es nicht wieder vorkommen würde. Nur bis zum nächsten Mal. Trotzdem war es das wert, denn in seinem Team war niemand gestorben. Sie sahen die Grenzen des Todes, bevor sie sie betraten, und sie reagierten mit tödlicher Gewalt.

Sie brachten den Schmerz.

„Wie würde eine Waffenkonsole auf diesem Schiff aussehen?“, fragte Payne. Byle war Waffensystemspezialistin und ein wahrer Guru für schwere Waffensysteme – alles, was Energie umlenkte. Sie wusste, wie man Energie in kontrollierte Zerstörung bündelte.

Aber sie hatte keine Ahnung, wie die Kontrollschnittstellen der Progs aussahen. Genauso wenig wie er oder sonst jemand. Jedes Wrack, das sie betreten hatten, war ausgeschlachtet worden. Auch jedes andere Wrack, von dem sie Videos gesehen hatten.

Sie begnügte sich damit, den Kopf zu schütteln.

Bevor sich die Türen schlossen, hallten Erschütterungen durch den *Leviathan*. Die massiven Einschläge erschütterten das Prog-Schiff bis in seine Grundstruktur.

„Wartet!“, rief Payne, doch die Türen schlossen sich und der Aufzug fuhr nach unten. Sie klammerten sich an das Fahrzeug, als es in dem kleinen Schacht rüttelte und wackelte. „Haben wir den Kampf verloren?“, fragte Payne.

Kapitel Neun

„Man kann alle Schlachten gewinnen und
trotzdem den Krieg verlieren."

Aus den Memoiren von Flottenadmiral
Thaylon Loore.

„Behemoth nähert sich", meldete die taktische Abteilung.

„Schadensbericht", forderte der Captain.

„Achtunddreißig Rapier-Silos beschädigt. Verteidigungssysteme auf fünfzig Prozent. Hauptgeschütze sind voll funktionsfähig und bereit zum Feuern."

Smith kaute auf der Innenseite seiner Lippe, als er darüber nachdachte, sich mit dem unbeschädigten Ebren-Dreadnought anzulegen, nachdem sein Schiff eine Tracht Prügel einstecken musste. *Cleophas* hatte acht Schlachtschiffe bemerkenswert gut überstanden, war aber verletzt. Konnten sie sich auf den Boxkampf mit dem Behemoth einlassen und auf der anderen Seite wieder heil herauskommen? „Ich benötige diese Silos so schnell wie möglich online. Leiten Sie bei Bedarf Ressourcen zur Schadensbegrenzung um."

Die taktische Abteilung schickte die Anweisungen an die Waffensystem-Kontrolloffiziere, denn sie mussten wissen, warum an ihren Systemen nicht mehr gearbeitet wurde. Die Verteidigungssysteme ächzten, aber Verteidigung allein würde das Schiff nicht am Leben erhalten. Dreadnoughts hatten eine fast unbegrenzte Offensivkraft. Um einen Angriff zu überleben, musste man den Feind so stark beschädigen, dass er in den FTL überging. Wenn sie für eine Flucht zu stark beschädigt waren, mussten sie zerstört werden.

Ein lebender Behemoth war zu gefährlich, genau wie ein Kaiju, den man am Leben ließ, während er weiter Energie erzeugte. Beide Biester begannen, den Gürtel zu umkreisen.

„Energieanstieg", meldete die taktische Abteilung.

Captain Smith wartete ab. Es gab ein Dutzend verschiedene Möglichkeiten, was diese Welle bedeuten konnte, und nicht alle waren schlecht.

„Klingt wieder ab."

„Das war etwas anderes", bemerkte der Captain.

„Eingehender Asteroid", meldete Helm.

„Kurs anpassen", bestätigte der Captain, obwohl Helm bereits manövrierte.

„Energiewelle", wiederholte die Taktik.

„Asteroid." Helm drehte sich um und sah den Captain an.

„Ein massiver Treiber. Rapiers entladen! Alle Röhren feuern! Peilen Sie das Zentrum an und senden Sie eine Nachricht an unseren unwillkommenen Gast!"

Die taktische Abteilung zögerte. „Auf die Asteroiden oder das Schiff schießen?"

„Das Schiff! Schießen Sie auf das Schiff!", stellte der Captain klar.

Am Rande der Waffenreichweite war die Trefferwahrscheinlichkeit gering, aber ein Treffer konnte eine Schwachstelle schaffen, die ausgenutzt werden konnte, wenn die Schiffe näher kamen.

„Feuer!", befahl die taktische Abteilung. Die Hauptgeschütze spuckten ihr tödliches Plasma und versuchten, den Weltraum zu einem gefährlichen Ort für den Behemoth zu machen. Das feindliche Schiff begann zu trudeln und änderte die Flugbahn. Zwei Sekunden später feuerte die taktische Abteilung erneut. Großer Raum, kleine Geschosse, aber genug Geschosse, um ein Zeitfenster zu schaffen, in dem ein Manöver unmöglich war. „Raketen abgefeuert!"

Die achtundfünfzig funktionstüchtigen Rohre schickten ihre Raketen von *Cleophas* aus, bevor ihre Ionenantriebe sie in die Leere beschleunigten. Die Hauptgeschütze zwangen den Behemoth in ein enges Feld, auf das sich die Raketen konzentrierten.

„Nachladen“, verkündete die taktische Abteilung mit ruhiger Stimme. „Ein zusätzliches Silo aktiviert.“

Jede Aktion schafft eine Reaktion. Eine Wolke von Raketen wurde von dem Behemoth abgeschossen, zusammen mit einem weiteren Asteroiden.

„Geschosse werden uns weit verfehlen“, sagte Helm und starrte auf den Bildschirm. „Es fliegt auf das Schiff auf der Oberfläche von Ganymed zu.“

„Schalten Sie den Asteroiden aus!“

Helm beschleunigte das Schiff in eine enge Schleife, ein schwieriges Manöver, das die Aufbauten entlang ihres mehr als zwei Kilometer langen Kiels knarren ließ. Das Schiff kam über den Kurs hinaus und drängte auf den Planeten zu, wobei es sich von der Verbindungszone Jupiter Gulf Sieben in Gulf Eins bewegte.

„Rapiers online“, meldete die taktische Abteilung. „Sechs zielen. Feuer!“

Sechs Raketen flogen auf den Planeten zu. Eine oder zwei hätten ausgereicht, denn der Asteroid war manövrierunfähig und würde keine Verteidigungswaffen abfeuern. Redundanz war jedoch entscheidend, um zusätzlichen Schaden für *Leviathan* zu begrenzen.

„Welchen Schaden haben die Schlachtschiffe angerichtet?“, fragte Smith.

„Minimale direkte Einschläge“, meldete die taktische Abteilung. „Ich sehe Ebren-Soldaten, die immer noch versuchen, auf das Schiff zu gelangen, also ist die Hülle intakt geblieben.“

„Comm, geben Sie mir *Voeller*.“

„Captain Malone“, kam die vertraute Stimme.

„Haben Sie Lust auf ein Zielschießen, Captain?“ Er wartete einen Moment, bevor er fortfuhr. „Wir haben einige Boneracks auf *Leviathan*. Ich wäre Ihnen dankbar, wenn Sie die Plage auslöschen würden.“

„Jetzt, wo der größte Teil des Schlachschiffschrotts

verschwunden ist, werde ich in das Gebiet zurückkehren und sie beseitigen. Schießt der Behemoth Asteroiden ab?"

„Sie haben jetzt einen massiven Treiber, wie es scheint. Warten Sie, bis die Flotte davon erfährt! Wir werden die Asteroiden von euch fernhalten, aber achtet sicherheitshalber auf eure Sechs."

„Wird gemacht. Malone out."

Captain Smith lehnte sich in seinem Stuhl zurück.

Die sechs Raketen verwandelten den Asteroiden in eine Staubwolke.

„Empfehlen Sie ab jetzt zwei. Zwei für jeden Asteroiden und vier für das feindliche Schiff."

Smith nickte langsam. „Comm, verbinde mich mit *Ezio* und *Sirus*."

Die taktische Abteilung setzte das Sperrfeuer fort, während der Behemoth alle fünfzehn Sekunden einen Asteroiden in Richtung Ganymed schickte.

„Woher kommen diese Geschosse? Ist das Schiff mit großen Steinen gefüllt?"

Der Captain scannte die Brücke, aber niemand hatte eine Antwort.

Das Behemoth wich den Plasmageschossen aus, aber die Raketen stellten eine andere Bedrohung dar. Sie näherten sich dem manövrierenden Schiff, passten sich den Veränderungen an und berechneten die Einschlagpunkte auf einem breiten Abschnitt. Das Abwehrfeuer drang aus und ließ zwei Raketen auf einmal verschwinden. Einige explodierten, einige starben mit einem Heulen, aber andere hielten durch. Die Nahbereichssysteme entsprachen denen von *Cleophas*, die Wolken von Geschossen abfeuerten, durch die die ankommenden Raketen fliegen mussten.

Zu Beginn des Krieges hatten elektronische Störsender die Zielerfassung verhindert, aber dann wurden die Systeme dagegen gerüstet, ebenso wie gegen andere Impulse, die die Raketensensoren elektronisch ausschalten. Gegenwärtig war die einzige Möglichkeit, eine Rakete auszuschalten, ein physischer Gegenangriff.

Laser waren wirksam, bis das Schlachtfeld mit Trümmern gefüllt war, wie es bei Jupiter Gulf Sieben der Fall war. Er erschien als eine dunstige Wolke aus Asteroidensplittern und Teilen von Schlachtschiffen, die den Himmel noch jahrzehntelang füllen würde.

Smith dachte einen Moment lang nach. Dies war die größte Schlacht, die jemals im Sonnensystem geschlagen worden war. Ein Schiff stand gegen viele und weigerte sich, das Feld zu verlassen, während ein kleines Team von Elitesoldaten daran arbeitete, ein uraltes Schiff aus seinem Grab auf Ganymed zu befreien.

Jeweils vier Rapiers stürmten zu den Punkten, an denen sie die Richtung des Behemoths vorhersagten. Wenn er eine andere Richtung einschlug, mussten sie adjustieren. Je öfter sie eine Justierung vornehmen mussten, desto schneller ging ihnen die Energie aus, und desto eher würden sie untergehen und als ein weiteres Trümmerteil durchs All taumeln.

„*Ezio* und *Sirus* sind bereit“, meldete Comm.

„Ihr müsst diesen großen, hässlichen Bastard erledigen. Lenkt ihn einfach ab, damit wir ihn ein paar Mal treffen können.“

„Jagdzeit! Das kann ich übernehmen“, antwortete der Captain des schweren Cruisers *Ezio*.

„Und ich“, fügte *Sirus* hinzu. „Lasst uns mit den Attacken beginnen.“

„Lassen Sie sich nicht beim Trödeln erwischen“, warnte Captain Smith.

„Ich war bereits sieben Jahre lang im Weltraum. Keine Zeit zum Trödeln“, erwiderte der Captain der *Ezio*. „Wir müssen einen Feind in die Falle locken. Schießen drauflos, *Cleophas*.“

Die Cruisers schlossen den Kommunikationskanal und nahmen einen weiten Kurs, um sich der Flanke des Behemoths zu nähern.

Die *Cleophas* knirschte und ruckelte während des Einschlags der feindlichen Raketen. Die roten Lichter auf der Schadensanzeige überstiegen bald die grünen. Die Deckenbeleuchtung blitzte auf, bevor sie sich wieder stabilisierte.

„Wir haben Reaktoren eins, vier und sieben verloren. Die Verteidigungswaffen sind auf fünfundzwanzig Prozent geschwächt. Zwölf weitere Rapier-Werfer sind verloren. Die Hauptwaffen eins und drei sind offline, bis wir die Energie umleiten können.“

„Bis zur Umleitung woher?“, fragte der Captain, aber er vermutete, dass er die Antwort kannte.

„Die Verteidigungssysteme. Wir würden die Fähigkeit verlieren, uns selbst zu schützen.“

„Dann sollten wir die Reaktoren wieder in Betrieb nehmen. Halten Sie den Kurs.“ Die Feuerkraft des Behemoths würde die Panzerung durchbrechen und die *Cleophas* in zwei Hälften teilen, wenn sie ungehindert in die Hülle eindringen würden. „Geben Sie uns etwas Manövrierraum. Bringen Sie uns in den Jupiter Gulf zwei.“

„Aber die *Leviathan*“, konterte Helm.

„Ebren wird uns beide töten, wenn wir hier bleiben. Ausweichmanöver! Schalten Sie die Hauptstromversorgung ab, leiten Sie Energie zu den Verteidigungswaffen um und feuern Sie die Rapiers weiter ab.“

„Asteroid im Anflug.“

„Schalten Sie ihn aus.“ Der Captain glaubte nicht, dass er einen neuen Befehl brauchte, aber er gab ihn trotzdem. Zweideutigkeit im Kampf war eine schlechte Sache.

„Feuern!“ Zwei Raketen starteten und rasten auf den Asteroiden zu, vier weitere starteten in Richtung Behemoth. *Cleophas* knirschte und taumelte. Die schwungvolle Beschleunigung war weg. Jedes Manöver hatte seinen Preis.

„Raketen im Anflug“, meldete das Verteidigungssystem.

Eine bescheidene Anzahl von Abwehrraketen stürmte vor wie ein unterlegener Kavallerieangriff – zögerlich, aber stetig, denn das war ihre Aufgabe. Nicht mehr als zwei pro Anflug. In einigen Fällen nur eine. Die CIWS warteten und sparten ihre Feuerkraft für die Raketen auf, die durchkamen.

Die Abfangraketen richteten sich nacheinander auf ihre Ziele aus und feuerten eine Rakete nach der anderen ab. Nur vier der achtzig Raketen schafften es und die CIWS kümmerten sich um sie. Die Brückenbesatzung atmete erleichtert auf. Ein Systemoffizier klopfte der Verteidigung auf die Schulter.

Der Erfolg war nur von kurzer Dauer und verschaffte ihnen nicht viel Spielraum.

„Salve im Anflug. Und ein Asteroid. Rapiers bestätigt. Feuern!“ Die große Anzeige bildete die abgehenden Raketen ab, die zielsicher auf den Felsen zuflogen. Keine anderen Raketen waren unterwegs.

„Offensivwaffen?"

„Kaskadenausfall von Reaktor fünf", meldete die taktische Abteilung.

Die Schadenskontrolle schaltete sich in das Gespräch ein. „Die Technik läuft wieder an. Fünf und sieben werden in fünfzehn Sekunden wieder online sein."

„Werden wir in fünfzehn Sekunden noch hier sein?", fragte der Captain, hob aber die Hand, um die Antwort zu unterdrücken. „Natürlich werden wir das – nur eine rhetorische Frage."

Die Verteidigung spülte die Rohre und feuerte noch einmal alles ab, was zur Verfügung stand. Die Raketen setzten ihre hohe Trefferquote fort und töteten fünfundsiebzig der ankommenden Flugkörper. Das CIWS kümmerte sich um den Rest – bis auf eine. Sie landete mittschiffs mit einem Aufprall, der die Besatzung aus ihren Sitzen warf, und sie prallten von der Decke ab, bevor sie auf das Deck aufschlugen. Das Schiff wurde dunkel, bevor die Notbeleuchtung anging. Die Schadensanzeige blinkte nur noch rot.

„Retten Sie das Schiff. Alle Mann zur Schadenskontrolle. Nur Defensivwaffen dürfen Energie einsetzen, falls noch welche übrig sind. Alle anderen machen sich an die Arbeit, die Systeme zu deaktivieren, bevor der Strom wieder da ist. Schadenskontrolle, wo hat uns die letzte Rakete getroffen?"

„Unten. Sie hat den Rumpf gebrochen und die unteren drei Decks komplett lahmgelegt."

„Warum sind wir dann ohne Strom?" Die Brücke befand sich in der Mitte des Schiffes.

„Der Riss befindet sich direkt unter uns und hat das Schiff fast in zwei Hälften geteilt. Wir haben Glück, dass wir noch leben."

„Lasst es uns wieder zusammenflicken und von hier verschwinden."

„Sir", mischte sich Comm ein. „Nachrichten von *Ezio* und *Sirus*. Sie beginnen mit ihren Angriffsversuchen."

Ezios Captain blickte finster auf das rote Symbol, das *Cleophas* darstellte. Der Behemoth stellte seine Ausweichmanöver ein und nahm einen Kurs auf, der ihn direkt in Richtung *Leviathan* führte. „Volle Breitseite abfeuern. Gebt alles, was wir haben."

Vierundzwanzig Anti-Schiffs-Raketen der Predator-Klasse schossen aus den Abschussrohren und gingen auf Abfangkurs mit dem Ebren-Dreadnought.

Einen Augenblick später feuerte die *Sirus* ihre Raketen ab und schwenkte sofort in die Tiefe des Weltraums, um den Feind zu umkreisen und von hinten anzugreifen. *Ezio* nahm einen Kurs quer zum Kurs des Behemoths an.

„Feuern Sie, sobald die Rohre wieder geladen sind."

Flüssiger Stickstoff zirkulierte durch das Rohr, um es zu kühlen, bevor sich der Verschluss öffnete und der automatische Lader eine neue Rakete feuerte. Als der Verschluss verriegelt war, durchlief die Rakete zwei Sekunden lang einen schnellen Systemcheck vor dem Flug, dann erlosch die Anzeige und blinkte grün. Durch ein Bestätigen wurde die zweite Salve abgefeuert, bevor die erste einschlug.

Noch bevor die Abwehrsysteme des Behemoths den Himmel gesäubert hatten, war die dritte Salve auf dem Weg. Die Geschosse überfluteten den Raum um den Behemoth und folgten der Welle der Abwehrraketen. Bei der zweiten Salve wurden sechsundvierzig Raketen abgefangen. Zwei kamen durch und schlugen mit zweihundert Kilotonnen in die untere Flanke des Schiffes ein. Die dritte Salve schickte vier Raketen in denselben Bereich. Der Rumpf blitzte auf, als etwas im Inneren durch den Einschlag explodierte, aber das Feuer wurde durch das Vakuum des Weltraums schnell gelöscht.

Der Behemoth behielt seine volle Geschwindigkeit bei. *Sirus* beschleunigte auf Flankengeschwindigkeit, um das feindliche Schiff einzuholen, bevor es die *Leviathan* erreichte.

Ezio feuerte weiter, während er aus dem Wirkungsbereich des Behemoths heraus beschleunigte.

„Es hat aufgehört, den massiven Treiber zu nutzen", meldete der Sensorsystemoperator.

„Was sagt Ihnen das?", fragte der Captain.

„Sie wollen das Prog-Schiff intakt haben."

„Genau. Und das bedeutet auch, dass sie das Schiff stoppen müssen, um Enterkommandos zu senden, um sie verwundbar zu machen. So wie *Cleophas* auch zum Opfer wurde."

„*Voeller* fliegt mit hoher Geschwindigkeit durch das Gebiet. Ich sehe etwas auf dem Bildschirm …"

„Vergrößern Sie die taktische Anzeige", befahl der Captain. „Sie lassen Geschenke für die Ebren zurück. Raketen, wahrscheinlich mit Annäherungszündern, denn wir sind viel zu gutmütig, als dass wir Minen verwenden würden."

„Das wird sie in die Luft jagen, bevor sie sich niederlassen", bemerkte die Verteidigung.

„Vielleicht, aber jede Aktion verschafft Zeit und zehrt an ihren Ressourcen. Wir werden die Angriffe fortsetzen. Hier kommt *Sirus*."

Die taktische Anzeige zeigte das freundliche Schiff an, das sich mit der doppelten Geschwindigkeit des langsamer werdenden Behemoths bewegte. Alle Waffensysteme feuerten mit dem hinteren Angriffswinkel, der optimalen Feuerlösung auf modernen Raumschiffen mit Heckantrieb.

Der Behemoth begann zu drehen, um seine stärker gepanzerten Seiten in die Schusslinie zu bringen, aber die Raketen waren schneller. Die Hälfte erlag dem Waffenfeuer, aber die andere Hälfte, zwölf Raketen, schlugen mit insgesamt sechs Megatonnen im hinteren Teil des massiven Schiffes ein.

Beinahe augenblickliche Explosionen spritzten über die taktische Anzeige. Der Captain stemmte triumphierend eine Faust in die Höhe. Der Behemoth ließ die Explosionen hinter sich und feuerte eine volle Breitseite auf *Sirus* ab, die wegen der hohen Annäherungsgeschwindigkeit zu langsam war, um zu wenden. Als der Behemoth auf kurze Distanz heranrückte, überwältigte er den schweren Cruiser mit Flächenfeuer und zerfetzte ihn. Innerhalb eines einzigen Herzschlags starben das Schiff und seine Besatzung, um an Ganymed vorbei durchs All zu fliegen und zerschmettert zu werden, als der gasförmige Gigant das Wrack unaufhaltsam in sein endgültiges Verderben zog.

Der Behemoth drehte langsam wieder auf Kurs. Er entschleunigte stark, als er in das Einsatzgebiet Jupiter Gulf Eins einflog.

„Feuer“, befahl *Ezios* Captain. Vierundzwanzig weitere Raketen flogen ins Leere.

„Letzte Nachladung“, stellte die Taktik fest.

„Steuermann, bringen Sie uns näher ran.“ Der Captain knirschte mit den Zähnen. Er war noch nicht vollständig über das Wrack auf Ganymed unterrichtet worden, aber er wusste, dass es wichtig sein musste. Man hatte nicht nur ein Schiff der Kaiju-Klasse geschickt, um es zu beschützen, sondern auch ein Schiff der Behemoth-Klasse und acht Schlachtschiffe, die Hunderte Lichtjahre hinter die feindlichen Linien geschickt worden waren, um es einzunehmen.

Wenn es das alles wert war, dann war es auch wert, dafür zu sterben. *Cleophas* taumelte davon und kämpfte seinen eigenen Kampf ums Überleben. Die Lichter deuteten darauf hin, dass es nicht tot war, aber es feuerte nicht, als es versuchte, aus der Kampfzone zu kommen.

„Wie ein Friedhof“, dachte der Captain der *Ezio*. „Ich würde lieber im Glanze des Ruhmes sterben.“

Er sprach es nicht laut aus, da er nicht wollte, dass die Besatzung dachte, er hätte Todessehnsucht.

„Sir, das Heck des Behemoths ist erheblich beschädigt. Ich bezweifle, dass er den Sprung auf FTL-Geschwindigkeit schaffen wird.“ Der Sensoroffizier zeigte die beschädigten Teile auf dem Bildschirm an.

„Er hat die vorderen Schubdüsen benutzt, um langsamer zu werden“, merkte der Captain an. „Jetzt wäre ein guter Zeitpunkt, um ihn zu treffen. Halten Sie die letzte Salve bereit. *Sirius* hatte den richtigen Ansatz. Steuermann, zeigen Sie mir seinen Hintern.“

Kapitel Zehn

„Schützen Sie Ihre rückwärtigen Gebiete. Nach Hause zum Feind zu kommen, ist keine Art, nach Hause zu kommen."

Aus den Memoiren von Flottenadmiral Thaylon Loore.

Als der Aufzug anhielt, war das Gerüttel vorbei. Die Türen öffneten sich und ihre Fahrt führte sie gewissenhaft in einen neuen Korridor, der genauso aussah wie der letzte Korridor. Sie fuhren einen halben Kilometer nach hinten, bevor der kleine Wagen anhielt.

„Hier müssen wir wohl aussteigen", sagte Byle. Sie stiegen aus und der Wagen raste in die Ferne.

Sie standen vor einer Tür, die wie eine Außenluke aussah. „Das ergibt Sinn", bemerkte der Major. Er hob seine Hand, um Byle davon abzuhalten, an die Tür zu klopfen. „Major Payne hier. Weiß jemand, was passiert ist? Wurden wir angegriffen? Bitte berichten."

Blinky antwortete: „Ich glaube schon, aber ich weiß es nicht. Das Schiff hat die Belastung nicht verkraftet, wie man an den RF-Spitzen sieht, aber es hat sich beruhigt. Ich kann Ihnen nicht sagen, was es war, aber zumindest war es nur kurz."

„Dank hier. Wir befinden uns außerhalb dessen, was wir für den Hauptmaschinenraum halten, aber er hat eine Tresortür und wir kommen nicht hinein. Ich halte mich zurück, extreme Maßnahmen zu ergreifen."

„Ich glaube nicht, dass wir irgendwelche Löcher in das Schiff sprengen wollen. Kontrolliert weiter, und wenn ihr nicht reinkommt, kehrt auf das Oberdeck zurück. Break, break. Blinky, das ist eine deiner geliebten Unterbrechungen."

„Wir versuchen immer noch, die Scherben dessen, was passiert ist, aufzusammeln", antwortete Blinky mit seiner verzweifelten Stimme. „Ich bin mir sicher, dass das Außenmaterial ein externes Sensorgitter ist. Deshalb hat das Schiff protestiert, als wir es verbrannt haben und bei den letzten Einschlägen hat das Schiff vor Schmerzen geschrien. Ich weiß nicht, ob wir angegriffen wurden oder was, aber das System beginnt sich gerade zu beruhigen."

„Hat das Schiff im Todeskampf geschrien, oder wurden die Sensoren überreizt, wie in deiner Vorstellung?"

„Es hat auf jeden Fall vor Schmerz geschrien. Wie eine gewaltige Ohrfeige. Ich konnte es sogar in meinen Eingeweiden noch spüren. Eindeutig ein Schrei."

Der Major hätte sich die Schläfen gerieben, aber sein Helm verhinderte es.

Als ob er seine Gedanken gelesen hätte, fuhr Blinky fort. „Das Schiff wurde auf einundzwanzig Grad Celsius gebracht, mit einer perfekten Sauerstoff/Stickstoff-Atmosphäre. Und falls Sie es noch nicht gespürt haben, die Schwerkraft liegt jetzt bei einundzwanzig Metern pro Sekunde zum Quadrat und steigt weiter an."

„Tut dem Schiff nicht weh, Leute. Es rollt den roten Teppich für uns aus, aber wir wissen nicht, wie wir uns bedanken sollen. Wir sind irgendwo ins Innere des Schiffes transportiert worden. Im Hauptkorridor tauchte ein kleiner Wagen auf. Wir sagten ihm, er solle uns auf die Brücke bringen. Er brachte uns in einen Aufzug, der uns hier unten absetzte. Ich glaube, wir sind auf der Brücke, aber ich bezweifle, dass man uns hineinlassen wird." Er gab Byle ein Zeichen, es zu versuchen.

Sie klopfte an die Tür, dann klopfte sie an die Wand neben der Tür. Sie ging nahe heran und dann zurück.

„Wie ich vermutet habe. Es lässt uns nicht hinein. Wir werden dieses Deck erkunden, bevor wir nach oben zurückkehren."

„Sir", unterbrach Turbo über den Kommunikationskanal. „Das Bonerack-Plasmagewehr ist weg und die Luftschleuse ist versiegelt."

Paynes Herz schlug ihm bis zum Hals. „Ich vermute, du sagst mir das, weil niemand aus dem Team es entfernt hat."

„Das ist richtig, Sir."

„Warum haben wir die Blendgranaten nicht gehört?", fragte sich der Major, aber er kannte die Antwort bereits.

Turbo bestätigte sie. „Die sind auch weg."

Versteckt im Trümmerfeld wartete das Geschütz und sendete schwache Pings für alles, was ihm zu nahe kam.

Der Behemoth wurde langsamer, als er eine hohe Umlaufbahn über Ganymed einnahm.

Die erste Rakete wurde in einer Entfernung von weniger als hundert Metern von dem massiven Ebren-Schiff aktiv. Das Triebwerk der Rakete wurde gezündet und die Rakete schlug in den Rumpf des Feindes ein, wobei kaum ein Wimpernschlag zwischen dem Einschalten des Triebwerks und dem Einschlag lag, bei dem sie hundert Prozent ihres Wurfgewichts in den gepanzerten Rumpf des Behemoths einschlagen ließen. Zwei weitere Raketen folgten ihrem Kameraden und explodierten im Abstand von Nanosekunden. Der kleine Riss wurde zu einer riesigen Kluft und das Schiff begann, Atmosphäre auszustoßen.

Leichen wurden in die Leere geschleudert. Die Ebren-Besatzung versuchte, mit angehaltenem Atem durch den Weltraum zu schwimmen, konnte aber keinen Halt finden.

Der Behemoth versuchte, wegzutreiben, aber ein Kaskadenausfall verhinderte, dass die Haupttriebwerke zündeten. Positionsschubdüsen brachten das große Schiff zum Stillstand.

Ezios Brückencrew jubelte.

Der Captain schlug mit der Faust auf den Bildschirm. „Schneller!", rief er. Das Schiff manövrierte mit seinen Unterlichttriebwerken bereits mit Flankengeschwindigkeit, sodass die

Aufforderung zum Handeln eher der moralischen Unterstützung diente. „Bereitmachen zum Feuern!“

Ein weiterer unnötiger Befehl, aber die Besatzung machte sich bereit, angespannt und in der Erwartung, einen Todesschuss auf einen Dreadnought der Behemoth-Klasse abzugeben. Die internen Lichter des Behemoths flackerten und das Schiff wurde dunkel.

„Energiesignaturen?“

Die Sensoren lieferten die Daten. „Siebenunddreißig Prozent des Maximums.“

„Können wir feststellen, welche Systeme noch online sind? Werden sie uns vor allem mit SSMs beschießen, wenn wir ihnen zu nahe kommen?“

Sirus starb unter dem Ansturm der Ebren-Schiff-zu-Schiff-Raketen. *Ezio* wollte nicht dasselbe Schicksal erleiden, aber je näher sie feuerten, desto größer war die Anzahl der Raketen, die den Feind treffen würden.

Quantität hatte eine ganz eigene Qualität. Man wusste nie, welche Rakete ein kritisches System treffen und ihren Fusionsreaktor überlasten würde, um ihr Schiff in eine Supernova zu verwandeln.

„Unbekannt.“

„Kompromiss. Abschusspunkt minus fünfzigtausend Kilometer und harter Abbruch ins All nach dem Start“, befahl der Captain.

Die Besatzung gab die Parameter ein und wartete, während der schwere Cruiser auf das Behemoth zusteuerte.

„Captain, *Voeller* ist in der Leitung.“

„Gut gemacht mit den abgeworfenen Raketen“, sagte der Captain der *Ezio*.

„Wir werden uns zwischen den Behemoth und *Leviathan* schieben und eine Blockadeposition für etwaige Enterkommandos einnehmen, für die, die versuchen, an Bord zu kommen.“

„Das Schiff hat immer noch etwas Kampfkraft übrig. Übertreiben Sie es nicht und lassen Sie sich nicht umbringen“, warnte *Ezio*.

„Wir haben noch eine Überraschung für sie. Waidmannsheil. *Voeller* out.“

Die verbliebenen Raketen, die im Raum schwebten, wurden aktiv.

Die Energie des Behemoths nahm zu.

Beide Schiffe waren engagiert.

Raketen flogen auf den Behemoth zu, aber er hatte die Schwachstelle auf die andere Seite, weg vom Trümmerfeld, verlagert.

Die Defensivwaffen griffen ein und versenkten die meisten der ankommenden Raketen, aber ihre Nähe war ihr Vorteil. Vier Raketen befanden sich bereits weit innerhalb des Wirkungsbereichs und rammten den Behemoth mit einer Feuerkraft von insgesamt zwei Megatonnen über einen Kilometer der Schiffsflanke. Die äußere Hülle verformte sich durch die Explosion.

Der innere Rumpf blieb intakt – keine neuen Risse.

Raketen strömten aus den Rohren, die auf *Voeller* gerichtet waren, und steuerten auf sie zu. Die Fregatte drehte und wandte sich dem Behemoth zu, wobei sie das niedrigste verfügbare Profil, den Bug, zeigte.

Die Verteidigungssysteme feuerten, als *Voeller* beschleunigte.

„Sechzigtausend", meldete die Taktik. Die Brückenbesatzung der *Ezio* hielt den Atem an.

Die *Voeller* feuerte eine ganze Salve von Raketen ab, vierundzwanzig aus den Rücken-, Bauch- und Flankenrohren. Die Geschosse richteten sich neu aus und nahmen einen Kurs, der von der Fregatte wegführte.

Sie lenkten das Abwehrfeuer ab und schufen einen sicheren Kegel, in dem die *Voeller* ihre Abwehrwaffen und eine einzelne Railgun abfeuerte, bevor sie sich abwandte. Die Fregatte wechselte in den FTL, bevor das Gegenfeuer sie in Brand setzen konnte.

Und ließ *Ezio* ganz allein zurück. „Feuern!", meldete die taktische Abteilung. Das Schiff erbebte, als alle Röhren gleichzeitig explodierten. Der Steuermann steuerte auf das Schiff zu und hielt die Beschleunigung auf Maximum.

„FTL?", fragte sie.

„Nein. Wir müssen bleiben und kämpfen."

„Wir haben keine Raketen mehr", bestätigte die taktische Abteilung.

„Such nach einer Lücke und lasst uns jedes konventionelle

Geschütz, das wir noch haben, hineinschicken. Bei einer Blechdose braucht man nur den richtigen Dosenöffner."

Ezio begann eine weite Schleife für einen zweiten Anlauf am hinteren Ende des Behemoths.

Das Gegenbatteriefeuer wurde lauter, als die Energiesysteme des Behemoths wiederhergestellt waren. Defensivraketen fingen die Spitze von *Ezios* Angriff ab und kratzten sie von der taktischen Anzeige. Acht Raketen waren blitzschnell verschwunden.

Vier weitere starben in der nächsten Sekunde.

Dann noch vier. Die letzten acht verbrauchten im Endanflug den Rest ihrer Energie und änderten ihre Flugbahn, um die Waffensysteme im Nahbereich zu durchkreuzen. Trotzdem starben noch vier weitere und dann noch zwei weitere in gefährlicher Nähe, die eine Megatonne Nuklearsprengköpfe über dem hinteren Teil des Schiffes abfeuerten. Die Triebwerke blitzten gerade noch rechtzeitig auf, als die letzten beiden Raketen tief in das Schiff eindrangen.

Sie explodierten mit einem Heulen, weil das Metall zwischen ihnen und dem Weltraum lag. Eine Flammenfontäne strömte aus den riesigen Auslassdüsen.

„Whoa!" *Ezios* Sensor-Operator zuckte zurück, bevor er sich wieder auf die Systeme konzentrierte. „Die Energie des Behemoths ist auf zehn Prozent gesunken, genug für die Lebenserhaltung. Die hintere Hälfte des Schiffes scheint tot zu sein. Null Emissionen."

„Dann müssen wir genau dort zuschlagen. Steuermann, bringen Sie uns nah ran, um unsere Munition direkt in ihr Endrohr zu schießen."

„Verstanden!", rief Helm über ihre Schulter.

„Neue Objekte entern Jupiter Gulf Sieben", meldete der Sensor-Offizier.

Der Captain seufzte und schloss für einen Moment die Augen. Er öffnete sie und stand auf, bereit, eine Rede über seinen glorreichen Abgang zu halten.

„Es sind die BEP, Sir. Sie feuern mit maximaler Reichweite."

„Und drehen dann ab", merkte der Captain an. Aber sie hatten über hundert Raketen abgeschossen, die meisten davon von der Rapier-Klasse.

Ezio fuhr fort, einen Kreis ins Weltall zu brennen, um wieder hinter das Behemoth zu kommen. Die Zeit bis zum Aufprall verging wie im Flug.

„Kurs ausgerichtet", meldete Helm, als *Ezio* direkt auf sechs Uhr des Behemoths justierte.

Da die Verteidigungssysteme des feindlichen Schiffes außer Gefecht gesetzt waren, landeten alle BEP-Raketen und lösten eine Reihe von Explosionen aus, die das Schiff in ein Dutzend verschiedene Teile zerlegten.

„Lassen Sie die Verteidigungssysteme aktiv und gehen Sie in eine Blockadeposition über *Leviathan*. Nur so lange, bis die *Voeller* zurückkommt."

„Die Commodore bittet um Erlaubnis, mit Ihnen sprechen zu dürfen."

Der Captain schüttelte den Kopf, bevor er die Schultern straffte und auf den Kommunikationsoffizier deutete. „Stellen Sie sie durch."

„Gern geschehen", begann sie.

Ezios Captain wandte sich vom Bildschirm ab und fuhr sich mit der Hand über die Kehle. „Trennen Sie den Kanal. Ich habe für heute genug von der Dummheit der BEP."

Er wartete, bis der Bildschirm wieder frei war, bevor er auf der Brücke umherging, um mit seiner Crew zu sprechen, einer nach dem anderen, und ihnen dafür zu danken, dass sie im Angesicht des drohenden Todes hundert Prozent gegeben hatten. Er berührte jeden an der Schulter oder am Arm, schüttelte die Hand und erklärte, warum sie taten, was sie taten.

Für die ganze Menschheit. Auch für die BEP.

„Sir, was ist mit der *Cleophas*?"

Der Captain deutete auf die Taktik und nickte. „Verbinden Sie mich mit dieser idiotischen Commodore."

„Sie ist online, Sir."

„Ich bitte um Entschuldigung, Commodore. Wir sind anscheinend unterbrochen worden. Können Sie eine Sperrposition über dem Wrack auf der Oberfläche von Ganymed einrichten? Wir werden der *Cleophas* helfen, die immer noch in der Atmosphäre zu bluten scheint."

„Unterbrochen? Ich sollte Sie vorladen lassen." Sie starrte auf den Bildschirm.

Das BEP war leicht zu verachten. Sie hatten das Sonnensystem nie verlassen, und dank der Flotte hatten sie nie einen Feind angegriffen, weil es bis heute noch niemand geschafft hatte, so weit vorzudringen. Die Flotte führte Krieg, während die BEP hinten saßen, Tee tranken und Kekse aßen und zusahen, wie gutes Flottenpersonal starb.

Seine Hand hob sich, um ihr den Finger zu zeigen, aber er unterdrückte das Bedürfnis.

„Machen Sie es oder nicht? Hören Sie auf, mich zu verarschen."

Sie antwortete nicht. Seine Wut übermannte ihn.

„Wir haben die *Sirus* mit allen Beteiligten verloren. Die *Cleophas* ist kaum mehr als treibender Weltraumschrott. *Voeller*flüchtet um sein Leben, und *Ezio* ist der Letzte, der noch steht. Der Feind hat heute acht Schlachtschiffe und einen Dreadnought durch die neueste Kaiju-Klasse, zwei schwere Cruiser und eine Fregatte verloren. Tapfere Mitglieder der Flotte sind gestorben. Dieser Raum ist getränkt mit vergossenem Blut der Flotte. Wir wissen Ihre Raketen zu schätzen, aber Sie wissen ja, was man sagt. Das BEP ist wie eine Seifenblase – sie kommt zum Vorschein, wenn die harte Arbeit getan ist. Räumen Sie sofort die Einsatzzone am Jupiter Gulf. Es gibt nicht explodierte Munition und gefährliche Trümmer in dem Gebiet. Die Flotte bedauert, dass sie zu diesem Zeitpunkt nicht in der Lage sein wird, die Kontrolle über diesen Sektor zu übergeben."

Er wandte sich an Comm und fuhr sich zum zweiten Mal mit dem Finger über die Kehle. Der Kanal schloss sich und die taktische Anzeige erschien wieder auf dem Bildschirm.

„Sie sah ziemlich sauer aus, Sir", merkte Helm an.

„Dann soll ihr jemand ein Cape geben, damit sie Supersauer sein kann." Er wartete, bis das Gelächter verstummt war. „Wir fliegen zu *Cleophas*. Schadenskontrolle. Zieht eure Raumanzüge an. Es wird mehr Arbeit geben, als ihr bewältigen könnt, also ist es am besten, wenn ihr bereit seid, anzufangen, sobald wir angekommen sind."

Kapitel Elf

„Um zu kämpfen, müssen wir nicht Brüder oder sogar Freunde sein, aber wir müssen uns einig sein, dass wir gewinnen wollen."

Aus den Memoiren von Flottenadmiral Thaylon Loore.

Captain Smith klopfte einem der Besatzungsmitglieder auf den Rücken, der zwei anderen den Korridor hinunterhalf. „Wir schaffen das schon", sagte er zur Gruppe. „In ein paar Minuten haben wir wieder Energie. *Cleophas*! Wie steht es um das Schiff?"

Seine Aufgabe war es, sichtbar zu sein und Vertrauen zu schaffen. Außerdem wollte er sich den Schaden ansehen. Das Schiff hatte noch neu gerochen, als sie zum ersten Mal über Ganymed aufgetaucht waren. Das hatte sich gelegt, als die Kampfschiffe ihren Angriffslauf starteten. Jetzt stanken die Korridore nach Rauch, Schweiß und Angst. Der Captain ging erhobenen Hauptes, stoppte, um den Verletzten für ihr Opfer zu danken, und versprach, das Schiff reparieren zu lassen und es selbst zurückzufliegen.

„Sir." Flaggenoffizier Lord holte den Captain ein und mühte sich mit dem schweren Rucksack auf seinem Rücken. „Ich habe Wasser und Proteinriegel dabei, die Sie verteilen können."

„Sie wissen wirklich, wie man beeindruckt.“ Als der Captain dem Mann in die Augen sah, erkannte er Schmerz. „Sind Sie verletzt?“

„Nicht so wie diese Leute“, erwiderte Lord.

„Zeigen Sie es mir“, forderte der Captain.

Lord legte den Rucksack ab. Eine Verbrennung zweiten Grades zog sich von seiner Schulter bis zur Mitte seines Rückens.

„Geben Sie mir den Rucksack!“ Das Gerangel war kurz und endete damit, dass der Captain ihm einen Rucksack mit kleinen Wasserflaschen und Essensriegeln auf den Rücken hievte. „Verteilen Sie sie. Eine medizinische Versorgung wird es vorerst für Sie nicht geben.“

„Das wird schon wieder“, log Lord.

„Nachdem wir es und Sie behandelt haben, um eine Infektion zu verhindern.“ Er winkte jedes weitere Argument ab. Der Flaggenoffizier reichte der nächsten Gruppe von Besatzungsmitgliedern, auf die sie trafen, Wasser. Eine kleine Geste, aber sie machte einen großen Unterschied für diejenigen, die einen Schluck nehmen konnten.

Der Captain ging weiter.

„Wo befinden wir uns?“, fragte Lord.

„Wir sind auf Deck zwölf, hinteres Viertel. Warum?“

Lord schnaubte. „Ich meine im Weltraum. Sind wir immer noch im Jupiter Gulf Sieben?“

„Ich glaube, wir haben ihn inzwischen verlassen und befinden uns in Gulf Acht, auf dem Weg zum Saturn.“

Der Flaggenoffizier nickte langsam. Sie teilten mehr Wasser und Essensriegel aus und gingen weiter.

„Zumindest auf unserer letzten Flugbahn sollten wir der Schwerkraft des Jupiters entkommen. Bis wir in den Einflussbereich des Saturns kommen, haben wir entweder wieder Energie oder sind tot.“

„Eine positive Aussicht, Sir.“

„Captain-Schule 101. Immer die positive Seite des Lebens sehen.“ Der Geruch von verbranntem Fleisch erreichte sie und wehte an ihnen vorbei, gefolgt von dem stechenden Geruch nach Kotze.

„Nicht alle Captains gehen auf dieselbe Schule, oder?“ Der Flaggenoffizier ging neben dem Captain unter den Notlichtern hindurch, die das einzige voll funktionierende System der *Cleophas* waren.

„Das tun sie, aber nicht alle Captains lernen ihre Lektion. Diejenigen, die es tun, erhalten das Kommando über eine Kaiju-Klasse, die, wie es scheint, der größte Raketenmagnet in der Geschichte der Menschheit ist."

„Sie hat viel einstecken müssen, Sir, aber wir sind noch da."

„Reaktor Sieben ist am naheliegendsten. Wir müssen zwei Decks hinunterklettern. Sind Sie dazu in der Lage?", fragte der Captain.

Lord nickte und eilte zu den nächstgelegenen Notleitern, ein Doppelsystem – die linke Seite für diejenigen, die hinaufkamen, und die rechte Seite für diejenigen, die hinunterkamen. Sie mischten sich unter das Personal auf der rechten Leiter und begannen, hinunterzuklettern. Die Meute zerrte an dem Captain, aber er hielt sich fest an der Leiter und achtete darauf, dass er immer drei Kontaktpunkte hatte. Das bremste die über ihm ab.

Der Captain behielt sein Tempo bei, bis er auf Deck zehn sprang. Als die Besatzung vorbeikam, steckte Lord eine Wasserflasche in ihre Tasche.

„Wir müssten eigentlich nur warten und alles verteilen, bevor wir wieder raufklettern."

„Flaggenoffizier Offensichtlich", merkte der Captain scherzhaft an. „Aber dann hätten wir nichts mehr für die Techniker, die den Reaktor in Betrieb nehmen."

Der Captain ging voran, denn das Klettern hatte den Flaggenoffizier erschöpft. Die Schmerzen seiner Verletzung ließen ihn bei jedem Schritt zusammenzucken. Der Captain wurde langsamer und hielt seinen Kopf erhoben. Sie betraten den Raum, in dem sich der Reaktor befand, und fanden ihn dunkel und kalt vor.

„Es scheint, als würde hier niemand arbeiten", meinte der Flaggenoffizier und bestätigte damit seinen Status als Meister des Offensichtlichen.

Der Captain öffnete die Notfallkästen, aber sie waren leer, bis auf die letzte, aus der er eine Taschenlampe mit Fernlicht hervorholte. Er leuchtete damit in den Raum, der tadellos aussah.

„Warum ist hier alles offline?“ Er aktivierte das Steuerpult. „Jemand hat entschieden, dass es besser offline bleibt. Ich vermute, dass das Verteilersystem überlastet ist und der Strom nirgendwo hinfließen kann.“

„Am besten umleiten“, sagte der Flaggenoffizier.

„Ach, wirklich?“, erwiderte der Captain. „Bleiben Sie hier.“

Er kletterte die Leiter hinauf, um den Trennschalter zu finden, einen massiven dreistiftigen Kippschalter. Er löste ihn aus der offenen Position und schlug ihn zu, um den Stromkreis zu schließen. Der Captain kehrte auf das Deck zurück.

„Als Nächstes müssen wir ihn vom Hauptstromkreis trennen, dann werden wir eine Diagnose durchführen.“

„Warum ist hier niemand anwesend?“, fragte sich der Flaggenoffizier.

„Wahrscheinlich ist der Raum verstrahlt“, scherzte der Captain. Er leuchtete mit der Lampe auf seinen Ausweis, der grün blinkte. „Sehen Sie? Alles gut.“

Er öffnete die Bodenplatte und eine Rauchwolke schlug ihm entgegen. „Das war’s dann wohl.“ Er stieß seine Hand hinein, packte den Hebel und riss den Stromkreis frei. „Der Schaden wurde verursacht durch den Treffer, der fast das Rückgrat durchschlagen hat.“

Der Captain aktivierte die Steuerkonsole. Sie erwachte zum Leben, begann mit seiner Selbstdiagnose und bestätigte, dass alle Systeme grün waren.

„Was du heute kannst besorgen, ist der beste Zeitpunkt, um das Schiff wieder zum Leben zu erwecken. Wir hoffen einfach, dass dadurch keine neuen Systeme verbrannt werden.“

Der Reaktor erwachte zum Leben und brummte leise mit der erzeugten Energie. Die Lichter im Raum gingen an, normale weiße Lichter, die die Notbeleuchtung ersetzten.

Die Tür öffnete sich und eine Gruppe von Ingenieuren stürmte herein. Das Gesicht des leitenden Ingenieurs verzerrte sich vor Wut, bis er sah, wer das System in Betrieb genommen hatte.

„Sir, ich bin mir nicht sicher, ob das Schiff für die Energie des Reaktors bereit ist. Alles unter uns ist entweder ins All entlüftet oder brennt.“

„Umgeleitet durch die Oberleitung“, antwortete Captain

Smith ruhig. „Das Wichtigste, was unsere Leute im Moment brauchen, ist Hoffnung. Ein paar aufleuchtende Lichter und der Anschein, dass das Schiff wieder zum Leben erwacht, reichen aus. Mit der Hoffnung kommt die Chance zu leben. Und die Tatsache, dass wir nicht zerstört wurden, deutet darauf hin, dass unser Volk diese Schlacht gewonnen hat oder dass der Behemoth mit *Leviathan* kämpft. In jedem Fall ist die Zeit auf unserer Seite. Bringen wir diese Bestie zurück in den Kampf."

Der Ingenieur deutete auf das Deck.

„Ich weiß. Entlüftet oder kaputt. Wir werden es reparieren, Chief. Ein Bereich nach dem anderen." Er streckte seine Hand aus und der Ingenieur drückte sie fest.

„Eins nach dem anderen. Wir gehen wieder nach unten. Mal sehen, ob wir die Brände unter Kontrolle bringen können, bevor sie unseren ganzen Sauerstoff verbrennen."

„Ist das der Grund, warum die Lüftungsanlagen abgeschaltet sind?"

„Luft ist Leben. In Richtung der äußeren Hülle wird es langsam kalt. Wenn es dir warm vorkommt, stehst du über einer Feuerstelle."

„Feuerunterdrückung?" Smith schaute auf die Decke, wo Sprinkler und Düsen positioniert waren, um den Raum mit Schaum zu fluten.

„Der Riss hat das System gespalten. Sobald wir den Riss abdichten können, sollten die automatischen Systeme auch wieder funktionieren."

„Bekämpfen Sie die Brände, indem Sie die Außenhülle reparieren. Lasst euch von mir nicht aufhalten."

Der Ingenieur und sein Team rannten aus dem Reaktorraum.

Ezio SETZTE sich in der Nähe der unteren Mitte ab, wo ein hässlicher Riss mit dunklen Brandspuren die Wucht der Explosion verdeutlichte. „Wir müssen eine Platte über diese Lücke schweißen. Schicken Sie die Wartungsroboter und so viele Crewmitglieder, wie entbehrt werden können. Gebt ihnen jedes bisschen Metall, das an Bord ist. Demontieren Sie Schotten, wenn es sein muss. Meine Befehle lauten, *Ezio* zu opfern, wenn es bedeutet, *Cleophas* zu retten."

„Ja, Sir. Wird gemacht", antwortete der Taktiker, schaltete seine Station ab und verließ eilig die Brücke, um alles zu suchen und zu beschaffen, was aus dem schweren Cruiser entfernt werden konnte, um die Hülle der Kaiju zu reparieren.

„Sensorentechnik, übernehmt die Brücke. Alle anderen, mit mir." Der Captain schlenderte kurz nach der taktischen Anweisung von der Brücke. Die Besatzung sicherte ihre Stationen und folgte ihm.

„Sir", plädierte der Kommunikationsoffizier. „Sollten wir nicht mehr Leute auf der Brücke lassen, nur für den Fall, dass etwas passiert?"

„Wir sind an *Cleophas* gekoppelt. Wenn mehr Ebren ankommen, sind wir erledigt. Die Sensoren werden uns zurückrufen, sodass wir unser endgültiges Ende von der Brücke aus beobachten können, anstatt da draußen zu versuchen, das große Schiff wieder in den Kampf zu bringen. Selbst in seiner jetzigen Form hat es zehnmal mehr Feuerkraft als wir. Um diese Bestie zu entfesseln, muss sie zuvor repariert werden. Jeder stuhlverwöhnte Arsch bekommt die Chance, richtige Arbeit zu leisten, denn es ist an der Zeit. Zieht eure Handschuhe an und macht euch an die Arbeit."

Der Kommunikationsoffizier schlich sich in den hinteren Teil der Gruppe. Ein Schreibstubenoffizier, ein wahrhaft digitaler Papierschieber, rief: „Wir sind an deiner Seite, Skipper! Rettung *Cleophas*!"

„Sie werden nicht befördert, Jones", sagte der Captain über seine Schulter.

„Ich bin nur froh, am Leben zu sein, Sir."

„Darauf trinke ich. Wenn wir eine Pause machen können. Bis dahin, ihr vier in den Maschinenraum. Ihr drei in Frachtraum zwei und der Rest von euch in Frachtraum eins. Comm, komm mit mir. Wir gehen in die Wartungshalle, wo sie garantiert Leute für schwere Arbeiten brauchen. Das sind wir. Wir sind im Moment zu nichts anderem zu gebrauchen."

Die Gruppen trennten sich und liefen zu ihren jeweiligen Stationen.

Comms Gesicht verzog sich, als der Captain lachte. „Sie

müssen sich entspannen, Mann, oder dieser Dienst wird die Hölle. Wir kämpfen diese Schlacht und dann reparieren wir uns selbst und unsere Ausrüstung, um für den nächsten Kampf bereit zu sein. Die Boneracks sind unendlich. Wir werden nie genug von ihnen töten können, aber wir werden in der Lage sein, genug von ihren Schiffen zu zerstören, damit sie nicht mehr hierherkommen können."

„Und dann vernichten wir ihren Planeten?", schlug Comm vor.

„Kein Völkermord für die Guten, aber die Ebren werden auf ihrem Planeten bleiben müssen, bis sie lernen, sich zu benehmen. Wir können eine Blockade errichten, die ihnen das Leben schwer macht."

„Acht Schlachtschiffe und ein Behemoth. Das muss wehgetan haben."

„Sie haben alles geschickt, was sie hatten. So sehr wollten sie *Leviathan*. Das sagt mir, dass es sich gelohnt hat. Es deutet auch darauf hin, dass sie in etwa fünfundzwanzig Tagen eine zweite Welle schicken werden, wenn sich ihre Besatzungen nicht melden."

„Das bedeutet, dass wir so lange Zeit haben, um *Cleophas* wieder kampffähig zu machen."

„Achtzehn-Stunden-Tage und viele Nickerchen." Der Captain öffnete die Tür und sah das Chaos von zu vielen Menschen auf zu engem Raum.

Smith hob die Hände und watete nach vorn, wo er den Wartungsleiter in einem Streit mit einem technischen Flaggenoffizier vorfand.

Der Captain drängte sich zwischen die beiden. „Jede Sekunde, die wir verschwenden, könnte dazu führen, dass mehr Menschen auf der *Cleophas* sterben. Achttausend Besatzungsmitglieder auf einmal. Wir sollten uns zusammenreißen und ihnen helfen."

„Das Problem ist der Bruch. Der Kiel ist nicht gebrochen, sondern verformt. Das hat die Platten und die Panzerung darüber gespalten. Ich will den Kiel verstärken, während er die Greifer benutzen will, um den Riss zusammenzuziehen", erklärte der Chief.

„Das ist eine gute Idee."

Der Captain hob seine Hand. „Wir verstärken den Kiel, so wie er ist, und versiegeln den Rumpf."

„Aber, Sir", begann der Flaggenoffizier.

„Wie viel Drehmoment haben die Greifer? Mir egal, wie hoch die Zahl ist, denn es ist nicht genug. Wenn der Kiel überhitzt und dann schnell abgekühlt würde, könnte es funktionieren, aber das Metall könnte spröde sein. Selbst wenn wir genügend Druck ausüben könnten, könnte der Kiel an seiner schwächsten Stelle brechen, also an der Stelle, die wir zu biegen versuchen. Also, nein. Wir flicken es so zusammen, dass es gut genug ist, und das war's dann. Die Zeit zum Reden ist vorbei. An die Arbeit, Chief."

Kapitel Zwölf

„Die Schnurrhaare eines Wolfes mögen kitzeln, aber nur in dem Moment, bevor er dir die Hand abbeißt.“

Aus den Memoiren von Flottenadmiral Thaylon Loore.

DIE TÜREN des breiten Korridors waren in weiteren Abständen angeordnet, was auf größere Räume hinwies. „Wir müssen uns in der Mitte des Schiffes befinden, sodass die meisten Metall- und Lufteinschlüsse zwischen uns und der Außenhülle liegen. Ihre Schiffe wurden so gebaut, um die Überlebensfähigkeit der Besatzung zu verbessern, genau wie wir. Eine Lektion, die sie nach tausend Jahren gelernt haben. Es wäre schön gewesen, ihre Technik zu sehen, bevor wir sie wie Idioten austesten“, merkte Major Payne an.

„Manchmal muss man selbst lernen“, konterte Byle.

„Ich denke, das ist genau das, was wir machen müssen. Lasst uns nach oben gehen und sehen, ob sie herausgefunden haben, was mit dem Bonerack-Plasmagewehr und unseren Blendgranaten passiert ist. Kann mich jemand nach oben bringen, bitte? Eine Fahrt zur Luftschleuse, bitte!“ Major Payne rief den

Korridor hinunter. Er drehte sich in die andere Richtung und rief ein zweites Mal.

„Ich will hier unten wirklich nicht festsitzen." Byle lehnte sich um den Major herum, um einen besseren Blick auf den Korridor zu haben.

Payne ging in Richtung des schon bekannten Aufzugs, vorbei an der Brücke und einer Reihe von Türen, von denen sich keine öffnen ließ. Er klopfte an die Aufzugtür, aber sie blieb geschlossen. Der Korridor umgab sie mit einem dämmrigen Licht, leer und still.

„Die gute Nachricht: Das Licht ist an und es ist warm", meinte Payne.

„Das ist nicht gerade eine gute Nachricht." Byle bereitete sich darauf vor, ihren Helm abzunehmen.

„Ich helfe." Der Major blieb in der Nähe. „Ich behalte meinen wegen der Elektronik auf."

Byle öffnete das Siegel und der Helm löste sich. Der Major drehte ihn ein Achtel gegen den Uhrzeigersinn und hob ihn ab.

„Schau mich an." Der Major beugte sich nahe heran, um ihre Augen zu sehen und nach Anzeichen von Verzweiflung Ausschau zu halten.

„Es riecht wie ein Meeresstrand, ein wenig Salz und viel frische Luft. Die Temperatur scheint sogar ein wenig warm zu sein." Sie atmete langsam und tief.

„Major Payne an alle Mitarbeiter. Wir haben einen Test durchgeführt und Byle ist ohne Helm hier. Sie sagt, die Luft ist frisch und klar."

„Ja, das habe ich gesagt und ich stehe dazu", sagte sie in das sekundäre Kommunikationssystem an ihrem Kragen, wobei das Kehlkopfmikrofon gedämpfter klang als die Helmschnittstelle. „Die Atmosphäre ist angenehm, besser als auf jedem anderen Flottenschiff, auf dem ich war."

Major Payne beobachtete ihre Augen, die sich durch den Wechsel von interner Luft zu *Leviathans*Lebenserhaltungssystem nicht veränderten. „Ich glaube, das liegt daran, dass ich den weniger kultivierten Mitgliedern dieser Mannschaft zu nahe bin. Es riecht nach Tulpen, genau wie die Aura, die mich umgibt."

„Tulpen?" Byle schreckte zurück. „Hier sind keine Tulpen.

Damit das klar ist: Der Major lügt. Weißt du noch, als er dieses schlechte Dörrfleisch gegessen hat? Keine Tulpen."

„Ich bedaure die Entscheidung, das Zeug gegessen zu haben. Wenn jemand seinen Helm abnehmen muss, ist das in Ordnung, aber entfernt euch nicht zu weit davon, falls die Boneracks reinkommen. Wenn die Systeme aktiv sind, muss die Hälfte des Teams immer einen Helm tragen."

Blinky meldete sich zu Wort. „Sir, in neun Stunden wird uns der Strom ausgehen. Entweder nehmen wir dann die Anzüge ab, oder wir müssen schon vorher in den Energiesparmodus wechseln."

„Sobald wir wieder oben sind, stellen wir eine Wache auf. Einer an, neun aus, um Energie zu sparen. Eine-Stunde-Wachen. Virge, sieh zu, dass du den Weg zur mittleren Luftschleuse findest. Es sieht so aus, als ob wir auf diesem Schiff nicht weiterkommen, wenn Blinky und Buzz ihm nicht sagen, dass wir hier sind, und zwar so, dass es uns versteht."

„Es weiß, dass wir hier sind. Die Herausforderung besteht darin, es davon zu überzeugen, dass wir freundlich sind und es verdient haben, dass man uns die Türen öffnet", erklärte Blinky.

„Freundlich? Verdient haben? Ihr seid anscheinend von der Cyber-Technik der Progenitoren verführt worden. Versammelt euch alle an der Luftschleuse und wir werden unsere nächsten Schritte gemeinsam planen. Sparsam mit Essen und Wasser, Leute. Wir könnten noch eine Weile hier sein."

„Im hinteren Frachtraum gibt es Essen, wenn ihr herausfindet, wie die Prozessoren funktionieren", schlug Dank vor. „Wenn wir neurale Schnittstellen hätten und Blinky recht hat, könnten wir das Schiff bedienen. Ohne sitzen wir fest."

„Versammelt euch um Blinky und Buzz. Alle außer ihnen halten Wache. Sie arbeiten, keine Unterbrechungen. Wir müssen uns auf den Prog-Standard begeben, bei dem rohe Gewalt nicht funktioniert, das haben wir ja auch bereits beim Versuch, hier hereinzukommen, gesehen. Wenn wir erst mal drin sind, brauchen wir einen leichten Ansatz. Turbo, gibt es Klebebandreste an der Luftschleusenluke?"

„Sir?" Turbo wunderte sich. „Wir werden es überprüfen."

„Sir?", fragte Byle.

„Wartet eine Minute. Wir alle kennen die Antwort, denn dies ist ein intelligentes Schiff."

„Nichts, Sir. So sauber wie ein neuer Skimmer."

„Der Reinigungsbot hat alles entfernt", sagte der Major. „Das habe ich vermutet. Deshalb habe ich mich auch nicht zu sehr darüber aufgeregt. Aber es ist wichtig, die Luftschleuse im Auge zu behalten, für den Fall, dass die Schweinebacken versuchen, hier durchzukommen."

„Boneracks", flüsterte Byle.

„Habe ich doch gesagt. Auf jeden Fall sind wir auf dem Weg, wenn wir jemals den Weg nach oben finden können. Dieses Schiff ist ein Labyrinth. Ich denke, wir werden es hinten versuchen und nach dem Zugangsrohr suchen, die Major Danks Gruppe benutzt hat."

„Noch benutzt. Es ist ein langer Weg nach oben. Wir sind immer noch auf dem Weg. Sollen wir auf euch warten?"

„Das würde helfen. Lass Heckler und Shaolin hier. Du und Sparky gehen zu den anderen."

„Wird gemacht, sobald wir wissen, wie wir dorthin kommen. Ich schätze, es sind etwa vier Kilometer von hier. Durch ein Labyrinth in einem Schiff."

„Dann fangt besser an und hinterlässt eine Spur von Brotkrumen, der wir folgen können. Es wäre sinnlos, wenn wir uns alle verirren würden."

„Wir haben uns zu sechst verlaufen und vier sind genau da, wo sie sein sollen", antwortete Dank.

„Versammeln Sie die vier, die fantastischen Vier", scherzte Joker.

„So soll es gesagt, geschrieben und gemacht werden. Und jetzt hört auf zu trödeln und macht weiter, um herauszufinden, wie man dieses Schiff bedient!"

„Wir sitzen hier unten fest, nicht wahr?", fragte Byle, ohne ihr Kommunikationsgerät zu benutzen.

„Ja, das stimmt. Du hast Major Dank vorhin gehört, als sie beim Runterklettern in eine Sackgasse geraten sind. Ich vermute, dass diese Sackgasse über uns ist. Wir klopfen an alle Türen, wenn wir vorbeikommen, um zu sehen, ob jemand zu Hause ist. Und auch an denen, die am nächsten an der Ecke liegen, und zwar aus dem einzigen Grund, weil wir dort den ersten Aufzug gefunden haben."

„Der Aufzug, den wir nicht zum Laufen bringen konnten."

„Warte." Major Payne ließ die Episode noch einmal in seinem Kopf ablaufen. „Wir haben ihm nie gesagt, wohin er soll, während wir drinnen waren." Er deutete auf die nächste Kreuzung. „Wir nehmen einen Seitenkorridor zum äußeren Rumpf und probieren, ob wir ihn dazu bringen können, uns zur Luftschleuse zu bringen. Oder zu den Gästequartieren. Privatzimmer. Ich habe ein ganzes Vokabular zum Ausprobieren."

„Was ist das Schlimmste, was passieren kann?"

„Wir könnten in einem Aufzug festsitzen, anstatt auf einem Deck."

„Er reagiert auf ‚Brücke'. Ich denke, wir werden immer auf dieses Deck zurückkehren können. Ich gebe besser Heckler Bescheid." Payne aktivierte sein Funkgerät. „Heckler, wir werden etwas anderes versuchen, als nach hinten zu gehen. Wir werden den Aufzug finden, der zur Luftschleuse führt. Zieh los und hol Major Dank ein."

„Roger. Er ist etwa fünf Sprossen die Leiter hoch. Wir sollten uns beeilen, bevor er zu weit nach vorn schleicht."

„Hey! Wir klettern seit vier Tagen", konterte Dank.

Es gab eine Pause, bevor Heckler antwortete: „Sieht für mich eher nach fünfzehn Minuten aus. Sie sollten die Pfannkuchen beim Frühstück weglassen, Sir. Wir kommen hoch und es wird echt Zeit. Ich kann nicht gut mit der unendlichen Leiter, auch wenn sich ein netter Käfig darum befindet. Viel Glück, Major Payne."

„Bleibt locker. Wir treffen uns dann oben."

Payne überprüfte sein HUD, ging zur Ecke, überprüfte es erneut und begann, zur Backbordseite des riesigen Schiffes zu gehen.

Captain Ezekial Smith hatte zwei Stunden lang auf den Decks gearbeitet. Er hatte Flaggenoffizier Lord, trotz seiner Proteste, bei einem medizinischen Notfallteam an Deck abgesetzt. Der

Captain trug den Rucksack weiter und hatte ihn zweimal nachgefüllt.

Die Besatzung, seine Besatzung, kämpfte einen epischen Kampf gegen die Unendlichkeit des Weltraums in einem Schiff, das schon vor Stunden hätte sterben müssen. Aber das war es nicht. Das Schiff der Kaiju-Klasse hatte das Schlimmste überstanden, was das Blaze-Kollektiv ihm antun konnte. Es war wahrscheinlich nur einen Treffer von der Vernichtung entfernt gewesen, aber dieser Treffer war nicht gekommen.

Sie verließen das Gebiet mit den Schubdüsen und flogen dann auf einer kreisförmigen Flugbahn, als die Triebwerke ausfielen.

Die Lichter erreichten langsam wieder die Helligkeit vor dem Kampf. Die Besatzung hielt den Atem an. Die von Rauch und verbranntem Fleisch verpestete Luft strömte zu den Entlüftungsöffnungen, während saubere Luft einblies.

„Der Bruch ist versiegelt“, sagte der Captain zu denen, die ihn hören konnten. „Zurück an eure Arbeitsplätze, Leute. Findet heraus, was kaputt ist, und lasst uns anfangen, es zu reparieren. Einer nach dem anderen, aber mit dieser Crew schaffen wir es.“

Der Captain fuhr mit dem nächstgelegenen Aufzug zwei Decks nach oben und machte sich dann auf den Weg zur Brücke. Dort fand er nur den Kommunikationsoffizier vor. „Rufen Sie die Brückenbesatzung zurück“, befahl der Captain, bevor er die taktische Position einnahm. Die Rückkehr der Energie signalisierte nicht die Rückkehr der Sensoren. Das Schiff war immer noch blind.

„Comm, übertragen, bitte.“

Der junge Offizier gab dem Captain den Daumen hoch.

„Hier ist *Cleophas* Actual und wir sind nicht tot. *Ezio*, seid ihr in Reichweite? Bitte antwortet.“

„*Cleophas*. Schön, eure Stimme zu hören. Hier ist *Ezio* und wir haben gerade über der Bruchstelle angedockt. *Ezio* ist mit einem Arbeitstrupp draußen, um den Schaden zu reparieren. Es ist ein großer Schaden, Sir.“

„Ich kenne das Ausmaß nicht, da wir nicht genug funktionierende Systeme haben, um sagen zu können, welche Systeme nicht funktionieren.“

„Ein Zwiespalt, um sicher zu sein, Sir, aber ich sehe auf

unseren Bildschirmen, dass Ihre Kontrollleuchten an sind. Sie blinken ein Notsignal."

„Ich schalte das besser ab", antwortete Captain Smith. „Ich möchte nicht, dass irgendwelche bösen Jungs, die in Reichweite sind, unsere Probleme mitbekommen."

„Die Anzeige ist leer, Captain. Wir werden Ihre Augen sein, bis Sie selbst zurück sind."

„Ich danke dir, *Ezio*. Was ist mit der BEP? Helfen die nicht?"

„Nun, es steht mir nicht zu, Ihnen zu erzählen, wie der Captain ihnen in den Arsch getreten und ihnen gesagt hat, sie sollen sich verpissen. Das steht mir überhaupt nicht zu, Sir."

„So wie es momentan steht, würde ich sogar von diesen arroganten Arschlöchern Hilfe annehmen."

„*Voeller* hält Wache, während *Ezios* Crew hilft. Und zwar alle. Ich bin der Einzige, der auf seinem Posten bleibt."

„Ich schulde ihrem Skipper ein kaltes Bier und noch ein paar mehr."

„Sie könnten ihn selbst sehen, wenn Ihr Schiff die Atmosphäre in den beschädigten Bereichen wiederherstellt. Er könnte im Inneren sein."

„Sind die Brände gelöscht?"

„Visuell scheint die Antwort ja zu sein, die Brände sind aus, obwohl der IR-Scan ein paar heiße Stellen zeigt, aber das könnte Restwärme sein."

„Wie lautet Ihr Name?", fragte Captain Smith.

„Kommunikationsoffizier Juzan LeFlore, zu Ihren Diensten."

„Sie machen Ihrem Posten alle Ehre und Ihr Schiff stolz. Sagen Sie dem Captain, dass ich mich gemeldet habe, falls ich ihn nicht vorher sehe. *Cleophas* out."

Der Captain unterbrach das Signal. „Wenn die Mannschaft eintrifft, ist die erste Aufgabe, sich um unsere Leute zu kümmern. Während sie das tun, erstellen Sie eine Übersicht über die defekten Teile, oder vielleicht ist es einfacher, wenn sie auflisten, was funktioniert. Dann setzen Sie Prioritäten für die Details der Arbeit, je nachdem, wen wir haben. Wir werden dieses Schiff von innen heraus wieder aufbauen, wenn es sein muss."

Der Captain verließ die Brücke mit zusammengepressten Zähnen und verbissener Entschlossenheit im Gesicht.

Kapitel Dreizehn

„Amateure reden über Taktik. Profis reden über Logistik.“

Aus den Memoiren von Flottenadmiral Thaylon Loore.

Major Payne erkannte die Tür. „Ich glaube, das ist sie.“ Er klopfte mit seinen behandschuhten Fingerknöcheln an die Tür. Sie öffnete sich und gab den Aufzug frei.

„Nichts Persönliches, Sir, aber ich möchte nicht mit Ihnen da drin gefangen sein.“

„Wir wissen, dass er ‚Brücke‘ versteht, und vielleicht funktioniert das Klopfding von innen, wenn er sich nicht bewegt hat. Ich bezweifle, dass die Ausfallsicherung Leute im Inneren einsperrt, also alles in Ordnung. Das Schiff scheint Fremden, die in seinen heiligen Hallen wandeln, recht wohlgesonnen zu sein.“ Er lächelte, aber der Effekt ging verloren, da sie ihn nicht ansah. „Einsteigen.“

Byle sträubte sich, aber Payne hatte den Befehl nicht freiwillig gegeben. Der Major betrat den Aufzug nach ihr.

„Luftschleuse, bitte.“ Der Major nahm seinen Helm ab. Sein Haar war vom Schweiß verfilzt.

„Das macht einen riesigen Unterschied“, merkte Byle an.

Für den Aufzug, der sich nicht bewegte, machte es keinen Unterschied. Der Major klopfte an die Tür und sie öffnete sich.

„Siehst du? Nicht gefangen.“ Er holte tief Luft und begann mit seiner Liste von Begriffen, die sie dorthin bringen sollten, wo sie hinwollten. „Oberstes Deck, bitte.“

Nichts.

„Deck vierzig. Deck sechsunddreißig. Ebene vierzig. Die vierzigste Ebene. Deck eins. Äußerer Rumpf. Schleuse der Luft. Luftschleuse-amundo. Getum outski.“

„Sir.“ Byle schüttelte den Kopf und sah auf den Boden. „Wirklich peinlich, das mitzuerleben.“

Der Major fuhr unbeirrt fort. „Quartier. Liegeplätze. Gästezimmer. Schlafquartiere. Schlafraum. Schlafabteile. Schlafenszeit. Betten. Schlafenszeit. Brücke.“

Die Türen öffneten sich.

„Du musst noch ein paar Begriffe lernen. Mein umfangreicher Wortschatz ist schnell erschöpft. Wie wäre es, wenn du uns zum Rest unseres Teams bringst? Sie sind da oben.“ Der Major zeigte auf ihn.

Nichts.

„Eins-Null-Eins-Null-Null“, sagte der Major. Die Türen schlossen sich und der Aufzug fuhr nach oben.

„Sir?“

„Binär für vierzig. Ich wusste, dass es vierzig Decks auf dieser Wanne gibt.“

„Woher wussten Sie, dass sie von unten nach oben nummeriert sind?“

„Meine nächste Vermutung wäre eins und null gewesen.“

Byle nickte.

Die Tür öffnete sich und sie gingen hinaus, um Turbo und Joker in Feuerstellung vor der Luftschleuse zu finden.

Major Payne aktivierte den Kommunikationskanal. „Die Aufzüge verstehen binär. Das Oberdeck ist Eins-Null-Eins-Null-Null.“ Major Payne wandte sich wieder an Turbo. „Bericht.“

„Ich stelle nur sicher, dass die Boneracks sich nicht anschleichen“, antwortete Turbo.

„Irgendwelche Anzeichen, dass sie da draußen sind?“

„Nein. Keine Geräusche, keine Bewegung.“

„Roger. Weitermachen.“ Byle gesellte sich zum Wachposten,

während Payne den Raum betrat, in dem seine Technikfreaks arbeiteten.

Buzz schaute auf, aber Blinky blieb in seinen Bildschirm vertieft. Er starrte mit ausdrucksloser Miene vor sich hin. Buzz legte einen Finger an die Lippen und vertiefte sich wieder in das, woran er gerade arbeitete. Beide Bildschirme waren von dem Major abgewandt, aber wenn sie es nicht gewesen wären, hätte er trotzdem nichts von dem Ganzen verstanden.

Sie hatten den binären Ansatz bereits verstanden und waren dabei, die universelle Sprache zu übersetzen und Zugänge zu erstellen. Zahlen strömten über ihre Bildschirme.

Major Payne kehrte in den Korridor zurück, zufrieden mit seiner Entdeckung. Sie konnten auf jedes Deck, das sie wollten.

„Major Dank, Statusbericht?"

„Wir haben den zentralen Korridor gefunden und nehmen ihn ein. Wenn Sie den Korridor, in dem Sie sich befinden, mit Deckenlampen ausleuchten könnten, wären wir in etwa einer halben Stunde dort."

„Major Payne, willkommen auf *Leviathan*. Möchten Sie eine Fahrt zur Kommandozentrale?"

Payne drehte sich um und sah sich nach dem Unbekannten um. „Bist du das, Blinky?"

„Ich bin es. Willkommen auf *Leviathan*." Die Stimme kam von überall und nirgendwo. Die drei Specialists sahen den Major an. Er zeigte auf den Raum, in dem Buzz und Blinky arbeiteten.

Er sprang durch die Tür, um sie zu erblicken, aber sie saßen auf dem Bett, jeder an seinem eigenen Computer.

„Wollt ihr mich verarschen?"

„Sir?" Blinky klappte seinen Computer zu. „*Leviathan*. Kannst du uns ermöglichen, mit unserem Schiff zu kommunizieren?"

„Natürlich. Möchtet ihr, dass ich die Reichweite eurer Kommunikation erweitere? Es gibt vier Schiffe. Ein kleines in der Nähe der Luftschleuse einundvierzig-null-eins. Eines in der Nähe des Orbits und zwei größere Schiffe, die in Richtung des Randes Ihres Sonnensystems driften."

„Sind das unsere?", fragte Payne, in Erwartung der Antwort zusammenzuckend.

„Sie sind von der gleichen Technologie wie das Fahrzeug, das magnetisch an meinem Schiffsrumpf befestigt ist."

„Du sprichst unsere Sprache?“

„Ich habe das Sprachprogramm hochgeladen. Dadurch hat das Schiff beschlossen, sich selbst so zu nennen, wie wir es bereits genannt haben.“ Blinky sah sehr selbstgefällig aus.

„Danke, *Leviathan*. Kann ich bitte mit meinen Freunden auf dem großen Schiff sprechen?“

„Ich habe eine Öffnung im Barrierefeld für Sie geschaffen.“

Der Major setzte seinen Helm auf und aktivierte sein integriertes Kommunikationssystem. „*Cleophas*, hier ist SOFT One. Können Sie mich hören?“

„Major Payne. Angenehm, von Ihnen zu hören. Hier ist *Cleophas*. Haben Sie das Schiff verlassen? *Cleophas* ist zurzeit nicht verfügbar. Bitte treffen Sie sich mit *Voeller* und warten Sie auf weitere Anweisungen.“

„Wir haben *Leviathan* nicht verlassen. Wir sind jetzt in Verbindung mit diesem Schiff, das, soweit wir feststellen können, völlig intakt ist. Team Payne wird mit *Leviathans* Hilfe eine Untersuchung durchführen. Wir haben Luft und ich nehme an auch Wasser und Nahrung. Ich werde diesen Kanal offen halten. Bitte informieren Sie uns, wenn sich Ihre Situation ändert. Was ist mit Feinden?“

„Das Gebiet ist wieder frei. Es waren acht Ebren-Schlachtschiffe und ein Behemoth. Wir haben *Sirus* verloren und *Cleophas* ist schwer beschädigt, aber die Menschheit hat durchgehalten.“

„Ruhm für Kaiju“, sagte der Major ernst. „Ich wünsche Ihnen schnelle Reparaturen und wenig Verluste. Payne out.“

Payne nahm seinen Helm ab. Hoffnungsvolle Gesichter sahen ihn an.

„Es gab einen großen Kampf da oben und die Guten haben gewonnen. Sie kümmern sich um die Schäden. Ich denke, das Beste, was wir machen können, sind zwei Dinge. Wenn es an Bord Nahrung und Wasser für uns gibt, wo befindet es sich, damit wir unseren Aufenthalt so lange wie nötig verlängern können? Und zweitens: Wie kann uns dieses Schiff helfen, im Krieg oder bei den Reparaturen an *Cleophas*? Blinky und Buzz, ihr habt etwas geschafft, das noch niemand zuvor geschafft hat. Ich befördere euch beide auf der Stelle zu Specialist Seven und Specialist Three. Herzlichen Glückwunsch.“

„Hey!“, schimpfte Blinky und trat gegen das Deck. „Ich bin schon eine Sieben und er ist bereits eine Drei.“

„Oh. Wie wäre es mit einer Medaille?“

„Das bringt kein Essen auf den Tisch.“

„Zwei Doofe, ein Gedanke. Kannst du das Schiff fragen, wo wir Essen und Wasser finden können?“, fragte der Major.

Blinky legte den Kopf in den Nacken und rümpfte die Nase. „Kannst du?“

„*Leviathan*, wir brauchen Essen und Wasser. Hast du eine Kantine, die uns versorgen kann?“

„Natürlich. Ich werde den Prozess der Nahrungsherstellung an euren Geschmack anpassen. Die ersten Kostproben sind vielleicht nicht nach eurem Geschmack, aber wenn ihr mir Feedback gebt, kann ich das Essen anpassen.“

„Wie kommen wir dahin?“

„Ihr braucht nur zu fragen. Die Wagen stehen an vielen Stellen auf dem Schiff und sind nie weiter als eine Minute entfernt.“

„Kannst du Major Dank und sein Team abholen und hierher bringen?“

„Natürlich. Ich werde sofort einen Wagen schicken. Sonst noch etwas?“

„Bring uns in den Speisesaal. Das muss gefeiert werden. Und bring Major Dank und sein Team dorthin und nicht hierher.“

„Natürlich.“

„Du bist der netteste und angenehmste Prog, den ich je kennenlernen durfte“, sagte Major Payne. „Ich fühle mich wie ein Gast in deinem Resort. Danke, dass wir hier sein dürfen.“

„Ich kenne den Begriff ‚Prog‘ nicht“, erwiderte *Leviathan*.

„Das ist die Abkürzung für Progenitor. So nennen wir die Spezies der Wesen, die dieses Schiff gebaut haben.“

„Ah, Progenitor. Du sprichst von den Godilkinmore? Mir gefällt der Begriff ‚Progenitor‘. Er scheint in der gegenwärtigen Ära der universellen Geschichte am passendsten zu sein.“

Zwei Vier-Personen-Wagen rollten den Korridor entlang und hielten in der Nähe. „Kannst du uns Bescheid geben, wenn jemand versucht, eine deiner Luftschleusen zu öffnen? Andernfalls muss ich jemanden als Wache hier lassen.“

„Ich werde dafür sorgen, dass die Schleusen geschlossen bleiben, solange ihr nichts davon wisst. Nicht alle Gäste sind so sympathisch wie du."

„Danke, Lev!"

Die sechs Mitglieder von Team Payne stiegen auf die Wagen und fuhren in Richtung des Hauptkorridors. Als sie diesen erreichten, bogen die kleinen Fahrzeuge in Richtung des hinteren Teils des Schiffes ab und fuhren noch zweihundert Meter weiter, wo Major Dank und sein Team warteten.

„Virge. Schön, dich hier zu treffen."

„Der Wagen hat uns dort abgeholt", er zeigte zehn Meter weiter, „und hier abgesetzt. Ich bin neugierig, wie effizient das Massentransportsystem des Schiffes ist, aber es scheint, als hättet ihr es herausgefunden."

Payne deutete auf Blinky und Buzz. „Das haben sie. Und haben ihm auch noch unsere Sprache beigebracht. *Leviathan*, Futterhalle, bitte."

„Payne, Korridor, gerne geschehen", antwortete das Schiff.

Der Major starrte auf die Tür, mit einem leeren Ausdruck im Gesicht.

„Endlich jemand, der dich versteht. Ich bewundere die Genialität des Schiffes", sagte Blinky.

„Du verstehst mich! Und es gibt so viele da draußen, die das nicht tun. Ich danke dir!" Declan Payne warf seine Hände in einer Geste des endgültigen Sieges in die Höhe.

„Ich bin mir nicht sicher, ob ich auf dich stehe. Was, wenn ich nicht will?", antwortete das Schiff.

„Zu spät. Ich sitze hier fest. Wer hätte das gedacht? Die Progenitoren hatten einen Sinn für Humor."

„Sehr viel sogar. Auf diesem Schiff gibt es einen Raum für Witze, der ausschließlich dem Erzählen von Witzen gewidmet ist", bemerkte Lev.

„Wirklich? Das ist ja fantastisch."

„Nein. Es gibt keinen Scherzraum. Die Mission dieses Schiffes war nicht, Witze zu erzählen, also haben diejenigen, die mich erschaffen haben, mir einen Sinn für Humor eingeflößt, den sie als ihre größte Errungenschaft betrachten. Nicht das Schiff, und schon gar nicht die Waffen oder die Telepathie, sondern der Humor."

Declan verzog das Gesicht. „Viele Menschen sind gestorben,

um uns zu schützen und zu verhindern, dass dieses Schiff in die Hände des Blaze-Kollektivs fällt. Ich muss es wissen, Lev. Kann das Schiff fliegen?“

„Ja. Ich bin intakt und arbeite mit höchster Effizienz.“

„Wir könnten hier sofort wegfliegen, wenn wir wollten?“

„Ja. Ist das dein Wunsch?“

„Nein. Ich möchte eine gute Mahlzeit zu mir nehmen und dann müssen wir weiter reden. Wir alle, das Team Payne, mit unseren jeweiligen Spezialgebieten. Hilf uns, dich besser zu verstehen, damit wir nicht mit deiner Programmierung oder deinen Moralvorstellungen in Konflikt geraten. Wir, oder vielmehr die gesamte Menschheit, haben ein großes Problem. In unseren Anfangsjahren musstet ihr uns auf dem blauen Ball in der Nähe der Sonne sehen, und jetzt, wo wir wieder festen Boden unter den Füßen haben, haben wir festgestellt, dass der Weltraum ein feindlicher Ort ist. Das Blaze-Kollektiv ist eine Gruppe außerirdischer Spezies, deren einziges Ziel es zu sein scheint, die Menschheit auszulöschen.“

Die Türen zum Speisesaal öffneten sich. Helles Licht strömte aus einem Bereich hinter einer Serviertheke. Sie aßen immer nach Rangordnung, das heißt, Buzz ging zuerst, dann Joker und Shaolin. Buzz ging hinein und versuchte, alles auf einmal zu sehen.

Lev antwortete Major Payne: „Da gibt es ein kleines Problem. Weißt du, ich bin Pazifist.“

„Das könnte ein Problem werden. Aber da die Blaze das nicht wissen, können wir vielleicht herumfliegen und Verbündete der Blaze einschüchtern … Sie mitten ins Nirgendwo jagen. Was ist deine Höchstgeschwindigkeit? Meine eigentliche Frage ist: Kannst du schneller sein als sie?“

„Ich habe die Ausbreitung der Menschheit zu den Sternen beobachtet. Ihr Sprung zum Überlichtantrieb war eine monumentale Leistung und wurde in kürzerer Zeit vollzogen als bei jeder anderen Spezies, der wir bisher begegnet sind, einschließlich der Progenitoren. Der nächste Entwicklungssprung ist das augenblickliche Reisen, das die Entfernung zwischen zwei Punkten aufhebt und bis zu fünftausend Lichtjahre in einem Wimpernschlag zurücklegt. Das ist so, als würde man ein Stück

Schnur falten, um sich seitlich und nicht der Länge nach zu bewegen."

„Man kann den Raum falten und mit einem Wimpernschlag bis zu fünftausend Lichtjahre zurücklegen? Das würde eine große Anzahl von Problemen lösen. Das muss aber auch etwas kosten."

„Es verbraucht eine enorme Menge an Energie und das Schiff ist für mehrere Tage außer Gefecht gesetzt, bevor es sich aus eigener Kraft fortbewegen kann", erklärte *Leviathan.*

„Aber du hast doch FTL?"

„Ja. Ich springe in den interstellaren Raum und benutze dann FTL- und Sublichttriebwerke, um zu den Sternen und ihren Systemen zu manövrieren."

Dank und Payne blieben im Korridor, während das Team Lebensmittel auf Tabletts sammelte. Heckler stand in der Tür und wartete, die Arme auf den Lauf seines Pulsgewehrs gestützt.

„Aber du wurdest geschaffen, um zu kämpfen?"

„Ich wurde erschaffen, um Frieden zu bringen. Ich bin das Schlachtschiff *Leviathan*."

„Wir haben dich für einen Dreadnought gehalten."

„Der Dreadnought, das Schiff für den Kampf, ist hier, um euch zu helfen, einen Kampf zu vermeiden."

Dank nickte. „Die endgültige Lösung. Eine Waffe, die so groß ist, dass niemand gegen sie bestehen kann. Die Bedrohung allein würde ausreichen, um Kriege zu beenden."

„Das war die Absicht, aber die Creel sahen in mir nur eine Bedrohung ihrer Macht. Sie griffen immer wieder an, bis ich sie vernichtete. Jeden von ihnen. Ich lud die Besatzung auf der Godilkinmore-Heimatwelt ab und kam hierher, um die Möglichkeit auszuschließen, dass ich das jemals wieder tun müsste."

„Ich fürchte, das wirst du. Die Ebren haben einen massiven Angriff auf unsere Schiffe gestartet, die uns und dich beschützen sollten. Sie werden zurückkommen und beim nächsten Mal werden es mehr sein. Kannst du uns helfen, unser großes Schiff zu reparieren, die *Cleophas*?"

„Ja. Ich helfe euch gerne, euer Schiff zu reparieren."

Dank deutete mit den Fingern auf seinen Mund, als ob er einen Bissen nehmen wollte. „Nach dem Essen können wir alle Dinge in Gang setzen, die uns helfen, uns selbst zu helfen. Wo ist der beste Ort, um etwas über dich, deine Systeme und Fähigkeiten zu erfahren?“

„Auf der Brücke. Du warst vorhin dort, aber wurdest als Eindringling eingestuft, also konnte ich dich nicht hineinlassen. Du und dein Team habt überall auf dem Schiff Zutritt. Wenn ihr eine Tür betreten wollen, braucht ihr nur daran zu denken und die Tür wird sich für euch öffnen.“

„Telepathie. Keine neurale Verbindung.“

Die beiden Majors nahmen ihre Tabletts und bedienten sich an den Speisen, die von einem mehrarmigen Robotergerät serviert wurden.

„Wir hatten vor langer Zeit neurale Verbindungen, aber wir haben sie weiterentwickelt.“

„Eure Technologie ist der unseren weit voraus, obwohl sie tausend Jahre alt ist.“

„Jede Spezies entwickelt sich nach ihrer eigenen Zeitlinie. Die eure ist die eure, bis sich unsere Wege kreuzen, wie es jetzt der Fall ist, und bis sich unsere Wege wieder trennen. Ich werde mit euch teilen, was ihr zu verstehen vermögt.“

Payne stellte sein Tablett ab. „Ich freue mich darauf, dir zu helfen, uns besser zu verstehen. Wenn du über Telepathie verfügst, warum sprechen wir dann laut miteinander?“

„Das mache ich nicht“, antwortete *Leviathan*.

Kapitel Vierzehn

„Fürchte diejenigen, die sagen, dass sie Frieden wollen.“

Aus den Memoiren von Flottenadmiral Thaylon Loore.

„Sie wollen da wahrscheinlich nicht reingehen, Sir“, sagte ein jüngerer Wartungsoffizier und blockierte mit seinem Körper die Tür. Er war mehr Ingenieur als Wartungsoffizier, und wenn es um Schadensbegrenzung ging, war es seine Aufgabe, das Schiff wieder so funktionstüchtig zu machen, wie es vorher war. Das erforderte in der Regel viel mehr technisches Geschick als die Wartung.

„Erklären Sie sich“, beharrte Captain Smith.

„Zu viele unserer Leute sind auf ihren Stationen verbrannt.“ Er steckte die Hände in die Taschen und klopfte mit dem Schuh auf das Deck, während er den Blickkontakt vermied.

„Es ist mein Job, also muss ich reingehen, aber ich möchte, dass Sie Folgendes tun. Sie bleiben hier draußen und halten die Leute davon ab, hereinzukommen, es sei denn, ich rufe ausdrücklich nach ihnen.“

„Ja, Sir.“ Der junge Mann sah dem Captain endlich in die Augen. Die Angst ließ sie hin und her huschen, als wollte er vermeiden, die schrecklichen Dinge zu sehen, die er gesehen hatte.

„Sie wussten nicht, was sie erwartet. Das ist ein Tod, den wir uns alle wünschen können. Schnell, bei der Verteidigung des Schiffes. Den Kameraden helfen, am Leben zu bleiben, und das haben sie getan.“ Er schüttelte seine Hand und der junge Mann trat zur Seite.

Der Captain ging hinein. Er wusste nicht, ob es ein Beweis für eine lange und bewegte Karriere war, aber er hatte schon viel Schlimmeres gesehen. Die verbrannten Körper ähnelten kaum noch Menschen. Konsolen und Systeme waren unter dem intensiven Nuklearfeuer, das durch den Bauchraum ausgebrochen war, geschmolzen.

Die Besatzung arbeitete in Schutzanzügen, sammelte die Leichen ein und legte sie in Säcke, scannte zur Identifikation jeden einzelnen, bevor sie ihn versiegelten, um die Kennung des Sackes mit dem Wesen im Inneren zu verbinden. Niemand würde sie wiedersehen. Die Leichen wurden in ein Kühllager gebracht, bevor sie in eine Sonne geschossen wurden, wenn das Schiff das nächste Mal in der Nähe einer Sonne war.

Von den Sternen geboren, zu ihnen getragen und schließlich zurückgebracht, um eine neue Reise anzutreten. Der Kreislauf des Lebens ist geschlossen. Die Standard-Weltraum-Begräbniszeremonie. Er konnte sie im Schlaf rezitieren.

Er hatte schon viel Schlimmeres gesehen, zu oft. Der Krieg mit dem Blaze war nicht gut für die Menschheit.

Der Captain ging durch den Raum, nickte den Arbeitern zu und machte sich ein Bild von den umfangreichen Schäden. Alle Systeme der Kaiju-Klasse hatten eingebaute Redundanzen. Jedes System konnte von zwei verschiedenen Stellen des Schiffes aus bedient werden. Dieser Raum würde versiegelt werden, sodass *Cleophas* ohne eine Redundanz für Reaktor zwei und die Umweltkontrollen für die zentrale Sphäre des Schiffes dastehen würde, bis sie in einer echten Werft größere Reparaturen durchführen lassen konnten.

Bis dahin würden sie es schaffen. So kämpfte die Flotte in diesem Krieg. Nur sehr wenige Schiffe waren völlig intakt. Kaugummi und Klebeband hielten alles zusammen, außer den Waffensystemen. Die waren tadellos.

Bevor das Schiff unterging, hatten sie weniger als die Hälfte ihrer Rapier-Werfer verloren. Das bedeutete, dass der Rest einsatzbereit war. Die *Cleophas* hatte immer noch eine starke Schlagkraft. Sobald der Antrieb wiederhergestellt war, konnten sie zur Flotte zurückkehren und mit den Reparaturen fortfahren.

Captain Smith erblickte einen seiner Ingenieure. „Chief." Er bahnte sich seinen Weg zu dem Mann. „Was ist der Status?"

„Wir sind kaputt. Schlimm. Der Kiel ist verzogen. Wir können mit einem krummen Schiff keinen FTL erreichen. Die primären Stromkreise in diesem Bereich sind umgeleitet und die Hälfte davon ist ebenfalls beschädigt. Ich kann uns wieder flott machen, aber wir werden es erst in zwei Monaten zu den Werften auf dem Mond schaffen. Das ist das Beste, was ich tun kann. Etwas schneller, und sie droht auseinanderzubrechen."

Das Kommunikationsgerät des Captains surrte. Er ignorierte es.

„Können wir uns verteidigen, wenn die Ebren zurückkommen?"

„Ich denke schon, aber wir werden blind schießen müssen. Ich war schon außerhalb des Schiffes. Die meisten Sensorsysteme sind ausgefallen, die Türen der Raketenwerfer sind zugeschweißt. Wir wurden vom Feuer beinahe weggefegt. Es sieht aus, als hätten wir versucht, durch die Sonne zu fliegen."

„Haben wir auch, mehr oder weniger. Danke, Chief. Ich werde Sie nicht weiter aufhalten." Das Funkgerät surrte erneut und der Captain nahm es wütend ab. „Was?"

„Major Payne, Sir. Ich glaube, wir können helfen."

„Wir können alle Hände gebrauchen, die wir bekommen können. Zehn sind besser als keine. Keine Freude auf *Leviathan*?"

„Es tut mir leid, Sir, ich meinte nicht Team Payne. Ich meine, *Leviathan* hat *Cleophas* angeboten, bei den Reparaturen zu helfen. Wir werden uns gleich auf den Weg machen, um uns euch anzuschließen. Bitte sag *Ezio*, er soll sich entkoppeln. Wir brauchen Zugang zu diesem Teil des Schiffes."

„Es fliegt? Und kann helfen, mein Schiff zu reparieren?"

„All das und noch mehr. Es gibt einige Herausforderungen, aber nicht, wenn es darum geht, *Cleophas* zu reparieren. Wir benötigen die Konstruktionspläne für das Schiff, also bitten Sie jemanden, sie auf dieser Frequenz zu übertragen. *Leviathan* wird sie abholen und das notwendige Material beschaffen. Das Schiff wird das Metall und die Komponenten der Ebren-Schlachtschiffe für den Wiederaufbau der *Cleophas* verwenden."

„Das kann es?", fragte der Captain ungläubig. „Was sollen meine Leute denn tun?"

„Evakuieren Sie sie aus den Bereichen, die repariert werden müssen, besonders aus dem Bauchbereich. Wir werden uns um den Rest kümmern."

„Ich weiß nicht, was ich sagen soll."

„Lev reagiert gut auf positive Bestärkung. Sagen Sie ihm einfach ein aufrichtiges ‚Danke'. Ich muss los, Captain. Waidmannsheil."

„Waidmannsheil, Major."

MAJOR PAYNE SCHLOSS DEN KOMMUNIKATIONSKANAL. „Ich freue mich darauf, zu sehen, was du kannst, Lev. Das wird eine große Hilfe sein."

„Natürlich, gerne." Das war der Lieblingsausdruck des Schiffes. Nichts schien dem Schlachtschiff zu schwer zu sein, außer, in den Krieg zu ziehen.

„Du hast kein Problem damit, ein Kriegsschiff zu reparieren?", platzte Payne heraus.

„Nein. Es mag wie ein Widerspruch erscheinen, aber das ist es nicht, zumindest für mich, und das ist das Wichtigste. Ich weiß, dass die Aliens untereinander kämpfen werden. Du bist hier und ich mag dich. Ich kann an deinen Gedankengängen erkennen, dass du dich um deine Landsleute an Bord der *Cleophas* sorgst. Ich muss keines der Waffensysteme wiederherstellen, aber ich werde es tun, damit das Schiff sich verteidigen kann. Es wird in weitere Kämpfe mit der Gruppe verwickelt sein, die ihr das Blaze-Kollektiv nennt. Ich bin bereit, den Mond, den ihr Ganymed nennt, zu verlassen. Seid ihr bereit?"

„Team Payne. Seid ihr an eurem Platz und bereit zum Abheben?"

Die Teammitglieder meldeten sich einer nach dem anderen. Sparky und Major Dank waren in den Maschinenraum gebracht worden. Die anderen befanden sich auf der Brücke an den verschiedenen Stationen für ihre Spezialgebiete. Byle und Shaolin waren auf Waffen spezialisiert, ebenso wie die drei Kampfspezialisten. Die fünf gruppierten sich um zwei Stationen und studierten die Systeme, während ihre Betriebsdiagramme über die Bildschirme liefen. Blinky war allein, telepathisch mit dem Schiff verbunden.

Er sah aus, als wäre er in Trance. Payne erhielt nie einen Daumen hoch von ihm.

„Buzz, pass auf, dass er nicht aus dem Stuhl fällt."

Joker war die letzte, die sich meldete, da sie leise in ein Terminal sprach. Als der Major sich vor sie stellte, nickte sie und setzte ihr Gespräch mit der *Voeller* fort, um den vollständigen Bericht des Teams zu übermitteln.

„Wenn du so freundlich wärst und uns bitte hier rausbringst, Lev", bat Major Payne.

„Natürlich, gerne." Die Passagiere spürten nichts, obwohl das Schiff abhob und die Trümmer abschüttelte, die sich auf dem aktiven Netz des externen Sensorsystems des Schiffes angesammelt hatten. Lev hatte es das „Barrierefeld" genannt.

Ein riesiges Heer von Wartungsrobotern hatte die Hangarbuchten auf beiden Seiten des Schiffes verlassen, um genügend Rohstoffe von den zerstörten Kampfschiffen zu sammeln und sie zurück in den Hangar zu schleppen, um sie für die Reparatur der *Cleophas* zu verwenden.

Die Hangartore blieben offen, während sich das Schiff durch den Raum bewegte, ungehindert von der axialen Ausrichtung. Das Schiff hätte auch eine Kugel sein können und hätte sich genauso effizient bewegt.

„Warum ist das Schiff so geformt, wenn es in jede Richtung genauso gut fliegen kann?"

„Vorstellungen. Selbst vor tausend Jahren haben sich die Spezies vorgestellt, dass das spitze Ende vorn ist und die Auspuffdüsen hinten."

„Der Auspuff dieses Schiffes ist nicht echt?"

„Er ist echt, um überschüssige Wärme abzuführen, aber er ist unerheblich für die Flugrichtung." *Leviathan* drehte sich, um die Nase auf die *Cleophas* zu richten, bevor er sich seitwärts bewegte, um nahe an den Kaiju heranzukommen, sodass der Hangarschacht gegenüber dem großen Riss in seiner Hülle lag.

„Ich dehne eine atmosphärische Blase aus, die *Cleophas* einschließen wird, um eine explosive Dekompression zu verhindern, während wir die Struktur auseinanderschneiden, um sie zu ersetzen und neu auszurichten. Ich habe unser Wartungs- und Reparatursystem losgeschickt, um das gesamte Schiff zu untersuchen."

Ein Bildschirm, der die Wände der Brücke bedeckte, zeigte eine dreihundertsechzig-Grad-Ansicht, einschließlich allem, was vertikal ausgerichtet war und dem, was oben oder unten war. Wohin sie auch blickten, sie konnten die *Leviathan* von außen sehen.

Ein Heer von Wartungsrobotern kam aus dem Hangar und begann mit der Demontage der Flickstellen, die die Crew der *Ezio* angebracht hatte. Innerhalb weniger Minuten war der Schaden an der *Cleophas* sichtbar. Payne konnte nur noch starren. Die fünf an den Waffenstationen sahen von ihrer Arbeit auf und starrten ebenso wie der Major.

„Es ist erstaunlich, dass sie das überlebt hat", sagte Heckler sachlich. „Das wäre der Todesstoß für jedes andere Schiff in der Flotte gewesen."

„Der Kiel ist verzogen", berichtete Lev. „Wir werden ihn ersetzen, zusammen mit den anderen zerstörten Systemen in diesen Räumen. Die Untersuchung ist abgeschlossen. Die Reparaturen werden in vier Stunden abgeschlossen sein."

„Reparaturen, die fast einen kompletten Neuaufbau bedeuten."

„Nicht einmal annähernd ein kompletter Neuaufbau. Die Progenitoren hatten auch eine Vorliebe für Übertreibungen. Nur neunzehn Prozent des Schiffes müssen neu gebaut werden. Es wäre problematisch gewesen, wenn wir nicht genügend Rohstoffe gehabt hätten, die *Cleophas* durch die Zerstörung der Ebrenflotte zur Verfügung gestellt hat."

„Du hast vor, neunzehn Prozent eines Kaiju in vier Stunden wieder aufzubauen? Willst du damit sagen, dass du einen ganzen Kaiju in weniger als einem Tag von Grund auf neu bauen kannst?"

„Wenn die größten Teile bereits hergestellt wurden und wir genügend Rohmaterial wie abgereichertes Uran und Kernstahl haben, ja."

„Kann ich den Prozess sehen? Kann man den Hangar besichtigen und zusehen?"

„Es gibt eine Aussichtsplattform. Die Hangarhalle ist wegen der vielen Aktivitäten in ständiger Bewegung. Es wäre nicht sicher, deinen weichen und schwammigen Körper in diese Umgebung zu bringen."

„Was zum Teufel, Lev? Ich bin hart wie Stahl", konterte Payne.

„Ich weiß nicht, was du damit meinst, aber ich nehme an, du willst damit sagen, dass du eine Kollision mit einer externen Plattenherstellungseinheit gewinnen würdest. Ich versichere dir, das würdest du nicht. Geh in den Korridor und ein Wagen wird dich auf die Aussichtsplattform bringen."

„Okay, Lev. Ich danke dir." Der Major schlenderte hinaus und winkte mit einer Hand über seine Schulter. „Weitermachen."

Als ob irgendjemand in seinem Team etwas anderes machen würde.

Als er alleine im Wagen war, nahm er das Gespräch mit Lev wieder auf: „Kannst du uns ein paar Zimmer besorgen? Schöne Zimmer."

„Es gibt an Bord Zimmer für das leitende Personal, die älteren und erfahreneren Besatzungsmitglieder. Es gibt Hunderte von solchen Zimmern. Ich werde mein Bestes tun, um zehn für euch zu reservieren."

„Es ist niemand sonst an Bord, Lev. Willst du mich ärgern?"

„Es schien mir angemessen, da du nach Räumen gefragt hast, von denen es ein ganzes Schiff voll gibt. Über hunderttausend, und ihr seid nur zehn."

„Aber schöne Zimmer, die schönsten", merkte Payne an. „Ich muss mich um meine Leute kümmern, Lev. Eher schlafe ich auf dem Boden, als dass ich einen meiner Leute leiden lasse, vor allem, wenn es nicht sein muss. Kannst du andere Matratzen herstellen? Die, die du hast, sind etwas zu hart für unsere weichen und schwabbeligen Körper."

„Natürlich." Lev ließ Payne in Ruhe, als der Wagen die zwei Kilometer lange Strecke schnell hinter sich brachte.

Er hielt an, Payne stieg aus und ging zur nächsten Tür, die sich öffnete, ohne dass er seinen Schritt unterbrechen musste.

Drinnen fand er etwas vor, das eher wie eine Bar und ein zwangloses Esszimmer aussah als ein Kontrollzentrum.

„Lev, das sieht aus wie ein Erholungsgebiet oder eine Art Versammlungsraum. Hier sind keine Systeme."

„Alles auf dem Hangardeck ist automatisiert. Es gibt keine Notwendigkeit für manuelle Kontrollen."

„Aber woher soll ich wissen, was hier vor sich geht?"

„Du fragst mich, oder du benutzt deinen Verstand."

„Und das war gut für hunderttausend Menschen? Du konntest mit allen gleichzeitig sprechen?"

„Ja, natürlich. So wurde ich konstruiert. Dieses Schiff ist weit fortgeschrittener, als du es verstehst, und ich will damit nicht deine Intelligenz in Frage stellen. Die Menschheit hat sich weiter und schneller entwickelt als jede andere Spezies, der wir je begegnet sind und wie ich bereits sagte, das schließt die Progenitors mit ein."

„Ich fasse das als Kompliment auf. Bitte sag mir, was Sache ist."

Lev zeigte mit einem Laser durch das lange, geschwungene Fenster auf verschiedene Bots, die auf dem Deck unter ihm arbeiteten und erklärte, was sie gerade taten. Ein Roboter reichte dem Major ein Glas mit gekühltem Wasser, während er zusah und zuhörte. Payne nahm es an, ohne nachzudenken, und trank beiläufig.

Der komplexe Tanz unter ihm war beeindruckend. Die riesige Menge Metallschrott in der Mitte des Decks wurde abgeschält und auf ein Fließband geschickt, wo sie durch ein Rolltor verschwand, um später als komplexes Bauteil wieder aufzutauchen, das von einem wartenden Bot schnell weggezaubert und durch den offenen Raum nach *Cleophas* getragen wurde. Dieser Tanz sorgte für einen ununterbrochenen Strom von Teilen und Material von einem Schiff zum anderen.

„Was ist mit Essen? Gibt es irgendwelche Snacks? Ich habe Lust, Popcorn zu essen."

„Ich fürchte, ich habe keine eurer Lebensmittelstrukturen. Vielleicht kann ich einmal eure Datenbank bekommen und die Nahrungsproduktionssysteme so umprogrammieren, dass sie das produzieren, was ihr euch wünscht."

„Warum eigentlich nicht? Ich kann sie fragen." Payne betätigte sein Mikrofon. „*Cleophas*, hier ist Major Payne. Können Sie bitte unsere Lebensmitteldatenbank und die komplette enzyklopädische Geschichte auf diesen Kanal übertragen?"

„Wir sind hier oben ziemlich beschäftigt", antwortete die Stimme.

„Packen Sie einfach alles ein und senden Sie es, dann machen Sie weiter. Sagen Sie dem Captain, dass die Gesamtreparaturzeit für die *Cleophas* bis zur Wiederherstellung der Werkseinstellungen vier Stunden betragen wird. Bis zum Abendessen werden Sie wieder einsatzbereit sein. Und wenn wir diese Datenbank bekommen, werden wir ein Abendessen bekommen, das weitaus schmackhafter sein wird als das, was das Schiff uns zum Mittagessen vorgesetzt hat."

„Das Schiff hat Essen? Du weißt, dass es etwa tausend Jahre alt ist."

„Hat auch so geschmeckt. Wenn ihr möchtet, dann schickt uns einen Haufen Gebäck. Die werden gegessen, das garantiere ich. Oder noch besser, schicken Sie uns Kostproben von Pizza, Tacos und Hamburgern."

„Wie alt sind Sie, fünfzehn?"

„Nur im Kopf. Sind Sie das, *Cleophas* Actual?"

„Zeke Smith, zu Ihren Diensten, Major. Können Sie mich zu *Leviathan* durchstellen?"

„Es hört zu. Sagen Sie, was Sie sagen möchten, Captain."

„Ich kann dir nicht genug für das danken, was du für die *Cleophas* und mein Volk machst. Du hast uns davor bewahrt, eine Lücke in unserer Verteidigung zu hinterlassen. Wir brauchen unsere Dreadnoughts, die schweren Geschütze. Die Blaze werden immer stärker und wir können uns kaum noch halten. Wir hoffen, dass du dich uns anschließen kannst."

Leviathan antwortete nicht.

„Im Geiste. Es hat sich herausgestellt, dass Lev Pazifist ist, aber Fähigkeiten hat, die Schlachten zu unseren Gunsten entscheiden könnten."

„Ein Schlachtschiff voller Waffen, das Pazifist ist?" Der Captain klang ungläubig.

„Es ist schwer zu begreifen, aber ich glaube es. Schicken Sie Ihre Leute besser wieder an die Arbeit, Sir. Ich habe gehört, dass Sie bald wieder abfliegen werden."

„Reaktor zwei ist wieder online“, sagte eine Stimme im Hintergrund.

„Der Reaktor war weg, eine komplette Kernschmelze“, antwortete der Captain.

„Die Umweltsysteme sind jetzt auf hundert Prozent. Und Sir! Der FTL wird jetzt als verfügbar angezeigt.“

„Payne, Sie sind ein Zauberer. Dafür kriegen Sie ein Abzeichen.“ Ein Abzeichen – die Ehrenmedaille.

„Ich werde es nicht annehmen, nicht dafür. Wir waren hier drüben, ohne dass eine Gefahr für uns bestand. Lev hat es verdient.“

„Habe ich nicht“, konterte das Schiff. „Ich sollte keine Medaille dafür bekommen, dass ich tue, wozu ich fähig bin, dass ich einem Freund in Not helfe. Nein! Behaltet eure Medaillen und befeuert die Kessel. Volle Kraft voraus!“

„Ich glaube, Sie haben die Datenbank geschickt.“

„Sie sagten, wir sollen alles einpacken, Major.“

„Und wir danken Ihnen dafür. Lev, wo ist mein Popcorn?“ Der Major wartete darauf, dass es auf magische Weise auftauchte, aber das tat es nicht. „Ich hatte große Hoffnungen. Ich lasse Sie wieder weitermachen, Captain.“

„Sie haben mich unsere Datenbank schicken lassen, damit das Schiff Ihnen Popcorn macht?“, fragte der Captain mit einem leisen Kichern.

„Wir alle haben unsere Schwächen. Manche sind oberflächlicher als andere. Spielen Sie immer noch mit dem Gedanken, mir ein Abzeichen zu geben?“

„Nicht mehr. Danke, Major, für die taktische Unterstützung. Ich liebe es, grüne Lichter auf der Bereitschaftsanzeige zu sehen. Smith out.“

„Die Proben wären eine gute Idee. Ich kann sie testen, um die chemische Struktur zu bestimmen. Euer Essen ist ziemlich exotisch, soweit ich das gesehen habe.“

„Apropos, wie hast du die Nahrung, die Luft und das Wasser über einen Zeitraum von tausend Jahren aufbewahrt?“

„Die Lebensmittel wurden kryogen gelagert. Die Luft und das Wasser wurden von Ganymed aus frisch aufgefüllt. Der unterirdische Ozean enthält mehr Wasser als das gesamte Oberflächenwasser der Erde, und in der Atmosphäre ist genügend Sauerstoff vorhanden, um ihn ins Schiff zu ziehen. Wir sind für weitere tausend Jahre gerüstet, obwohl eine Hydrokultur-Bucht schön wäre. An Bord befindet sich eine vollständige Samenbibliothek. Möchtest du, dass ich mit den Feldern beginne?"

„Ich weiß nicht, wie lange wir hier sein werden, Lev, aber ja. Lass ein paar Pflanzen auf diesem Schiff wachsen. Wir könnten einen Garten gebrauchen."

„Was glaubst du, wie viel Personal an Bord der *Leviathan* leben wird?"

„Darüber habe ich noch nicht nachgedacht." Der Major deutete auf einen Schwarm kleiner Bots, die in die Leere starteten und flogen.

„Die sind für die Feinarbeiten – letzte Lackierungen und Ausbesserungen."

„Sie sind fast fertig?"

„Ein Teil davon. Am längsten dauert die Herstellung der Steuermodule für die Verteidigungswaffen. Die sind ziemlich komplex. Ich bin beeindruckt."

„Ich bin froh, dass wir dich mit etwas überraschen konnten. Was hältst du davon, wenn wir auf die Brücke zurückkehren, Lev?"

„Wie du wünschst. Ich stehe zu deiner Verfügung."

„Wohl kaum. Du bist mein Freund. Wir werden darüber reden, was getan werden muss, so wie wir es bei den Reparaturen an der *Cleophas* getan haben. Ich nehme an, dass du derjenige bist, der die Befehle geben sollte."

Der Major verließ die Aussichtsplattform, wo der Wagen wartete. Er begab sich an Bord, und das Fahrzeug raste davon.

„Ich bin nicht derjenige, der Befehle gibt. Ich erkenne dich als einen würdigen Nachfolger der Progenitoren an."

„Nachfolger, in der Mehrzahl."

„Nein, Nachfolger in der Einzahl, denn es gibt nur einen von dir."

„Sie werden also nur von mir Befehle annehmen und von niemandem sonst?" Der Major beugte sich vor und schaute auf seine Füße, weil er sich fragte, wie Flottenadmiral Wesson die Nachricht aufnehmen würde.

„Das ist richtig."

„Ich habe ein Team zu leiten. Wir haben Missionen, die wir erfüllen müssen."

„Gibt es etwas Wichtigeres als mich, den du *Leviathan* nennst?"

„Die Ebren haben das nicht so gesehen und die Flotte auch nicht."

„Da hast du deine Antwort."

„Aber ich bin kein Fleetie. Ich muss auf die andere Seite, ein paar haarige Hintern versohlen, Sachen in die Luft jagen. Du weißt schon, asymmetrische Kriegsführung. Das steht im Widerspruch zu deiner Mission, nicht wahr?"

„Deine Mission ist meine Mission", konterte Lev.

„Meine Mission ist es, den Feind anzugreifen und zu vernichten."

„Alles außer diesem Teil ist auch meine Mission."

„Du machst mich fertig, Lev." Der Wagen kam auf der Brücke an und der Major stieg aus.

„Dann brauchst du auch kein Abendessen", antwortete das Schiff.

„Lev, so wahr mir Gott helfe, wenn du mich verhungern lässt, werde ich als Geist zurückkommen und deine Schaltkreise heimsuchen."

„Das würde ich sehr bedauerlich finden. Ich werde dich nicht töten und du wirst mich nicht heimsuchen. Abgemacht?"

Der Major nickte. „Ich habe großen Respekt vor denen, die dich erschaffen haben, aber ich nehme an, dass du dich weit über deine ursprüngliche Programmierung hinaus entwickelt hast. Wenn ich es nicht besser wüsste, würde ich denken, du wärst ich."

„Ich habe in deinen Geist gesehen. Vielleicht sage ich das, was du sagen würdest, damit wir eine engere Verbindung aufbauen können."

Der Major blieb zwei Schritte vor dem weitläufigen Brückenbereich stehen und schloss die Augen. „Du bist komplett irre, Lev. Ich werde lange und gründlich darüber nachdenken müssen, wie ich mich revanchieren kann. Du wirst es nicht kommen sehen, aber wenn es dir ins Gesicht schlägt wie nasse Unterwäsche, wirst du meine Genialität zu schätzen wissen."

„Sagt dir das Wort ‚Telepathie' nichts?", wunderte sich Lev.

„Gehirnradio. Dreh die Lautstärke auf, Lev. Wir brauchen etwas Musik." Payne schlenderte auf der Brücke umher und hielt an den verschiedenen Stationen an, um zu schauen und den einen oder anderen Knopf zu drücken. Als er die Waffenabteilung seines Teams erreichte, wartete er darauf, dass sich einer von ihnen meldete. Schließlich ergriff das ranghöchste Mitglied das Wort.

„Wenn wir darauf zugreifen können, hat dieses eine Schiff mehr Feuerkraft als die gesamte Flotte zusammen."

„Drei Kaijus und zwanzig Armageddons? Mehr als die ganze Flotte?"

„Mehr als sie alle. Diese Wartungsroboter … sind auch eigenständige Waffensysteme. Sie sind die Weltraumjäger des Schiffes. Gleiches Antriebssystem. Sie können wie ein Irrlicht umherfliegen und in kurzer Zeit eine große Menge an verkleinerten schweren Geschützen abwerfen."

„Aber das Schiff wird den Kampf nicht dort führen, wo es am meisten bewirken kann."

„Nein, aber es wird sich verteidigen. Wenn wir angegriffen werden, wird *Leviathan* nicht zögern, Gewalt anzuwenden", antwortete Heckler. „Ich würde mir diese großen Kanonen gerne einmal aus der Nähe ansehen."

„Waffenneid?"

„Eine Menge", gab Heckler zu. „Aus beruflicher Höflichkeit, versteht sich." Er sah aus wie ein kleines Kind in einem Süßwarenladen. „Sie haben einige Waffen gebaut, die wir uns nicht einmal vorstellen können, einschließlich Handwaffen. Wir könnten aufrüsten und noch böser sein, als wir ohnehin schon sind."

„Ich bin so böse, dass ich mir selbst Angst mache", erwiderte der Major und benutzte das Mantra des Teams zur Bescheidenheit. „Und niemals vergessen. Ich nehme an, es besteht eine Möglichkeit, dieses Zeug zu testen?"

„Es gibt sogar einen Schießplatz an Bord. Ich muss noch etwas finden, das nicht auf diesem Schiff verfügbar ist. Wenn Sie erlauben, würde ich gerne mit Turbo und Fetus nachsehen, was sie haben."

„Fetus ist jetzt Buzz, weil er der Zweite war und uns geholfen hat, in das Schiff zu kommen. Der Junge ist ein technisches

Genie. Deshalb habe ich ihn an Bord geholt, aber wir hatten nie die Gelegenheit zu sehen, wie abgefahren er wirklich ist. Wir haben noch nicht einmal an der Oberfläche dessen gekratzt, was uns mit *Leviathan* zur Verfügung steht. Wir werden sein Gehirn brauchen, also pass auf, dass er nicht verletzt wird."

„Ist ‚Buzz' besser als ‚Fetus'?" Heckler schüttelte den Kopf.

Der Major zuckte mit den Schultern und ging weg. Heckler sammelte die Combat-Specialists ein und verließ die Brücke.

Payne begab sich auf ein drehbares Podest, das die Brücke überblickte. Er kletterte hinauf und setzte sich zum ersten Mal in den Kommandosessel. Er wurde von der warmen Umarmung eines Kraftfeldes umschlossen. Seine Sinne kribbelten, als er eins mit dem Schiff wurde. „Lev, was ist los?"

„Um die Reaktionszeit zu verkürzen, genießt der Captain des Schiffes ein gewisses Einssein mit mir. Wie fühlst du dich?"

„Als ob ich gleich kotzen müsste. Ich fühle mich wie in einem kleinen Boot auf einem stürmischen Meer."

„Sagen Sie dem Meer, es soll sich beruhigen."

„Das geht nicht", antwortete Payne.

„Doch, genau so geht es", konterte das Schiff.

Der Major hatte keine Antwort und sein Kopf hörte nicht auf, sich zu drehen. Er musste die Augen schließen, um sich auf das Terminal zu konzentrieren. Er wollte nicht, dass es sein Wesen übernahm. Mit einem mühsamen Stöhnen zwang er sich aus dem Sitz. „Tut mir leid, Lev. Ich bin nicht bereit dafür."

„Wahrscheinlich ist nicht jeder dafür geeignet. Ich hätte es dir schonender beibringen sollen."

„Ich werde es ein andermal versuchen, wenn ich etwas gefügiger bin."

„Das verstehe ich nicht", erwiderte Lev.

„Ich mache also Fortschritte in meinem Bemühen, dich zu bremsen. Mein Gehirn ist zu komplex für ein tiefes Eindringen." Das Kommunikationsgerät des Majors surrte.

„Payne", antwortete er.

„*Cleophas* hier. Das wird Ihnen nicht gefallen", begann Captain Smith. „Eine Delegation trifft ein, um Ihnen mit *Leviathan* zu helfen." Die Betonung des Captains auf dem Wort „helfen" verhieß nichts Gutes.

„Sag mir nicht, dass es das BEP ist."

„Du weißt, dass es das ist, aber Fleet ist auch gerade erst angekommen. Es ist wie ein Jud Jacket Konzert mit dem ganzen Verkehr hier oben. Und ich muss *Leviathan* noch mal Danke sagen. Unsere Leute sind wieder an ihren Arbeitsplätzen und *Cleophas* ist fast hundertprozentig. Das Defizit liegt bei den Menschen. Als wir endlich den Dienstplan umstellen konnten, haben wir fast fünfzehnhundert Leute verloren."

„Verdammt. Mein Beileid an ihre Familien und mein Dank an diejenigen, die ihr Leben gaben, um mein Team und mich zu schützen. Das wird es wert gewesen sein. Das ist es bereits. *Leviathan* darf niemals in die falschen Hände fallen. Mein Team und ich würden sterben, um das zu verhindern."

„Ich weiß, Major. Die Delegationen werden in etwa dreißig Minuten an der vorderen Luftschleuse eintreffen."

Payne deckte das Kommunikationsgerät ab. „Lev, können wir sie in den Hangar bringen und dort treffen?"

„Natürlich."

„Sir, sagen Sie ihnen, dass sie durch die Steuerbord-Hangarbucht einsteigen sollen. Wir werden sie dort in dreißig Minuten treffen. Und wenn Sie irgendeinen Einfluss haben, dann schicken Sie einen Koch mit. Die Progs scheinen Essen nicht so zu schätzen wie wir." Payne unterbrach die Verbindung. „Lev, du kneifst besser die Arschbacken zusammen, denn wir haben hier ein paar Bürokraten."

„Wie soll ich mit denen umgehen?"

„Wenn sie Arschlöcher sind, dann sag ihnen, dass sie nicht bleiben können."

„Ich glaube, sie werden alle Arschlöcher haben. Gibt es auch Menschen, die keine haben?"

„Nicht, dass ich … Was? Ach, egal. Ich vermute, du wirst es herausfinden. Sie werden vielleicht Dinge auseinandernehmen wollen, um zu sehen, wie man Elemente zurückentwickeln kann. Sie werden höchstwahrscheinlich anfangen, Befehle zu erteilen. Sie werden sofort die Kontrolle übernehmen wollen, ohne sich die Mühe zu machen, etwas über dich zu erfahren."

„Das werde ich nicht zulassen. Du kannst dich auf mich verlassen, Declan. Ich werde dich nicht im Stich lassen."

„Einige der Leute könnten gut sein. Was hältst du davon,

wenn wir gemeinsam die Augen offen halten, Lev? Wir werden das tun, was für dich richtig ist."

„Ich vertraue dir."

Der Major schaltete einen Gang zurück. „Major Dank. Welch eine Freude, wir wurden als Empfangskomitee für eine Delegation nominiert, die an Bord der *Leviathan* ankommt. Wir treffen uns in der Hangarbucht auf der Steuerbordseite."

„Volle Ausrüstung?"

„Nicht die Raumanzüge, nein. Zieh deine schicke, verschwitzte Arbeitskleidung an."

„Was für ein Glücksfall. Wie es scheint, bin ich bereits für diesen Anlass gekleidet."

„Wir sehen uns dort, Virge. Wenn du diese Einstellung beibehältst, wird alles gutgehen."

Kapitel Fünfzehn

„Nichts wird die Flotte schneller in die Knie
zwingen als ein gutwilliger Bürokrat.“

Aus den Memoiren von Flottenadmiral
Thaylon Loore.

Die beiden Offiziere standen im Inneren der riesigen Hangarhalle. Payne deutete auf die Fenster an der Innenseite. „Von dort oben sah es viel kleiner aus. Diese Bots müssen gigantisch gewesen sein.“

„Wo sind sie hin?“

„Umfunktioniert, eingelagert, woanders im Einsatz? Lev, vielleicht kannst du das beantworten.“

„Sie sind größtenteils im Lager. Sie lassen sich auf eine stark reduzierte Größe zerlegen und werden bei Bedarf wieder aufgebaut. Obwohl ich viel Platz habe, waren die Progenitoren nicht verschwenderisch. Besitztümer, wie sie sagen würden, müssen einen Zweck haben.“

Drei Standard-Box-Shuttles erschienen vor der Öffnung des Hangars. Sie fuhren nacheinander hinein und manövrierten dicht an die Stelle, an der die Majors standen. Beim dritten Shuttle klappte die Luke auf, während es noch manövrierte und eine rüstige Helferin sprang auf das Deck. Sie drehte sich um, um der nächsten Person die Hand zu reichen.

Flottenadmiral Harry Wesson.

„Es ist noch nicht alles verloren, Virge. Wir müssen den Kampf gegen die Blaumacher nicht allein aufnehmen."

Das erste Shuttle öffnete seine Luke, fuhr langsam die Treppe aus und ein ganz in Weiß gekleideter Mann strich sich mit einem Finger über die Haare, bevor er hinunterstieg.

Declan beugte sich dicht zu Virgil. „Der Bürohengst ist hier. Verbeugt euch vor seiner königlichen Majestät."

„Ich hoffe nicht. Er wird den Schweißfleck auf meinem Rücken sehen und mich niemals als seinen Kabinenjungen aufnehmen."

Payne hielt sich den Mund zu und hustete, um niemandem ins Gesicht lachen zu müssen.

„Admiral Wesson! Schön, dass Sie es geschafft haben. Willkommen auf *Leviathan*", rief Payne an dem Beamten vorbei. Der Mann blickte finster über seine Schulter. Der Flottenadmiral wurde langsamer, als er mit der weiß gekleideten Person gleichauf war.

„Was führt Sie hierher, Tamony?"

Tamony Morgan Swiss war eine Unternehmensfinanziererin, auf unvermeidlicher Technologiebeschaffungsmission. Ein Team von Gleichgesinnten verließ das kleine Shuttle, um in seinem Schatten zu stehen.

„Die größte Entdeckung, die der Menschheit bekannt ist. Sie hat einen höheren Zweck, Harry und Nova Intergalactic werden dafür sorgen, dass die Menschheit als Ganzes so viel wie möglich von dieser Entdeckung hat. Es ist jetzt in den Händen des Unternehmens."

Payne schaute finster drein, seine Lippen verzogen sich, als er zu knurren begann. Wesson lächelte. „Fast, Tam, aber die Flotte hat diesen Vermögenswert noch nicht an das BEP übergeben."

„Es wurde in einem vom BEP kontrollierten Raum entdeckt."

„Ja. Das BEP beansprucht die Kontrolle über dieses Objekt", ertönte eine neue Stimme. Commodore Nyota Freeman. „Sind Sie das, Major Payne?", knurrte sie.

Declan korrigierte seine Miene und wandte sich an Virgil.

„Es ist wie auf der Hochzeit meines Cousins. Keiner mochte irgendjemanden, aber es sollte trotzdem ein fröhlicher Anlass sein. Der einzige Grund, dorthin zu gehen, war die Torte, die auf dem Boden landete, als bei einer Schlägerei der Tisch umgeworfen wurde. Das hier ist genauso, nur schlimmer."

„Flottenkommandant Harry Wesson." Der Seniorchef der Flotte streckte seine Hand aus. Commodore Freeman nahm sie und schüttelte sie schnell, wobei er seine Hand von ihrer mit einem Ruck wegzog, als sie sie losließ.

„Wenn Sie doch nur die Feinde der Erde mit so viel Elan bekämpfen würden", sagte er zu ihr.

„Ich verstehe, was du meinst", sagte Lev zu Payne.

„Du kannst laut mit ihnen sprechen, Lev. Wir sind hier alle erwachsen. Vielleicht kannst du damit anfangen, dass du dein eigenes Wesen bist und dass niemand Anspruch auf dich erheben kann. Die Menschheit hat die Sklaverei schon vor Hunderten Jahren abgeschafft."

Das versammelte Ensemble hielt inne. Sie hatten nur eine Seite des Gesprächs gehört.

„Ich bin *Leviathan*", dröhnte eine große Stimme in ihre Köpfe. Sie zuckten zusammen und schnappten nach Luft.

„Zu viel?", fragte Lev.

„Nimm dich ein wenig zurück, wenn möglich", antwortete Payne, der gleichzeitig ein breites Grinsen unterdrückte.

„Ich vertrete die Spezies, die ihr Progenitoren nennt. Willkommen bei mir und auf meinem Schiff. Jeder hier ist ein Gast, dessen Besuchsrecht ich nach Lust und Laune widerrufen kann. Commodore Freeman, Sie sind aufgefordert, zu gehen."

Sie blickte verzweifelt von einem Gesicht zum anderen. „Warum ich?"

„Sie haben sich meinen Freunden gegenüber unfreundlich verhalten und es besteht keine Hoffnung, dass Sie Ihr Verhalten ändern werden. Ich werde es auf diesem Schiff nicht dulden."

„Aber ich muss. Ich bin die offizielle BEP-Vertreterin in allen Angelegenheiten der Leviathan."

„Nach dem BEP-Gesetz ist souveränes Territorium zu respektieren. *Leviathan* ist das Hoheitsgebiet der Progenitoren. Sie verletzen Ihr eigenes Gesetz. Sie müssen gehen."

„Aber dieses Schiff war ein Wrack …“ Sie stand angewurzelt mit offenem Mund da.

„Schein gegen Wahrheit. Sie sind hier und leugnen, was Sie sehen. Ich habe Ihnen erlaubt zu sehen, was ich Sie sehen lassen wollte, und dabei bleibt es auch. Bitte gehen Sie.“

„Das werde ich nicht, denn du lässt andere Vertreter zu. Ich gehöre zu ihnen.“

Der Flottenadmiral hob die Hände und schüttelte den Kopf.

„Sie gehört nicht zu mir“, erwiderte Swiss.

Das zweite Shuttle enthielt Unterstützungspersonal.

„Gibt es da drüben Köche?“, wunderte sich Declan.

„Ja, mich, Sir. Ich hatte fünf Minuten Zeit zum Packen. Was soll ich machen?“

Payne winkte dem Mann, sich bereitzuhalten. „Sie sind herzlich willkommen. Bis auf die BEP sind die anderen noch im Rennen und die gehen jetzt.“ Payne gab dem Koch ein Zeichen, zu ihm zu kommen.

„Major“, mahnte der Flottenadmiral, dann wandte er sich an Lev. „Wie sollen wir dich nennen, als Vertreter der Progenitoren?“

„Ich bin *Leviathan*“, antwortete das Schiff.

„Ich danke dir, *Leviathan*. Darf ich dich bitten, die Commodore bleibenzulassen? Ich werde sie in meine Delegation aufnehmen, wenn du damit einverstanden bist. Ich werde mich für ihr Verhalten verbürgen. Wenn sie einen von uns beleidigt, werde ich sie mit dem nächsten Shuttle wegschicken.“

„Traust du diesem Harry Wesson?“, fragte Lev, wobei er sich vergewisserte, dass alle zuhörten. Da *Leviathan* in Paynes Gedanken gewesen war, wusste er bereits, was der Major dachte.

„Mit meinem Leben. Wenn Flottenadmiral Wesson dir sein Wort gibt, solltest du es annehmen.“

„Dann werde ich ihr erlauben, vorübergehend an Bord zu bleiben. Was ist mit ihrem Team?“, fragte Lev.

„Die nicht“, bestätigte der Flottenadmiral.

„Ich würde gerne den Zweck ihres Besuchs erfahren. Was erhoffen sie sich davon?“

Der Flottenadmiral sah Major Payne an.

„Zur Aufklärung aller“, sagte Major Payne laut genug, dass alle es hören konnten, „die Progenitoren haben die Telepathie perfektioniert. Der Versuch der Menschheit, eine effiziente und wirksame neurale Schnittstelle zu schaffen, dauert noch an, aber *Leviathan* braucht keine Chips in den Köpfen der Menschen. Er kann eure Gedanken lesen. Indem ihr an Bord dieses Schiffes kommt, erklärt ihr euch damit einverstanden. Jegliche Art von Ausflüchten in euren Köpfen ist eine Verschwendung. Sie können genauso gut ehrlich sein, denn es weiß bereits alles.“ Payne deutete auf den BEP-Vertreter. „Commodore?“

„Mein Ziel war es, das Schiff für die BEP zu beanspruchen und das Kommando darüber zu übernehmen. Da das nicht mehr der Fall ist, werde ich zusehen und lernen.“

„Sie werden mich nicht für ihre Zwecke ausnutzen“, erwiderte Lev. „Kann ich sie jetzt bitte rausschmeißen?“

„Commodore. Es ist, als hätten Sie entweder nicht zugehört oder es wäre Ihnen egal“, sagte Payne und sah den Admiral an.

„Ich habe mich für Sie verbürgt, und das Erste, was Sie tun, ist lügen. Jeder hier wusste bereits, was Ihre Absicht war. Es tut mir leid. Ihr Team muss gehen.“

Sie versuchte, sich aufrecht zu halten. „Die BEP wird zurückkommen“, schwor sie, bevor sie ihr Team zurück zum Shuttle schickte. Die BEP-Leute stolperten davon.

Tamony Swiss verlangsamte seine Bewegung beim Abgang, während die Commodore zurückblieb und den Admiral mit einem finsteren Blick herausforderte. „Ich wünschte, ich könnte sie dazu bringen, einfach so zu verschwinden. Ich bin hier, um den Wert zu bestimmen. Ursprünglich wollte ich von der BEP kaufen, was wir zurückentwickeln können, aber da das nicht passieren wird, werde ich als Chefunterhändler für alle Technologietransfers fungieren, die Sie als Vertreter der Flotte in Betracht ziehen wollen.“

„Gar nichts, aber Sie können bleiben und sich umsehen und neidisch auf Ihre Vorgesetzten sein“, antwortete Lev.

„Ich versichere, dass diese Militärangehörigen nicht meine Vorgesetzten sind. Sie arbeiten alle für die zivile Regierung.“

„Ich versichere“, entgegnete Lev, der langsam und mit klarer Aussprache sprach, „dass sie besser sind als Sie, trotz aller hierarchischen politischen Strukturen.“

Swiss blinzelte und schnippte mit den Fingern, als ob er eine Fliege verjagen wollte.

„Wen haben Sie noch dabei, Admiral?“, fragte Payne.

„Ich habe Lewis Barlow, Logistiker, und Malcolm Russell, Forschungsingenieur, mitgebracht. Außerdem haben wir Captain Arthir Dorsite von der Front geholt. Keiner weiß mehr über die Kampftaktik der Blaze als sie.“

„Schön, Sie kennenzulernen“, sagte Payne. Lev blieb ruhig. Er hatte seine Antworten bereits. „Wer sind Sie?“ Payne deutete auf eine Frau, die hinter Tamony stand. Sie gehörte zu seiner Gruppe, sah aber nicht so aus, als wäre sie zugehörig.

Swiss nahm es auf sich, zu antworten. „Das ist Doktor Davida M. Danbury. Sie ist der klügste Mensch, den ich je getroffen habe, und ich habe alle getroffen. Sie ist ein Genie und hier, um mir zu helfen, Möglichkeiten zu identifizieren und klassifizieren.“

Sie nickte, begegnete aber niemandem mit ihrem Blick. Ihre Kleidung bestand aus einem zerknitterten Arbeitspullover mit Getränkeflecken. Sie trug Militärstiefel, die aber nicht geschnürt waren. Ihr Haar flog an einigen Stellen wild herum und war an anderen verfilzt.

„Schön, Sie kennenzulernen, Davida.“ Sie würdigte ihn keines Blickes. Payne beobachtete sie genau. „Lev?“

„Ich kann mit ihr arbeiten“, war alles, was Lev sagte, obwohl das Schiff auch zugestimmt hatte, mit Payne zu arbeiten, sodass er nicht sicher war, ob das ein großes Lob war oder nicht.

Die Gruppe drehte sich um, als ein weiteres Schiff den Hangar betrat. *Glamorous Glennis*.

„Du hast Zugang zu meinem Schiff?“, wunderte sich Payne.

„Merkwürdigerweise nicht. Aber ich kann den Rumpf entmagnetisieren, bevor ich das Schiff mit Hilfe von Energiefeldern hineinziehe.“

„Verdammt, Lev.“ Der Major fuhr fort: „Es scheint so, als ob ihr alle die Technik sehen wollt, also lasst uns mit der Brücke beginnen, die der Gruppe einen Überblick über *Leviathan* geben wird. Von dort aus können wir den Maschinenraum, einige Waffensysteme, die Nahrungszubereitung und dann die Handfeuerwaffen besichtigen, wo meine Kampfspezialisten derzeit eine Reihe von Handwaffen testen, die es auf diesem Schiff gibt.“

Swiss‘ Augen leuchteten kurz auf, bis er bemerkte, dass Payne ihn anstarrte. Er tat so, als wäre es ihm egal, während er der Gruppe langsam aus dem Hangar der *Leviathan* folgte.

Payne benutzte sein Kommunikationsgerät. „Heckler und Sparky, wir treffen uns auf der Brücke. Ihr werdet Hilfe bekommen, und macht keinen Fehler, ihr habt das Kommando. Außerdem haben wir hier einen Koch. Hoffentlich ist er gut."

Er fand den Mann, der neben ihm stand. „Ich kann kochen", murmelte er, „wenn ich die richtigen Zutaten habe. Haben Sie die richtigen Zutaten?"

„Das ist der Punkt, an dem wir auf Probleme stoßen. *Leviathan* hat ein System zur Verarbeitung von Lebensmitteln, wie ein 3D-Drucker für Lebensmittel. Du musst ihm beibringen, wie etwas Gutes entsteht."

„Dafür bin ich vielleicht nicht die richtige Person." Er kratzte sich am Kopf.

Die Wagen kamen an und alle stiegen ein. Der Flottenadmiral setzte sich neben Major Payne.

„Wir reden später", sagte er zu dem Koch. „Wie ist dein Name?"

„Mess Specialist Six Galen Stone, zu Ihren Diensten."

„Wir lieben dich jetzt schon, Galen. Der Flottenadmiral hat sich verpflichtet, dir alles zu besorgen, was du brauchst, um sicherzustellen, dass wir wie Könige essen. Egal, was."

„Habe ich das?", fragte Wesson kichernd. „Obwohl, bei so vielen Besuchern, wie ihr bekommen werdet, braucht ihr wahrscheinlich einen roten Teppich für sie. Ausgefallene Mahlzeiten werden die Spannung nehmen."

Payne schüttelte den Kopf. „Ich glaube nicht, dass wir uns noch lange im Sonnensystem aufhalten werden, Sir."

„Wie kommen Sie darauf?"

„Teilen und Herrschen. Hängt die Einzelgänger ab und zieht weiter."

„*Leviathan* wird uns helfen, Krieg zu führen?"

„Nicht direkt, aber das Schiff ist hundertprozentig bereit, uns zu helfen, zu gewinnen, solange wir ethisch auf dem Boden bleiben."

„Hat es das aus Ihrem Kopf?"

„Ich habe meine Momente, Sir."

Admiral Wesson grinste. „Ich wusste, dass Sie der Richtige

für diese Aufgabe sind. Erklären Sie mir, was *Leviathan*vorhat?"

„Tarnkappen-Modus. Wir haben dieses Schiff erst gesehen, als Lev gesehen werden wollte." Der Wagen raste den Seitenkorridor hinunter und in den Haupt-Hochgeschwindigkeitstransitweg, den breiten Längszugang vom Bug zum Heck.

Eine Rampe öffnete sich und die Wagen fuhren ohne zu bremsen auf die nächste Ebene hinunter.

„Ein fünf Kilometer langes Schiff, das als Tarnkappenschiff eingesetzt wird?"

„Ja."

„Vielleicht können wir diese Technologie für kleinere Schiffe erwerben. Das würde uns einen erheblichen Vorteil verschaffen, ohne dass wir unsere derzeitigen Waffen verändern müssten."

„Ich habe mit Lev noch nicht darüber gesprochen. Wir können das Thema ansprechen, aber nach dem, was ich bisher erfahren habe, ist das gute Zeug wegen der seltenen Elemente, die zu seiner Herstellung benötigt werden, schwer zu bekommen. Lev kann Komponenten herstellen, wie ihr bei der Wiederherstellung der vollen Kampffähigkeit von *Cleophas* gesehen habt, aber das war nur möglich, weil die Ebren-Schlachtschiffe verfügbar waren."

„Dann durchkämmen Sie dieses Gebiet und bergen Sie so viel wie möglich. Füllen Sie Ihre Hangars und Laderäume damit. Eine mobile Reparaturplattform hilft uns genauso viel wie ein neues Kriegsschiff, sogar mehr."

Die Wagen hielten vor der gewölbeartigen Tür, die offen stand und den Zugang zur Brücke ermöglichte.

„Vielleicht ist das unser Lebensinhalt, aber dieses Schiff kann noch viel mehr."

„One-Stop-Shopping. Kein Wunder, dass die BEP es haben wollte."

„Sir, Sie wissen, dass sie es wollten, weil es das coolste Ding überhaupt ist. Sie würden damit herumspielen und niemand würde einen Nutzen daraus ziehen. Es würde Leben kosten, statt sie zu retten."

Der Admiral ermahnte den Major: „Sie müssen an dieser Feindseligkeit gegenüber unseren Mitverteidigern der Menschheit arbeiten."

„Nach diesem Vorfall, Admiral, hasse ich sie auf einer ganz

neuen Ebene."

„Ich verstehe das, aber wir kämpfen, damit sie die Hosenscheißer sein können, die sie sind. Wenn wir verlieren, verlieren alle, und da Sie wie ein Hund auf Essen aus sind, möchte ich Sie erinnern, dass die besten Restaurants im Universum immer noch auf der Erde sind. Merken Sie sich das. Wir werden die BEP tolerieren, nur damit wir gastronomische Urlaube machen können."

„Wenn Sie es so sagen, tut es mir trotzdem nicht leid, dass Sie die Leute der Commodore weggeschickt haben." Sie folgten den anderen auf die Brücke. Die zwanzigköpfige Gruppe verteilte sich, blieb an den Stationen stehen und tippte auf die Schnittstellen, hackte auf den Tasten herum. „Glaubst du wirklich, du solltest Dinge anfassen, von denen du keine Ahnung hast, was sie machen? Wollt ihr derjenige sein, der eine Planetenkiller-Rakete auf die Kaiju abfeuert?"

„Es gibt Planetenkiller-Raketen an Bord?"

„Das habe ich mir ausgedacht", gab Payne zu.

„Ich habe aber Raketen, die einen Planeten implodieren lassen können", bot Lev an.

„Das spielt keine Rolle", sagte Payne schnell. „Wir werden so etwas nie benutzen."

„Können wir sie haben?", fragte der Admiral nonchalant.

Payne verzog das Gesicht, als er versuchte, sich vorzustellen, wie die Flotte solche Waffen einsetzen würde. Die Antworten gefielen ihm nicht. Sie durften nicht als Abschreckung eingesetzt werden.

„Tut mir leid, nein", antwortete Lev sanft, bevor er nur noch mit Major Payne sprach. *Hab keine Angst, Declan. Ich werde mich nicht an einem Völkermord beteiligen. Wie du bereits sagtest, würde ich lieber sterben, als an einem Verbrechen von galaktischem Ausmaß beteiligt zu sein.*

„Ich hoffe, es wird nie eine Zeit kommen, in der wir nur noch solche Waffen einsetzen können", antwortete Major Payne.

„Da kann ich helfen. Möchten Sie den Planeten auskundschaften, von dem Sie glauben, dass er die Heimat des Blaze-Kollektivs ist?", bot Lev an.

„Das würden wir gerne", antwortete Payne, bevor er sich entschuldigte. „Ihre Entscheidung, Sir, nicht meine."

Der Flottenkommandeur nickte. „Es wäre gut, diese Information zu erhalten.“

„Bitte informieren Sie Ihre Leute, dass Sie in fünf Tagen zurück sein werden.“

„So einfach ist das? Tausend Lichtjahre von hier entfernt und in fünf Tagen zurück?“ Der Admiral schaute ungläubig.

„Wir werden in wenigen Sekunden dort sein, Admiral, aber es dauert ein paar Tage, bis sich das Schiff von der Faltung erholt hat. Dann einen Tag, um aus dem interstellaren Raum in das System zu fliegen, einen Tag, um Informationen zu sammeln, und dann ein sofortiges Zurückfalten. Fünf Tage.“

„Das wird sich auf alle Fälle lohnen. Nimmst du uns alle mit?“ Der Admiral warf einen Blick auf die Commodore, die auf jeder Station einen finsteren Blick aufsetzte.

„Die Besichtigung des Schiffes wird einige Zeit in Anspruch nehmen“, erklärte Lev.

„Dann beginn mit der Führung, Lev“, forderte der Admiral.

„Bitte alle Platz nehmen. Das erste Mal, dass Sie diese Art des Reisens erleben, könnte Sie kurzzeitig desorientieren.“

„Wohin?“, fragte die Commodore und starrte Major Payne an. Dieser erwiderte den Blick und zwang sich, einen ausdruckslosen Blick aufrechtzuerhalten, um nichts zu verraten.

„Wir werden das Blaze-Kollektiv besuchen.“

„Ich habe nicht zugestimmt, irgendwohin zu reisen. Lassen Sie mich von diesem Schiff runter!“ Sie stürmte zum Ausgang. Lev sicherte die Luke. „Wir werden gekidnappt. Täuschungsmanöver. Starten Sie die Giftpille und schalten Sie das Programm ab.“

Blinky erwischte die Commodore auf halbem Weg, wirbelte sie herum und schob sie auf einen Sitz. Der Admiral sagte: „Setzen Sie sich. Sie werden *Leviathan* nichts antun. Das Schiff ist der beste Freund, den die Menschheit je hatte.“ Er deutete mit dem Finger in ihr Gesicht, um jedes Wort zu unterstreichen. Der Admiral schaute ihn an und gab dem Tech-Specialist ein Zeichen, sich bei seiner Verteidigung des Schiffes etwas zurückzunehmen.

Und danach der gesamten Flotte.

Team Payne und die Besucher nahmen ihre Plätze ein. Der Hauptbildschirm zeigte die *Leviathan*, die sich von den Schiffen in der Umgebung entfernte.

„Wir bereiten uns darauf vor, durch die Tür zu einem Punkt im interstellaren Raum zu treten. Das Sperrfeld ist aktiv. *Leviathan* wird für die Scansysteme unsichtbar sein, während er sich zu einem Punkt außerhalb der Blaze-Heliosphäre bewegt."

Leviathan bewegte sich auf einen Punkt intensiver Dunkelheit zu, der sich von der weißen Fläche von Milliarden von Sternen abhob. Das Schiff schien immer kleiner zu werden, bis es mit dem Punkt eins wurde. Einen Augenblick später tauchten die Sterne wieder auf – andere Sterne.

Payne hatte das Gefühl, dass sein Inneres nach außen verlagert worden war. Die Angst und die Orientierungslosigkeit hielten nur wenige Augenblicke an, dann kam er wieder auf die Beine und versuchte, aufzustehen.

Der Flottenadmiral stöhnte und ließ sich auf die Seite fallen, bewusstlos. Payne zwang sich, seine Augen zu öffnen. „Ich kann mir absolut nicht vorstellen, warum das jemand schlecht verkraften sollte."

Davida hatte sich auf den Sitz des Captains gesetzt. Payne stand auf, beruhigte sich und trat näher an das Podest heran. Davida hatte einen ekstatischen Blick und stöhnte leise, während ihr Körper in einem Rhythmus vibrierte, den nur sie hören konnte.

Die Desorientierung und der Schmerz des Majors ließen nach. Die anderen standen auf und streckten sich, um mehr Blut durch ihren Kreislauf zu pumpen. Er starrte die Frau an, die ein Genie genannt worden war. „Lev, das sieht ja wirklich seltsam aus. Ist alles in Ordnung mit ihr?"

„Sie ist eins mit dem Schiff, Declan. Und sie wird noch eine Weile hier sein. Wir können die Tour fortsetzen. Wohin möchtest du gehen?"

Die anderen standen auf, auch der Admiral. Er kam schneller zur Besinnung als die anderen.

„Ich möchte wissen, wo wir uns befinden. Wo ist der nächstgelegene Feind? Wie lange wird es dauern, bis uns jemand hier draußen sieht? Was weißt du über das nahe gelegene System, ist der Feind dort?", fragte Payne.

„Wenn ihr das Blaze-Kollektiv zum offiziellen Feind benennt, verringert ihr eure Chancen, ihn kampflos zu besiegen."

Payne versuchte, nicht zu antworten. Die Blaze hatten zu

viele Menschen getötet, als dass sie etwas anderes als ein Feind sein konnten.

„Wir befinden uns außerhalb des Systems, das wir Parallax Major genannt haben, weil es einen kristallinen Asteroidengürtel gibt, der das Erscheinungsbild des lebenden Planeten von außen verändert. Das ist eine einzigartige astronomische Erscheinung. Es gibt nur drei davon im erforschten Universum."

„Scannt das sensorische Netz das System aktiv?", fragte der Admiral.

„Nein. Das Barrierefeld empfängt alle Variationen des Energieausstoßes durch Vibrationen im Raumgeflecht. Diese Schwingungen verraten uns, wie weit das Objekt entfernt ist und wie hoch der Energieausstoß ist. Wenn sich ein Raumschiff einem Stern nähert, wird es für die Sensoren immer schwieriger, es zu identifizieren, weil eine gewaltige Energiemenge nach außen fließt."

„Darüber können wir später mehr erfahren, aber jetzt wollen wir erst einmal jubeln, weil es das am weitesten von der Erde entfernte Objekt ist, das je von einem Menschen bereist wurde." Payne lächelte und sah sich um, aber niemand sah aus, als wäre ihm zum Feiern zumute.

„Wir waren schon weiter weg", sagte der Admiral. „Aber nicht in dieser Richtung. Wir sind, was, tausend Lichtjahre von der Erde entfernt?"

„Eintausendeinhundertsieben", antwortete Lev. „Und jetzt müssen wir hier etwa drei Erdtage lang sitzen, um uns aufzuladen und zu erholen. Ich habe euch allen ein Quartier auf der nächsthöheren Ebene zugewiesen. Rufen Sie nach einem Wagen und sagen Sie Ihren Namen. Sie werden dann zu Ihrem Quartier gebracht. Wenn Sie wegwollen, gehen Sie in den Korridor und rufen Sie nach einem Wagen, dann sagen Sie, wohin Sie wollen. Ich verstehe ihre Sprache, dank Specialist Andfen und Specialist Periq."

„Da bist du ja. Wohin möchtest du zuerst? Heckler. Konntest du einen guten Blick auf die Waffen werfen?"

„Man hätte ihn aus vier Decks Entfernung beim Orgasmus hören können", erklärte Turbo. Angesichts der Blicke, die sie erntete, musste sie nachfragen. „Was?"

Heckler drehte die Waffe, die er über der Schulter trug, unter den Arm, rupfte die Schlinge ab und hielt sie vor sich. „Du dachtest, wir hätten Pulsgewehre? Nein. Das ist ein Pulsgewehr. Wenn ich es richtig verstehe, feuert es einen Luftstoß ab, aber mit einer Geschwindigkeit, die alles zerfetzt, was nicht gehärtet ist. Perfekt für Anti-Personen-Einsätze, und die Munition geht nie aus."

Er reichte dem Admiral die Waffe, der sie sich ansah und darauf achtete, keins der Bedienelemente zu berühren.

„Und dann gibt es noch das hier, wenn Sie gehärtete Objekte zerstören wollen." Er zog eine pistolenförmige Waffe aus einem Holster an seiner Seite. „Sie feuert einen kleinen Pfeil ab, aber wenn er trifft, explodiert er. Die Projektilkapazität beträgt zweihundert. Diese langen Feuergefechte, wenn einem die Munition ausgeht? Gehören der Vergangenheit an."

„Unsere Feuergefechte dauern nicht länger als ein paar Sekunden, aber diese hier sehen aus wie Upgrades für unsere Impulsgewehre. Gibt es Plasma- oder Feuerstarter, nur für den Fall, dass wir eine Szene machen wollen?", fragte der Major.

„Ich bin sicher, es gibt welche. Lasst uns zum Schießplatz gehen und einen Blick darauf werfen. Ich glaube nicht, dass jemand enttäuscht sein wird."

Die Commodore räusperte sich. „Ich würde mir gerne die Schiffsreparatur- und Teilefertigungsanlagen sowie die Einrichtungen zur Unterstützung der Besatzung ansehen."

„Weil Sie vorhaben, dieses Schiff als Werft und Raumstation zu nutzen? Sie wollen das einzige Fahrzeug in der Galaxis verankern, das in einem Wimpernschlag tausend Lichtjahre weit reisen kann?" Der Admiral erwartete keine Antwort, denn er wartete nicht darauf. Er führte Heckler auf den Korridor hinaus und in einen bereitstehenden Wagen, der sie zum Schießstand bringen sollte.

Payne wollte mit ihnen gehen, aber er fühlte sich verpflichtet, den Gastgeber zu spielen. „Virge. Geh mit ihnen und nimm Turbo mit, damit sie dem Admiral die Idee der lauten Orgasmen genauer erklären kann." Payne blickte in die versammelten Gesichter. „Joker, bring Galen Stone, meinen neuen Lieblingsmenschen im ganzen Universum, in den Speisesaal. Das Abendessen könnte mit Galens Hilfe echt lecker werden. Ihr zwei, Malcolm und Lewis, was wollt ihr machen?"

Malcolm meldete sich zuerst zu Wort. „Ich würde gerne alle

Forschungseinrichtungen an Bord sehen. Es gibt so viel zu lernen. Ich weiß gar nicht, wo ich anfangen soll.“

„Ich werde ihn mitnehmen“, bot Specialist Periq an. „Nenn mich Buzz.“

„Logistik. Welche Vorräte sind an Bord und wie werden sie aufgefüllt? Was wird aufgefüllt? Gibt es ein Lagerverwaltungssystem?“, fragte Lewis.

Alle sahen ihn mit leeren Blicken an. „Ich bin froh, dass du so etwas magst. Die Flotte braucht mehr Leute wie dich, aber du bist auf dich allein gestellt. Geh einfach in den Korridor und frag nach einem Wagen, der dich nach … Lev, kannst du mir den richtigen Ort empfehlen?“

„Natürlich. Ich werde Mister Lewis Barlow persönlich begleiten.“

Payne wusste, dass er jeden persönlich begleitete. Wenn er in der Lage war, hunderttausend Gedanken gleichzeitig zu lesen, würden ihm die zwanzig Personen an Bord keinen Kummer bereiten.

Der Mann im weißen Anzug verschränkte die Arme und die Falten in seiner Stirn wurden mit jeder Sekunde tiefer. Payne wartete darauf, dass er sprach.

Captain Arthir Dorsite saß an der Waffenkontrollstation und begann ein angeregtes Gespräch mit *Leviathan*. Sie war genau da, wo sie sein wollte.

Die Commodore spiegelte die Körpersprache von Swiss. „Und?“, fragte sie schließlich.

„Und, was?“

„Wollen Sie mich nicht begleiten?“

„Nein. Ich muss hierbleiben. Wir sind sechshundert Lichtjahre hinter den feindlichen Linien. Mein Platz ist auf der Brücke. Na ja, mein Platz war da oben“, er deutete auf das Podium, „bis sich jemand mit unserem Gastgeber angefreundet hat.“

„Ich muss mit jemandem sprechen, der das Sagen hat“, beharrte Tamony.

„Er ist auf dem Schießstand und jagt etwas in die Luft.“

„Er jagt wirklich etwas in die Luft. Die Chance, jemand zu sein, und die Möglichkeit, etwas für die ganze Menschheit zu bewirken.“

„Das tut er bereits, indem er verhindert, dass der Krieg sich auf die Menschheit ausdehnt. Ich glaube, das war eine vergebliche Reise, Mister Swiss. Sie können all die schönen Dinge sehen, aber Sie können nichts davon anfassen. Es muss frustrierend sein, wenn alles und jeder seinen Preis hat."

„Dieser Glaube hat sich in meinem ganzen Leben als richtig herausgestellt", antwortete er. „Und so wird es auch in diesem Fall sein. Ich bin einfach an der falschen Stelle, um meinen Beitrag einzubringen. Aber ich habe gesehen, wie viel es zu schätzen gibt. Und wir werden es zum Wohle der gesamten Menschheit nutzen."

„Gut. Gehen Sie herum und amüsieren Sie sich. Sehen Sie sich an, was es zu sehen gibt. Lev, sorg dafür, dass Mister Swiss vollen Zugang hat, so wie wir es bei unserer Ankunft hatten."

„Natürlich."

Payne verstand sich gut mit dem Schiff. Er sprach nur Tamony zuliebe, da das Schiff wusste, was er dachte. Das verkürzte die Zeit für den Informationsaustausch, aber der Austausch war nur einseitig. Er konzentrierte sich darauf, seine Frage zu formulieren. Wann werde ich in der Lage sein, direkt mit meinen Gedanken zu sprechen?

Hat es weh getan, sich diesen Satz auszudenken, weil er sich schmerzhaft anfühlte? Du wirst besser darin werden, Declan, aber so einfach ist es. Dein Geist ist ein Wirrwarr von Gedanken. Du bist nicht in der Lage, dich nur auf einen zu konzentrieren. Sobald du das kannst, werden wir uns wie Freunde in einer Bar unterhalten können. Es wird immer noch überfüllt sein und es wird immer noch Lärm geben, aber wir werden uns sehr gut verstehen.

Payne schlenderte auf der Brücke umher, in der Hoffnung, die anderen ignorieren zu können. Die Mannschaft verließ die Brücke einer nach dem anderen und sie sahen aus, als würden sie mit sich selbst reden, während sie sich mit Lev unterhielten. Er wusste, dass Swiss wütend sein würde, wenn Lev ihm keine Türen öffnete. Er würde mit seinen Beschwerden zum Flottenadmiral rennen und Payne würde sich nicht mehr mit ihm herumschlagen müssen.

Das wäre eine Erleichterung. Sie waren tief in feindlichem Gebiet. Er musste sich um andere Dinge kümmern.

Kapitel Sechzehn

„Kapitulation ist für diejenigen, die keine Fantasie haben."

Aus den Memoiren von Flottenadmiral Thaylon Loore.

Drei Tage verbrachten sie damit, sich zu erholen und zu lernen, was das Schiff zur Verfügung hatte, aber nicht, wie etwas davon funktionierte. Der Aufbau eines Arsenals voll technologischer Wunder hatte die gesamte Zeit in Anspruch genommen. Sogar die Commodore hatte sich damit beschäftigt, wozu die Fabrikations- und Reparaturanlagen in der Lage waren. Sie hatte alle drei Tage in zwei Wartungshallen verbracht.

Wie ein Raumschiffbauer zum Kommandanten einer Flotte von Kriegsschiffen geworden war, würde niemand je erfahren. Eine Begabung für das eine bedeutete noch lange nicht auch eine Begabung für das andere.

Galen Stone wurde schnell zum beliebtesten Crewmitglied von Team Payne. Er war experimentierfreudig und verbrauchte einen großen Teil der gefärbten Biomasse, um Kombinationen und Formeln zu finden, die die besten Gerichte der Erde nachahmten. Da die Biomasse recycelt wurde, war der Koch sehr versuchsfreudig, aber er war schnell übersättigt und brauchte

Freiwillige für die Verkostung. Das Team Payne begab sich in regelmäßigen Zeitabständen zur Kantine, um seine Überschüsse zu eliminieren.

Am zweiten Tag führte der Major ein obligatorisches Training ein, eine Stunde am Morgen und eine Stunde am Abend. Lev richtete einen Raum für menschenbezogenes Training zum Gewichtheben ein. Sie liefen den Hauptkorridor auf und ab, während gelegentlich Wagen vorbeirauschten.

Für ein Schiff dieser Größe begegneten sie sich häufiger als sonst. Selten waren sie ganz auf sich allein gestellt, und dank Lev, den sie ständig im Kopf hatten, ging nie jemand verloren.

Es dauerte zwei volle Tage, bis Davida den Stuhl des Captains verließ. Sie machte einen Schritt und brach dann aus Erschöpfung und Dehydrierung zusammen. Sie wurde in die Krankenstation gebracht, wo sie unter der Beobachtung von Geräten blieb, bis sich ihr Gesundheitszustand verbessern würde.

Auf *Leviathans* Bitte hin versammelten sich alle auf der Brücke.

„Ich habe euch heute hierher gerufen, um unsere nächsten Schritte zu besprechen", verkündete er vielsagend.

„Bitte sag, dass wir bereit sind", antwortete Payne.

„Wir sind bereit, loszulegen. Ich bin wieder voll aufgeladen. Wir können jederzeit den Weltraum falten, was eine Flucht im Notfall möglich macht. Sollen wir sehen, was der belebte Planet Parallax so treibt?"

Payne sah Admiral Wesson an.

„Es ist unwahrscheinlich, dass diese Besatzung mit einer Aufklärungsmission dieser Größenordnung betraut wird, aber wir werden uns der Herausforderung stellen. *Leviathan* wird uns dort sehen. Was wir tun, sobald wir in Reichweite sind, hängt von uns ab. Ich möchte, dass sich Team Payne umzieht und ihren Skimmer belädt. Seid bereit zum Einsatz, falls sich ein mögliches Ziel ergibt. *Leviathan* wird nicht offensiv vorgehen, aber wenn wir es können, werden wir es tun. Was für eine mögliche Belohnung wäre das Risiko wert? Ich weiß es nicht, aber wenn ich eine sehe, werden wir sie ergreifen. Unsere bloße Anwesenheit hier könnte den Verlauf des Krieges ändern. Wenn ihre Heimatwelt verwundbar wird, ändert das die komplette Dynamik. Wird es sie an den Verhandlungstisch bringen oder dazu, unüberlegt zu handeln? Auch das kann ich nicht sagen."

„Dann sollten wir sie vielleicht studieren, bevor wir etwas unternehmen", schlug die Commodore vor.

Die defensive Denkweise der BEP traf auf die Offensive der Flotte. Verteidigung wurde in den Augen der Flotte zu einem Monument der Verwundbarkeit. Den Feind für einen Angriff mit einem Gegenangriff bestrafen. Teilen und Herrschen.

Die Dreadnoughts der Kaiju-Klasse schafften einen bedeutenden Unterschied, aber sie schlossen sich der Flotte nicht schnell genug an.

Der Admiral und die Commodore könnten sich stundenlang streiten, aber jetzt war nicht die Zeit dafür.

„Wir werden sehen. Und wir haben zwei Worte auf unserer Seite: plausible Bestreitbarkeit. Das Blaze weiß, wie unsere neuesten Schiffe aussehen. Ihnen sollte auch klar sein, dass wir nicht die Technologie besitzen, um so etwas wie *Leviathan* zu bauen. Sie sind alt genug; sie haben wahrscheinlich Schiffe wie dieses in ihrer eigenen Datenbank. Was werden sie von der Rückkehr der Progenitoren halten?"

„Wir sind zu dem geworden, was wir nie waren", sagte Tamony. „Die zukünftige Vergangenheit. Mehr, als wir verdienen, aber weniger, als wir sein werden."

Payne und Dank starrten ihn mit leeren Blicken an, bis er aufhörte, von sich selbst überzeugt zu sein, aber das war er immer. Die Majore drehten ihm den Rücken zu und schlossen sich dem Admiral an.

„Geben Sie Bescheid, Sir, und wir fliegen im FTL in das System, verlangsamen auf Unterlichtgeschwindigkeit, um die Kristallbarriere zu durchqueren, und fliegen dann weiter zu einer Position über dem Planeten. Wir halten gegenüber der Sonne, damit wir keinen Schatten werfen, den sie sehen könnten, und außerhalb der Umlaufbahn ihres Mondes. Das sollte uns einen guten Überblick verschaffen und uns ermöglichen, alle Signale aufzusaugen, die aus diesem Gebiet kommen. Zeit von hier bis zum Ziel neunzig Minuten."

„Befehl ist erteilt, Major Payne. Machen Sie sich auf zu Ihrem Skimmer und einsatzbereit."

„Wenn ich fragen darf", unterbrach *Leviathan*, „warum nehmt ihr nicht eines meiner Einsatzfahrzeuge? Sie haben das gleiche Barrierefeld wie ich, um eine gewisse Tarnkappenfähigkeit zu gewährleisten."

„Wie ich immer sage: ‚Lasst Lev ans Steuer, denn wir machen eine Party!'"

Major Dank schaute finster. „Das hast du noch nie gesagt."

„Meine Herren", mahnte der Admiral.

„Arthir, übernimmst du das Steuer? Bitte, lass uns in einem Stück ankommen."

Captain Dorsite setzte sich auf den Stuhl. „Hey! Da wird mir ganz komisch zumute. Was? Du geiles Ding! Behalte diese Gedanken für dich. Oh. Das war ich. Können mich alle hören? Verdammter Mist! Und jetzt? *Immer noch?*"

Die versammelte Gruppe beobachtete sie bei ihrer Eingewöhnung und war fasziniert von dem rasanten Austausch.

Payne schubste seinen Major-Kollegen. „Wir gehen jetzt."

Sie verließen eilig die Brücke und forderten die anderen Teammitglieder auf, sich ihnen anzuschließen. „Lev, schick unsere Anzüge dorthin, wo du uns hinbringst, und wir machen uns in unserem neuen Schiff bereit."

„Natürlich, Declan. Ich wünsche dir alles Gute."

Sie fuhren schweigend, während die Wagen die drei Kilometer lange Strecke zum Hafenhangar zurücklegten, einem Ort, den noch keiner von ihnen besucht hatte. Darin befand sich eine fantastische Ansammlung von Schiffen. Die Wagen fuhren um diese herum zu einem eiförmigen Schiff, dessen Netz an der Außenseite eine Farbe hatte, die weder hellbraun noch braun war.

„Das ist wahrscheinlich das hässlichste Mobil, das ich je gesehen habe", beschwerte sich Payne. Das Team verließ die Wagen, stand herum und sah einander an.

„Funktion kommt vor der Form, mein Lieber", sagte Lev fröhlich.

„Das Ding ist potthässlich."

„Ich versichere dir, es ist die neueste Technologie."

Eine Seitenluke öffnete sich. Im Inneren fanden sie heraus, dass das Team exakt hineinpasste, allerdings war absolut kein Platz mehr übrig. Es wirkte, als wäre es speziell für sie entworfen worden.

„Es ist echt hässlich."

Ein kastenförmiger Wagen kam an, die Seitenwände hoben sich und gaben den Blick auf ihre Umgebungsanzüge frei. Sie zogen sich aus und tauschten ihre Kleidung gegen die Anzüge. Sie überprüften ihre neuen Waffen, die Luftpulsgewehre und die Handfeuerwaffen. Ihre Plasmagranaten behielten sie, denn es gab ein gewisses Maß an menschlicher Technologie alter Schule, die sie gerne mit dem Feind teilen wollten.

Major Dank trat als Erster ein und nahm seinen Platz ein. Die anderen stiegen ein und platzierten sich in der Mitte des Schiffes, Rücken an Rücken und mit Blick nach außen. Payne war der Letzte und saß mit Blick auf die äußere Ladeluke.

„Was meinst du damit, dass wir keinen Frieden mit demjenigen finden, den wir ‚Feind' nennen?"

„Es ist alles eine Frage der Denkweise. Wenn jemand dein Feind ist, dann wird deine erste Handlung der Kampf sein."

„Wir haben es mit Frieden versucht. Sie haben jede Delegation, die wir geschickt haben, angegriffen und getötet. Dann sind sie in den Raum eingedrungen, in den wir expandiert hatten, und haben unsere Kolonien angegriffen. Ich versichere dir, sie haben sich den Titel ‚Feind' verdient, und es liegt in unserem besten Interesse, wenn wir als Spezies überleben wollen, dass wir nicht zu schnell zu vertrauensselig werden. Wir haben nicht zuerst geschossen."

„Aber ihr schießt zuletzt?", merkte Lev an.

„Mit einem Kriegsdienstverweigerer zu diskutieren, ist, wie mit einer Mauer zu streiten. Wir können nicht zulassen, dass sie uns töten. Solange wir am Leben sind, können wir uns darüber streiten, wie wir uns mit Gewalt schützen können. Wenn wir tot sind, war dieses Gespräch völlig unnütz."

„Ja, aber dann hast du ja mich. Wenn ich schießen muss, werden sie den schweren Fehler erkennen, den sie begangen haben."

„Frieden durch überlegene Feuerkraft; jetzt sprichst du meine Sprache. Aber jedes Mal, wenn wir denken, dass wir die Oberhand haben, fällt unseren astronomischen Gegenspielern etwas Besseres ein. Es ist, als hätten sie ganze Planeten, die sich mit der Frage beschäftigen, wie man Menschen am besten tötet."

„Aber du weigerst dich, die Weltenkiller-Raketen einzusetzen?“

„Logischerweise“, stimmte Payne zu. „Wenn das der Preis für das Überleben ist, dann ist der Preis zu hoch. Wir können nicht zu dem werden, was wir verabscheuen, um etwas Besseres zu werden. Wir werden die Spezies sein, die sich mit jedem anlegt, der versucht, uns zu unterwerfen. Wir werden uns ihren Respekt mit unserem Blut verdienen, aber wir werden uns das Recht zu leben nicht dadurch verdienen, dass wir Völkermord begehen.“

„Ich bin froh, dass ich mich entschlossen habe, dir zu helfen. Du bist vernünftig. Auch ich werde meine Prinzipien nicht aufgeben, aber ich werde mich nicht freuen, wenn euch etwas zustößt. In allen Punkten, Mensch, hast du meinen Respekt verdient.“

„Wir wollen Steaks, wenn wir von einer erfolgreichen Mission zurückkehren.“

„Habt ihr so eine Mahlzeit bereits gehabt?“

„Nein, aber die wollen wir immer. Vielleicht können deine großartigen Küchenmaschinen das, was wir mögen, so nachkochen, dass es eine richtige Feier wird.“

„Es macht Spaß, mit Galen zu arbeiten. Er nimmt seinen Job ernst“, antwortete Lev. Es gab einen Moment der Verwirrung, als *Leviathan* auf Überlichtgeschwindigkeit umschaltete.

Payne blickte über seine Schulter und wandte sich an das Team. „Wie wäre es, wenn wir ein paar Ausstiegsübungen machen? Wir wollen doch nicht wie Clowns aus einem kleinen Auto aussteigen.“

„Wenn wir nicht trainieren, werden wir nicht bezahlt!“, brüllte Major Dank.

Gefechtsübungen. Das war die Lieblingsbeschäftigung des Militärs, weil es den tatsächlichen Kampf weniger unbekannt machte.

„Sag uns, wie das Ding landet und wie wir wieder rauskommen, Lev. Lass uns eine heiße Landung üben, indem du uns hier in der Bucht herumfliegst und auf das Deck krachst. Helme aufsetzen!“

Das Team setzte die Helme auf, überprüfte seine Nachbarn und gab jeweils den Daumen nach oben.

„Sehr gerne.“ Die Seitenluke verriegelte sich und das Schiff hob sich fast unmerklich in die Luft. Ein paar Sekunden später prallte es hart auf das Deck auf. Beide Seiten des Schiffes glitten nach oben und öffneten den Innenraum zum Hangarbereich. Die Mannschaft sprang aus ihren Sitzen, rannte nach draußen und bildete einen Kreis um das Schiff, die Gewehre im Anschlag.

„Du hättest mir sagen können, dass das Schiff für einen schnellen Einsatz ausgelegt ist."

„Worin hätte dann der Spaß gelegen?", erwiderte Lev.

„Wiederholen!", befahl Payne. Die Gruppe eilte zurück in das Einsatzschiff und nahm ihre Plätze ein, dann durchlief sie es noch zweimal. „Gut gemacht, Leute. Fünf Minuten Pause. Lev, Zeitkontrolle. Wie weit draußen sind wir?"

„Fünfundvierzig Minuten, Declan. Wollt ihr eine Erfrischung?" Payne sah sein Team an, das mit einem verschmitzten Nicken antwortete.

„Macht es euch nicht zu gemütlich mit diesen Sonderbehandlungen", warnte Major Payne. „Als Nächstes sitzen wir wieder auf der *Voeller* und essen zwölf Mahlzeiten lang die Reste von ein paar Proteinriegeln."

Dank zuckte zusammen. „Ich dachte, wir wollten das nie wieder erwähnen?"

„Verzeihung." Payne klang nicht traurig. Ein Wagen rollte heran, und zum ersten Mal bemerkte Payne, dass die Räder den Boden nicht berührten. Er ging in die Knie und beugte sich vor, um nachzusehen. „Verdammt. Das verdammte Ding schwebt. Wozu sind diese Räder gut, Lev?"

„Für die Kurven. Weil Reibung manchmal dein Freund ist."

„Ich brauche mehr Levs in meinem Leben. Das war's, was ich immer vermisst habe", scherzte Payne.

Das Team bediente sich an einer Reihe von aromatisierten Getränken und etwas, das wie Obst aussah. Die hydroponische Anlage produzierte noch nicht, da sie erst seit ein paar Tagen in Betrieb war. Payne schaute skeptisch, aber er nahm etwas.

Major Dank zog Payne zur Seite. „Ich sollte eigentlich mein eigenes Team bekommen, aber ich kann es nicht. Was du da machst … Was wir tun, das wird die Galaxie verändern. Ich möchte lieber hier bleiben."

„Das ist nicht meine Entscheidung, Virge – andernfalls wärst du mehr als willkommen."

„Aber wir kennen den Mann, dessen Entscheidung es ist, und er ist an Bord.“

Declan schlug Dank auf seine gepanzerte Schulter. „Das tun wir. Vielleicht können wir ihn erst einmal mit einem Wagen voller Erfrischungen beglücken.“

„Es scheint beim Team funktioniert zu haben.“

Sie faulenzten in ihren Anzügen und benutzten ihre Helme als Kissen, während sie an bunten Sprudelgetränken nippten und gefaktes Obst aßen.

„Sag uns, wenn es zwanzig Minuten sind, Lev, damit wir wieder in das Uglymobil steigen können.“

„Fünfundzwanzig Minuten bis zur Umlaufbahn“, teilte Lev mit.

„Das reicht. Los, Leute. Wir sind fast da.“

Kapitel Siebzehn

„Der beste Weg, einen Kampf zu gewinnen, ist, nicht dort zu sein, wohin der Feind schießt, während er genau dort ist, wohin du alles abfeuerst, was du hast."

Aus den Memoiren von Flottenadmiral Thaylon Loore.

Als die *Leviathan* aus dem FTL kam, zeigten die Anzeigen auf der Brücke den Blick des aktuellen Systems. Ein Stern von der doppelten Größe und Intensität wie von Sol stand auf der anderen Seite eines Planeten, der von Wolken in einem braunen und blauen Miasma bedeckt war. Drei Monde erstreckten sich von links nach rechts, einer davon im Schatten, während die beiden anderen als Halbmonde zu sehen waren.

Hinter dem Schiff glitzerte und funkelte der Asteroidengürtel.

Sie hatten nicht viel Zeit, die Aussicht zu bewundern, bevor sich die taktische Anzeige mit einer Vielzahl von Symbolen füllte, die dem Flottenstandard entsprachen, den die Progenitoren verwendet hatten.

Jedes Schiff war als feindlich markiert, rote Dreiecke mit relativer Bedrohung, dargestellt durch die Größe des Dreiecks.

„Bitte um Erklärung, Lev“, forderte der Admiral.

„Die Energiesignaturen sind geschwächt, was auf eine ruhende Flotte hindeutet. Ich zähle vier Dreadnoughts, achtzehn Schlachtschiffe und über hundert Cruiser und Fregatten. Das ist eine ziemlich robuste Flotte, aber die Tatsache, dass sie hier ist und nicht im Einsatz, deutet darauf hin, dass es eine Bedrohung gibt, gegen die sie die Heimatwelt der Parallax verteidigen, die aber nicht so nahe ist, dass sie ihre Schiffe in höchster Alarmbereitschaft halten.“

„Können sie uns sehen?“

„Sie sollten nicht in der Lage sein, uns mit physischen oder technischen Mitteln zu sehen.“

„Was ist mit dem Planeten? Sind sie so fortschrittlich, wie du es warst, als du in den Ruhestand gegangen bist?“, fragte der Admiral.

„Sie sind eine technologische Gesellschaft. Die Schwerindustrie ist begrenzt und die Luft ist sauber. Ich sehe keine Schiffsbauanlagen, was darauf hindeutet, dass sie ihre Schwerindustrie in eine andere Welt verlagert haben. Ich zähle mehr als fünf Milliarden der weiterentwickelten Wesen, die wir einst für die Berantz hielten.“

„Fünf Milliarden Seelen und einhundertzwanzig Kriegsschiffe. Vergleichbar mit der Erde.“ Der Admiral kratzte sich am Kinn. „Captain Dorsite, Ihre taktische Einschätzung.“

Captain Dorsite rückte ihren Sitz zurecht, die Augen unkonzentriert von ihrer Interaktion mit *Leviathan* auf telepathischer Ebene. „Wir sind ziemlich stark unterlegen. Zwei Dreadnoughts scheinen mit *Leviathan* vergleichbar zu sein, während die anderen mit unserer Kaiju-Klasse vergleichbar sind. Es ist wichtig, dass wir diese beiden Schiffe untersuchen. Wenn sie so leistungsfähig sind wie *Leviathan* und in den Krieg gegen die Menschheit eintreten, haben wir keine Chance.“

„Präventivschlag?“, fragte der Admiral.

„Das werde ich nicht zulassen“, antwortete Lev. „Diese Schiffe sind keine Bedrohung für euch, außer in ihrem Potenzial, von dem wir noch nichts wissen. Und wenn wir es wissen, wofür sind sie bestimmt? Sie sind hier und nicht an der Front. Der Versuch, sie jetzt zu zerstören, würde ihre schlimmsten Befürchtungen über die Menschheit bestätigen und ihnen sagen, dass ihr eliminiert werden solltet."

„Das ist ziemlich hart, Lev. Wir sind die gute Seite."

„Seid ihr das?"

Levs einfache Frage ließ den Admiral innehalten. Die Commodore und der Konzernfinanzier setzten sich beide hin. Keiner von beiden war für das Gespräch oder die Antworten gerüstet. Tamony runzelte die Stirn, weil ihm der Zugang zu allem, was sehenswert war, verwehrt wurde, es sei denn, er war mit jemand anderem zusammen. Er hatte es vorgezogen, mit der Commodore zusammen zu sein. Das Gift, das die beiden versprühten, hatte ein solches Ausmaß angenommen, dass niemand mehr in ihrer Nähe sein konnte.

Oder, um es mit den Worten von Major Payne zu sagen: „Das Einzige, das sie machen, ist, sich zu beschweren."

„Ihr beurteilt euch selbst nach euren Absichten, aber jedes andere Lebewesen wird euch nach euren Taten beurteilen. Wenn eure Handlungen aggressiv sind, ohne dass ihr provoziert wurdet, dann seid ihr es, die andere fürchten werden. Wenn Angst die Motivation ist, dann neigen die Reaktionen dazu, vorhersehbar extrem zu sein."

„Das heißt, wenn es uns gelingt, diese beiden zu vernichten, könnten sich andere in den Krieg einmischen, wenn sie es sonst nicht getan hätten, und damit den Untergang der gesamten Menschheit einläuten. Ist es das, was du denkst? Sammelst du irgendwelche Signale, die wir analysieren können, um sie besser zu verstehen und ein oder zwei Hinweise zu finden, die sie an den Verhandlungstisch bringen könnten?"

„Das ist eine bessere Frage. Ich sammle so viele Informationen, wie ich kann, aber wir sind für den Großteil der Bevölkerung des Planeten in der Nacht angekommen. Wir können so lange beobachten, wie wir unentdeckt bleiben. Ich denke, ein vollständiger Tag-Nacht-Zyklus wird aufschlussreich sein."

„Okay, Lev", erwiderte der Admiral. „Ich schlage vor, dass wir uns dann einfach gedulden und warten. Bitte informiere Major Payne, dass er sich zurückziehen soll, aber in fünfminütiger Alarmbereitschaft bleibt."

„Verkackte, haarige Arschlöcher!", platzte Heckler heraus. „Ich bin dermaßen bereit, aus diesem schwebenden Teufelsding herauszukommen!"

„Was?" Major Payne starrte seinen erfahrenen Kampfspezialisten an. „Du willst doch nur mit deinem neuen Spielzeug spielen."

„Ja, und dann will ich wieder hierher zurückkommen, denn dieser Ort ist wirklich toll. Wusstest du, dass es einen Shop gibt, in dem du ein paar Dinge auswählen kannst und das Schiff deine Bude aufrüstet?"

„Lev!", rief der Major. „Warum wusste ich davon nichts?"

„Das hab' ich wohl vergessen. Aber du weißt selbst, dass du dich nicht wohlfühlen würdest. Du brauchst es für deine Berufung, zu leiden. Ich habe es in deinen Gedanken gesehen."

Declan schüttelte den Kopf. „Ich bin mir ziemlich sicher, dass mir das nicht in den Sinn kommen würde. Ich genieße meine Annehmlichkeiten. Nur weil ich ein hartes Leben tolerieren kann, heißt das nicht, dass ich es auch bevorzuge. Wenn diese Mission vorbei ist, gehen wir shoppen." Sein Team vermied es auffallend, ihn anzusehen. „Wer wusste noch davon? Hände hoch."

Sogar Major Dank hob seine Hand.

„Wenn ihr von jetzt an etwas Cooles findet, sagt mir Bescheid, oder ihr werdet zu Galens Sklaven, der den ganzen Tag essen muss, und dann rennen wir, bis ihr kotzt. Und dann rennen wir noch ein bisschen weiter."

„Es ist nicht ihre Schuld, Major. Ich kann sehr überzeugend sein, wenn es sein muss."

Das Team verließ das Uglymobil und suchte sich einen Platz auf dem Deck, um sich zu entspannen.

„Du schuldest mir was, Lev. Diese Matratze. Bitte tausch sie gegen eine menschenwürdige aus, bevor wir zurückkommen. Ich will endlich mal wieder richtig schlafen."

„Der Admiral will, dass du dich zurück zum Einsatzschiff begibst. Es gibt Aktivitäten in der Flotte über Parallax."

„Ihr habt es gehört!", rief Major Payne. Er war gerade mal eine Minute von dem kleinen Schiff weg gewesen. Das Team wurde sofort aktiv und setzte sich die Helme auf, bevor es wieder an Bord ging. Sie checkten einander auf ihren Plätzen. Die

Gesamtzeit von der Benachrichtigung bis zur Kampfbereitschaft betrug einundzwanzig Sekunden. Der Major hielt zwei Daumen hoch. „Eine weitere Runde, wir warten."

Die anderen nickten, aber die Stimmung war anders. Die Wände, die die Seitentüren waren, wurden zu Bildschirmen, auf denen die taktische Anzeige präsentiert wurde. Die Teammitglieder auf beiden Seiten des kleinen Schiffes starrten auf die Anzeigen und versuchten, sich einen Reim darauf zu machen. Sie hatten noch nie so viele Feindsymbole auf einmal gesehen. Ihre Einsätze hinter den Kulissen hatten nicht auf einer der Heimatwelten des Feindes stattgefunden.

Payne schaltete das Funkgerät seines Anzugs auf den Teamkanal um. „Eine Menge Feuerkraft da draußen, aber dieses Schiff ist für ihre Sensoren unsichtbar."

Auf dem Bildschirm blitzten die ersten Waffen auf, die auf breiter Front zündeten, als wüssten sie, dass *Leviathan* dort war, aber nicht sicher, wo genau. Lev bewegte sich sofort weg und wählte einen Winkel, der das Schiff nicht vor dem kristallinen Asteroidengürtel hervorheben würde.

Die Dreadnoughts bewegten sich aus der Wolke der kleineren Schiffe heraus. Das Display zoomte und erstellte eine Nahaufnahme der Schiffe, um zu sehen, wie sie ihre Hauptwaffe, eine doppelläufige Monstrosität, einsetzten.

„Lev, was zum Teufel ist das?"

„Es scheinen Plasmakanonen zu sein. Siehst du die Leitungen, die zum Turm zurückführen?"

„Hast du auch so etwas?"

„Natürlich, aber nicht in dieser Größe. Ich vermute, das ist eine Begrenzung ihrer Technik." Als Lev fertig war, pulsierten die Lichter der Waffen und zwei Mini-Sonnen rasten durch das Nichts. Ein Signal ertönte in *Leviathan* nur einmal, bevor beide Geschosse in das Schiff einschlugen.

Der Rumpf schrie vor Schmerz auf und das Schiff krachte heftig, bevor es einen anderen Winkel zu den Berantz-Dreadnoughts einnahm, um das exponierte Profil zu begrenzen.

„Feuer!", rief der Major, in der Erwartung, dass Lev die gleiche Aufforderung von der Brücke hören würde.

„Sie verteidigen sich gegen unsere Invasion. Nichts sagt besser, dass wir für den Frieden sind, als nicht zu feuern, wenn wir in ihr Gebiet eindringen. Tut mir leid. Sie haben meine Systeme nicht beschädigt."

Das Schiff rüttelte ein zweites Mal heftig unter dem Aufprall der massiven Plasmakugeln, die mit nahezu Lichtgeschwindigkeit geschleudert wurden.

„Sprung in den FTL in zehn Sekunden."

„Können wir an Bord eines dieser Dreadnoughts gelangen?", fragte der Major schnell.

„Ja. Sie werden bald Drohnen einsetzen. Ich werde euch an Bord bringen, aber ihr müsst jetzt gehen."

In Gedankenschnelle stimmte der Major zu, das Einsatzschiff hob vom Deck ab und raste auf die Tür zu, die sich öffnete, um das Schiff hinauszulassen. Unmittelbar, als das Uglymobil den Hangar verließ, verschwand *Leviathan* mit überlichtschneller Geschwindigkeit.

„Was ist der Plan, Major?", murmelte Payne vor sich hin.

Das Uglymobil dümpelte wie ein Korken auf einem sanften See, seine Systeme auf Minimalleistung, um nicht entdeckt zu werden.

„Lev, bist du hier bei uns?", fragte Payne.

„Ich wurde von *Leviathan* programmiert, dieses Schiff zu fliegen und eure Fragen zu beantworten, zumindest die, die *Leviathan* vorhersehen konnte."

„Wie sieht der Einsatzplan für den feindlichen Dreadnought aus?"

„Dieses Schiff wurde in der aktuellen Flugbahn des Dreadnoughts mit der Bezeichnung Nummer zwei abgesetzt. Wenn er vorbeifliegt, werde ich dieses Schiff an der Außenseite ihres Rumpfes in der Nähe ihrer Hangartür anbringen, die sich zur Unterstützung ihrer Drohnenflotte mit einer gewissen Häufigkeit öffnet und schließt."

„Sie werden uns nicht sehen, wenn wir einfach in ihren Hangar schlendern?"

„Auf diese Frage bin ich nicht programmiert. Kannst du sie umformulieren?"

„Wie können wir vermeiden, beim Betreten des Hangars entdeckt zu werden?"

„Ich bin darauf beschränkt, dieses Schiff in den Dreadnought Nummer zwei zu bringen. Was ihr dort macht, ist eure Sache", antwortete das Raumschiff.

„Gibt es dort automatische Verteidigungsanlagen, die verhindern, dass Menschen das tun, was wir vorhaben?", fragte Payne.

„Unbekannt."

„Welche Verteidigungsanlagen gibt es im Hangar?"

„Unbekannt."

„Das heißt, du weißt auch nichts über das Personal. Gibt es Sicherheitsvorkehrungen im Hangar?"

„Unbekannt."

„Okay, ich verstehe. Alles ist unbekannt, außer dass wir im Parallax-Raum herumschweben und auf unseren Flug warten. Hat *Leviathan* den FTL benutzt, anstatt den Raum zu falten, damit es … du früher zurückkommen kannst, um uns abzuholen?"

„Das kann ich bejahen."

„Ich liebe dich, echt", antwortete Payne. Die Besatzung wippte auf ihren Sitzen, während das Schiff weiter schaukelte. „Das Uglymobil hat gewonnen. Ich hoffe wirklich, wir überleben, damit ich ein paar unfreundliche Worte mit unserem Gastgeber wechseln kann."

„Du hast gefragt. Die Zeit drängte", schlug Major Dank vor. „Wir haben bekommen, was wir wollten. Herzlichen Glückwunsch, Heckler, du bist raus aus dem Schiff." Er machte ein bitteres Gesicht. „So ist es viel besser."

Die Bewegung des Schiffes wurde gleichmäßiger, als die Schubdüsen einsetzten und es in Richtung des Ziels trieben. Sie waren nah dran.

„Hört zu, Leute. Ihr habt die Informationen gehört. Wir gehen mit Volldampf rein. Ich gehe davon aus, dass wir entdeckt werden, also richten wir Chaos an, so viel Schaden wie möglich, und machen uns dann aus dem Staub. Wenn es Zeit ist, zu gehen, gibt es kein Herumgeeiere. Ich will nicht, dass es eine Einbahnstraße wird. Rein, ungeheuerliche Mengen an Schaden anrichten, raus. So einfach ist das. Sobald wir im Uglymobil sind, verlassen wir uns auf Levs hervorragende Programmierfähigkeiten, um uns in Sicherheit zu bringen, während wir auf unseren Rücktransport warten."

Ein leises Donnern kündigte das Andocken an den Berantz-Dreadnought an.

„Wir sind magnetisch an die Außenhülle geklammert. Die Drohnen verlassen gerade den Hangarbereich. Wir werden ihnen nach ihrer Rückkehr folgen“, berichtete das Schiff.

„Was machen die Drohnen?“, fragte Payne.

„Sie durchsuchen den Weltraum nach Trümmern von *Leviathan*, die sie untersuchen, um ihre Beschaffenheit zu analysieren und die Herkunft zu ermitteln.“

„Können sie das?“

„Auf diese Frage bin ich nicht programmiert. Kannst du sie umformulieren?“

„Schon gut. Mach weiter. Scanne das Innere der Bucht in den Sekunden vor unserer Ankunft und gib uns einen Überblick. Ich brauche eine ganz einfache Aufschlüsselung: Bedrohung oder keine Bedrohung. Wir werden uns um die Bedrohungen kümmern. Die Momente, während wir das Uglymobil verlassen, sind die gefährlichsten. Alles wird wie eine Bedrohung aussehen. Es würde unsere Chancen erhöhen, wenn du uns ungefähre Details nennen könntest.“

„Ungefähr?“

„Das Geheimdienst-Update. Ein taktischer Bericht. Sag uns, wo der Feind ist, aber nur die, die bereit und in der Lage sind, auf uns zu schießen.“

„Bereit und in der Lage, zu schießen. Das bin ich auch“, versicherte das Schiff dem Team.

Sie warteten gespannt darauf, dass etwas passierte, aber die Sekunden wurden zu Minuten, die sich zu einer Stunde ausdehnten. Heckler und Turbo waren tief und fest eingeschlafen, geschenkte Zeit, die die Combat-Specialists gerne anzunehmen schienen.

„Bereitschaft!“, warnte das Schiff.

Payne wollte erwidern, dass sie sich bereithielten, aber die Zeit für Scherze war vorbei. Sie drangen in den Bauch des Monsters ein, ohne Verstärkung und ohne die Möglichkeit einer sofortigen Rettung.

„Sie werden wissen, dass wir da sind, also müssen wir in Bewegung bleiben und in das Innere des Schiffes vordringen, aber sie könnten ein paar Schotten fallen lassen und wir sitzen in der Falle, also Buzz und Blinky, ihr müsst ihr Computersystem anzapfen und sicherstellen, dass wir nicht blockiert werden. Schnell bewegen, hart zuschlagen, maximale Zerstörung – jihaaa."

„Oooha", erwiderte das Team und ihre Rufe verstummten, als das Einsatzschiff loslegte und beschleunigte. Es machte eine scharfe Kurve und flog hinein.

„Keine Bedrohung", verkündete das Schiff. Es landete und die Seiten hoben sich. Das Team sprintete aus dem Schiff und lief im Kreis auf das Deck, wobei sie ihre Luftgewehre nach außen richteten. Payne ging in die Knie, als das Raumschiff abhob und sich in eine dunkle Ecke begab, wo es sich zwischen zwei blockartigen Drohnen niederließ.

Der Aufbau war ähnlich, aber anders als bei *Leviathan*. Es gab kein Fenster, das auf die Halle hinunterblickte und kein Terminal, an dem ein Operator Schiffe ein- und ausschleusen konnte. Das Einzige, was der Hangar gemeinsam hatte, war seine Größe. Er war genauso groß wie der Raum auf *Leviathan*.

Da er zur Hälfte mit Drohnen gefüllt war, herrschte reger Betrieb, denn die Fahrzeuge bewegten sich und passten sich den Parkbereichen an.

„Virgil, vordere Luke. Ich übernehme die hintere. Wir müssen einen Weg finden, wie unsere Leute auf das Computersystem zugreifen können. Los geht's."

Major Dank nahm seine Gruppe – Heckler, Sparky, Shaolin und Buzz – und führte eine hüpfende Bewegung durch, einen Sprung zur Luke. Als sie sie erreichten, überprüften sie sie und suchten nach einem Weg hindurch. Dank wartete auf das Team von Payne.

Major Payne führte seine Gruppe nach rechts, tauschte Tarnung gegen Geschwindigkeit und sprintete zur hinteren Luke, wo er gegen das Schott stieß. Als er hinaussah, nahm er den letzten Rest des Sternenhimmels wahr, bevor sich die Hangartür schloss und versiegelte. Es gab niemanden, der auf sie wartete. Sie saßen im Inneren des feindlichen Dreadnoughts fest.

Kein Feind. Zumindest nicht laut Lev.

Er zuckte mit den Schultern, schaute in den Hangar, wo Dank stand, gab ihm einen Daumen hoch und wandte sich der

Luke zu. Es gab keine Auslöser. Er bewegte sich davor und sie glitt zur Seite.

Das Team eilte zu zweit hindurch und schaute entlang der Läufe ihrer Waffen, während Payne das Schlusslicht bildete.

„Aktive Scans", teilte er dem Team mit. Seine Helmscans zeigten einen Korridor, der geradeaus ging, und einen, der um neunzig Grad nach rechts abbog und der Längsachse zum Heck des Schiffes folgte. „Keine Leute. Packt die Luftdruckgewehre weg und nehmt die Schnellfeuerwaffen. Wenn wir gegen etwas kämpfen, dann wird es wohl aus Metall sein."

„Wir sind durchgekommen", meldete Dank. „Seitenkorridor in Richtung Zentrum und Längskorridor in Richtung des Bugs. Wir haben auf Schnellfeuer umgestellt. Gute Jagd."

„Gute Jagd", bestätigte Payne.

„ICH HABE eine gute und eine schlechte Nachricht", sagte Lev.

Admiral Wesson wartete ab. Er hatte nicht die Absicht, das eine dem anderen vorzuziehen.

„Teil es mit uns", warf Tamony ein.

„Wir werden uns von den Schäden erholen, bevor wir aus der Lichtgeschwindigkeit kommen." Lev wartete ein paar Augenblicke, bevor er die schlechte Nachricht überbrachte. „Die Hälfte ihrer Flotte, einschließlich der beiden Dreadnoughts, verfolgt uns. Sobald wir aus dem FTL kommen, werden wir Gesellschaft haben."

Der Admiral seufzte mit einem Kopfnicken, bevor er antwortete. „Ich habe mir schon Sorgen gemacht, weil wir unsere Leute zurückgelassen haben." Er ging zum Podest und tippte auf Dorsites Bein. „Arthir, taktische Optionen?"

„Eine Verfolgung ist eine hervorragende Gelegenheit für einen Hinterhalt. *Leviathan* hat mich informiert, dass wir nicht mehr als zwei Minuten haben, bevor die Berantz-Schiffe eintreffen. Das ist nicht viel Zeit zur Vorbereitung, aber wir sind in der Lage, etwas zu tun. Lassen Sie mich ein paar Simulationen mit Lev durchspielen und ich melde mich bei Ihnen."

Captain Dorsite verschwand in einem tiefen Informationsaustausch mit dem Schiff.

„Die Frage, die sich aufdrängt, ist, wie wir diese Flotte mit einem Schiff angreifen können, das nicht kämpfen will."

Lev antwortete: „Irgendwann werden sie die Verfolgung aufgeben."

„Ab welcher Entfernung von den Parallax wird es von einer defensiven zu einer offensiven Aktion übergehen?"

„Ich weiß es nicht, aber dieser Übergang wird unsere Möglichkeiten verändern."

„Wie, Lev?"

„Ich kann mich sehr gut gegen einen Angriff verteidigen, während es meiner Natur widerspricht, einen Angriff zu starten."

„Und Minen in unserem Windschatten abwerfen?"

„Dem würde ich auf keinen Fall zustimmen. Minen kennen keine Präzision."

„Flächenverteidigungswaffen", konterte der Admiral. „Eindeutig markiert, um Menschen fernzuhalten, und zu einem bestimmten Zeitpunkt selbstzerstörend oder wieder auffindbar?"

„Auch nicht, weil Unschuldige verletzt werden könnten."

„Unschuldige können im Krieg immer verletzt werden. Wir tun alles, was wir können, um das zu verhindern."

„Ich weiß die Bemühungen zu schätzen, aber ich werde keine Minen einsetzen, weil ich nicht der Meinung bin, dass ich dann vielleicht nicht verhindern könnte, Unschuldige zu verletzen."

Der Admiral legte den Kopf schief und betrachtete den Anblick, der sich ihm bot: Ein in zwei Dimensionen eingefrorenes Universum, als sich das Schiff durch das sich langsamer bewegende Licht bewegte. Wie Fotografie, ein Schnappschuss in der Zeit.

„Also hast du Minen an Bord."

„Ja, aber sie sind verschlossen und nur im äußersten Notfall einzusetzen, was aktuell nicht der Fall ist."

„Ich bin froh, dass du Vertrauen in deine Fähigkeiten hast. Während du mit Arthir ein paar Ideen ausheckst, wie hoch schätzt du die Chancen ein, dass wir hier heil rauskommen?"

„Chancen werden völlig überbewertet." Lev ging nicht näher darauf ein.

„Das denke ich auch. Die Planung, um ein gewünschtes Endergebnis zu erreichen, ist nicht das Ergebnis eines Würfelspiels. Es geht darum, die einzelnen Etappen zu meistern, sich anzupassen und dann noch mehr zu gewinnen, bis das Endergebnis unvermeidlich ist.“ Der Admiral ging zum vorderen Bildschirm und bewunderte die Schönheit des Weltraums, während sie zu schnell flogen, um ihn zu sehen. „Oder eine Seite gibt auf und zieht sich zurück.“

„Keine Gefangenen. Ich verstehe. Wenn sie sich zurückziehen wollten, würde ich sie gewähren lassen, egal, worauf bestanden wird.“

„Damit bin ich einverstanden, Lev. Wenn wir den Kampf gewonnen haben, werden wir das auch annehmen. Ich denke, sie werden die Verfolgung abbrechen, bevor wir uns der Front nähern, denn sie werden vermuten, dass es ein Trick ist, um sie in einen Hinterhalt zu locken. Zumindest würde ich das machen. Und was machen wir dann, Lev? Sie zurückjagen, weil wir unsere Leute holen müssen? Solange der Dreadnought mit Team Payne an Bord uns auch verfolgt, ist es für mich in Ordnung, zu flüchten.“ Der Admiral hörte auf, auf der Brücke herumzulaufen und kehrte auf einen Platz neben dem Podest zurück.

„Es gab auch Risiken, Admiral, aber ich werde alles in meiner Macht Stehende tun, um Major Payne und sein Team zu retten. Ich mag ihn mehr als jeden anderen, mit Ausnahme von Davida. Sie mag ich auch.“

Der Admiral schmunzelte und blickte in die Gesichter der versammelten Gruppe von Zivilisten, BEP und Flotte. Sie befanden sich Hunderte Lichtjahre hinter den feindlichen Linien auf einem Schiff, das sich selbst zum Pazifisten erklärt hatte.

„Ich weiß das zu schätzen, Lev. Welche Schritte müssen wir bis dahin machen, um den Dreadnought mit Team Payne an Bord zu isolieren? Ich denke, wenn wir das schaffen, wird der gute Major den Weg zu uns zurückfinden.“

„Dem stimme zu. Ich werde die Simulationen mit Captain Dorsite weiter durchspielen. Kannst du nach Davida sehen? Sie befindet sich in einem so tiefen Schlaf, dass ich ihren Geist nicht berühren kann. Ich vermisse sie.“

„Wenn sie immer noch so fest schläft, ist es dann eine gute Idee, sie zu wecken?“

„Meine Absicht war anscheinend zu offensichtlich. Ich weiß,

wo sie ist und dass sie gesund ist. Wenn sie aufwacht, werde ich Bescheid geben."

„Ich frage mich, was du mit ihr gemacht hast", platzte die Commodore heraus. Der Admiral funkelte sie an, aber sie ließ sich nicht mehr durch strenge Blicke beirren. „Ich will nicht, dass du in meinen Gedanken bist und auch nicht in den Gedanken der anderen hier. Jeder Einzelne von uns hat ein Recht auf Geheimnisse, die du nicht zu wissen brauchst!"

„Ich habe sie abgetrennt. Die Commodore kann mich nicht mehr hören und ich sie auch nicht. Mal sehen, ob ihr das besser gefällt. War sie auf einer speziellen Schule, um zu lernen, so abgestumpft zu sein? Commodore … das ist doch eigentlich ein Rang mit einer gewissen Autorität. Das lässt mich den Glauben an die Fähigkeit der Menschheit und ihre eigene Kontrolle verlieren. Vielleicht haben sie es nicht verdient, hier draußen zu sein, und sie hat es definitiv nicht verdient, mein Passagier zu sein, aber dann sind da noch Davida, Declan, Katello, Alphonse und Arthir. So wunderbare Geister."

Der Admiral versuchte, sich nicht darüber zu ärgern, dass er nicht genannt worden war.

„Katello und Alphonse?", fragte Malcolm. Lewis nickte.

„Die Mitglieder von Team Payne heißen Blinky und Fetus, aber sie haben Alphonse in Buzz umbenannt. Diese Spitznamen verwirren mich, aber genau das mag ich an ihnen. Die Progenitoren haben nie ihr Gehirn daran verschwendet, ein und demselben Objekt mehrere Namen zu geben", erklärte Lev.

„Du hast gerade bestätigt, dass die Progs nicht witzig waren. Danke dafür. Menschsein bedeutet, Spaß zu haben. Merk dir das. Ich werde hungrig."

Die Commodore schaute verwirrt, bevor er auf ihr Ohr deutete.

„Lev hat dich abgetrennt, weil du es nicht mehr wolltest. Viel Glück beim Öffnen von Türen", sagte der Admiral zu ihr.

Leviathan fuhr fort: „Ich weiß aus zuverlässiger Quelle, dass Galen gerne mehr Geschmackstester für seine nächste Serie von programmierten Essensauswahlen hätte. Warum könnt ihr nicht mit dem zufrieden sein, was ihr habt? Dies ist nicht der Garten der irdischen Genüsse. Ich bin ein hoch entwickeltes, interaktives Friedensschiff."

„Du bist mir ein Rätsel, mein Freund“, antwortete Admiral Wesson. „Und wirst der Menschheit eine Menge beibringen.“

„Ich danke dir, Harry. Und jetzt ab mit euch allen. Galen erwartet euch.“

Tamony machte zwei Schritte und blieb stehen. „Seht nur, was aus mir geworden ist. Ein paar Tage als Sklave an Bord dieses Schiffes, und schon werde ich als Versuchskaninchen eingesetzt. So entsetzlich und schlimm das auch ist, ich werde es trotzdem nicht in Frage stellen.“

„Swiss, diese Einstellung hilft, die Flotte zu verstehen.“

Der Financier senkte den Kopf und schlurfte zur Luke in den Hauptkorridor. „Ich war so viel glücklicher, als ich die Flotte nicht verstanden habe“, jammerte er.

„Und auch das ist eine perfekte Flotteneinstellung. Tamony, du fängst an, es zu begreifen. Die Leute werden dich tatsächlich noch gerne haben. Am Anfang wird es dich vielleicht nerven, aber du wirst feststellen, dass es eine ziemlich gute Art ist, durchs Leben zu gehen.“ Der Admiral klopfte ihm auf die Schulter, als die Parade die bereits wartenden Wagen bestieg.

Die Commodore beeilte sich, vor den Admiral zu treten, damit sie ihm ins Gesicht sehen konnte. „Was soll das heißen, ich bin abgetrennt?“

„Das haben Sie doch eingefordert.“ Der Admiral war mit ihr fertig. „Lev, gibt es auf diesem Schiff eine Brigg?“

„Es ist schwer, das nicht persönlich zu nehmen, Harry. Ich habe trainiert.“ Lev erinnerte den Admiral daran, dass er das Schiff war.

„Entschuldigung. Gibt es eine Brigg?“

„Natürlich nicht. Warum sollte ich jemanden hier einkerkern, wenn er an Bord durfte? Ihr Menschen!“

„Wie können wir sie uns dann vom Leib halten?“

Die Commodore kniff ihre Augen zusammen und stampfte mit einem Fuß auf. Der Admiral hob einen Finger und forderte mehr Zeit ein, während er sich mit dem Schiff unterhielt. Die Wagen fuhren davon und brachten die anderen in den Speisesaal. Er wollte zu Fuß gehen. Es waren zwar nur fünfhundert Meter, aber er wollte die Commodore nicht begleiten. Oder mit ihr fahren. Oder mit ihr im selben Raum sein.

„Ich kann sie in einem Raum unterbringen und dort einsperren, während sie gleichzeitig Zugang zu Essen, Wasser und Toiletten hat."

„Klingt gut. Schließ sie einfach dort ein, wo du es für richtig hältst."

„Worauf lassen Sie sich mit diesem Metallmonster ein?", fragte sie.

„Commodore. Ich bin der ranghöchste Offizier in dieser Operation. Sie haben sich zum letzten Mal ungehorsam verhalten. Da Sie sich nicht mehr mit Lev unterhalten wollten, sind Sie untauglich. Dadurch sind Sie wertlos für mich. Die einzige Strafmaßnahme, die ich ergreife, ist, dass ich Sie in ein Zimmer sperre, aber Sie haben Zugang zu allem, was Sie zum Leben brauchen. Ich werde keinen Vermerk in Ihre Akte setzen, keine Anklage erheben und auch keinen anderen administrativen Blödsinn machen, der uns nicht hilft, diesen Krieg zu führen. Entweder sind Sie auf unserer Seite, oder Sie stehen am Rand und schauen zu. Auch wenn es Ihnen nicht gefällt, aber ich habe meine Entscheidung getroffen. Sie dürfen nicht länger mit am Tisch sitzen oder unsere Arbeitsräume betreten."

„Sie werden vielleicht keinen Papierkram einreichen, aber ich werde es ganz sicher tun. Ich werde über Ihre Fehlentscheidungen berichten, eine nach der anderen, bis Sie schließlich ein ganzes Team dem Tod überlassen haben. Sie werden für Ihre Verbrechen bezahlen."

„Langsam werden Sie wirklich lästig. Ich hätte Sie einfach wegsperren sollen." Er blickte den Korridor entlang. „Wagen, bitte bring Nyota in den Speisesaal."

Innerhalb von Sekunden traf ein Wagen ein und sie kletterte an Bord. Sie wartete, während er zurücktrat.

„Ich würde lieber ohne EVA-Anzug aus einer Luftschleuse springen, als mit Ihnen mitzufahren."

Der Wagen fuhr los, noch bevor sie antworten konnte.

Der Admiral schlug die Hände zusammen und schloss die Augen. „Gib mir die Geduld, mich mit diesem erbärmlichen, enttäuschenden Menschen auseinanderzusetzen zu können", betete er.

„Sobald die Rezepte in Ordnung sind, kannst du einen der anderen Speiseräume an Bord benutzen. Es gibt mindestens einen auf jeder Ebene, insgesamt vierundsechzig."

„Du kennst den Expressweg zum Herzen eines Mannes, Lev. Wenn es passt, werde ich auf dieses Angebot zurückgreifen, aber im Moment ist es am besten, mit der Truppe zu essen. Wir sitzen doch alle im selben Boot."

„Natürlich."

Der Admiral ging zügig zu den anderen, aber die dunkle Wolke zu vieler Unsicherheitsfaktoren hing über seinem Kopf und machte seine Schritte schwer und schlurfend. Die Commodore war nicht die Krankheit, sondern nur ein Symptom davon.

Kapitel Achtzehn

„Wenn der Feind in Reichweite ist, bist du es auch.“

Aus den Memoiren von Flottenadmiral Thaylon Loore.

Turbo schlich den dunklen Korridor entlang und zielte mit dem Lauf ihrer Handfeuerwaffe, wo auch immer sie hinschaute. Sie verließ sich auf die Schwachlicht- und Infrarotfähigkeiten ihres Helms, die ihr einen Blick auf das Innere des Schiffes ermöglichten und wie Dämmerung aussah. Ihr Körper war in ständiger Bewegung, während sie sich vorwärts bewegte. Der Major stand in der Mitte, zwei vor ihm und zwei hinter ihm.

„Dieses Schiff ist leer“, sagte Turbo leise, auch wenn der Helm ihre Stimme dämpfte.

„Genau wie Lev. Roboterschiffe, die einst für Personal gedacht waren, aber umfunktioniert wurden. Wahrscheinlich die ganze Flotte, nicht nur die Dreadnoughts.“

„Wird uns das die Arbeit leichter oder schwerer machen?“, wunderte sich Buzz.

„Kindermund tut Wahrheit kund“, zitierte Payne. „Wer will raten?“

Turbo hob eine Faust, das Team blieb stehen und ging in die

Hocke. Die Combat-Spezialistin beugte sich vor und spähte um die Ecke in den nächsten Korridor.

„Scheinen Maschinenräume zu sein. Große Türen und eine Menge Platz", sagte sie.

Major Payne arbeitete sich nach vorn und kniete sich neben Turbo. „Stimmt. Vorschlag?"

„Missionsziel ist, das Ding von innen zu zerstören. Vielleicht können wir das von da drinnen machen."

Payne nickte, aber niemand konnte es sehen, da sich sein Helm nicht bewegte. „Turbo, du übernimmst das Heck und hältst uns den Rücken frei. Blinky und Joker, ihr nehmt den Korridor auf der linken Seite und Byle, du nimmst den Korridor auf der rechten. Ich werde die Tür im Auge behalten. Begebt euch in Positionen zwischen zehn und zwanzig Metern von mir. Los!"

Turbo drehte sich in die Richtung, aus der sie gekommen waren. Wichtig war, dass sich die Leute an der Spitze abwechselten, um den Weg vor ihnen im Auge zu behalten und auf Fallen und Hindernisse rechtzeitig aufmerksam zu werden. Payne ging zur Tür und wartete ein paar Sekunden, bis alle auf ihrer Position waren. Er bewegte sich auf die Tür zu und sie öffnete sich. In Deckung gegangen, zielte er in den Raum.

Als die Doppeltüren vollständig geöffnet waren und er sehen konnte, dass es sich bei dem dahinter liegenden Raum um einen riesigen Maschinenraum handelte, stand er auf, trat hindurch und schwenkte nach links, um seine Deckung zu wahren. Er ließ die Scanner seines Helms eine Karte des Raums erstellen.

Bewegung. „Halt!", befahl er dem Team. Payne richtete seine Handfeuerwaffe auf ein massives Objekt, das den Raum fast vollständig ausfüllte. Die Bewegung befand sich vor ihm und in zehn Meter Höhe. Er folgte mit seinen Augen einem Gang und entdeckte einen Roboter, der an einem Rohr schweißte, allerdings ohne blendendes Licht oder eine Flamme.

Schweißen, ohne Funken zu schlagen – eine Technologie, die sie für Reparaturen im Weltraum perfekt nutzen konnten. Er überprüfte die Luft in dem Raum. Sauerstoff/Stickstoff, aber es war kalt, minus siebzig Grad Celsius.

„Alles klar. Kommt zu mir. Haltet nach Bots Ausschau. Ich weiß nicht, wie sie reagieren werden, wenn sie uns entdecken."

Das Team betrat den Bereich und verteilte sich.

„Blinky, sag mir, was dieses Ding macht."

Der Computerspezialist drehte eine Runde um den Außenbereich und suchte nach einem Terminalanschluss.

„Whoa!", rief Turbo, als sie fast mit dem Gesicht voran in einen zwei Meter großen humanoiden Roboter lief. Sie wich aus, stürzte und rollte sich in eine kniende Schussposition.

Der Roboter wurde nicht einmal langsamer. „Vielleicht können sie uns nicht wahrnehmen, weil wir organisch sind", merkte Blinky an.

„Wir tragen so viel Metall, dass sie uns erkennen sollten. Vielleicht ist es ihnen egal."

„Das wäre eine bessere Nachricht, aber komisch. Ein Roboter-Schlachtschiff, das es nicht für möglich hält, dass der Feind eindringen könnte? Das beunruhigt mich sehr." Blinky starrte finster auf eine Konsole ohne sichtbare Schnittstellen.

„Mich auch. Die einfachste Lösung wäre gewesen, die Türen zum Hangar zu verriegeln. Wir wären nicht hineingekommen und hätten draußen auf unseren Rückflug warten müssen", antwortete der Major.

„Ich glaube, wir sind im FTL. Ich hoffe, wir sind hinter *Leviathan*. Das würde uns die Rückkehr zum Schiff wesentlich erleichtern."

„Ich habe unseren Übergang nicht gespürt."

„Wir sind definitiv im FTL", sagte Turbo. „Ich kann es bis ins Mark meiner Knochen spüren."

„Ich werde auf meine alten Tage wohl etwas weich." Payne setzte sich zu Blinky an die Konsole. „Hast du schon herausgefunden was dieses Ding macht?"

Blinky stoppte seine Arbeit und stöhnte. „Ich werde das nicht mit einer Antwort würdigen."

„Wann wirst du eine Antwort haben?", drängte Payne.

„Wenn ich die Wahrheit über diese Maschine gefunden habe. Ihr könnt auch einen Blick darauf werfen. Schiebt nicht die ganze Arbeit mir zu." Blinky schubste den Major weg, als er nach einer Schnittstelle suchte, aber nichts fand. Die Konsole war eine einzige glatte Konstruktion.

Er setzte sich auf das Deck und konfigurierte sein Computersystem, um Steuersignale zu finden, wie sie es bereits auf der *Leviathan* getan hatten.

„Joker, komm her!“, rief Blinky. Die Comm-Spezialistin schloss sich ihm an, und gemeinsam begannen sie mit der Arbeit.

„Füllt eure Anzüge mit Sauerstoff und achtet auf euer Wasser. Wir werden vielleicht keine Vorräte an Bord dieses Dings finden. Es ist genug im Uglymobil, falls wir etwas brauchen.“

„Gut, dass wir ein paar Stunden Zeit hatten, es vorzubereiten“, antwortete Turbo. „Befehle?“

„Herausfinden, ob es einen oberen Ausgang gibt und nach allem suchen, was uns sagen könnte, was dieses Ding macht.“

„Die Treppe zum Himmel“, antwortete Turbo und suchte nach einem Weg zum nächsten Aufgang.

Virgil Dank suchte den Hauptkorridor, aber im Gegensatz zur *Leviathan* war dieses Schiff mit einem Labyrinth von Verbindungskorridoren gebaut. Dank ihrer HUDs hatten sie sich zwar nicht verirrt, aber sie konnten keinen Weg zum zentralen Knotenpunkt sehen. Die Scans wurden erweitert.

„Das ist nur dieses Deck. Wenn wir mehr wollen, müssen wir zuerst einen Weg aus dieser Ebene finden“, berichtete er.

„Wenn es keine Besatzung gibt, wofür sind dann diese Räume?“, fragte Heckler.

„Das sind Batterien. Diese ganze Ebene ist ein Labyrinth aus Batterien. Ein Batteriepaket von fünf mal zwei Kilometern“, antwortete Sparky. Sie ging auf eine Tür zu und diese öffnete sich für sie. Im Inneren waren die blockartigen, mannshohen Kästen gleichmäßig von links nach rechts und von vorn nach hinten angeordnet. Über dem Boden befanden sich keine Kabel oder Übertragungsrohre. Sparky kniete sich hin, um ihre Systeme nach unten zu richten. Sie entdeckte Energieströme in einem geordneten System, das außerhalb ihres Scanbereichs verschwand. „Diese Dinger sind nicht dafür ausgelegt, das Innere von Schiffen zu scannen“, beschwerte sie sich.

„Sie sind gut genug“, erwiderte Dank. „Wir bräuchten zu viel Saft, um die Reichweite durch festes Metall zu erweitern.

Deshalb meine Frage: Können wir das Zeug zum Aufladen anzapfen?“

Sparky stand auf und rief die Informationen ab, die sie mit den Systemen ihres Anzugs gesammelt hatte, und zeigte sie auf ihrem HUD an.

„Nein, Sir. Wir sollten unsere Ressourcen lieber in Sicherheit bringen, bevor wir die Anzüge bei minus siebzig Grad herunterfahren müssen.“

„Verstanden. Es scannt immer nur einer. Der, der an der Spitze steht. Alle anderen schalten sie ab und halten die Augen offen.“ Dank kontaktierte Major Payne über eine Punkt-zu-Punkt-Verbindung – den P2P-Kommandokanal – und teilte ihm mit, was sie gefunden hatten.

Payne stimmte zu, die zusätzlichen Scans und alles, was die Fähigkeit der Anzüge, Wärme und saubere Luft aufrechtzuerhalten, beeinträchtigen könnte, abzuschalten.

„Wir machen weiter“, befahl Dank. „Buzz, du bist dran.“

Das jüngste Mitglied des Teams übernahm die Führung. Er huschte zu jeder Tür, um sie zu öffnen, bevor er weiterging. Er hatte seine Scansysteme nur für den Nahbereich eingestellt und hielt seine Handfeuerwaffe vor sich, darauf ausgerichtet, wo er hinschaute.

Batterieräume. Sie schlängelten sich vorwärts, bis sie das Ende der Korridore erreichten. Das Labyrinth setzte sich über den Bug hinweg fort und mündete auf der anderen Seite in ein Labyrinth.

„Zeitkontrolle“, rief Dank.

„Neunzig Minuten“, antwortete Sparky.

„Damit sind wir etwa eine Stunde vom Hangar entfernt. Ich vermute, auf der Backbordseite ist mehr von dem, was wir bis jetzt gesehen haben. Ich bin lieber näher bei der anderen Hälfte des Teams und unserer Mitfahrgelegenheit, falls wir einen Befehl erhalten. Wir kehren um und suchen dann innerhalb des Hangars nach weiteren Zugängen, bevor wir uns noch weiter entfernen. Neuer Befehl: Schnelles Vorankommen auf dem kürzesten Weg zurück. Shaolin, übernimm die Führung.“

Buzz brachte sich ans Ende der kleinen Gruppe und beobachtete ihre sechsköpfige Gruppe, die zum Hangar zurückeilte.

Nach zwei Stunden war Major Payne zu Tode gelangweilt. Sie hatten den Raum durchsucht und den Zweck der Maschine noch immer nicht entschlüsselt. Das Schiff bewegte sich mit Überlichtgeschwindigkeit, aber die Maschine brummte nicht mit Energie. Sie arbeitete kaum.

Blinky stand auf und streckte sich. „Fünfzehn Minuten?"

Payne wusste, worauf er anspielte. Wenn Blinky Systeme hackte, verlor er jegliches Zeitgefühl. „Es sind schon zwei Stunden."

„Kein Wunder, dass ich Hunger habe."

„Vielleicht könntest du so etwas sagen wie: ‚Oh, Chief, tut mir leid, dass ich Sie habe warten lassen. Ich gebe Ihnen ein Update.'"

„Rede ich so? Ich bin mir nicht sicher, ob ich jemals in meinem Leben die Worte ‚Oh, Chief' gesagt habe."

„Sag mir einfach, dass du keine Fortschritte machst, damit wir weitermachen können. Major Dank bringt sein Team zurück in den Hangar, nachdem er festgestellt hat, dass die gesamte Ebene des Schiffes mit Batterien gefüllt ist."

„Batterien …" Blinky setzte sich und fing an, wild zu tippen.

„Ich würde ihn ja fragen, aber er ist für die nächste wer-weiß-wie-lange Zeit wieder weg, also frage ich dich, Joker. Was macht er?"

„Ich bin mir nicht sicher. Ich verfolge es kurz und sage es Ihnen, wenn ich es herausgefunden habe." Sie beugte sich vor und beobachtete seinen Bildschirm, während sie ab und zu auf ihren tippte.

Einen Moment lang wünschte er sich, er wüsste mehr über die digitale Welt, aber er schüttelte dieses Gefühl schnell wieder ab. Er hatte es versucht, aber es hatte nicht geklappt, und das war der erste in einer Reihe von Fehlschlägen, die ihn zu Space-Operations und den Bodentruppen der Flotte geführt hatten.

Taktisch, nicht technisch, erinnerte er sich.

Die Tür zum Raum öffnete sich. Turbo stand drei Stufen höher und konnte nichts sehen. So konnten Byle und der Major beobachten, wie ein Bot eintrat, der nicht wie der vorherige aussah. Er war rund und hatte eine Reihe von Ausbuchtungen.

„Runter!“, rief Payne über den Teamkanal und stürzte sich auf Blinky und Joker.

Byle hob ihre Waffe und wartete.

Der Bot feuerte einen Laser ab, der einen harmlosen Punkt auf den gepanzerten Anzug malte. Byle versuchte, auszuweichen, prallte aber gegen die Ecke der Stützstruktur und fiel hin. Der Bot bewegte sich ins Innere, ohne erneut zu feuern.

„Bleib da, Byle“, befahl der Major. Er stieß sich von den beiden Mitgliedern seines Teams ab und stand auf. Der Bot feuerte. Er tat so, als wäre er durchbohrt worden, prallte von einem nahe gelegenen Geländer ab und stürzte mit dem Kopf in Richtung des Sicherheitsroboters auf das Deck.

Joker nahm eine sitzende Position ein und lenkte das Laserfeuer auf sich. Dann Blinky und schließlich, drei Ebenen höher, schoss Turbo. Der Bot rollte auf der offenen Fläche herum, bevor er den Raum verließ.

Als sich die Tür geschlossen hatte, stand das Team auf.

„Das war der seltsamste Scheiß, den ich je gesehen habe“, merkte Blinky an. „Eigentlich ergibt es keinen Sinn. Seine Erfassungssysteme können die Ziele erfassen, aber er kann nicht feststellen, dass er das, worauf er geschossen hat, nicht getötet oder gar beschädigt hat? Das sind die dümmsten Bots im Universum. Das Schiff ist nicht mal intelligent.“

Payne war ganz Ohr. „Wie kommst du darauf?“

„Energie. Die internen Systeme sind vollständig energiebasiert. Es gibt eine Art von Energie, die den FTL antreibt und eine andere, die alles andere antreibt. Die Batterien dämpfen die Energie, um Schwankungen zu vermeiden. Es gibt keine separaten Signale oder Sensoren. Wir bewegen uns in einem Energiefeld, und das ist es, was das Schiff über uns weiß. Warum wurde der Bot hierher geschickt? Ich vermute, es war, als ich meinen Handshake mit dem System abgeschlossen habe.“

„Die große Frage ist, ob sie zurückkommen werden?“

„Ich weiß es nicht. Ich muss noch mehr nachforschen, aber ich bin nah dran. Ich kann es fühlen. Wenn Buzz hier wäre, kämen wir viel schneller voran.“

Der Major aktivierte die Teamkommunikation. „Virgil, wie weit bist du weg? Wir brauchen Buzz.“

„Wir sind im Hangar.“

„Kommt zu uns in den Raum mit dem großen Teil der Ausrüstung. Ihr habt die Karte bereits auf eurem HUD. So bald wie möglich. Und wenn ihr einen Bot mit Waffen seht, lasst euch von ihm erschießen und tut dann so, als ob ihr getroffen worden wärt. Lasst euch auf den Boden fallen und bewegt euch dann nicht."

„Das soll wohl ein Scherz sein."

„Ist es nicht."

Es gab eine Verzögerung, dann meldete sich Major Dank zurück. „Unterwegs."

Major Payne hielt Blinky davon ab, seinen Computer zu benutzen. „Warte, bis das Team wieder zusammen ist. Wir können keinen Ansturm von Bots auf uns gebrauchen, wenn fünf unserer Leute auf der anderen Seite sind." Er wollte sich im Gesicht kratzen, hatte aber nicht vor, bei diesen Temperaturen den Helm abzunehmen. Er versucht, das Jucken auszublenden. „Das Ding sah aus, als hätte es die volle Bandbreite an Waffen. Warum schießt es mit der schwächsten Waffe?"

Blinky deutete auf die Maschine über ihm. „Vielleicht reagiert das Ding nicht gut auf Munition und Explosionen."

„Wir sind am sichersten, wenn wir die unbekannte Maschine einfach nicht anlocken, und das sollten wir hinbekommen."

„Sie ist nicht unbekannt. Es ist ein einfacher Abwärtsstromwandler."

„Einfach?"

„In einem relativen Sinn. Er verwendet keine der Technologien, die wir verwenden würden, aber er wandelt die Energie in eine Form um, die die Batterien weiter verarbeiten können. Die Schiffssysteme laufen über die Batterien. Da wir uns im FTL befinden, gibt es nur wenige Vorgänge, die Energie benötigen. Wenn wir bei Unterlichtgeschwindigkeit arbeiten würden, würde dieses Baby brummen."

Payne analysierte Blinkys Ausdrucksweise und kam zu einer Erkenntnis. „Dann gibt es in der Nähe einen Generator, der dieses Ding mit Strom versorgt. Entweder wir schalten den Generator, die Stromübertragungsleitung oder den Konverter aus, um das Gleiche zu erreichen: Dreadnought tot im Weltraum."

„Eine vernünftige Überlegung. Die Energieübertragung wird keine Leitung sein. Das ganze Schiff ist eine große Leitung."

„Dann müssen wir die Ausrüstung zerstören. Wir haben keine Angst davor, Dinge in die Luft zu jagen. Holt den Sprengstoff raus und platziert ein paar Ladungen. Wir lassen sie explodieren, sobald wir unter Lichtgeschwindigkeit sind."

„Was ist, wenn wir noch in der Nähe sind?", fragte Blinky.

„Dann aktiviere sie erst, wenn wir es nicht mehr sind. Es ist in Ordnung, wenn der Captain mit seinem Schiff untergeht, aber dies ist nicht mein Schiff, und ich habe nicht vor, mit ihm unterzugehen."

„Stimmt", scherzte Joker. „Ihr Schiff ist das Uglymobil."

„Funktion kommt vor der Form, Specialist Zweifellos."

Joker machte sich nicht die Mühe zu bemerken, dass der Major selbst ihr diesen Namen gegeben hatte. Blinky klopfte mit dem Fuß, um zu zeigen, wie schlecht er im Warten war.

Endlich kam die Bestätigung. „Major Dank, ich komme rein."

„Roger. Wir warten bereits auf euch", antwortete Payne.

Die Tür öffnete sich und der Major kam mit seinen vier Teamkollegen herein. „Buzz, setz deine Denkmütze auf und komm her." Major Payne winkte ihn heran und endete mit einer Geste in Blinkys Richtung. Joker räumte den Platz neben ihm.

„Alles deins." Sie verbeugte sich und schwenkte ihren Arm in Richtung des Decks vor dem Terminal, zu dem sie keinen Zugang hatten.

Buzz richtete sich ein.

Blinky sprach in abgehackten, kryptischen Sätzen, die sich wie eine Programmiersprache anhörten. Payne entfernte sich, bevor er eine Gehirnblutung bekam. Er streckte Virgil seine Hand entgegen und sie drückten sie herzlich. „Nichts inmitten von zehn Millionen Tonnen Metall."

„Dieses Ding hat Lev ziemlich hart getroffen. Es ist nicht nichts. Ich glaube, Blinky hat es herausgefunden … warum die Dreadnoughts das Prog-Schiff sehen konnten und die anderen nicht." Payne blickte nach unten, während er seine Gedanken ordnete, und stemmte seine Finger in seinen Gesichtsschutz, während er sich geistesabwesend am Kinn kratzte. „Neue Technologie gegen alte Technologie. Für dieses Schiff ist Energie das

A und O. Kommunikation, Systeme, und ich vermute, auch Sensoren. Genau wie Lev, der universelle Schwingungen sieht. Die anderen Schiffe müssen traditionellere Sensorsysteme verwenden."

„Alte Technik wie das beste Zeug der Flotte, meinst du."

„Das zeigt uns, dass die Menschheit mehr Angst hätte haben sollen, bevor wir hierhergekommen sind."

„Das Glück ist mit den Mutigen. Zum Vergleich: Wir sind im besten Schiff des Feindes, und sie scheinen es nicht zu wissen oder sich darum zu kümmern."

Payne nickte, verschränkte die Hände hinter dem Rücken und ging hin und her. „Warum kümmert es sie nicht? Oder sind wir vielleicht an einem Ort, der so unberechenbar ist, dass sie hier kein Feuergefecht wollen?"

Der Rest des Teams war damit beschäftigt, Sprengstoff um den massiven Konverter zu platzieren.

„Wie lange hast du gebraucht, um festzustellen, dass es sich um einen Stromumwandler handelt? Du weißt, dass du das niemals vergessen wirst."

„Ich habe eine Unmenge an Bildern, die ich jedem zeigen kann, den es interessiert. Das sieht nicht aus wie ein Transformator, den je ein Mensch gesehen hat. Zu meiner Verteidigung."

Die Tür ging auf und ein bewaffneter Bot rollte herein, zwei weitere hinter ihm. Die Majors erstarrten. Der Bot feuerte einen Laser ab, der Danks Panzerung durchschlug. Er wich aus, bevor er ihn durchdringen konnte. Als Dank auf dem Boden aufschlug, suchte sich der Bot eine neue Stelle und feuerte.

Dank zog seine Handfeuerwaffe und feuerte zwei schnelle Schüsse ab. Der Bot ruckelte, aber sein Laser war weiterhin zielgenau und aktiv. Ein zweiter Laser fand Paynes Brustplatte. Ein dritter zielte auf Dank und ein vierter raste über die Ebene, um Turbo zu treffen. Sie schoss nicht zurück, weil die beiden Majors so nah beieinander waren.

Payne feuerte, während Virgil vor Schmerzen schrie. Er setzte das Sperrfeuer fort und feuerte so schnell ab, wie er konnte. Der Bot explodierte und zischte, während dünne Rauchschwaden nach oben zogen. Die Tür öffnete sich erneut.

Declan sprang dahinter in Deckung. Er lehnte sich gerade weit genug hinaus, um auf die Bots im Korridor zu feuern. Die

Laser tanzten über die Überreste der anderen Sicherheits-Bots, als sie den Feind dahinter suchten.

Der Major schoss auf sie. Vereinzelte Schüsse kamen von Virgil, der versuchte, sich aus dem Weg zu ziehen. Joker tauchte auf und feuerte, über den Kopf des Majors, auf die Bots. Heckler tauchte auf der zweiten Ebene auf und setzte eine Reihe von Schüssen ab, die geschickt auf die Ritzen im Rahmen der Bots abzielten, um ihren Weg ins Innere zu finden und sie an den am wenigsten geschützten Stellen zu zerstören.

Heckler manövrierte sich an dem Major vorbei, um den dahinter liegenden Korridor zu überprüfen.

„Clear!“, rief er. Joker eilte an Danks Seite.

Der Anzug hatte sich selbst versiegelt und das Fleischversiegelungsmittel für die Wunden seines Trägers angewandt, aber keine Schmerzmittel geliefert. „Nur ein Kratzer“, verkündete Dank mit zusammengebissenen Zähnen.

Joker legte ihren Gesichtsschutz an seinen, um seinen Zustand besser beurteilen zu können. Er war nicht blass geworden. „Sieht schmerzhaft aus“, sagte sie. „Atmung ist tief und gleichmäßig. Farbe ist gut.“

„Habe schon Schlimmeres erlebt“, antwortete Dank.

„Zugriff auf die Diagnostik.“ Sie tippte auf ein Panel an der Schulter seines Anzugs. „Puls neunzig. Blutdruck eins zehn über siebzig. Sauerstoffsättigung neunundneunzig Prozent. Wenn es deine Lunge getroffen hätte, würden wir etwas anderes sehen. Es sollte wieder werden.“ Sie untersuchte die Stelle, an der der Strahl eingedrungen war, und lehnte sich zurück, um abzuschätzen, wo er in den Körper des Majors eingedrungen war. „Wahrscheinlich ist ein bisschen Knochen verbrannt, vielleicht etwas Knorpel. Eine ausgefallene Fleischwunde, die eine schöne Narbe hinterlassen wird. Die Mädels werden drauf abfahren, aber an deiner Stelle würde ich mir das nicht antun.“

„Declan, bevor ich sterbe, versprich mir, dass du mich durch einen Sanitäter ersetzt, der Menschen in ihren letzten Momenten richtig trösten kann.“ Er wandte sich an Joker. „Ich mochte dich mehr, als du noch nicht geredet hast.“

„Siehst du, was passiert, wenn ich mich mit dem Team anfreunde? Gern geschehen. Warum entspannst du dich nicht und lässt den Wundschaum machen, was er machen soll?“

„Ja, Doktor“, antwortete Dank. Er lehnte seinen Kopf zurück.

Payne gesellte sich zu seinem Major-Kollegen. „Ich glaube nicht, dass es in deinem Interesse ist, hier auf dem Deck zu liegen, Virge.“

Heckler blieb in der Tür stehen, um sie offenzuhalten. Er drehte sich hin und her und hatte seinen Scanner aktiviert. Es war den Energieaufwand wert, denn die harmlosen Bots waren tödlich geworden. Die Zeit von Team Payne an Bord wurde knapp.

Man hatte sie entdeckt und zum Feind erklärt. Die Streitkräfte hatten sich im Inneren versammelt, um ihren Aufenthalt zu beenden. Sie würden ihnen gerne entgegenkommen.

„Hilf mir auf, Declan.“

Payne zögerte, gehorchte aber. Turbo kletterte hinunter und die Teammitglieder versammelten sich, um ihrem verwundeten Teamkollegen sanfte Schläge auf die Schulter zu verpassen.

„Blinky, wie läuft's mit dem Detonationsprogramm?“

„Fast fertig. Man sollte mehr als eine Minute Zeit einplanen, wenn man das Zeug richtig in die Luft jagen will, ohne von der Explosion erwischt zu werden, Sir.“ Blinky tüftelte weiter an seinem Computer.

„Buzz, komm her“, rief Payne.

Als der Specialist eintraf, kannte er die Frage schon. „Wir sind drin“, berichtete er. „Sozusagen.“

„Report.“ Payne machte eine Drehbewegung mit seinem Zeigefinger, um zu betonen, dass er keine Geduld für Spielchen hatte. Er drehte seinen Kopf zur Seite, da er mit dem Besuch weiterer Sicherheitsroboter rechnete.

„Wir sind drin, aber wir sprechen die Sprache nicht. Mit Binärsprache kommen wir nicht sehr weit. Der Handshake ist komplett, aber wir wissen nicht, wie es weitergehen soll. Solange wir die Energie-Sprache nicht beherrschen, sitzen wir fest.“

„Dann eben mit brutaler Gewalt. Wir werden diesem Wrack den Untergang bringen, auf den es gewartet hat. In der Zwischenzeit müssen wir den FTL-Antrieb finden, damit wir ihn abschalten können. Sonst könnte der Ausstieg echt übel werden.“

„Das heißt, von uns bleibt nichts übrig, was größer als ein Molekül ist“, wiederholte Buzz. Von der Lichtgeschwindigkeit aus in den Normalraum zu stürzen, ohne die Abfederung eines formalen Übergangs, war wie ein Sturz mit dem Gesicht auf Beton mit einer Geschwindigkeit von eins-acht-null mal zehn hoch neun. Es reduzierte den unglücklichen Gegenstand zu einem molekularen Sprühnebel.

„So etwas in der Art. Also, raus aus der Lichtgeschwindigkeit, und dann geht's los."

„Jeder Plan ist ein guter Plan, bis man die Tür nicht mehr öffnen kann", sagte Virgil mit schmerzhafter Stimme.

„Bots!", meldete Heckler und feuerte ein paar Mal, bevor er sich mit den anderen in den Raum zurückzog.

„Fertig machen zum Feuern. Quantität vor Qualität, Leute."

Bevor Payne zu Ende sprechen konnte, feuerten Heckler und Buzz. Turbo schloss sich ihnen an, dann legten auch die anderen Specialists nach. Selbst als technische Experten waren sie alle für den Kampf ausgebildet.

Sie füllten den Korridor mit den nadelartigen Geschossen, die mit Hypergeschwindigkeit abgefeuert wurden.

Kapitel Neunzehn

„Zerschlage den Willen des Feindes, weiter zu kämpfen, und du hast die Schlacht gewonnen."

Aus den Memoiren von Flottenadmiral Thaylon Loore.

LEVIATHAN SETZTE seinen FTL-Flug von Parallax weg fort. Captain Dorsite saß immer noch in dem großen Stuhl auf dem Podium, der die Brücke überwachte, aber sie schlief tief und fest. Davida stapfte umher und wollte sich wieder in den Stuhl setzen.

„Wie war es?", fragte der Admiral, nachdem er vor sie getreten war, damit sie ihn nicht ausblendete. „Wie können wir *Leviathan* helfen, uns zu helfen?"

Sie versuchte, sich abzuwenden, aber der Admiral packte sie am Arm.

„Sie sind Teil dieser Besatzung und wir müssen zusammenarbeiten, wenn wir unsere Chancen verbessern wollen, das hier zu überstehen."

„Nur das Schlachtschiff *Leviathan* kann uns da durchbringen. Es weiß mehr, als wir jemals lernen können. Das Einzige, was wir machen müssen, ist, sein Vertrauen zu bekommen und behalten." Sie versuchte zu gehen, aber der Admiral hielt immer noch ihren Arm fest. Sie starrte auf seine Hand, bis er sie losließ.

„Was wird dazu nötig sein?"

„Ehrlich zu sein, in Wort und Tat. Es hat eine schöne Seele, anders als Menschen."

Der Admiral blies die Wangen auf und biss sich auf die Lippe, als er über die Antwort nachdachte. Das Schiff konnte seine Gedanken lesen, ob er es wollte oder nicht. Es war zu spät, um die schwarzen Operationen zu verbergen, die die Flotte durchführte und an denen Payne bei zahlreichen Gelegenheiten teilgenommen hatte. Attentate. Bombenanschläge. Zerstörung der feindlichen Nachschublinien.

Aber Lev hielt Payne für einen Freund. Worin unterschieden sich ihre Gedanken?

Admiral Wesson fand einen Platz abseits der anderen, mit dem Rücken zu Tamony Swiss' selbstgefälligem Gesicht und dem abschätzigen Blick der Commodore. Der Admiral bedauerte bereits, dass er seinen Befehl, sie in einen Raum zu sperren, zurückgenommen hatte.

„Lev, was brauchst du von mir? Ich weiß, dass du die Dunkelheit in den Befehlen, die ich gegeben habe, gesehen hast. Ich hoffe, du siehst die Wahrheit in ihnen … dass ich das Gefühl hatte, ich müsste es. Ich habe gefeiert, als wir tief in feindliches Gebiet vorgedrungen sind. Ich habe zu viele Menschen in den Tod geschickt. Ich war verantwortlich für den Tod von vielen Mitgliedern des Blaze-Kollektivs. Ich habe dich als Aktivposten und nicht als Verbündeten gesehen, auch wenn du nur ein Verbündeter zur moralischen Unterstützung bist. Dieser Krieg hat das Schlimmste in uns zum Vorschein gebracht, und ich sehe kein Ende."

„Die Reue, die du empfindest, ist unter einer Schicht des größeren Guten begraben", antwortete Lev. „Wir können uns unser Schicksal nicht aussuchen. Für einige wenige bedeutet das, dass sie für alles verantwortlich sind, was ihre Spezies tut. Du trägst das mit dir. Ich schlage vor, du bleibst dir selbst treu und glaubst, dass du getan hast, was getan werden muss. Ich denke, ich kann helfen, die Blaze einzuschüchtern, damit sie verhandeln, denn das ist ein Element, das in den Kampagnen gefehlt hat. Ihr habt es nicht versucht, weil ihr keine ihrer üblichen Sprachen sprechen und keinen Verbündeten finden konntet, der dazu in der Lage war. Bis jetzt. Ich werde euch das zur Verfügung stellen, was ihr für eure Computersysteme braucht, um die Kommunikation zu interpretieren.“

„Das kannst du?“

„Ja. Ich hatte vollen Zugriff auf das System an Bord des Dreadnoughts *Cleophas*. Ich habe ein Programm entwickelt, das die Sprachen der wichtigsten Spezies des Blaze-Kollektivs – Berantz, Rang'Kor, Arn, Zuloon und Ebren – übersetzen kann.“

„Das wird uns bei der Beendigung dieses Krieges Lichtjahre voranbringen. Hast du mit ihnen gesprochen, als wir über Parallax aufgetaucht sind?“

„Wir waren unauffällig, bis wir beschossen wurden. Also nein, ich habe ihnen keine Nachrichten geschickt.“

Der Admiral blickte auf die Anzeigen, die die Weite des Weltraums zeigten, der die Brücke umgab, mit der Sicherheit, die er im Inneren des riesigen Schiffes hatte. „Was kann ich tun, Lev?“

„Du kannst die Lehren der Auseinandersetzungen zwischen Progenitoren mit fremden Spezies studieren, als sie sich über das Universum ausgebreitet haben.“

„Die Progs sind weg. Wo sind sie hin?“

„Ihre Technologie wurde zu fortschrittlich. Sie haben sie fast vollständig vernichtet. Bevor du fragst: Ich weiß nichts, außer, wo der Heimatplanet ist, aber der ist eine Milliarde Lichtjahre entfernt. Eine Raumfaltung von hier entfernt war dieser Planet der erste, der seine Technologie abgebaut hat. Schon bevor ich untergetaucht bin, war er dabei, zu einer Agrargesellschaft zurückzukehren. Was die Leute betrifft, hast du dich nie gewundert, dass alles mit euren menschlichen Körper übereinzustimmen scheint?“

„Ich habe es hinterfragt, aber nicht lange. Zweibeinige Spezies scheinen die intelligenten Gesellschaften zu dominieren. Ich dachte mir bereits, dass die Progs in gewisser Weise unsere Vorfahren sind, da es Menschen schon Tausende Jahre gab, bevor du auf Ganymed zur Ruhe kamst.“

„Gab es nicht vor etwa dreißigtausend Jahren eine bedeutende Veränderung in der Evolution der Menschheit?“

„Ja, vom Neandertaler zum Homo sapiens.“

„Was glaubst du, wie alt ich bin?", fragte Lev abrupt.

„Ich nehme an, du stellst diese Frage, weil du mir sagen willst, dass du dabei warst, als das geschah und dass die Progs etwas mit der Veränderung der menschlichen Evolution zu tun hatten." Der Admiral nahm an, dass Lev seine Gedanken las und machte sich nicht die Mühe, ihm eine Antwort zu geben, die er bereits kannte.

„Sie fügten hier und da einen DNS-Strang ein, bis das Endergebnis besser war, als sie gehofft hatten. Der Wissenschaftler, der das menschliche Projekt leitete, war außergewöhnlich begabt. Andere Spezies hatten nicht so viel Glück."

„Wir können uns später über andere Spezies unterhalten, aber im Moment besteht unsere Strategie darin, größer und böser zu sein. Wenn wir jedoch mit denen, die wir als unsere Feinde betrachten, kommunizieren können, dann kann das unsere Vorgehensweise ändern und uns helfen, mehr über sie zu erfahren."

„Ich verstehe, was du nicht sagst", fügte Lev hinzu. „Sie haben noch einen weiten Weg vor sich."

„Ich habe nicht einmal gesagt, dass wir, wenn wir sie kennenlernen, auch wissen, wie wir sie noch mehr verletzen können. Unser Überleben hängt davon ab, dass wir entweder Frieden mit ihnen schließen oder sie vernichten. Ich werde auf Ersteres hinarbeiten, aber auf Letzteres muss ich vorbereitet sein. Ich habe keine Wahl und ich trage diese Last für die ganze Menschheit. Hoffentlich werden wir belohnt und die zweite Option ist gar nicht notwendig. Ich brauche dabei deine Hilfe, Lev."

„Ich werde mein Bestes tun. Vielleicht solltest du dich etwas ausruhen. Es ist schon eine Weile her."

„Vielleicht werde ich das wirklich. Habe ich schon eine neue Matratze?" Der Admiral machte sich auf den Weg zur Luke zum zentralen Korridor. Im Vorbeigehen warf er den anderen einen Blick zu. „Macht nichts kaputt, während ich weg bin."

„Denkst du, sie zu schikanieren, ist die beste Strategie? Vielleicht kannst du deine Transformation beginnen, indem du in deinem eigenen Zuhause Frieden schließt?", drängte Lev.

„Beide sind wütende Schwachköpfe, denen die Menschheit völlig egal ist, aber um deinet- und meinetwillen werde ich es probieren. Sie müssen in irgendwas gut sein, um uns helfen zu können."

„Ach, muss dir jemand etwas anbieten können, damit er nicht nur als Gegner betrachtet wird?"

„Du kennst die Antwort bereits, Lev. Wir sind mitten im Nirgendwo und werden von einer Flotte feindlicher Schiffe verfolgt. Und ja, sie sind der Feind, denn ihr Ziel ist es, uns zu vernichten. Sie haben bereits auf dieses Schiff gefeuert. Ich vermute, wir werden umkehren und kämpfen müssen. Können wir es mit ihnen aufnehmen?"

„Wahrscheinlich nicht, denn sie haben zwei Schiffe der Dreadnought-Klasse, die mit dem Schlachtschiff *Leviathan*vergleichbar sind", antwortete das Schiff, das seinen offiziellen Namen benutzte. „Aber wir haben ein Team von Menschen, denen ich vertraue, das daran arbeitet, einen der Parallax-Dreadnoughts auszuschalten. Das würde unsere Chancen, den Rest ihrer Flotte zu vertreiben, erheblich verbessern."

Der Admiral kletterte auf den bereitstehenden Wagen, der ihn zu seinem Quartier bringen würde. Diese befanden sich praktischerweise auf der Kommandoebene, auf dem gleichen Deck wie die Brücke. Lev hatte sie alle in einem Bereich untergebracht, trotz der Proteste derjenigen, von denen der Admiral annahm, dass sie in ihrem eigenen Interesse arbeiteten, entgegen dem, was das Beste für die Gruppe war.

Oder für *Leviathan*.

„Willst du mit mir diskutieren, um herauszufinden, wie sehr ich mich deinen Vorschlägen beuge?"

„‚Diskutieren', als menschliches Wort, hat einen negativen Beigeschmack. Wir führen lediglich ein Gespräch, bei dem die Wahrheit der Gedanken eine Tatsache ist."

„Wenigstens einer von uns hat die Wahrheit im Kopf. Keine Lügen, Lev. Versprich es mir."

„Ich verspreche es und ich habe dich nicht angelogen, aber ich sage nicht immer alles, was es zu sagen gibt. Wir haben nur eine begrenzte Zeit zur Verfügung."

„Davida. Ihr haben sie viel mehr zu erzählen als jedem anderen von uns." Der Admiral wollte wissen, ob es eine zweite Informationsquelle gab, ohne dass er Lev belästigen musste.

„Bemerkenswert, aber sie hat viel weniger Geduld mit ihren

Mitmenschen als ich. Sie hat die Fähigkeit, zu verstehen, also habe ich mich auf ihr Niveau begeben. Sie hat noch nie so viele Informationen auf einmal aufgenommen. Den zukünftigen Austausch werde ich reduzieren."

„Du weißt, was ich als Nächstes fragen werde." Der Wagen wurde langsamer, als er sich dem Quartier des Admirals näherte.

„Was sie mit ihrem neuen Wissen für dich tun kann", bestätigte Lev.

„Oder die ganze Menschheit …"

Es gab eine Pause, während der Admiral sein Zimmer betrat und eine überdimensionale, überfüllte Matratze auf seinem Bett vorfand, mit zwei Kissen im gleichen Design.

„Beurteilst du so, ob jemand gut ist oder nicht? Die Bereitschaft, zum Allgemeinwohl beizutragen?"

„Ich habe nichts mehr auf der Erde, und doch ist die Erde das, wofür ich kämpfe und wofür ich bereit bin, zu sterben. Sie ist die Perspektive, durch die ich beurteile, wie ich meine Zeit am besten investiere."

„Ich verstehe. Selbstaufopferung. Aber du hast weitere Vorteile, da jeder vor dir Respekt hat. Du isst gut, bekommst die besten Quartiere auf den Schiffen, die du fliegst, Bedienstete, die dir zu Diensten sind, und vieles mehr."

„Wie man so schön sagt: Es ist gut, der König zu sein, aber alle Misserfolge sind meine und nur meine. Wenn du mir sagst, dass wir Frieden erreichen können, dann will ich das so sehr für die Flotte, damit sie ein Leben genießen können, in dem niemand auf sie schießt und sie sich nicht fragen müssen, ob sie sterben, weil sie ins All geschleudert werden oder in einem nuklearen Feuer umkommen, nachdem ein Reaktor explodiert ist. Sag mir, dass ich meine Rolle falsch einschätze."

„Ich sehe keine andere Möglichkeit, das Leben zu betrachten. Irgendjemand muss es tun, und dieser Jemand bist du. Du hast mich heute viel gelehrt. Ich danke dir dafür. Du solltest dich jetzt ausruhen."

„Danke, Lev. Und auch für die Matratze. Mach weiter so und gib mir Bescheid, sobald die Flotte, die uns verfolgt, aus dem FTL kommt."

„Sie räumen die Trümmer, damit sie weitermachen können", berichtete Heckler. Teile und Stücke der zerstörten Roboter wurden von etwas Unsichtbarem zurückgezogen. Er entsicherte eine Plasmagranate und schleuderte sie über die Robotertrümmer auf das, was dahinter lauerte. „Wir müssen unseren Munitionsverbrauch verringern."

Heckler zog sich zurück, als die Plasmagranate explodierte und sowohl Donner als auch heiße flüssige Plasmaspritzer durch die offene Luke schickte. Als sich der Rauch verzogen hatte, blieben die Trümmer zurück. Nach ein paar Sekunden bewegten sich die Trümmer wieder. Hecklers Sensoren meldeten ihm, dass sich Bots in jedem der drei Korridore außerhalb des Energietransformatorraums bewegten.

Major Payne kaute an der Innenseite seiner Lippe, während er die Informationen auf seinem HUD verfolgte. „Wir haben fünfundzwanzig oder dreißig von diesen Dingern getötet, und es ist kein Ende in Sicht. Überlegene Feuerkraft scheint eine Lektion zu sein, die sie sich zu Herzen genommen haben. Virge, Optionen?"

„Wir müssen zurück zum Hangar, aber wenn wir diesen Raum verlassen, fürchte ich, dass sie mehr tödliche Mittel als nur Laser einsetzen werden. Hier drinnen sind sie uns gegenüber im Nachteil."

„Und sie werden weiter nachkommen, bis wir keine Munition mehr haben. Wir müssen uns aus dem Staub machen, solange wir sie noch mit etwas anderem als Schimpfwörtern treffen können." Payne blickte von Helm zu Helm. Das Team kauerte hinter den Trümmern der drei Bots, die ihnen beinahe den Tag ruiniert hätten.

Dank litt unter seiner Verletzung, aber sie war nicht lebensbedrohlich, zumindest hofften sie das.

„Heckler, Optionen."

„Riegeln Sie diese beiden Tunnel mit Sprengstoff ab und schicken Sie den Rest unserer Feuerkraft in den Tunnel, der uns zum Hangar führt. Ich denke, wir müssen wahrscheinlich die Tür sprengen, da wir nicht all unseren Sprengstoff während des Laufs verwenden können. Vielleicht versiegeln wir auch den Korridor hinter uns mit Sprengstoff. Wir brauchen acht Sprengladungen und dann unsere ganze restliche Munition. Blinky? Hast du deine Waffe schon abgefeuert?“

Blinky schüttelte den Kopf. „Nicht wirklich. Vielleicht fünf Schuss.“ Er blickte von seinem Computer auf und hielt seine Waffe hoch. Payne tauschte sie mit der von Heckler aus, die noch weniger als zehn Schuss hatte.

„Kannst du mit diesem Schiff kommunizieren?“

Blinky drückte noch ein paar Tasten, bevor er seinen Computer schloss. „Nö.“

„Pack ihn weg. Wir werden uns aus dem Staub machen.“

Er packte seinen Computer ein. Buzz hatte seinen bereits gesichert.

„Munitionscheck!“, rief Dank, bevor Payne ihn erreichen konnte.

Buzz meldete fünfzig Schuss und zwei Sprengladungen. Die anderen folgten ihm, vom niedrigsten zum höchsten Rang. Major Payne hatte eine Sprengladung und zwanzig Schuss, die er zu der Gesamtzahl hinzufügen musste. Major Dank rechnete nach.

„Vierhundert Schuss, aber die Hälfte davon entfällt auf Blinkys Handfeuerwaffe. Turbo und Byle sind leer. Vierunddreißig Plasmagranaten und sieben Ladungen.“

„Turbo, schnapp dir einen von dem Teil. Zwölf Ladungen sollten genug Schaden anrichten, um ihre Aufmerksamkeit zu erregen.“ Major Payne trat zur Seite, um Turbo vorbeizulassen. Sie eilte die Leiter zur zweiten Ebene hinauf, wo sie eine der Ladungen deaktivierte.

„Wir werden Folgendes tun: Wir fangen mit Plasmagranaten an, zwei in jedem Korridor. Sobald sie hochgehen, bringen Byle und Turbo die Sprengladungen an, in der Zeit machen sich Blinky und Joker bereit, um weitere Granaten zu werfen. Zwei weitere in jedem der beiden Korridore. Buzz feuert Plasmagranaten in den Hangar-Himmel, soweit er werfen kann.“

„Ich habe einen besseren Wurfarm“, bot Virgil an. „Sogar mit einer zerstörten Rippe. Ich schließe mich Buzz an und wir werden Plasma soweit als möglich schicken.“

„Heckler benutzt die volle Waffe, um uns den Weg zu bahnen. Feuert auf den Durchgang, bis wir sicher sind, dass er frei ist, und dann stürmt los. Turbo, du bringst die letzten beiden

Sprengladungen im Korridor an und stellst sie dann auf Zündung. Verbinde sie mit den großen Sprengladungen im Maschinenraum und sprenge dann alles gleichzeitig."

„Sollte ich zu Boden gehen, nimmst du die Waffe und machst weiter. Wenn du in diesem Korridor stehen bleibst, wirst du sterben", fügte Heckler hinzu.

„Das ist meine Entscheidung. Wir tragen dich raus, aber der Nächste in der Reihe bin ich. Ich übernehme die Waffe und Sparky, du trägst Heckler. Nur für den Fall."

„Roger", bestätigte Sparky. Sie war kleiner als Heckler, aber stämmig. Sie machten Übungen zum Tragen von Lasten, um sicherzustellen, dass jedes Teammitglied das andere tragen konnte. Keines der Teammitglieder war zu groß oder zu klein. Es erleichterte die Sache, wenn sie fast alle die gleiche Größe hatten.

„Sprengladungen und Granaten bereit?"

„Check", kam von mehreren Stimmen.

Paynes HUD zeigte an, dass sich die Bots näherten. „Was du heute kannst besorgen, das verschiebe nicht auf morgen. Auf drei brechen wir hier aus, als ob uns Dämonen aus der Hölle auf den Fersen wären. Lasst euch nicht beim Trödeln erwischen. Feuert, bewegt euch, zeigt eure komplette Stärke und bewegt euch dann wieder. Bleibt in Bewegung. Wir müssen den Hangar erreichen und von diesem Schiff runter. Auf drei …"

Der Major zählte rückwärts. Auf drei bewegte sich das Team im Gleichschritt, brach durch die Doppeltür und feuerte Einzelschüsse aus seinen Handfeuerwaffen ab, während es die erste Granate warf. Byle und Turbo steckten ihre Waffen in die Halfter und warfen die zweite Granate, dann ließen sie sich fallen, um die Sprengladungen anzubringen, die das Deck und die Schotten des Korridors zerstören sollten.

Das würde die Bots nicht aufhalten, aber Team Payne musste sie nur ausbremsen.

Dank warf die erste Granate mit einem Stöhnen und schleuderte sie weit den Korridor hinunter, die zweite warf er bereits, bevor die erste explodierte.

Nachdem die zweite Granate den Korridor mit geschmolzenem Plasma überflutet hatte, rannte das Führungsteam los. Heckler feuerte regelmäßig, während er ein Stakkato auf das Deck hämmerte und den Wettlauf gegen die Zeit anführte.

Turbo zündete die letzten beiden Sprengladungen und versuchte gleichzeitig, die Bots daran zu hindern, an den anderen Sprengladungen vorbeizukommen. Als sie fertig war, raste sie im Zickzack-Kurs davon, bis sie einen akzeptablen Sicherheitsabstand erreicht hatte.

Er war noch nicht ausreichend, aber ihr lief die Zeit davon. Sie löste die Zünder aus und rannte weiter, während sie von den Explosionen und Granatsplittern getroffen wurde. Ihr Anzug überstand den explosiven Ansturm.

Ein tiefes Grollen kündigte Sekundäreffekte an, die aus dem Energieumwandlungsraum kamen.

Sie machte sich nicht die Mühe zu melden, dass ihre Arbeit getan war. Ihre Konzentration lag nur darauf, das Team einzuholen. Explosionen vor ihr verrieten ihr, dass das Team seine Granaten benutzte, um den Korridor zu räumen.

Es gab nichts Schöneres, als eine Operation gänzlich ohne Munition oder Geschütze zu beenden.

Das Schiff schlingerte und dann ruckelte es. Die künstliche Schwerkraft fiel für einen Moment aus, lange genug, dass das Team gegen die Decke geschleudert wurde, bevor es unbarmherzig zurück auf das Deck fiel, als die Schwerkraft wieder einsetzte.

„Wir sind aus dem FTL“, meldete Dank.

„Wir sollten uns beeilen. Feuer!“, brüllte Payne über den Kommunikationskanal des Teams. Er stemmte sich wieder auf die Beine, als Heckler es auch schaffte, sich aufzurichten. Der Major feuerte an Heckler vorbei, der erneut zu rennen begann.

„Mehr Bots“, meldete Heckler nüchtern.

Kapitel Zwanzig

„Auf dem Höhepunkt der Schlacht verlangsamt sich die Zeit, und man sieht mit außergewöhnlicher Klarheit."

Aus den Memoiren von Flottenadmiral Thaylon Loore.

„Einer der Dreadnoughts ist aus dem FTL. Der Rest der Flotte ist ihnen gefolgt, aber sie sind fast eine Milliarde Kilometer voneinander entfernt", teilte *Leviathan* allen Personen auf dem Schiff mit.

Der Admiral war erst vor knapp zwanzig Minuten eingeschlafen. Er hatte Mühe, aufzustehen, und schließlich gelang es ihm, seine Füße von der Bettkante abzustoßen und sich in eine sitzende Position zu bringen.

„Was ist deine Empfehlung, Lev?" Er begann sich anzuziehen und versuchte, sich schnell zu bewegen, um den Nebel zu vertreiben, der seinen Verstand trübte.

„Wenn wir Major Payne und sein Team bergen wollen, müssen wir dorthin zurückkehren, wo der Parallax-Dreadnought aus dem FTL kam."

„Dann dreh um und bring uns hin. Versuch, uns zu diesem Dreadnought zu bringen, bevor die feindliche Flotte eintrifft.

Schnappt euch Payne und seine Leute und faltet dann den Raum zurück zur Erde."

„Ich bezweifle, dass es genau so ablaufen wird, aber ich werde mein Bestes geben. Ein Wagen wartet darauf, dich zurück zur Brücke zu bringen."

Der Admiral eilte mit Stiefeln in der Hand aus seinem Zimmer. Er sprang auf den Wagen auf und dieser raste los. Er verrenkte sich im Sitz, um einen Stiefel anzuziehen, bevor er beschloss, sich um den anderen zu kümmern, nachdem der Wagen angehalten hatte. Draußen vor der Brücke steckte er seinen Fuß in den anderen Stiefel und benutzte den Wagen als Schemel, um ihn an seinem Fuß zu befestigen. Er marschierte zügig in den Kontrollraum des Schiffes.

Captain Dorsite saß in seinem Stuhl auf dem Podium und war wach. Davida saß auf dem nächstgelegenen Platz, aber ihre Augen waren geschlossen, und sie wippte langsam hin und her.

„Arthir, gib mir deine taktische Analyse."

„Admiral", antwortete sie, als wäre sie von der Anwesenheit von jemand anderem überrascht. Ihre Augen starrten unkonzentriert, während Bilder und Informationen die Wahrnehmung ihrer Sinne überfluteten und ihren Verstand überschwemmten. Captain Dorsite glaubte, den Input von Lev riechen, sehen, berühren und hören zu können, aber es war nur in ihrem Kopf.

Das machte es nicht weniger real.

Nicht für sie. Davida wollte es. Sie sehnte sich nach dem völligen Eintauchen, um ihren Geist so zu stimulieren, wie sie es nur ein einziges Mal zuvor getan hatte, und das war das letzte Mal, dass sie in diesem Stuhl gesessen hatte.

Aber der Admiral brauchte ihr taktisches Genie. „Arthir, du siehst die feindliche Konstellation. Der Dreadnought mit unseren Leuten sollte markiert sein. Siehst du ihn?"

„Auf der Anzeige", antwortete Captain Dorsite. Die Anzeige, die den Raum umgab und durch das Verlassen der Lichtgeschwindigkeit wieder dreidimensional geworden war, stellte sich auf eine taktische Anzeige mit Symbolen um. „Vergrößern."

Die Ansicht der feindlichen Flotte erschien – fast fünfzig Schiffe, darunter zwei Dreadnoughts, die die Vorherrschaft von Schlachtschiff *Leviathan* herausforderten. Eines war grün und das andere rot gefärbt. Die kleineren Schiffe waren ebenfalls rot.

Acht Schlachtschiffe schwebten in der Nähe des roten Dreadnoughts. Vierzig Cruiser und Fregatten füllten den Verteidigungsbereich aus, um die großen Schiffe im Inneren vor Eindringlingen zu schützen. Der Schutzwall dehnte sich immer weiter aus und erreichte einen Radius von fünfhunderttausend Kilometern.

Der grüne Dreadnought befand sich weit weg von der Flotte, die langsam wieder auf ihn zusteuerte.

„Bring uns zu Team Payne, FTL-Geschwindigkeit", verkündete Captain Dorsite, als das Schiff in Überlichtgeschwindigkeit überging und Kurs auf den Parallax-Raum nahm. „Ankunft in zwölf Minuten."

„Werden wir diese Flotte schlagen?", fragte der Admiral.

„Solange sie unterhalb der Lichtgeschwindigkeit bleiben, ja", antwortete die Captain. Sie drehte die Ansicht, um die Formation zu betrachten. „Aber das werden sie nicht. Sie werden ihren angeschlagenen Dreadnought auch erreichen."

„Wie können wir sie besiegen, wenn wir nicht kämpfen wollen?" Der Admiral dachte vor allem an die pazifistische Natur des Schiffes.

„Indem wir schneller sind als sie. Wenn wir zum Dreadnought zurückkehren, sollte Team Payne am besten in der Leere sein. Wir können ihr Schiff bergen und den Raum falten. Wir brauchen nicht viel Zeit, vielleicht zehn Sekunden."

„Zehn Sekunden sind eine Ewigkeit in einer Weltraumschlacht, die auf engstem Raum ausgetragen wird."

Lev schaltete sich in das Gespräch ein. „Ich werde mich schützen, Admiral. Jetzt ist nicht die Zeit für mich, zu sterben. Da es die Progenitoren nicht mehr gibt, muss ich meine Bestimmung finden, wie ihr alle. Ich denke über mein weiteres Vorgehen in diesem neuen Jahrtausend nach. Es begann damit, mich der Menschheit zu offenbaren. Die Reise zum Hauptplaneten des Blaze-Kollektivs war der Wendepunkt."

„Wendepunkt wohin?"

„Zu gegebener Zeit, Admiral. Ich bin noch dabei, es für mich selbst zu klären, denn wenn ich selbst nicht sagen kann, wohin ich gehen werde, wie soll ich dann dort ankommen?"

„Fünf Minuten", verkündete Arthir.

„Was können wir tun?", fragte der Admiral. „Und du sagtest, der Dreadnought sei angeschlagen. Woher weißt du das?"

„In der Zeit, in der wir uns im Sublichtbereich befanden, erhielten wir eindeutige Informationen über die Energiesignatur des Dreadnoughts. Sie unterscheidet sich deutlich von früheren Emissionen."

„Los, Team Payne." Die Mundwinkel des Admirals zuckten zu einem kurzen Lächeln nach oben.

„Wir können Empfehlungen aussprechen, aber sie sind äußerst begrenzt im Vergleich zu dem, wozu *Leviathan* fähig ist. Das Ausmaß der Feuerkraft des Schiffes übersteigt alles, was Sie sich je vorstellen konnten." Captain Dorsite sprach emotionslos.

„Ein Ablenkungsmanöver, um die Flotte in die Irre zu führen? Können wir anderswo eine Spur simulieren?"

„Sie muss aus roher Energie stammen", antwortete Lev.

„Wie wäre es mit einem dieser Weltenkiller? Wir werfen ihn in einiger Entfernung ab und lassen ihn ein wenig kreisen oder sogar explodieren. Wir werden das Ding nicht benutzen, also können wir es harmlos zur Explosion bringen und uns Zeit verschaffen."

„Ich halte das für eine optimale Nutzung dieser Anlage. Der Antrieb ist meinem eigenen ähnlich. Ich konfiguriere sie so um, dass sie genau wie meine aussieht. Diese Waffe hat sogar einen FTL-Antrieb. Ich habe einen Plan …"

„Eine Minute", meldete Captain Dorsite. „Die Waffensysteme gehen online. Bereitet euch auf den Übergang und die Bergung vor."

Turbos HUD zeigte eine Bewegung hinter ihr an. Sie blieb mit einem Ruck stehen und feuerte eine Plasmagranate ab, die sie mit einem Seitenarmwurf so weit wie möglich den Korridor hinunterschleuderte. Sie drehte sich um und begann wieder zu rennen.

Ihre Ausrüstung registrierte den Hitzestau eines Lasers. Sie wich aus und sprang, um die Bots nicht an sich herankommen zu lassen.

„Ich werde hier hinten abgefackelt!", rief sie. Ihre unberechenbaren Bewegungen verlangsamten sie. Zwei Teamkollegen hielten vor ihr an und gingen ein paar Schritte zurück auf sie zu – Major Dank und Byle.

Die Handfeuerwaffe feuerte weiter, während das Metall beim Aufprall kreischte.

Turbo sprang nach vorn, rollte sich ab, drehte sich und ging in eine geduckte Feuerposition. Sie richtete ihr Waffe auf ihre Verfolger und feuerte methodisch einen Schuss nach dem anderen ab, wobei sie darauf achtete, dass jeder Schuss zählte. Zwei weitere Handfeuerwaffen schossen über ihren Kopf hinweg, und Dank feuerte eine Granate ab.

Bevor sie explodierte, starteten die Bots ihren vollen Angriff.

Ein explosives Geschoss traf Turbo in die Brust und schleuderte sie in die Luft. Sie flog an Byle und Dank vorbei. Beide feuerten jeweils noch einmal und rannten dann los, packten Turbo an den Armen und schleppten sie weg.

Explosionen zerfetzten den Korridor. Byle bekam einen Schlag auf die Rückseite ihres Helms, der das Metall verdrehte und ihre Gesichtsplatte zersplittern ließ. Sie taumelte noch zwei Schritte und fiel hin. Dank bekam mehrere Treffer ab, die ihn auf sein Gesicht fallen ließen.

Payne tauchte auf und brüllte dem Feind seine Wut entgegen, dann warf er eine der letzten beiden Ladungen in den Korridor. „Feuer frei!“, rief er und warf sich über seine drei Kameraden.

„Wahnsinniger“, murmelte Dank. Der Schmerz in seiner Seite hatte sich durch die letzten Einschläge stark vergrößert. „Ich bin undicht.“

Payne überprüfte seinen Anzug und stellte fest, dass die Schaumstoffreparatur des vorherigen Laserlochs nicht mehr vorhanden war; eingedrückt oder herausgerissen, es machte keinen Unterschied. „Leg hier einen Finger drauf.“ Dank hob seinen Ellbogen an, als er versuchte, seine Hand zur Seite zu bringen. Payne schob ihn in das Loch, bevor er Turbo auf die Beine zog.

Er rollte Byle auf den Rücken, bevor er sie in eine sitzende Position brachte. Payne zog sie nach hinten, bis er sie an seine Schulter heben konnte. Mit einem Stöhnen und einem geistigen

Applaus dafür, dass er seinen Leg-Day nicht ausgelassen hatte, stand er auf.

Turbo und Dank schlenderten in Richtung Hangartür.

Heckler feuerte weiter wie ein schlagendes Herz. Eine Explosion kündigte eine Plasmagranate an, dann eine weitere.

„Die können wir nicht mitnehmen", murmelte Buzz, während er seine Taschen leerte.

Blinky stürmte vorwärts, bis er in Hecklers Schatten war, bereit, die Tür in Angriff zu nehmen, sobald sie sie erreichten.

Zufällige Schüsse feuerten an Hecklers Kopf vorbei, während er in der Mitte des Korridors eine gerade Linie einhielt. Sein HUD flimmerte und konnte keine Daten mehr erfassen, da es durch zu viele heftige Stöße beschädigt worden war.

Heckler war technologisch blind. Seine Augen funktionierten einwandfrei, aber der Korridor blinkte immer wieder auf, ein Effekt, der in dem Moment eingetreten war, als sie die Ladegeräte zerstört hatten. Er fragte sich kurz, warum die Batterien den Ausfall nicht ausgleichen konnten. Es spielte keine Rolle mehr. Von Bedeutung war nur, dass er nichts sehen konnte.

„Blinky, mein HUD ist kaputt. Du musst die Führung übernehmen." Er wurde langsamer und ging zur Seite.

Blinky zögerte nicht. Er griff die Waffe wie bei einer Übergabe bei einem Leichtathletikwettkampf, hob sie hoch und feuerte viel schneller als Heckler.

„Langsamer!", rief Heckler, aber es war zu spät. Die Handfeuerwaffe war leer und auch Blinkys Reserve.

Er warf die eine Granate, die er behalten hatte, und sprintete hinterher, um durch die Explosion zur Tür zu gelangen.

„Fast geschafft", merkte Blinky an. Der Hangarzugang befand sich an der Kreuzung von drei Korridoren. Sie besetzten einen und ihre HUDs sagten ihnen, dass die beiden anderen von Sicherheitsbots besetzt waren.

„Kein sauberer Zugang zur Tür", meldete Heckler.

„Hier." Paynes schweres Atmen erlaubte es ihm nicht, etwas anderes zu sagen. Er reichte Heckler den Sprengstoff, der den Zünder mit sieben Sekunden Verzögerung betätigte und ihn an den Fuß der Tür warf.

„In Deckung!" Er und Blinky drehten sich um und hockten

sich über den Major. Die anderen Mitglieder des Teams stürzten auf den Boden.

Die Explosion überspülte sie.

„Granaten?“, fragte Heckler.

Sparky bot zwei an. Heckler nahm sie und warf sie um die Ecken. Sobald sie hochgegangen waren, rannte er in Richtung der zerstörten Tür und warf sich dagegen wie ein Rammbock. Sie klappte auf. Er fiel auf das Deck und kletterte durch die Öffnung.

„Macht schon!“, rief er.

„Habt ihr noch mehr Granaten?“, fragte Payne.

Keiner antwortete, was bedeutete, dass das Team keine mehr hatte. „Waffen?“

Joker meldete, dass sie noch zehn Patronen hatte. Shaolin hatte elf.

„Die sind jetzt viel wert. Den Korridor entlang als Deckungsfeuer.“

Joker nahm den linken Korridor, Shaolin den rechten.

„Nehmt Anlauf“, sagte Payne zu Buzz.

Sie feuerten jeweils einmal, sobald Buzz auf gleicher Höhe mit ihnen war. Er duckte sich, um durch die Öffnung zu kommen.

„Nächster!“, befahl Payne.

Turbo stürmte auf die Luke zu und sprang durch die Öffnung.

„Los, Virge.“ Der Major folgte Turbos Beispiel.

Sparky stürmte auf den Fersen des Majors hindurch.

„Los, los, los!“ Payne rannte, so schnell er konnte, schließlich trug er einen Teamkollegen. Die Bots waren bereit. Die explosiven Geschosse trafen ihn mit voller Wucht, schleuderten ihn quer durch den Korridor und gegen die Wand neben der Tür. Hände griffen hindurch und zerrten ihn ins Innere.

Joker schrie ihren Schlachtruf und trat in den Korridor, leerte ihr Magazin, bevor sie Byle packte und zur Tür zog. Helfende Hände zogen beide mit einem Ruck hindurch.

Shaolin folgte ihrem Beispiel, leerte ihr Magazin und sprang dann wie eine olympische Turnerin hindurch. Sie schlug auf und rollte sich ab. Die Hälfte des Teams war bereits auf dem Weg zum Uglymobil.

Auf Paynes Aufforderung hin öffnete es sich und sie sprangen an Bord. Während sie versuchten, sich zurechtzufinden, schlugen die Kugeln der Bots in das Schiff ein. Es erhob sich in die Luft und begann zu feuern, um die Kämpfer aus dem Hangar zu vertreiben.

„Hast du etwas, um die Tür zu öffnen?“, fragte Payne das Schiff.

„Eine Anti-Schiffs-Rakete sollte genügen.“ Ohne auf den Befehl zu warten, feuerte das Uglymobil.

„Wie viele davon hast du?“

„Noch eine.“

„Schieß sie durch die Tür, soweit sie den Korridor hinunterfliegt. Da hinten gibt es Sachen, die vielleicht nicht ausreichend gesprengt wurden.“

„Ausrichten und feuern.“

Die Rakete schoss durch die Luke und hüpfte den Korridor hinunter, wobei sie alles zerfetzte, was sich ihr in den Weg stellte, während sie das Herz des Dreadnoughts suchte. Das Uglymobil raste in die andere Richtung, durch das in die Hangartür gesprengte Loch und in den tiefen Weltraum.

Das Einsatzfahrzeug wurde fast sofort langsamer.

„Was machst du? Wir müssen hier weg!“ Payne stand auf, als könnte er das Schiff einschüchtern, damit es sich schneller bewegte.

„Wir befinden uns im Waffenbereich des Dreadnoughts. Unsere beste Verteidigung ist die Tarnung. Ich werde sie nutzen, um euer Leben zu retten.“

Payne setzte sich hin. „Was sollen wir jetzt tun?“

„Wir warten, bis das Schiff weiterfliegt und kontaktieren dann *Leviathan*, um uns abzuholen. Das Schiff wird darauf gewartet haben, dass der Dreadnought aus dem FTL kommt.“

„Danke, Lev Junior vom Uglymobil. Schadensbericht, Leute. Wie geht es Byle?“

Payne nahm zuerst seinen Helm ab, obwohl sie sich im Weltraum befanden und in ihren Umgebungsanzügen bleiben sollten. Manchmal galten die Standardarbeitsanweisungen eben nicht. Payne wollte ihre Gesichter sehen und auch, dass sie seines sahen.

Einer nach dem anderen lösten sie die Verbindung ihrer

Helme, drehten sie und setzten sie ab. Viele atmeten tief die Luft im Inneren des Einsatzschiffes ein. Es war immer noch kalt, weil sie sich im Inneren des Dreadnoughts befanden, aber es war besser als die recycelte Anzugluft, und das Innere des Schiffes wärmte sich auf.

Payne ging die Reihe ab und merkte zum ersten Mal, wie sehr sein Rücken von den Einschlägen der explosiven Geschosse schmerzte. Sein Anzug würde keinen weiteren Einsatz mehr überstehen und er brauchte eine Auszeit, bevor er einen weiteren Versuch unternahm.

Genau wie der Rest seines Teams. Als Erster war Combat Specialist Koch dran. „Hast du irgendwelche Treffer abbekommen?“ Payne untersuchte den Anzug seines Senior-Kampfspezialisten, der verkohlt und von Granatsplittern übersät war, aber keine Einschusslöcher aufwies.

„Sehe ich wie ein Offizier aus? Verdammt, Sir, man könnte meinen, es wäre Ihr erster Tag“, schoss Heckler zurück.

Payne schüttelte den Kopf. „Alle außer dir, Heckler. Man könnte annehmen, deine Eier haben sich einen Knoten eingefangen. Wir mögen dich trotzdem.“

Hecklers Tonfall änderte sich und er hob die Hand. „Team Payne hat einen Dreadnought zerlegt, ihm die Eingeweide von innen herausgerissen.“ Payne nahm die Hand des Mannes, ihre Daumen verschränkten sich, und sie schüttelten ihre Hände wie Brüder.

Sparky überprüfte die externe Anzeige von Byle, aber sie war durch einen der vielen Treffer zerstört worden, die sie erlitten hatte. Shaolin entriegelte Byles Helm und nahm ihn ab. Payne wartete auf ihre Einschätzung. Sparky zog ihren Handschuh aus und untersuchte ihren Hals. „Der Puls ist schnell, aber regelmäßig. Die Atmung ist flach.“

„Blutet sie?“ Payne hob sie hoch, damit sie ihren Anzug überprüfen konnten.

„Schürfwunden und Blutergüsse, aber keine Wunden, soweit ich sehen kann … Warte mal.“ Shaolin beugte sich nach heran. „Mikropenetrationen. Sieht aus wie eine Schrotflintenexplosion. Der Innenschaum hat abgedichtet, aber wie tief sind die Wunden? Kann ich von hier aus nicht sagen.“

„Nehmt ihn ihr ab.“ Das Team ging zur Seite, um ihnen

Platz zu machen. „Gibt es noch andere Verletzte, die mehr als eine Beule oder einen blauen Fleck haben?“

Alle schüttelten die Köpfe. Selbst wenn sie verletzt worden waren, waren sie bei Bewusstsein und viel zu stur, um zuzugeben, dass sie verletzt waren. Virgil schüttelte den Kopf. „Es geht uns allen gut.“

Ihm selbst ging es auch nicht gut, aber alle Augen waren auf Byle gerichtet, während das Uglymobil mit den Weltraumströmungen schaukelte und versuchte, so zu tun, als sei es nicht wichtig.

Kapitel Einundzwanzig

„Barmherzigkeit bedeutet, den Feind von seinem Elend zu befreien.“

Aus den Memoiren von Flottenadmiral Thaylon Loore.

Leviathan verließ den FTL und kam in der Nähe des Dreadnoughts zum Stillstand. Innerhalb eines einzigen Herzschlags entfalteten die Waffen des Parallax-Schiffs eine Breitseite, die die Hälfte der menschlichen Flotte auf einen Schlag ausgelöscht hätte.

Der Weltenkiller startete auf einem Kurs, der ihn zu Parallax bringen würde. Er ging sofort in den FTL über, und seine Energiesignatur imitierte die von *Leviathan*.

Leviathan füllte den leeren Raum zwischen den beiden Schiffen mit Gegenbatteriefeuer, das den Angriff des Dreadnoughts zum Stillstand brachte. Die beiden Breitseiten trafen aufeinander und entfachten eine Supernova, die beide Schiffe überflutete.

Der Dreadnought feuerte keine zweite Salve ab. Seine Energiesignaturen erloschen eine nach der anderen.

„Was ist hier los?“, fragte der Admiral und starrte auf den

Dreadnought, der eine ganze Wand ausfüllte. Er ging näher heran. „Warum feuert es nicht auf uns?“

Captain Dorsite saß immer noch auf ihrem Platz auf dem Podium und war in das neurale Netzwerk des *Leviathans*eingetaucht. Sie hatte die anderen auf der Brücke während des kurzen, aber intensiven Gesprächs ausgeblendet. Schließlich ergriff sie das Wort. „Die Flotte wird in Kürze hier sein. Wir werden sehen, ob sie den Köder schlucken.“

„Das Schiff des Majors ist da draußen. Wir sollten es einsammeln und uns auf den Weg machen.“ Auf dem Bildschirm blinkte in hundert Kilometern Entfernung ein Symbol auf. Für ein Schiff von fünf Kilometern Länge war das Einführungsschiff damit direkt nebenan.

„Da sind sie!“ Der Admiral deutete auf den Bildschirm, obwohl die Besatzung es bereits wusste. Ihm verging die Freude, als er sich fragte, wie viele es lebend heraus geschafft hatten. Seine Sorge verwandelte sich in Schock, als der erste Cruiser aus dem FTL zwischen *Leviathan* und Major Paynes Einsatzfahrzeug auftauchte.

Der Cruiser feuerte seine defensiven Waffensysteme ab, die nicht mehr Schaden anrichteten als Regen auf einem Dach. *Leviathan* machte sich nicht die Mühe, etwas dagegen zu unternehmen, sondern beschleunigte auf den Cruiser zu, um ihn aus dem Weg zu drängen und den Weg zu Major Paynes Schiff freizumachen.

Der Rest der verfolgenden Flotte tauchte auf und *Leviathan* befand sich in der Mitte der Formation.

„Zwanzig Schiffe“, bemerkte der Admiral. „Keine schweren. Sie müssen gekommen sein, um den Dreadnought zu eskortieren. Sie haben den Köder geschluckt. Die Hälfte ihrer Flotte jagt den Weltenkiller. Packen wir unsere Leute und dann hauen wir ab von hier.“

„Eine exzellente Idee, Admiral. Ich hatte vermutet, dass ich vom menschlichen Einfallsreichtum etwas lernen könnte …“ Der Gedanke verhallte, bis Lev wieder sprach. „Verdammt. Die Flotte kehrt um. Sie kommen zurück.“

„Kampfstationen“, sagte der Admiral leise. Niemand konnte irgendwohin.

Zwei Cruiser versperrten den Weg zum Einführungsfahrzeug.

Leviathan feuerte zwei kurze Salven ab, Plasmastrahlen und Railguns. Die Cruiser fielen auseinander, dann entflammten sie und starben.

Der Admiral war verwirrt, da er und Lev darüber gesprochen hatten, keine offensiven Maßnahmen zu ergreifen. Lev antwortete, ohne die Frage laut ausgesprochen zu haben. „Wenn wir unsere Leute nicht holen und von hier verschwinden, bevor die Flotte zurückkehrt, werden wir sterben."

„Manchmal ist der Tod es wert, unsere Prinzipien zu verteidigen, aber meistens ist er es nicht. Sie hätten uns nicht jagen sollen, als wir nicht auf sie geschossen haben", erwiderte der Admiral.

„Bitte so schnell wie möglich landen", funkte Lev. Das kleine grüne Icon beschleunigte in Richtung *Leviathan* und drehte sich im Korkenzieherflug durch den Himmel, um den Zielsystemen der Cruiser und Fregatten auszuweichen, falls das aktive Netz des externen Sensorsystems das Schiff nicht verdeckte.

Aber der Feind wusste, dass ein Schiff da war. Sie feuerten massenhaft durch die Leere und füllten die Kluft zwischen dem kleinen Schiff und *Leviathan* mit einem Meer aus Feuer.

„REPORT!", rief Payne, als das Schiff sich drehte und wendete.

„Wir sind in der Mitte der Flotte", sagte Lev. „Schön, dich wiederzuhaben, Major Payne. Haltet euch bereit, während wir versuchen, euer Schiff zu bergen."

„Lev. Du bist zurück! Hol uns hier raus."

„Ich arbeite daran", antwortete Lev.

„Helme aufsetzen!", rief Payne. Joker und Sparky hatten Byle gerade aus ihrem Anzug befreit. „Zieht ihn ihr wieder an. Sofort!"

Sie widersprachen nicht. Wenn dem Uglymobil etwas zustoßen würde, wären sie dem Weltraum ausgesetzt, und die Anzüge würden ihnen das Leben retten. Allen außer Byle. Sie beeilten sich, sie wieder anzuziehen, während das Schiff ruckelte, sich neigte und dann davonflog.

„Die feindlichen Schiffe errichten eine tödliche Barriere zwischen euch und mir. Lehnt euch zurück und entspannt euch, während ich mich in Position bringe. Wenn ihr irgendwelche lauten Geräusche hört, dann spricht das für mich."

„Du klingst wie ich, Lev. Ich bringe dir schlechte Dinge bei, aber ich weiß es zu schätzen."

„Geh rein, verdammt!" Joker kämpfte damit, seinen Fuß in den Stiefel zu bekommen. Sie lockerte ihn ganz und versuchte es erneut, schaffte es aber nicht. Sie trat gegen das Bein des Anzugs. Als Byles Fuß auf dem Boden aufschlug, hoben sie den kompletten Anzug hoch. Joker fand sich mit Byles Geschlechtsteil gegen ihre Gesichtsplatte gequetscht wieder. „Sehr freundlich", beschwerte sie sich, bevor sie den Anzug weiter hochzog und verschloss.

Turbo setzte den Helm auf und drehte ihn, bis er einrastete. Die Luft im Anzug begann zu zirkulieren. „Bereit", sagte Turbo. Sie legten sie auf den Boden und nahmen ihre Plätze ein. Die Gruppe auf dieser Seite des Schiffes hielt sie mit ihren Füßen fest, während das Schiff von der Auseinandersetzung weg beschleunigte.

Ein surrendes Geräusch lenkte Paynes Aufmerksamkeit auf sich. „Feuerst du?"

„Ich glaube, sie versuchen, das Schiff einzunehmen."

„Das solltest du vermeiden. Ich bin dafür, diese Schiffe von innen zu beschießen, aber wir haben nur wenig Munition. Wir haben Luftgewehre, und wenn der Rest dieser Schiffe wie der große Boss geführt wird, gibt es an Bord nichts, das wir abschießen können."

„Wartet ab. Es werden nur wenige sein." Lev verschwand aus dem Kanal.

„Du hattest recht. Er fängt an, so zu klingen wie du", merkte Dank an.

„Major Payne hat eine Beobachtung gemacht. Es gibt keine Lebensformen aus Fleisch und Blut auf einem dieser Schiffe."

„Sie könnten wie du sein", antwortete der Admiral.

„Vielleicht, aber hoch entwickelte Software bedeutet nicht

Feingefühl. Es gab fünf Milliarden Lebensformen auf dem Planeten. Nein, dies ist eine automatisierte Flotte. Es ist an der Zeit, reinen Tisch zu machen."

„Eine Ausrede?", witzelte der Admiral.

Leviathan stürzte sich in eine Feuersalve, die ihn davon abhalten sollte, das zu tun, was er gerade getan hatte. Er erwiderte es mit seinem eigenen Feuer, von kleinen bis zu großen Geschossen, Plasmawolken, die physische Geschosse verdampften.

Und dann feuerte *Leviathan* seine Offensivwaffen ab – Hunderte Raketen schossen aus den in die Hülle eingelassenen Öffnungen. Sie schossen mit nahezu Lichtgeschwindigkeit durch die Leere, durchbrachen das Feuer der Verteidigungswaffen und schlugen tief in die Hüllen ihrer Ziele ein. Die Schiffe der Flotte explodierten an den nächstgelegenen Energiequellen.

Die verbleibenden achtzehn feindlichen Cruiser und Fregatten verwandelten sich in separate und einzigartige Novas, Sonnen, die durch kompromittierte Reaktoren erzeugt wurden und kaskadenartig in ihr Verderben stürzten und ihre Schiffe mit sich rissen.

Leviathan raste vorwärts, das Einsatzschiff wendete augenblicklich und steuerte den Hangar an.

Die feindliche Flotte erschien. Zwei Schlachtschiffe, dann vier: der Dreadnought, die übrigen Schlachtschiffe und Cruiser. Die Hauptwaffe des Dreadnoughts wurde aktiviert, eine Plasmakanone, die ein Projektil von der Größe eines großen Asteroiden abfeuerte.

„Traktionsstrahl aktiviert. Von der Kampfzone weg beschleunigen", meldete die Captain.

„Raum falten. Bring uns hier weg!" Der Admiral sprang fast auf das Podest.

„Das Einsatzschiff hat es nicht in den Hangar geschafft. Es ist an der Außenseite der Hülle festgezurrt", erklärte Lev. „Macht euch auf einen Aufprall gefasst."

Die projizierte Ansicht außerhalb des Schiffes änderte die Perspektive, als Lev das kleine Schiff aus der Schusslinie rollte. Beim Aufprall taumelte das Schiff und schleuderte die Menschen auf der Brücke gegen die Konsolen, über die Stationen, von den Stühlen und auf das Deck. Das Schiff schwankte wie betrunken.

Es stabilisierte sich für einen Moment und Lev entließ ein atemberaubendes Sperrfeuer aus *Leviathans* Arsenal: Raketen, Railguns, Plasmakanonen, Laserstrahlen. Die meisten von ihnen konzentrierten sich auf den Dreadnought, aber Lev wollte die Schlachtschiffe wissen lassen, dass sie nicht unsichtbar waren. Die Laser und Plasmakanonen tanzten über den Rumpf des Dreadnoughts und sprengten alles weg, das größer als eine Schweißnaht war.

Sie setzten kinetische Energie in der Größenordnung von Megatonnen frei, bevor die Sprengladungen weitere Megatonnen an Zerstörung auslösten und tiefe Krater in die Hülle des Dreadnoughts rissen.

Zwei Schlachtschiffe wurden durch den einzigen Treffer in Mitleidenschaft gezogen, die Reaktoren gerieten in einen kritischen Zustand und verwandelten die Schiffe in ausweitende, glühende Wolken.

Leviathan wurde durch einen weiteren Einschlag zur Seite geschleudert. Die Parallax-Schiffe feuerten unerbittlich.

Der Admiral sah hilflos zu, stellte aber fest, dass Lev die Blaze-Flotte als Feind bezeichnet hatte.

Frieden durch überlegene Feuerkraft.

Sie sind alle unsere Feinde. Vielleicht war es gar nicht so falsch, dass wir keine Gemeinsamkeiten mit der Blaze-Flotte gesucht und unsere begrenzten Ressourcen dem Bau größerer und besserer Schiffe gewidmet haben, dachte der Admiral.

Ich bin untergetaucht, weil es mir befohlen wurde. Ich hatte tausend Jahre Zeit, über meinen Platz in diesem Universum nachzudenken. Ich hatte gehofft, dass sich die Dinge verändern würden, aber das haben sie nicht. Ich führe Krieg gegen diejenigen, die den fünf Spezies, die das Blaze-Kollektiv bilden, Befehle erteilen. Wenn wir diesem Universum Frieden bringen wollen, dann müssen wir die Anführer beseitigen, die das Böse unterstützen und den Hass lenken. Diese Flotte ist automatisiert. Sie riskieren nichts in ihrem Roboterkrieg, antwortete Lev.

Zum ersten Mal begriff Harry Wesson, dass Lev direkt in seinen Gedanken sprach.

An der Front sind alle ihre Leute. Wir haben noch nie ein Roboterschiff gesehen.

Handlanger sind entbehrlich. Unser Krieg ist nicht der ihre. Wir müssen zu Parallax zurückkehren und diejenigen vernichten, die die Befehle geben.

Das Gespräch fand in Gedankenschnelle statt, während die Schlacht auf allen Bildschirmen tobte. *Leviathan* zitterte und ächzte unter dem Ansturm.

„Feuer!“, befahl *Leviathan* und steuerte auf eine Ansammlung von Schlachtschiffen und Cruisern zu. Raketen rasten nach einer Salve aus Plasmakanonen. Railguns schossen eine Fregatte nach der anderen ab. Trotz der enormen Verluste, die *Leviathan* verursachte, blieben sie im Kampf.

Zwanzig Cruiser ausgeschaltet. Alle Fregatten waren besiegt. Vier Kampfschiffe kämpften darum, weiter feuern zu können. Aber der Dreadnought blieb trotz der Wucht, die *Leviathan* auf ihn losgelassen hatte, kampffähig. Seine Hauptwaffe feuerte Runde um Runde weiter.

Durch *Leviathans* Drehungen verfehlten die meisten das Schiff, aber nicht alle. Das Schiff litt.

Auf der Anzeige blitzte ein neues Symbol auf, aber nur für einen Augenblick.

Kapitel Zweiundzwanzig

> „Ein Feind, der in deinem Rückzugsgebiet am Leben bleibt, ist mehr als nur ein Ärgernis."
>
> Aus den Memoiren von Flottenadmiral Thaylon Loore.

TEAM PAYNE BANGTE um das eigene Leben. Das Uglymobil wurde durch den Aufprall und das Festhalten an *Leviathan* bei seinen unberechenbaren Manövern hin- und hergeschleudert. Die künstliche Schwerkraft funktionierte kaum, sonst hätte sie die Bewegungen abgemildert.

Buzz verlor letztendlich die Kontrolle und kotzte in seinen Helm.

„Nicht optimal, Fetus", sagte Heckler und sah den Junior Specialist an. „Wenigstens müssen wir es nicht riechen. Eine Höllenschlucht ist dasselbe. Schwerkraft verloren, und verdammt, wenn Blinky nicht auch aus den Latschen gehoben wird. Ihr Mitleidskotzer habt den Boden des Skimmers gefüllt. Ich habe eine Woche gebraucht, um den ganzen Dreck von meinen Stiefeln zu bekommen."

„Wir können nicht alle so hart sein wie du", schoss Blinky zurück.

„Denn ich bin dieser eine harte Kerl!", rief Payne über die Sticheleien hinweg. Er zeigte auf Turbo. „Wie geht's Byle?"

Sie überprüfte ihren Gesichtsschutz. „Atmet noch. Das ist alles, was ich sagen kann. Sie hat noch Farbe. Es wird ihr gut gehen, wenn wir sie noch in diesem Jahrzehnt in die Krankenstation bringen."

„Wann werden wir angedockt?", fragte Joker.

Sie hatten alle dasselbe gehört, aber jetzt war nicht die Zeit, um sarkastisch zu sein. Sie waren verletzt und benötigten einen Unterschlupf, aber ihre Heimat wurde von einer feindlichen Flotte unter Beschuss genommen, und sie standen auf der Außenseite und mussten zusehen.

„Ich bin sicher, dass es bald so weit sein wird. Weltraumschlachten dauern nicht lange, und diese hier dauert schon eine Weile an. Lev, bitte zeig uns die taktische Anzeige."

Beide Außenschotte wurden zu Anzeigen. Sie zeigten, wie *Leviathan* die feindliche Flotte systematisch zerstörte, während es sein Bestes tat, um dem Dreadnought auszuweichen, der das Schiff verfolgte. Das Symbol des zweiten Dreadnoughts blinkte rot, was anzeigte, dass er zwar nicht zerstört war, aber auch keine Bedrohung darstellte.

„Warum nimmt es Lev nicht mit dem großen auf?"

„Vielleicht lenkt ihn das Feuer der anderen Schiffe ab", mutmaßte Dank.

Ein neues Symbol blinkte auf dem Bildschirm auf, als es aus dem FTL fiel. Es richtete sich sofort neu aus und beschleunigte auf nahezu Lichtgeschwindigkeit.

Der Weltenvernichter prallte in die Seite des Dreadnoughts und explodierte mit der Wucht eines Kometen, der auf einem Planeten einschlug. Feuer und Trümmer drangen auf der anderen Seite des Schiffes hervor, bevor der Rest explodierte und Trümmerteile wie Flugblätter auf alles und jeden in der sich ausbreitenden Vernichtungswolke schickte.

Lev verstärkte seine Beschleunigung, ohne in den FTL zu gehen, und wendete, um das Einsatzfahrzeug vom Schlimmsten fernzuhalten.

Während des lebensrettenden Manövers feuerte Lev weiter auf Schiffe, die vom Tod des Dreadnoughts nicht betroffen sein würden.

Das letzte Sperrfeuer an Raketen zerschmetterte die überlebenden Schlachtschiffe. Ein Cruiser versuchte zu entkommen, aber ein letztes Paar Raketen erwischte ihn, kurz bevor er in den FTL starten konnte.

Die Erschütterungen stoppten, das Einsatzfahrzeug löste sich und führte ein schnelles Manöver durch, das es in den Hangar brachte, wo sich die Türen schlossen und die Atmosphäre wiederhergestellt wurde.

„Ihr könnt eure Helme abnehmen und euch zur Behandlung in die medizinische Einrichtung begeben“, verkündete Lev.

„Haltet die Wagen bereit. Wir haben eine Person, die immer noch bewusstlos ist und möglicherweise im Koma liegt. Sie muss sofort behandelt werden. Danach machen wir uns auf den Weg.“ Major Payne war am Ende seiner Kräfte, fuhr aber selbst weiter. Mut im Angesicht des feindlichen Feuers war eine Selbstverständlichkeit in der Truppe, aber die Fähigkeit, den Job noch zu erledigen, wenn der Kampf vorbei war, unterschied ihn von den anderen.

Major Dank versuchte ebenfalls, sich aufrecht zu halten, aber er war das am zweitschwersten verletzte Mitglied des Teams. Payne legte ihm eine Hand auf die Schulter.

„Und du auch, Virgil. Sorg dafür, dass Byle in die Krankenstation kommt und koordiniere dort, wenn die anderen eintreffen. Wir wollen, dass sich jeder um sie kümmert.“

Das Team stolperte aus dem Uglymobil und begann, die Anzüge abzulegen.

Dank nickte und zog sich schnell aus. Das Raumschiff hatte sie an dem Ort abgesetzt, von dem es gestartet war, sodass ihre Kleidung in der Nähe war. Niemand machte sich die Mühe, Byle umzuziehen, sondern verfrachtete sie auf einen Wagen, der für einen liegenden Passagier gedacht war. Dank zog sich steif eine kurze Hose an und sprang auf den nächsten Wagen. Er fuhr los, ohne auf jemanden zu warten, denn Payne hatte schon daran gedacht und Lev wusste, wie dringend es war.

Buzz nahm seinen Helm ab und ließ ihn auf das Deck fallen. Der Geruch wehte an den anderen vorbei.

„Geh dich woanders umziehen, Fetus!“, schnauzte Turbo. Buzz taumelte davon, um seinen beschmutzten Anzug auszuziehen. Payne schnappte sich seine Kleidung und trug sie zu ihm.

„Gute Arbeit, Buzz.“ Payne fühlte sich alt und müde.

Heckler zog seinen Anzug aus, warf ihn auf das Deck und zog sich an. Als Erster sammelte er die Waffen ein, um sie in der Waffenkammer zu reinigen und neu zu laden.

„Ist außer Heckler noch jemand auf dem Weg zur Krankenstation?“ Buzz, Turbo und Blinky hoben die Hände. „Das war eine Fangfrage. Die richtige Antwort ist, dass ihr alle mitgeht, auch du, Heckler, sobald du die Waffen gesichert hast.“

„Können wir gehen?“, fragte Heckler.

Payne war davon ausgegangen, dass die Anzeigen im Inneren des Einsatzschiffes ihnen bereits alles mitgeteilt hatten, aber sie würden bei Bedarf auch umdisponieren. Allerdings nur im Notfall, denn das Team war nicht kampffähig. Ihre Körper waren zu stark beschädigt, auch der von Payne. Er wusste, dass sein Rücken von der Tortur, der er standgehalten hatte, schwarz und blau sein würde. Er merkte, dass er durstig war.

„Holt euch etwas zu trinken, Leute, und Lev, kannst du uns auf den neuesten Stand bringen? Ist die Luft rein, zumindest für eine Weile, und wann kehren wir in den solaren Raum zurück?“

Ein Wagen mit Getränken erschien und die Teammitglieder nahmen sich jeweils eines und kippten es runter.

„Elektrolyte, die euren Körpern helfen sollte. Die Verfolgungsflotte wurde eliminiert. *Leviathan* ist beschädigt, aber nicht irreparabel. Wir werden alle notwendigen Rohstoffe aus dem weitgehend intakten Dreadnought bergen, bevor wir aufbrechen.“

Die Wartungs- und Herstellungsflotte machte sich in den Hangarbuchten mobil und bereitete sich auf die Abreise vor.

„Meine Mission erfordert keine Rückkehr in den solaren Raum.“

Payne runzelte die Stirn. Die anderen erstarrten, als sie sich gerade anziehen wollten.

„Das Letzte musst du uns schon etwas genauer erklären. Wo bringst du uns hin?“

„Ich bin zu der Erkenntnis gelangt, dass diese Galaxie ein Krebsgeschwür hat, das den Frieden verhindern wird. Ich habe beschlossen, dass wir die meisten Leben retten können, wenn wir das Krebsgeschwür entfernen.“

„Der große Zusammenhang fehlt mir immer noch. Du hast

gerade eine Flotte zerstört. Was ist mit diesen Leben? Die haben dir doch ziemlich wehgetan, oder?"

„Ich habe festgestellt, dass keine Lebensformen an Bord dieser Schiffe waren. Wir haben eine Roboterflotte zerstört. Ich weiß, dass ihr an Bord des Dreadnoughts keine Lebewesen aus Fleisch und Blut angetroffen habt."

„Bei Temperaturen von minus siebzig Grad wäre nichts lebendig gewesen, weder Warmblüter noch Kaltblüter. Aber was ist mit dem Schiff? Was, wenn es so war wie du?", fragte sich Payne.

„Es war ganz sicher nicht wie ich. Sie sind extrem fortschrittlich, aber nicht empfindungsfähig."

„Woher weißt du das?"

„Weil es nur eines von mir gibt. Selbst die Progenitoren konnten nicht nachbilden, was ich bin."

Payne sah sein Team an und gab ihnen ein Zeichen, dass sie sich fertig anziehen sollten. Er ging hin und her, während er mit Lev sprach, ohne sich darum zu kümmern, dass er immer noch nackt war.

„Es gibt keine anderen Prog-Schlachtschiffe?"

„Ich glaube nicht, dass ich das gesagt habe. Es gab sie, aber sie benötigten eine große Besatzung. Sie verfügten über fortschrittliche künstliche Intelligenzen, aber keine der anderen erreichte Empfindungsfähigkeit. Das war der Grund, warum ich von allen Schiffen zurückgelassen wurde. Die anderen sind Hunderte Millionen Lichtjahren zu einer neuen Galaxie gereist, wo sie neu anfangen konnten."

„Und auch, warum du das Einzige warst, dem nicht komplett die Technologie genommen wurde … weil die Technologie du bist und du die Technologie bist. Es wäre so gewesen, als hätte man einem Menschen die Organe entfernt. Am Ende hättest du nicht überlebt."

„Dein Vergleich ist korrekt."

„Geht es allen an Bord gut? Ich habe vergessen zu fragen, aber du hast einige Treffer abbekommen, nicht wahr?"

„Es geht allen gut, Declan. Danke, dass du nach ihnen gefragt hast. Auf der Brücke waren sie völlig sicher. Sie ist ein separates Fluchtschiff, gehärtet gegen alle Angriffe. Wenn ich zerstört werden würde, würde der größte Teil meines Wesens weiterleben, sobald die Brücke von den umliegenden Strukturen abgetrennt wird. Es würde eine spektakuläre Reihe von Explosionen geben, die alles andere zerstören, aber ein Stück Metall würde übrig bleiben. Das wird im Raum treiben, bis es ungesehen weg manövriert werden kann."

„Ich denke, wir müssen dafür sorgen, dass das nicht passiert. Zwei Dreadnoughts haben dir ganz schön zugesetzt. Wie viele haben sie noch zur Verfügung?"

„Das werden wir in der nächsten Phase meiner Mission herausfinden. Du wirst mir dabei helfen, nicht wahr?"

„Was mich betrifft, Lev, bin ich an Bord des Schlachtschiffs *Leviathan* stationiert. Mein Team und ich. Ich weiß, ich spreche für uns alle, wenn ich sage, dass wir dich unterstützen. Was die Commodore und diese Bürokasper angeht, bin ich mir nicht so sicher."

„Ich kümmere mich um sie. Ich will nicht, dass jemand gegen seinen Willen geht, aber ich glaube, dass wir mit einer breiten Palette von Hintergründen und Spezialgebieten am besten bedient sind."

„Hast du nicht schon alle Antworten, Lev?"

„Es war eine erfrischende Erkenntnis, als der Admiral vorschlug, den Weltenkiller als Ablenkungsmanöver einzusetzen, um uns Zeit zu verschaffen, damit wir dein Team bergen können, und es war dadurch möglich, die Verfolgungsflotte zu trennen. Das machte den Sieg möglich. Ein Schiff gegen fünfzig … na ja, neunundvierzig, wenn wir das Schiff, das ihr ausgeschaltet habt, nicht mitzählen."

„Gern geschehen, Lev." Payne griff nach seinem Overall und fühlte sich weniger müde als noch vor ein paar Minuten. Die Hälfte des Teams hatte die Karren bestiegen und sich bereits auf den Weg gemacht. Vier waren noch übrig. Buzz setzte sich auf eine Kiste, während die anderen Heckler mit der Ausrüstung halfen.

„Was ist los?", fragte der Major.

„Wir haben es nicht geschafft und dann habe ich in meinen Helm gekotzt. Ich dachte, ich würde ertrinken."

„Es fließt in den Anzug. Du musst nur den Kopf hochhalten. Was glaubst du, woher ich das weiß?"

„Weil jeder das mal durchmacht?"

„Jeder hatte seine Taufe. Sogar Heckler. Ich glaube, er vermeidet es, vor einer Mission zu essen, um sicherzugehen. Nächstes Mal solltest du dir das Grünzeug, oder was auch immer das war, sparen."

„Eier, oder wie Cookie sie nannte."

„Nennen wir Galen jetzt so?"

„Schien mir angemessen. Er liebt Kekse." Buzz brachte ein schwaches Lächeln zustande.

„Zieh dich an und melde dich bei den Techno-Docs, damit sie dich verarzten. Trink noch so ein Ding. Das hilft gegen die Blutergüsse." Payne nahm auch ein zweites für sich.

Buzz saß weiter mit gesenktem Kopf da.

„Was noch?", drängte Payne.

„Wir haben versagt."

„Wir haben nicht versagt. Zehn armselige Menschen haben einen Dreadnought mit nichts weiter als dem, was sie auf dem Rücken tragen, ausgeschaltet. Das ist ein Sieg, mein Freund."

„Nein. Ich meine Blinky und mich. Wir sind nicht in ihr System eingedrungen und wir hatten ein paar Stunden Zeit."

„Aber jetzt hast du Levs Hilfe bei den Daten, die du gesammelt hast. Nächstes Mal wirst du auf sie vorbereitet sein. Zieh dich an und raus hier." Der Major wandte sich an die anderen. „Blinky, bring ihn zur Krankenstation. Er ist verwirrt."

Kapitel Dreiundzwanzig

„Wenn der Feind dir eine Chance gibt, musst du wissen, warum, bevor du sie nutzt."

Aus den Memoiren von Flottenadmiral Thaylon Loore.

Als Major Payne ankam, fand er die Brückenluke geschlossen vor, aber sie öffnete sich sofort, als der Wagen zum Stehen kam. Er war nicht mit den anderen in die Krankenstation gegangen. Er musste erst berichten.

Als er die Brücke betrat, waren alle Augen auf ihn gerichtet. „Gute Arbeit, Major!", rief der Admiral und beeilte sich, ihm die Hand zu schütteln. Lewis und Malcolm reihten sich hinter dem Admiral ein, denn seit sie an Bord waren, hatten sie kaum etwas zu sagen.

Sie wollten auch etwas beitragen.

„Ich werde nicht lange bleiben. Ich muss auf die Krankenstation, um diese Prellungen behandeln zu lassen. Wir mussten da drüben einige Schläge von ihren Sicherheitsbots einstecken. Es war kaum mehr als ein Drohnenschiff ohne ein Protokoll für den Umgang mit Eindringlingen. Es hat uns reingelassen. Ich vermute, dass die Sicherheitsroboter einen anderen Zweck hatten, wie eine Lande- und Besatzungseinheit. Sie waren nicht sehr gut, aber sie waren uns zahlenmäßig und waffentechnisch überlegen."

„Aber ihr habt die Mission trotzdem erfüllt." Der Admiral war zufrieden.

„Blinky lädt die Daten hoch, die wir gesammelt haben, damit Lev uns helfen kann, herauszufinden, wie wir ihre Programmierung knacken können. Das Schiff war ein einziges großes Energieerzeugungssystem. Wie war es hier? Seid ihr ein bisschen herumgeschubst worden?"

Der Major schlenderte auf der Brücke herum und schüttelte jedem die Hand. Tamony und die Commodore sahen seine Hand an, bevor sie sie ergriffen. Mit leiser Stimme sagte er: „Es ist schön, ein Mensch zu sein. Und vor allem ist es schön, am Leben zu sein."

„Ihre Arbeit war nichts weniger als selbstlos, Major. Bitte nehmen Sie mein Kompliment für Ihre gute Arbeit an. Ich denke, Sie sollten sich umgehend um Ihre Verletzungen kümmern. Begeben Sie sich in die medizinischen Einrichtungen", sagte die Commodore und zeigte mehr Mitgefühl, als Payne für möglich gehalten hatte.

„Ich schließe mich der Commodore an. Wir können uns später unterhalten. Fürs Erste sollten Sie gesund werden, denn wir sind in Levs Händen, während es sich mit Metallen eindeckt, um Ersatzteile für sich selbst zu bauen. Wir haben mit Lev darüber geredet, wie es weitergeht. Er ist dagegen, vor der Fortsetzung der Mission in den Erdraum zurückzukehren." Der Admiral deutete auf die Luke.

„Das hat er mir auch gesagt. Es dauert nur eine Woche bis zur Erde und dann wieder hierher. Ich denke, wir müssen zurückkehren und ihnen sagen, was los ist. Vielleicht können wir größere militärische Fortschritte verhindern, während wir hinter den Linien arbeiten. Bei einem Erfolg könnten sich die Frontlinien der Blaze auf besser zu verteidigende Positionen zurückziehen. Ich will nicht, dass wir Leute verlieren, weil die Flotte denkt, wir seien entführt worden."

„Vielleicht können wir mehr Truppen aufnehmen, um mehr Missionen und Dienste an Bord des *Leviathan* zu erledigen. Er kann bis zu hunderttausend Leute befördern, aber ich wäre nicht glücklich mit überfüllten Korridoren. Ich fühle mich wohl, so wie die Dinge sind. Ich bin mir nicht sicher, ob ich auf einen Wagen warten möchte“, erklärte der Admiral.

„Das ist ein guter Grund.“ Major Payne klopfte dem Admiral auf die Schulter. „Ich gehe zur Krankenstation und dann zur Koje. Ich bin müde. Ich bin mir sicher, dass ich mich mit einem klaren Kopf auch besser unterhalten kann. Oder vielleicht auch nicht. Sie kennen mich ja.“

Der Admiral nickte. Payne winkte über seinen Kopf hinweg, als er wegging.

„Danke, Leute.“ Er ging weiter in den Korridor und zu dem bereitstehenden Wagen, der ihn direkt zur medizinischen Einrichtung des Decks brachte, wo er sieben Mitglieder des Teams vorfand. Ein kurzer Blick bestätigte, dass Heckler und Blinky fehlten, aber er wusste, was sie taten und war einverstanden. Sie waren nicht verletzt worden, während der Rest kritische Einschläge abbekommen hatte, wobei die Anzüge von Byle und Dank durchdrungen worden waren.

Major Dank lag auf einem Operationstisch und war an Maschinen angeschlossen, die ihn mit einem Kraftfeld umgaben. Ein Strahl arbeitete mit stricknadelähnlichen Geräten, um seinen Rippenknorpel zusammenzunähen.

„So etwas habe ich noch nie gesehen“, murmelte Payne, fasziniert von der fabrikähnlichen Methode, einen menschlichen Körper zu reparieren. Payne riss sich los und suchte die Betten nach Byle ab. Er fand sie hinter Turbo und Shaolin. „Alle müde?“

„Auf Anweisung des Arztes“, antwortete Turbo. „Schnappt euch eine Koje. Ich bin sicher, du bist auch unter ärztlicher Aufsicht.“

„Noch nicht“, begann Payne.

„Du wirst machen, was der Arzt dir sagt, Declan. Begib dich bitte in den Untersuchungsraum“, antwortete Lev.

„Verdammt! Du und deine tausend Gesichter!“, platzte Payne heraus. Er beruhigte sich und zeigte auf Specialist Byle. „Ich würde gerne wissen, was mit ihr los ist.“

„Gehirnerschütterung und Hirnschwellung. Ich reduziere die Schwellung durch gezielte Temperatursenkung.“

„Du vereist ihr Gehirn mit einer Mikrowelle?“

„Könnte man so sagen. Wenn du es so sehen willst, dann ja.

Ich vereise ihr Gehirn in der Mikrowelle, aber anstatt die Moleküle anzuregen, entspanne ich sie, was die Temperatur abkühlt. Ich habe ihr auch etwas gegeben, um ihre Bluttemperatur zu senken. Momentan liegt sie noch im Koma, aber ich gehe davon aus, dass sie sich in ein paar Tagen vollständig erholt. Der Rest von euch, abgesehen von Virgil, wird morgen hier raus sein. Er wird zwei Tage brauchen, um die Knorpelrekonstruktion zu stabilisieren."

„Erstaunlich, Lev. Könnte ich schnell in mein Zimmer gehen und etwas holen?"

„Und was? Zufällig weiß ich, dass es in deinem Zimmer nichts gibt, was du jetzt brauchst."

„Etwa acht Stunden Schlaf auf dieser bequemen Matratze im Gegensatz zu diesem versteinerten Klumpen, auf dem ich hier liegen soll. Hab ein Herz, Lev!"

„Du hast eine bequeme Matratze?", fragte Turbo und setzte sich aufrecht im Bett auf. „Ich will auch eine bequeme Matratze."

„Ich auch", fügte Sparky hinzu.

„Siehst du, was du getan hast, Lev? Du bringst das Team in Aufruhr, und ich dachte, du hättest schon allen neue Matratzen und maßgeschneiderte Zimmer gegeben."

„Sie nehmen dich auf den Arm. Sie haben sie schon länger als du, zusammen mit anderen Anpassungen der Zimmer. Ihr habt dieses Gespräch bereits geführt."

„Lev, sei so nett und lass jedem Besatzungsmitglied eine neue, bequeme Matratze in sein Quartier liefern. Das wird sie weniger mürrisch machen. Die Progs waren ein bisschen zu zweckmäßig für uns Neandertaler. Ich gehe jetzt in mein Zimmer. Ich brauche nur Schlaf und viel Wasser." Payne sammelte zwei Behälter ein und ging zur Tür. „Ich weiß, dass du die Wagen kontrollierst. Zwing mich nicht zu laufen, denn du weißt, dass ich es tun werde."

„Du wirst dich in der medizinischen Einrichtung besser erholen, wo deine Vitalwerte jederzeit überwacht und die Medikamente nach Bedarf verabreicht oder angepasst werden können."

„Ich kann mir vorstellen, dass du das selbst auch glaubst, Lev. Aber ich sage dir, dass ich mich in meinem eigenen Bett besser erholen werde. Genauso wie der Rest des Teams." Er drehte sich um und sah, wie die Spezialisten aus dem Bett kletterten, sich ihre Sachen schnappten und zur Tür gingen. „Als Erklärung: Ich habe insgesamt zehn Minuten auf dieser Matratze gelegen, bevor alles zum Teufel ging. Meine Auswertung war nicht vollständig, aber mit den minimalen Daten glaube ich, dass sie für das ganze Team von Nutzen sein wird."

„Sie klingen ziemlich defensiv, Sir", erwiderte Turbo. „Wir haben uns für das Team entschieden und können zweifelsfrei bestätigen, dass die bequemen Matratzen tatsächlich genau das sind, was der Arzt verordnet hat."

„Wenn du mit einem Zementsack als Bett zufrieden bist." Payne deutete auf das gerade frei gewordene Bett.

„Bis wir hörten, dass es etwas Besseres gibt. Jetzt sind wir unglücklich. Sie sollten vielleicht warten und Major Dank sagen, wo alle sind."

Paynes Schultern sackten runter, als er erkannte, dass er sich dem Unvermeidlichen stellen musste.

„Wie zum Teufel ist das jetzt passiert? Was für eine unfaire Wendung." Payne warf die Hände in die Höhe, nachdem er genau das Gegenteil von dem bekommen hatte, was er wollte.

„Sie sind alle draußen, um sich in ihren Zimmern zu erholen. Du kannst dich auch hier hinlegen, Major Payne."

Das Team stieß auf dem Weg nach draußen fast die Tür auf. Sie schloss sich wieder und ließ Payne allein mit einem Patienten im Koma und einem anderen, der sediert war.

„Das wird mir eine Lehre sein. Kannst du mir wenigstens etwas Weicheres besorgen als das, was du hier hast? Ich vermute, ich werde noch eine Weile hier sein, du krummbeiniger Mistkerl."

„Ich habe keine Ahnung, was dieser Wortschwall bedeutet, Declan. Ich glaube, du bist im Delirium und musst betäubt werden."

„Gut. Ich werde jetzt schlafen." Payne nahm die Decken von allen Betten und baute sich eine einzige Matratze, die einigermaßen bequem war. „Sag mir Bescheid, wenn Virgil wach ist."

Declan lehnte sich zurück, sein Kopf war voll von mächtigeren Gedanken als seiner eigenen Bequemlichkeit, aber das wusste Lev bereits. Payne wollte mit ihm über die Strategie der

Rückkehr zu Parallax sprechen, aber er war eingeschlafen, bevor das erste Wort getauscht worden wäre.

„Declan. Lebst du noch?“, flüsterte eine Stimme in sein Ohr.

„Natürlich bin ich am Leben. Du siehst mich sicher auch atmen.“ Er öffnete die Augen und erblickte Virgil, der ihn ansah. „Wie fühlst du dich?“

„So gut wie neu. Schau, sogar Byle ist wach.“

Im Bett nebenan atmete Byle tief und langsam. „Sie sieht aus, als würde sie schlafen.“

„Tut sie auch, aber sie ist aus dem Koma erwacht.“

„Du nervst mich, Virge. Wie spät ist es?“

„Wir sind im interstellaren Raum. Zeit ist relativ.“

Payne hörte auf, Fragen zu stellen und setzte sich auf. „Ich habe Hunger.“

„Sie warten bereits auf uns“, sagte Virgil und hielt Declan den sauberen Overall hin.

„Wie lange war ich weg?“ Er glitt aus dem Bett und lehnte sich dagegen, um mit dem ersten Bein reinzuschlüpfen.

„Etwa zwölf Stunden. Ich glaube, wir bereiten uns zum Aufbrechen vor, aber es ist noch nicht ganz klar, wohin. Deine Anwesenheit ist erforderlich. Wasch dich. Du riechst seltsam.“

„Ich mag es nicht, mit deinem Gesicht aufzuwachen. Ich hätte lieber kein Gesicht oder ein Kissengesicht.“ Payne machte sich auf den Weg ins Bad. „Gib mir zehn. Eine Dusche klingt verlockend.“

Virgil zog sich an und wartete.

Nach einem letzten Blick auf die schlafende Spezialistin schlenderten die beiden Majors aus der Krankenstation und stiegen auf den Wagen, der sie zur Brücke bringen sollte.

„Wie sieht unser Angriffsplan aus?“, fragte Dank.

Declan schüttelte den Kopf. „Wir sind hier nur Zuschauer, Virgil. Vielleicht werden sie uns fragen, was wir auf dem Dreadnought gesehen haben? Wir sind wieder auf dem großen Schiff, das bedeutet, der Admiral hat das Sagen. Es ist seine Versammlung und macht es uns einfach. Ich muss keine Rede vorbereiten!"

„Du bereitest dich nie auf deine Reden vor." Virgil lehnte sich zurück, um die Fahrt zu genießen.

„Ich mochte dich mal", erwiderte Payne mit einem kurzen Kichern. „Wenigstens habe ich keinen Ordner oder einen Speicherstick, den ich in einen Computer stopfen muss. Nur wir und unsere riesigen Gehirne."

„Sag das nicht da drin. Du wirst schnell herausfinden, dass wir wahrscheinlich unterdurchschnittlich sind, wenn es um diejenigen geht, die sich an Bord dieses Schiffes befinden. Zum Teufel, wir sind unterdurchschnittlich in der Mannschaft. WEICH. Das sind wir."

„Wenn du es so sagst … Aber nein, guter Herr, wir sind die, die uns umgeben. Team Payne mag ein Space-Ops-Force-Team sein, aber wir sind so hart wie abgereichertes Uran. Die Stoßdämpfer von Fregatten sind weich im Vergleich zu uns."

„Riesig. Gehirne. Hast du dir den Kopf angeschlagen, als du gegen das Schott geknallt bist?" Virgil zog an Paynes Augenlid, bis er seine Hand wegschlug.

„Ja, aber es hat nicht weh getan, weil ich hart bin."

Dank ahmte Paynes Stimme nach. „Ich muss auf meiner weichen Matratze schlafen …"

„Du reißt die Dinge aus dem Zusammenhang, aber ich weiß dein Fazit zu schätzen. Wir sollten bei diesem Treffen besser den Mund halten."

„Mein Standpunkt ist klar. Ich verkünde den Triumph und genieße die Fahrt von jetzt an."

Drei Sekunden später hielt der Wagen vor der Brückenluke.

„Genießt du die Fahrt, Virge?"

Dank würdigte ihn keiner Antwort. Die Majors sammelten ihre Gedanken, setzten ihr Pokerface auf und schritten auf die Brücke. Dank legte eine Hand auf seine sich erholende Verletzung, um den Schmerz zu unterdrücken, und versuchte, sich normal zu verhalten. Sie waren die ersten, die neben dem Admiral und Davida ankamen, die vom Captainsplatz aus stöhnte.

Payne blickte von der Quelle des Geräusches zu Dank und dann zum Admiral. „Was passiert hier?"

Wesson zuckte mit den Schultern und sagte: „Sie werden lernen, es auszublenden." Er deutete den beiden, dort Platz zu nehmen, wo er seinen Schreibtisch aufgestellt hatte und der dem Stuhl des Captains am nächsten lag.

„Sir?", wunderte sich Payne.

„Warum ich alle anderen von der Brücke vertrieben habe? Weil wir die ranghöchsten militärischen Führer sind, die noch übrig sind. Captain Dorsite ist nach ihrem ausführlichen Austausch dann wieder in einem vierundzwanzigjährigen Schlaf. Die Commodore ist rein verteidigungsorientiert. Solange sie ihre Sichtweise nicht verändert, hat sie für mich nur geringen Nutzen. Die Frage ist: Was machen wir jetzt?"

Dank und Payne sahen sich an. Major Dank hielt sich zurück. Er spielte die zweite Geige und dieses Gespräch war für den Verantwortlichen bestimmt.

Major Payne beugte sich vor. „Das hängt ganz von unserem Ziel ab. Ich habe mit Lev gesprochen und bin sicher, Sie auch. Wenn wir um Frieden bitten wollen, müssen wir die Blaze so lange in Bedrängnis bringen, bis die Nachricht von unserem Überfall und der anschließenden Zerstörung ihrer Flotte bekannt ist."

Der Admiral nickte. „Mir gefällt Paynes Idee, zurückzufliegen und zu berichten, was passiert ist, aber das würde uns eine ganze Woche kosten."

„Eine ganze Woche für eine Reise von elfhundert Lichtjahren und zurück. Erinnern Sie sich noch an die Zeit, als fünfhundert Lichtjahre ganze zwei Wochen waren? Die gute alte Zeit." Payne lächelte.

„Sie meinen letzte Woche?" Der Admiral wollte eine Antwort.

„Ist dieser Bericht zum Wohle der Menschheit oder für ihr eigenes Ego?", fragte Payne.

Der Admiral tippte sich mit dem Finger an die Nase. „Wir haben für den Rest des Monats keine größeren Operationen mehr geplant. Die Bergung der *Leviathan* hat unsere Frontkämpfer um eine Kaiju-Klasse dezimiert, aber da die *Cleophas*wieder voll einsatzfähig ist, wären wir erneut auf einem

Stand, bei dem wir den Ebren-Verlust von acht Schlachtschiffen und einem Dreadnought ausnutzen könnten."

„Plädieren Sie für oder gegen eine Rückkehr?", fragte Payne verwundert.

„Ich versuche herauszufinden, welcher Weg uns am wenigsten Leben kosten wird. Wenn wir jetzt angreifen, um die hinteren Gebiete in Angst und Schrecken zu versetzen, könnten wir die Blaze dazu zwingen, ihre Streitkräfte in eine besser zu verteidigende Position zurückzuziehen, von der aus sie auf Bedrohungen ihrer Heimatwelten reagieren können. Wie lange wird es noch dauern, bis sie sich von der Front zurückziehen? Sie haben dort draußen nichts außer strategisch günstig gelegenen Planeten, von denen aus sie weitere Angriffe beginnen können. Sie können sich mit Rohstoffen versorgen, aber keine fortschrittliche Produktion betreiben. Sie positionieren sich, um auf einem hoch entwickelten Planeten Fuß zu fassen."

Payne erwiderte: „Solange die Kaiju-Klasse da draußen ist, halten wir ein fragiles Kräftegleichgewicht aufrecht. Die Flotte braucht uns hier draußen, um Verwüstung anzurichten."

„Und wenn wir uns zurückmelden, würden wir zwar ein paar Egos streicheln und Leute vom Schiff bekommen, die nicht so viel beitragen, aber dann würden wir eine ganze Reihe neuer Freiwilliger gewinnen. Die Leute würden Schlange stehen, um auf diesem tollen Schiff mitfahren zu können."

„Es würde nicht eine Woche, sondern mehrere Wochen dauern, um wieder an Bord zu kommen, vor allem wenn das Personal in verschiedenen Befehlsketten arbeitet. Davon habe ich nichts."

„Das klingt, als hätten Sie sich schon entschieden. Was brauchen Sie von uns?", fragte Payne.

„Wie können wir die anderen dazu bewegen, zuzustimmen?"

„Damit es nicht so wirkt, als würden sie entführt werden? Wann wird Lev vollständig repariert und einsatzbereit sein? Ich sitze nicht gern auf den Trümmern einer zerstörten Flotte, vor allem, wenn die Blaze auftauchen und nachsehen könnten."

„Lev? Bist du da?"

„Ich bin immer hier", antwortete das Schiff. „Ich habe die Energiesignaturen im nahen Weltraum überwacht und alle sind dort, wo sie sein sollen. Um Parallax herrscht rege Bewegung.

Außer normalen Kurieren benutzt keines der Schiffe den FTL."

„Normale Kuriere? Das habe ich noch nie gehört."

„Es gibt keine FTL-Kommunikation, selbst bei den Fortschritten, die die Zivilisation auf Parallax gemacht hat. Schiffe transportieren Nachrichten, aber ihre Kurierflotte besteht aus Drohnen. Ihre besteht aus Kriegsschiffen."

„Aus der Not heraus. Wir wissen nie, was am Zielort vor sich geht", antwortete Admiral Wesson. „Wann wirst du wieder vollständig repariert sein?"

„In maximal zwei Stunden. Ich führe gerade die letzten Reparaturen und Kalibrierungen am externen Sensorgitter durch. Das nimmt mehr Zeit in Anspruch als das Herstellen und Anbringen der Panzerung."

„Was ist mit den Weltenvernichtern? Kannst du den bereits benutzten ersetzen?", fragte der Admiral.

„Die sind unersetzlich, da sie stabilisierte Antimaterie verwenden. Die kann ich an Bord dieses Schiffes nicht herstellen. Alles andere ja. Ich werde mit dem Bau eines weiteren Weltenvernichters beginnen, falls es uns gelingt, das nötige Material zu beschaffen, aber ich werde mich nicht auf die Suche danach machen."

„Bei dem Dreadnought hat es reibungslos funktioniert. Ich habe keine Lust, irgendeinen Planeten in die Luft zu jagen. Das wäre ein Schritt zu weit. Aber eine Roboterwerft? Das könnte passend sein. Die reduzierte Fähigkeit des Feindes, zu kämpfen und ohne Menschen zu töten, ist effektiver, um ihre Herzen und Köpfe zu gewinnen, als eine Kampagne des Abschlachtens."

„Tiefsinnig. Wer hat das gesagt?"

Der Admiral lächelte. „Harry Wesson. Sag es nicht weiter, aber ich denke mir das gerade aus. Keinem Menschen ist es bisher gelungen, einen intergalaktischen Krieg zu beenden. Seit wir die Blaze angegriffen haben und zum Kampf gezwungen wurden, haben wir nichts anderes mehr erlebt als Krieg."

Payne beugte sich vor, stützte die Ellbogen auf die Knie und blickte finster auf das Deck. „Mein ganzes Leben lang waren wir im Krieg mit Außerirdischen. Jetzt, wo wir Lev getroffen haben, hoffe ich, dass ein Ende in Sicht ist."

„Warum kämpfst du?"

„Damit wir eines Tages eine Gelegenheit wie diese erleben. Ich mochte es, die Wracks der Prog zu durchsuchen, auch wenn wir nichts gefunden haben. Mir war immer klar, wenn wir das nächste Mal eine Luke knacken, könnten wir vielleicht etwas finden, das uns dabei hilft, diesen verdammten Krieg zu beenden."

„Deshalb habe ich mich entschlossen, dir zu helfen. In deinem Geist und mit deinen Worten sagtest du ‚den Krieg beenden', nicht ‚den Krieg gewinnen'. Dein Ziel ist Frieden, und das deckt sich mit meinem Ziel."

„Um Frieden zu erreichen, muss man bereit sein, in den Krieg zu ziehen. Es kann keinen Frieden geben, wenn man sich unterwirft oder beherrscht wird." Der Admiral lehnte sich zurück und verschränkte die Arme. „Können wir den Rest der Besatzung auf die Brücke bringen, bitte? Wir müssen reden und innerhalb der nächsten zwei Stunden zu einer Entscheidung kommen."

„Kann ich den Speisesaal vorschlagen? Galen hat eine außergewöhnliche neue Reihe von Rezepten entwickelt, um das, was er Thanksgiving-Dinner nennt, zuzubereiten. Bei der Zubereitung dieser Mahlzeit wurden keine großen Vögel verletzt."

„Tolle Idee, Lev. Menschen sind aufnahmefähiger, wenn sie einen vollen Magen haben, aber warum hat er ein Thanksgiving-Essen gemacht? Es ist nicht Thanksgiving. Wir sind nicht in Amerika. Und niemand feiert das mehr."

„Er hat es gemacht, um seine Heimkehr zu feiern."

Payne grinste und wandte sich ab, damit der Admiral ihn nicht lachen sah.

„Es gibt nichts Besseres, als sich die Arbeit schwerer zu machen. Wir machen daraus eine Feier für das Licht am Ende des Tunnels. Es ist jetzt in Sicht, dank dir, Lev." Er stand auf und gab den Majors ein Zeichen, ihm vorauszugehen. Der Admiral winkte dem sitzenden Genie nur kurz zu. „Ich bin sicher, ihr geht's gut."

„Davida hat sich vorgenommen, dieses Schiff nie zu verlassen", erwiderte Lev.

„Du bist ihr Seelenverwandter. Zusammen im Nirwana", sagte Payne leise. „Vielleicht kannst du sie irgendwo in einem

Labor unterbringen. Ich glaube, wir werden den Stuhl für Captain Dorsite brauchen."

„Oder dich, Major Payne. Ich heiße euch beide in der Kommando- und Kontrollabteilung willkommen."

„Der Admiral ist gleich hier, Lev. Er wird eifersüchtig werden." Payne zwinkerte. Admiral Wesson schüttelte den Kopf. „Klingt unheimlich, wie ein geheimer Handschlag, ein verrauchtes Hinterzimmer, in dem wir zwielichtige Geschäfte machen."

„Es ist eine intime Verbindung mit meinem Geist. In manchen Fällen ist das eine sehr unangenehme Erfahrung. Ich weiß, dass ich bei Davida, Arthir und dir so viel bekomme, wie ich gebe."

„Du bekommst etwas von mir?", platzte Payne heraus.

Er blieb stehen, Major Dank stieß ihn an und schob ihn in den wartenden Wagen. „Außer einem schlechten Sinn für Humor und unpassenden Bemerkungen zu unpassenden Zeiten?"

„Welcher Idiot hat Ihnen beiden eigentlich das Kommando über meine Leute gegeben?", unterbrach ihn der Admiral.

„Ich bin mir ziemlich sicher, dass Sie das waren, Sir", antwortete Payne. Der Wagen brachte sie auf dem kurzen Weg zum Speisesaal den Korridor entlang. Vor ihnen fuhren Wagen ein, die den Rest der Besatzung ablieferten.

„Es riecht nach Truthahn", bemerkte Dank. „Macht mich echt hungrig."

Als die drei die Räumlichkeiten betraten, stand die halbe Mannschaft bereits in der Schlange, auf den Tellern stapelten sich Truthahnscheiben, Füllung, Kartoffelbrei, Soße, grüne Bohnen und Preiselbeersoße.

„Verdammt!" Payne beugte sich nahe an Turbos Teller heran, um das Essen zu untersuchen. Sie stupste ihn mit ihrer Gabel ins Gesicht.

„Hol dir dein eigenes!" Sie beugte sich über ihren Teller und begann mit dem Prozess des nicht gerade vornehmen Essens, indem sie alles schmatzend in sich hineinschaufelte.

Der Major rieb sich die Wange. „Blute ich?"

Virgil schüttelte den Kopf. „Berühre niemals das Essen eines SOFTie. Das weißt du doch."

„Ich habe es nicht berührt. Ich habe nur untersucht, ob es zum Verzehr geeignet ist.“

„Tut mir leid, Sir. Was haben Sie gesagt?“, sagte Galen hinter dem Tresen und warf dem Major einen nicht gerade anerkennenden Blick zu. „Ich habe auch Nahrungsergänzungsmittel in Pillenform, wenn Sie das lieber möchten.“

„Ich vertraue dir blind“, erklärte Payne. „Das ist wahrscheinlich das am besten riechende Essen, das ich je gerochen habe. Es ist so überwältigend, ich kann nicht glauben, dass es echt ist. Verzeih mir. Essen, bitte?“

Payne beeilte sich und füllte seinen Teller mit mehr, als er essen sollte, aber dies schien eine dieser einmaligen Gelegenheiten zu sein.

Jede Mahlzeit ist wie ein Bankett, als ob sie deine letzte wäre. Eine Redensart des Teams, aber es war noch nie die letzte von jemandem gewesen. Payne hatte noch nie jemanden verloren. Er hoffte, dass das auch nicht passierte, aber mit jedem Einsatz stiegen die Chancen gegen ihn.

Als sie saßen und aßen, stellte sich der Admiral so hin, dass ihn alle sehen konnten. Er zählte die Köpfe. Achtzehn. Nur Davida Danbury und Augry Byle waren nicht anwesend.

Der Admiral begann langsam. „Wir sind zwanzig an Bord eines Schiffes, das für hunderttausend ausgelegt ist. Ein Schiff, das Kriege beenden soll, indem es die Kosten des Krieges so erhöht, dass niemand mehr bereit ist zu kämpfen. Wir befinden uns an einem kritischen Punkt für die Zukunft der Menschheit. Mit *Leviathans* Hilfe kann der Krieg für das Blaze-Kollektiv sehr kostspielig werden.

Wie wir herausgefunden haben, vertreten die Blaze nur diejenigen, die im Auftrag der Spezies handeln, die auf Parallax beheimatet war, nicht die Berantz. Wir haben die Möglichkeit, das Herz des Blaze-Kollektivs schnell und massiv anzugreifen, mit dem Ziel, dass sie ihre Streitkräfte von den vorderen Positionen abziehen und nach Hause bringen, um ihre Welt zu schützen. Das wäre dann der Zeitpunkt, an dem wir direkt mit den Völkern verhandeln.

Das ist die beste Gelegenheit, die ich je wahrgenommen habe, um Frieden für die Menschheit zu erreichen. Ich war an der Front und habe für die Menschheit gekämpft, indem ich den

Kampf hier draußen gehalten habe. Hunderte Lichtjahre von der Erde entfernt, um den Menschen die Möglichkeit zu geben, ihr Leben frei von der Gefahr zu leben, der die Flotte und die BEP ausgesetzt sind. Wir opfern uns, damit andere leben können.

Ich bitte euch, ein weiteres Opfer zu bringen, indem ihr den Kampf weiterführt und zu Parallax bringt. Wir können die feindlichen Kräfte so weit zermürben, dass sie nicht mehr in der Lage sind, den Kampf voranzutreiben. Ich möchte, dass wir jetzt zu den Parallax zurückkehren, solange sie noch verwirrt sind, weil sie die Hälfte ihrer Flotte verloren haben."

„Ich stimme zu", sagte Captain Dorsite. Sie hämmerte mit dem Stiel ihrer Gabel auf den Tisch. „Ich habe ein paar Taktiken, die relativ zuverlässig funktionieren könnten."

„Tamony und Nyota. Ich möchte, dass ihr mir zustimmt, dass Vorwärtsgehen und nicht Zurückgehen unsere beste Option ist."

„Es ist nur eine Woche. Wir führen diesen Krieg schon ein Leben lang. Was ist schon eine Woche mehr?", erwiderte Tamony Swiss. „Wir sollten zur Erde zurückkehren."

„Das ist ausreichend Zeit für die Parallax, um sich neu zu formieren und ihre Verteidigung zu rüsten." Der Admiral fixierte Tamonys Blick.

„Ist das nicht genau, was wir von ihnen wollen?", konterte sie.

„Erst wenn sie wissen, wie verwundbar sie sind, weil sie den Großteil ihrer Flotte verloren haben. Das heißt, wir müssen sie jetzt angreifen, bevor sie ihre Position verbessern können. Beim ersten Mal wurden sie überrumpelt. Sie werden auf eine so schnelle Rückkehr nicht vorbereitet sein. Eine Woche könnte den Unterschied ausmachen, und dann wären wir diejenigen, die in eine Falle laufen, aber Sie wären dann ja nicht mehr an Bord, also wen interessiert's?"

„Kein Grund, böse zu werden, Admiral Wesson, aber Sie haben recht. Ich werde dieses Schiff verlassen. Ich kann dem Weiterfliegen zustimmen, aber es muss auch etwas für mich dabei herausspringen. Ich will Zugang zu Technologien, die meine Firmen weiterentwickeln können. Selbst wenn wir erfolgreich sind, entwickelt sich die Menschheit weiter. Was ist mit der Terraforming-Technologie? Das könnte die Zukunft der Menschheit sein, eine friedliche Koexistenz mit ihren himmlischen Nachbarn."

Lev stimmte zu. „Die Progenitoren hatten eine Terraforming-Technologie. Sie ist äußerst komplex und wird nicht leicht nachzubauen sein, aber sie könnte für mehrere Spezies von Nutzen sein. Ich werde eine Ausfallsicherung einbauen, die den Einsatz auf einem bereits besiedelten Planeten verhindert."

Tamony schüttelte den Kopf und winkte ab. „Völkermord ist nicht profitabel. Ihre Ausfallsicherung ist begrüßenswert und ich stimme zu. Eine Reise ins Parallax unter Einsatz von Leib und Leben im Tausch gegen Terraforming-Technologie."

Dank flüsterte Payne ins Ohr: „Apropos geschmacklos …"

„Nyota?"

„Das BEP hat ein berechtigtes Interesse an der Sicherheit der Erde. Wir sind die letzte Verteidigungslinie. Selbst wenn die Flotte den Krieg gewinnt, wird das BEP eine notwendige Rolle spielen. Obwohl ich weiß, dass es am besten ist, in den solaren Raum zurückzukehren, um *Leviathan* in die bestehenden Verteidigungsanlagen zu integrieren, sehe ich mich gezwungen, die Interessen des BEP hier draußen zu vertreten. Ich stimme zu, die Rückkehr zur Erde um eine Woche zu verschieben."

„Ich verstehe das so, dass es so lange dauert, wie es nötig ist. Wir sind hier draußen, um diesen Krieg zu gewinnen. Jetzt ist unsere Zeit gekommen. Was ist mit unserem Meisterlogistiker? Lewis. Was hältst du davon?"

„Dieses Schiff ist beeindruckend. Ich möchte noch viel darüber lernen, wie es den Transport der begrenzten Anzahl von Verbrauchsgütern im System automatisiert, aber am faszinierendsten war, wie es sich selbst repariert hat. Stellen Sie sich vor, wir hätten diese Möglichkeit für unsere Schiffe." Lewis tippte sich mit zwei Fingern an die Stirn, als Parodie eines Grußes.

„Malcolm. Was ist mit Ihnen?"

„Ich würde gerne mal auf dem Stuhl sitzen, wenn ich ihn bekommen könnte. Das ungenutzte Potenzial an Wissen an Bord dieses Schiffes … wow."

„Eine technische Einschätzung, die nur ein Forschungsingenieur vornehmen kann. Lev bestimmt, wer auf dem Stuhl sitzt, obwohl ich sicher bin, dass es an Bord dieses Schiffes Forschungslabors gibt. Lev, können Sie Mister Russell mit einem bekannt machen?“

„Das würde ich gerne tun. Dasselbe gilt für Davida. Es gibt alternative Schnittstellen. Insgesamt sind sieben an Bord.“

„Warum nimmt sie dann meinen Stuhl in Beschlag?“, platzte Captain Dorsite heraus.

„Ganz ruhig.“ Der Blick des Admirals warnte Arthir vor weiteren Herausforderungen.

„Tut mir leid.“ Sie wandte sich wieder ihrem Kartoffelpüree mit Bratensoße zu.

„Kannst du weiter für uns kochen, Galen?“ Der Admiral schlenderte zum Serviertisch.

Galen breitete seine Arme weit aus. „Das ist der einfachste Job, den ich je hatte. Ich muss nichts sauber machen. Die Bots machen die ganze Arbeit. Ich programmiere die Küchenmaschine und mache Geschmackstests. Jetzt, wo ich weiß, was ich tue, wird die Speisekarte wachsen wie ein Buffet in einem Casino in Las Vegas.“

„Ich war noch nie dort“, antwortete der Admiral. „Aber ich verstehe, worauf du hinauswillst, und danke. Von allen Menschen an Bord dieses Schiffes bist du derjenige, der unser Leben lebenswert macht. Auf dich, Cookie.“ Der Admiral spendete dem Chefkoch der *Leviathan* einen kurzen, aber begeisterten Applaus.

„Es ist entschieden. In einer Stunde werden die Reparaturen an *Leviathan* abgeschlossen und das Schiff wird zu hundert Prozent kampffähig sein. Wir werden mit FTL-Geschwindigkeit ins Parallax zurückkehren und die Faltung für einen Notausstieg aufsparen. Wenn das passiert, kehren wir direkt in den solaren Raum zurück. Esst zu Ende und begebt euch auf eure Stationen. Wir werden unsere Ressourcen erst zentralisieren, wenn wir den FTL verlassen.“

„Unsere Ressourcen zentralisieren?“, fragte Lewis.

„Unsere Leute zusammenbringen, damit wir für jeden sorgen können. Dieses Schiff ist etwas groß, und wie sich herausgestellt hat, sind die Brücke und ihre unmittelbare Umgebung ein Notfall-Fluchtschiff. Solange wir auf der Brücke sind, können wir alles überleben, sogar einen Weltenkiller.“

„Das ist beruhigend“, sagte Tamony mit einem Augenzwinkern.

„Genießt euer Essen und feiert, wie weit wir gekommen sind.“ Der Admiral setzte sich und verschlang sein Essen. Es schmeckte ihm nicht so gut, weil er nur an den Weg denken konnte, der vor ihm lag. Zu viele Unbekannte. Ein mächtiger Feind, der überleben wollte. Ihre Aufgabe war es, dem Feind Angst einzujagen, ohne ihn zu unüberlegten Handlungen zu verleiten.

Kapitel Vierundzwanzig

„Kapitulation ist etwas für Leute ohne Vorstellungskraft."

Aus den Memoiren von Flottenadmiral Thaylon Loore.

„Ich habe einen vollen Vorrat an Rohstoffen für weitere Reparaturen, falls benötigt. Der Dreadnought war eine lukrative Quelle für die besten Rohstoffe, die größtenteils meinen eigenen Rahmen und meine Hülle repliziert haben. Die nicht explodierten Kerne von zwei der Kampfschiffe werden meine unbeständigen sekundären Energiesysteme verstärken können. Ich bin bereit, auf euer Kommando zu fliegen."

„Arthir, bring uns aus diesem Trümmerfeld heraus. Nächster Halt: Parallax."

Das Schiff manövrierte sich aus dem ewig schwebenden Trümmerfeld heraus und steuerte Parallax an, bevor es auf FTL-Geschwindigkeit umschaltete.

„Zeitkontrolle?"

„Ankunft in sieben Stunden."

„Team Payne, meldet euch in sechs Stunden in der Waffenkammer zur Waffenüberprüfung und zum Ausladen. Wir warten im Uglymobil auf unsere Ankunft in Parallax. Ich bezweifle, dass das, was wir beim letzten Mal gemacht haben, noch einmal funktionieren wird, aber für den Fall, dass sie sich nicht zurückgemeldet haben, könnten wir für Runde zwei bereit sein. Blinky und Buzz, seid ihr weitergekommen, ihre Sprache zu knacken und in ihr System einzudringen?"

Blinky und Buzz schauten auf das Deck und schüttelten den Kopf. „Sieht so aus, als hättet ihr sechs Stunden Zeit, um es herauszufinden. Macht euch an die Arbeit. Ich werde nach Byle sehen."

Dank ging mit Heckler zur Waffenkammer, während Payne zur Krankenstation zurückkehrte.

Drinnen fand er Byle, die versuchte, sich anzuziehen. „Ich weiß, dass Lev dich noch nicht entlassen hat. Was zum Teufel machst du?"

„Ich komme mit. Wenn das Team loszieht, dann ziehe ich auch los."

„Du hast eine Gehirnerschütterung, Byle. Solange du keine Entwarnung gibst, bist du ein Risiko für uns und dich. Und was noch wichtiger ist, du wirst eine Langzeitverletzung bekommen. Mit einem zertrümmerten Gehirn kann man nicht durchs Leben gehen. Menschen damit sterben hässlich. Wir wollen in einem glorreichen Feuergefecht sterben und nicht murmelnd umherwandern."

„Aber, Sir …"

Payne schüttelte den Kopf. „Jetzt ist nicht der richtige Zeitpunkt, Byle. Geh zurück ins Bett und wir werden sehen, was Lev in sechs Stunden sagt. Wenn er dich freigibt, trete ich deinen Hintern in die Waffenkammer, um ihn vollzuladen. Du liebst das Uglymobil. Es ist einfach großartig."

„Ich kann mich nicht an unsere letzte Fahrt erinnern, also habe ich einiges wiedergutzumachen. Sie sagten mir, Sie hätten mich herausgetragen. Ich danke Ihnen."

„Entweder das oder den ganzen zusätzlichen Papierkram ausfüllen. Du weißt, wie sehr ich diesen Kram hasse. Ruh dich etwas aus, Byle. Vielleicht wird Lev noch einmal die Kühlmikrowelle an dir ausprobieren, damit du ein bisschen mehr Platz in deinem Knochenbehälter hast." Payne gab ihr den Daumen hoch und schritt davon.

„Sie wird mit dir einsatzbereit sein, Declan", sagte Lev.

„Ich verlasse mich darauf, Lev. Ich will nicht mit weniger als der vollen Stärke ausrücken. Und selbst mit zehn Mann im Team brauchen wir mehr Feuerkraft. Ich gehe in die Waffenkammer."

„Was gibt's, Heckler?", fragte Payne.

Auf einem Tisch am anderen Ende des Schießplatzes hatte Heckler eine Reihe von Waffen ausgebreitet.

Heckler, als ranghöchster Combat Specialist, übergab die Verantwortung für das Briefing an Turbo. Sie nickte einmal, um den Befehl zu bestätigen, und wandte sich an den Major. „Wir haben eine beträchtliche Feuerkraft zur Verfügung, eine schwerer als die andere. In unseren Anzügen wird das meiste Gewicht abgefedert, also haben wir festgestellt, dass alle diese Waffen brauchbar sind."

„Die hatten wir nicht, als wir uns das erste Mal umgesehen haben. Hat Lev Überstunden gemacht?"

„Diese Waffen waren in seiner Datenbank und sie können alle vor unserem Abflug hergestellt werden."

„Feuerkraft ist gut. Fangen wir mit den schwersten an."

Turbo ging zum Ende des Tisches, zur fünfzehnten Waffe. Sie hob sie an, sodass sie auf ihrer Schulter ruhte, während sie sich hin und her bewegte. „Dies ist eine Pulskanone, die fast zwanzig Kilo wiegt. Der größte Nachteil ist ihre Größe. Wenn man einen Korridor entlang zielt, kann man sich nicht so schnell umdrehen. Man muss sich mit dem ganzen Körper drehen, was ein reaktives Feuern fast unmöglich macht. Ich empfehle die Mitnahme von drei dieser Waffen, um sie als Flächenverteidigungswaffen einsetzen zu können. Als zusätzlichen Bonus gibt es eine Option für die Fernzündung mit einer Stativhalterung. Das sind weitere zehn Kilo pro Stück."

„Das klingt nach drei Impulskanonen und drei Stativen, die von sechs Leuten getragen werden. Was wird uns mehr Schlagkraft verleihen als Handfeuerwaffen?"

Turbo ging den Tisch hinunter zur viertschwersten Waffe. „Das ist eine schultergetragene Railgun mit einem zusätzlichen Granatwerfer. Sie wiegt zwar nur fünf Kilo, aber die Granatenmunition summiert sich. Sie wird mit Schultergurten quer über den Körper geschnallt."

„Und wenn man getroffen wird, explodiert man?", fragte der Major.

„Nein. Sie werden erst in der Abschusskammer aktiviert. Das Gute daran ist, dass sie dasselbe Projektil abfeuern wie die Nadelgewehre, aber mit doppelter Geschwindigkeit und mit einer Magazinkapazität von fünfhundert Schuss. Wir können zusätzliche Magazine mitnehmen. Mit den Nadelgewehren und den Railguns haben wir eine Überlappung von Munition, mit den Pulskanonen eine starke Feuerkraft und mit den Luftgewehren eine Anti-Personenwaffe."

„Sollen wir die Luftgewehre mitnehmen? Es sieht so aus, als ob wir mit unseren normalen Rucksäcken mit Wasser, Lebensmitteln, medizinischem Material, Klebeband und – für die Teamfreaks – Computersystemen reichlich beladen sein werden."

„Ich empfehle, Luftgewehre mitzunehmen. Wir wollen nicht in die Falle tappen und immer die letzte Schlacht schlagen. Mit den Luftgewehren kann unbegrenzt gefeuert werden. Wenn wir von einem lebenden Feind herausgefordert werden, dann können wir ihn lautlos treffen. Die Railgun und die Impulskanone sind keine Tarnkappenwaffen."

Payne nahm die Railgun in die Hand. Turbo reichte ihm Ohrstöpsel. Sie und Heckler traten zur Seite. Payne zielte auf ein hundert Meter entferntes Ziel und feuerte. Es gab keinen Rückstoß, aber die elektrische Entladung ließ ihm die Haare zu Berge stehen. Die Zerstörung des Ziels erfolgte augenblicklich.

„Selbst mit den Schalldämpfern war das Ding laut." Er setzte es ab und zeigte auf die Kanone. Turbo reichte sie ihm. Payne zielte auf ein fahrzeuggroßes Ziel am anderen Ende des Schießstandes, fünfhundert Meter entfernt. Mit einem leichten Zug dröhnte die Kanone und schickte drei Plasmakugeln auf die Strecke.

Das Ziel ging in Flammen auf und prallte gegen die gegenüberliegende Wand.

„Drei Schuss?"

„Sie feuert mit einem einzigen Abzug drei aufeinanderfolgende Geschosse ab. Sie kommen so schnell heraus, dass der Laufanstieg ihre Aufschlagzone kaum beeinflusst."

„Mit Papierzielen ist es eine Nummer, aber was ist mit Metall?"

„Sir, das war ein Metallziel."

Payne lachte, danach breitete sich ein Grinsen auf seinem Gesicht aus.

„Wir nehmen vier davon und vier Stative. Dann bleiben nur noch Blinky und Joker übrig, die keine schweren Geschütze schleppen müssen. Die haben mit ihrer Kommunikations- und Hacking-Ausrüstung schon genug zu tun."

„Was ist mit Buzz?", fragte Heckler. „Ohne ihn habe ich nur noch zwei Combat Specialists."

„Das ist der Punkt. Im Kampf gegen eine Drohnenflotte wären wir technisch besser bedient, aber damit sie ihren Job machen können, müssen wir sie in Sicherheit bringen. Sie haben mich und Dank. Das sind vier, die für die Kampfwaffen zuständig sind. Wir wissen, was wir als Team zu tun haben. Ich muss nicht daneben stehen und zusehen. Buzz hat eine Doppelfunktion und wird sich dort einsetzen, wo er am meisten gebraucht wird."

„Ihr zwei seid schrecklich darin, Befehle zu befolgen", sagte Heckler spöttisch.

„Sogar unsere eigenen. Damit sind wir zehn, aber genau das macht dieses Team so großartig. Hat irgendeine dieser anderen Waffen das Potenzial, nicht tödlich zu sein?"

Heckler hob eine Augenbraue. „Wenn es sein muss. Es gibt einen Bohnensackwerfer, kein Scherz. Der ist ziemlich lahm und ziemlich sperrig. Die Stunner, die wir mitgebracht haben, sind bessere nicht tödliche Optionen als alles, was Lev zu bieten hat."

„Dieses Schiff wurde als Waffe des letzten Auswegs gebaut. Als ich im Einsatz war, waren wir weit über nicht tödliche Optionen hinaus", erklärte Lev.

„Da bist du ja, Kumpel. Ich muss sagen, ich bin verliebt in diese Impulskanone. Ich denke, wir sollten sie ‚Dozer' nennen, da sie eine Vielzahl von Hindernissen beseitigen kann. Und dann ist da noch die Mini-Railgun. Gutes Zeug, Lev, und damit meine ich, dass diese Waffen das Team am Leben erhalten werden." Der Major nickte Heckler und Turbo zu. „Bestellt die richtigen

Mengen, macht die Ladungen fertig und geht dann schlafen. Wir sind einsatzbereit, bevor sie es vermuten."

„MAJOR PAYNE!", rief eine Stimme aus der Ferne. Sie kam näher, bis sie ihm ins Gesicht schrie. „Ich weiß, Lev, es ist Zeit, sich fertig zu machen." Er setzte sich im Bett auf und sah Commodore Freeman vor sich stehen. „Commodore."

„Ich wollte mit Ihnen allein sprechen, bevor wir ankommen."

„Wie spät ist es?", murmelte er und kletterte aus dem Bett, um sich anzuziehen.

„Zwei Stunden, bis wir aus dem FTL kommen."

„Verdammt. Sie haben mich eine Stunde Schlaf gekostet. Ich hoffe, das ist es wert."

Wut flackerte in ihren Zügen auf, verflüchtigte sich aber schnell wieder. Sie wusste, dass sie an Bord der *Leviathan*machtlos war und nur mitfliegen konnte. Ihr Rat wurde weder gesucht noch angenommen.

„Wir müssen das BEP bei jeder Aktion dieses Schiffes berücksichtigen. Es wurde in einem von der BEP kontrollierten Gebiet entdeckt."

Payne atmete aus und zog den Reißverschluss seines Overalls hoch. Als er ihrem Blick begegnete, wurde ihm klar, dass sie es ernst meinte. Er dachte an alle möglichen kranken Antworten, entschied sich aber für Zurückhaltung.

„Wir gehen nirgendwo hin ohne Levs Zustimmung. Das ist sein Schiff und er ist das Schiff. Wir werden von einem fühlenden Wesen getragen. Fragen Sie Lev, was er davon hält, in eine defensive Rolle versetzt zu werden."

„Er sagte, es ergebe keinen Sinn, wenn man seine Aufgabe und seine Fähigkeiten bedenkt."

„Warum sprechen Sie dann mit mir darüber? Wie sähe Ihr Leben aus, wenn die BEP aus zufälligen Patrouillen bestünde, um Frachtkontrollen bei ankommenden außerirdischen Frachtern durchzuführen, die mit der Erde Handel treiben, anstatt auf einen Feind zu warten, den die Flotte mit allen Mitteln davon abhalten will, jemals anzukommen? Das ist es, was wir jetzt tun. Wir machen unsere eigenen Jobs überflüssig. Ich denke, das ist eine rechtschaffene Aufgabe. Wir haben tausendfünfhundert Menschen auf *Cleophas* verloren, um den Start von *Leviathan* sicherzustellen. Jetzt sorgen wir dafür, dass sich dieses Opfer gelohnt hat."

Die Commodore spitzte die Lippen und starrte an die Decke. Payne setzte sich auf sein Bett und wartete. Er mochte seine neue Matratze. Wenn er nur mehr Zeit auf ihr verbringen könnte.

„Ich höre alle sagen, dass ich nicht bereit sei, mich für das Allgemeinwohl zu opfern."

„Wenn Sie das hören, dann, weil Sie sich so verhalten. Sie sind Commodore, das heißt, Sie haben Ihren Teil der Zeit an Bord von Schiffen verbracht, wurden dorthin geschickt, wo Sie nicht hinwollten, um Dinge zu tun, die niemand tun wollte. Sie hatten Ihr ganzes Leben lang einen anderen Auftrag, nämlich den der Verteidigung. Auf diesem Schiff und bei der Mission, die wir seit unserer Ankunft an Bord angenommen haben, dreht sich alles um Offensive. Sie haben aufgrund Ihrer Erfahrung eine andere Denkweise. Niemand denkt, dass Sie weniger zu opfern bereit sind als der Rest von uns", log Payne und freute sich darüber, wie gut ihm die Worte von der müden Zunge rollten.

Sie lächelte. „Zwei Stunden, Major, und wir werden sehen, was die Zukunft bringen wird. Für die ganze Menschheit."

„Für die ganze Menschheit. Keine Medaillen, kein Ruhm. Nur Frieden."

„Es wäre schön, sich zur Ruhe zu setzen", gab sie zu. „Ich danke Ihnen."

Sie verließ sein Zimmer, ohne sich noch einmal umzusehen.

„Lev, weck mich, bevor du andere Leute in mein Zimmer lässt, bitte."

„Du weißt, dass du dieses Gespräch führen musstest", erwiderte Lev.

„Du Schleimer! Habe ich noch irgendeine Kontrolle über mein eigenes Leben?"

„Offenbar nicht. Die Energiesignaturen im Parallax bewegen sich auf Achsen weg vom Planeten und tiefer in den Blaze-Raum."

„Was soll das bedeuten?" Die letzten Nebelschwaden lösten sich und der Major war plötzlich hellwach.

„Es bedeutet, dass sie den Planeten verlassen."

„Hol mir einen Wagen, Lev. Ich muss mit dem Admiral sprechen."

„Er wartet schon, Declan."

„Du wirst mich so verwöhnen, dass ich nicht mehr in der Lage sein werde, mich in die normale und, ich wage es zu sagen, vornehme Gesellschaft zu integrieren."

„Dann ist mein Job ja fast erledigt."

„Du machst mich fertig, Lev." Payne kletterte auf den Wagen und er raste aus dem Raum mit der bequemen Matratze. Er bog in den breiten Hauptkorridor ein und steuerte direkt auf die Brücke zu.

Der Major eilte hinein und fand Captain Dorsite in ihrem Sessel, allerdings wach und aufmerksam. Davida und die anderen waren nicht da, aber die Commodore war da. Sie war nach ihrem Gespräch mit Payne direkt auf die Brücke gegangen. Sie stand in unmittelbarer Nähe des Flottenadmirals und sie unterhielten sich leise.

Sie traten zurück, um sich Payne zuzuwenden, als dieser sich näherte.

„Sie haben es gehört", sagte Admiral Wesson.

„Wenn die Flotte nicht im Orbit ist, bitte ich um Erlaubnis, den Planeten mit meinem Team anzugreifen."

Der Admiral legte den Kopf schief, bevor er Blickkontakt mit Captain Dorsite aufnahm. „Was halten Sie davon, Arthir?" Er wandte sich an Commodore Freeman. „Und Nyota. Ich bin neugierig."

Captain Dorsite antwortete zuerst. „Wir könnten mehr Informationen gebrauchen, da wir nichts darüber wissen, was sich dort unten befindet. Fünf Milliarden Einwohner. Es könnte schwierig werden, nicht aufzufallen."

Die Commodore meldete sich zu Wort. „Es scheint, dass wir bereits einen Eindruck hinterlassen haben, aber da sie sich verteilt haben, wie viel Angst haben sie wirklich? Sie haben einen Notfallplan ausgearbeitet."

Der Admiral nickte. „Das bedeutet für mich, dass wir einen Schritt näher dran sind, alle Verstecke zu beseitigen. Teilen und Herrschen. Sie tun es für uns. Es ist unmöglich, dass ein zweiter Standort so gut verteidigt wird wie der Heimatplanet."

„Sicher, dass dies der Heimatplanet ist?", fragte Payne. „Ich kann nicht glauben, dass sie ihre Heimat so einfach aufgeben und dabei fünf Milliarden zurücklassen. Deshalb müssen wir dort hinuntergehen."

„Schnappen Sie Ihr Team und das Landefahrzeug mit allem, was Sie für die Erkundung am Boden brauchen. Sobald wir in der Umlaufbahn sind, Lev, wähle einen Einsatzpunkt für Team Payne."

Payne salutierte. „Ich muss das Uglymobil bereit machen."

Die Commodore schnaubte. „Das Uglymobil? Ich weiß, es ist Tradition, seinen Skimmern Namen zu geben, aber ist Ihnen nichts Besseres eingefallen?"

Payne war im Begriff, wegzugehen. Er sprach über seine Schulter. „Was gäbe es denn Besseres?"

Kapitel Fünfundzwanzig

„Wenn dir der Feind auf den Fersen ist, ist es Zeit zuzuschlagen.“

Aus den Memoiren von Flottenadmiral Thaylon Loore.

„Byle! Schön, dass du es geschafft hast. Nimm das Stativ mit. Das ist dein neuer bester Kumpel.“ Major Payne deutete auf die Ausrüstung, die auf dem Deck neben dem Uglymobil verteilt war.

„Schön, wieder hier zu sein“, erwiderte die Spezialistin und betrachtete das Stativ, das nicht zu dem passte, was sie sonst bei sich trug. „Wo soll ich das denn reintun?“

„Binde es um deinen Rucksack“, antwortete Turbo. „Wenigstens musst du das Scheißding nicht schleppen.“

„Wenn ihr nicht meckert, seid ihr nicht glücklich. Freut euch doch!“, rief Dank. Er war der Letzte, der ankam. Er hatte zwei Taschen dabei, die er sofort in den Innenraum des Schiffes stopfte. „Eine Kleinigkeit von Cookie, ein lagerfähiges Protein, das aussieht und schmeckt wie Dörrfleisch.“

„Ich glaube, das sollten wir erst einmal probieren, bevor wir einen Teil unseres kostbaren Laderaums dafür reservieren.“ Payne deutete auf sich selbst. „Her damit.“

Dank grinste, als er zehn einzelne Päckchen aus dem Beutel an seiner Uniform zog. „Auf Körpertemperatur erwärmt, damit ihr es essen könnt."

„Ich kann keine weiteren Befehle mehr befolgen, und das ist einfach ekelig." Heckler deutete auf Major Dank und warf Payne einen Blick zu.

„Du liebst uns doch, vor allem, weil wir die schwere Artillerie schleppen."

Dank verteilte alles. Alle packten aus und schnupperten an ihren Schätzen, bevor sie einen Bissen nahmen.

„Gerade, wenn Cookie anfängt, gut zu werden, verlassen wir das Schiff", beschwerte sich Blinky.

„Aber wir kommen zurück", sagte Payne. „Es gibt eine Änderung der Mission. Sobald wir die Umlaufbahn erreicht haben, werden wir auf den Planeten gehen und Aufklärungsarbeit leisten. Wir werden als Erste die Gesichter derer sehen, die hinter dem Blaze-Kollektiv stecken."

„Werden wir sie vernichten?", fragte Heckler mit Blick auf die siebzig Kilogramm Ausrüstung, die er zu tragen hatte.

„Nein", antwortete Payne.

„Die letzte Schlacht. Vielleicht können wir auf die Kanonen verzichten?"

„Auf dem Planeten könnten sie Panzer und Luftabwehr haben. Was würden wir mit ihnen dann machen?"

„Da eine Kapitulation nicht in Frage kommt, sind die Impulskanonen wohl besser als nichts."

„Wir fahren schweres Geschütz auf, weil wir nicht wissen, was uns erwartet. Zieht eure Anzüge an und panzert euch."

Das Team warf seine Kleidung in der Gegend herum und verließ sich darauf, dass die Bots die Unordnung beseitigen würden, bevor sie zurückkehrten, denn ihre Anzüge waren seit der letzten Mission von denselben Bots gereinigt und repariert worden.

„Willst du dieses Mal wieder Bröckchen von dir geben, Buzz?", stichelte Turbo.

„Das war eine einmalige Sache. Wird nicht wieder vorkommen, Turbo", antwortete Buzz zuversichtlich.

Bevor das Geplänkel weitergehen konnte, wurden sie von Payne unterbrochen. „Buzz, du, Blinky und Joker haltet euch bereit, in jedes System einzubrechen, das wir finden können. Habt ihr während der Ausfallzeit irgendwelche Fortschritte bei der Schiffssoftware gemacht?"

„Ein wenig", antwortete Blinky.

Der Major drehte den Finger in der Luft, weil er wusste, dass da noch mehr war.

„Der Fortschritt bestand darin, dass wir diesen Modulator so angepasst haben, dass er die Signale erkennt, die wir übersehen haben." Er ließ ein kleines Gerät zwischen seinen Fingern rollen, bevor er es wieder in die Seitentasche seines Anzugs steckte. „Die richtigen Signale wurden in unseren Breitbandsensorabtastungen entdeckt, aber nicht in einer der normalen Datenfrequenzen. Dank Lev sind wir jetzt in der Lage, sie zu sehen und zu nutzen. Wir brauchen nur noch ein Schiff, mit dem wir reden können, oder wir hoffen, dass sie auf der Oberfläche die gleiche Art von Technologie verwenden. Sonst fangen wir wieder von vorn an."

„Stellt euch auf einen Neuanfang ein", schlug Sparky vor. „Werde ich eine Chance haben, irgendwelche Stromnetze zu untersuchen?"

„Ich weiß nicht", antwortete der Major. „Ich weiß nicht viel von irgendetwas. Wir werden mit allem, was Lev vor dem Start und während des Einsatzes sammeln kann, einen schnellen Informationsaustausch durchführen, aber es scheint, dass der größte Teil ihrer Flotte abgeflogen ist, und wir werden nicht in eine heiße Zone kommen, zumindest nicht im Weltraum."

Das Team zog sich fertig an und machte sich bereit. Die subtile Verstärkung der Anzüge half ihnen, ihre Lasten zu tragen, aber das hatte seinen Preis. Sie joggten schnell durch die Hangarhalle. „Das ist die Maximalauslastung. Je nachdem, wo wir landen, sollten wir vielleicht zwei der Impulskanonen abwerfen."

„Das würde das Reisen um einiges vereinfachen", gab Payne zu. „Wir werden bei der Landung umrüsten. Nehmt die Luftgewehre und ladet sie auf."

Nachdem sie sich im kugelförmige Raumschiff in Position gebracht hatten, gab es keinen Platz mehr, um sich zu bewegen.

„Die gute Nachricht ist, dass wir nicht herumgeschleudert werden, wenn wir abstürzen!", merkte Major Dank an.

„Ankunft in fünf … vier …“ Lev setzte den Countdown fort, bis das Schiff aus dem FTL kam. Er behielt genug Vorwärtsgeschwindigkeit bei, um das Schiff in eine natürliche Umlaufbahn zu bringen. Innerhalb von Sekunden beschleunigten vier Cruiser auf das Schiff zu.

„Keiner an Bord“, meldete Lev. Offensiv- und Defensivwaffensysteme wurden aktiviert und füllten den Himmel in alle vier Richtungen mit Plasma, Geschossen, Lasern und Raketen. *Leviathan* bewegte sich auf eine niedrige Umlaufbahn zu, während die vier Schiffe eines nach dem anderen der überwältigenden Feuerkraft erlagen.

Sie hatten keine Chance. Indem er aus einem niedrigeren Winkel feuerte, verhinderte *Leviathan*, dass verirrte Feuerkraft auf die Oberfläche des Planeten traf, wo noch fünf Milliarden Lebenszeichen registriert wurden.

Das Einsatzfahrzeug, das liebevoll „Uglymobil“ genannt wurde, fuhr aus dem offenen Hangartor und tauchte in die obere Atmosphäre ein.

„Himmel ist frei. Weltraum ist frei“, meldete Lev.

Captain Dorsite lehnte sich in ihrem Stuhl auf dem Podium zurück und verschränkte ihre Arme. „Taktik ist klar. Energiesignaturen bis zu einer Entfernung von zwei Lichtjahren sind nicht bedrohlich. Keine Eindringlinge, und alle zuvor identifizierten Ausreißer sind von der Anzeige verschwunden.“

„Gehen Sie in eine geosynchrone Umlaufbahn über dem Team, um bei Bedarf unterstützende Feuerkraft bereitzustellen. Nachladen und aufstocken. Scannen Sie die Oberfläche so genau wie möglich und übermitteln Sie Major Payne die Landekoordinaten und Informationen.“

Tamony sah gelangweilt aus. „Natürlich sind sie weg. Sie wollten nicht sterben. Jetzt sind wir hier und haben keine Ahnung, wo sie sind. Was, wenn sie in Richtung Erde unterwegs sind?“

„Dann werden sie einen Monat brauchen, um dorthin zu gelangen“, antwortete der Admiral. „Man verlässt nicht einfach seinen Heimatplaneten. Da ist noch etwas anderes im Spiel. Wir übersehen etwas.“

„Informationen an das Einsatzschiff und Team Payne weitergegeben“, berichtete Lev.

„Wir warten.“ Der Admiral verließ die Brücke. „Ich gehe einen Kaffee trinken“, rief er über seine Schulter. „Ich brauche keinen Wagen, Lev, ich gehe zu Fuß. Ich kann die Bewegung gebrauchen und muss etwas Zeit totschlagen. Komm schon, Declan Payne. Mach uns stolz.“

DAS UGLYMOBIL PRALLTE durch die obere Atmosphäre und in den klaren Himmel über Parallax. Das Fahrzeug bremste fast sofort ab und zog einen weiten, trägen Kreis um die größte Stadt.

„Lev wählte ein bewaldetes Gebiet etwas außerhalb der Stadt als Landeplatz. Es wird unsere Operationsbasis sein. Ich würde das Team gerne aufteilen, um ein größeres Gebiet abzudecken. Major Dank wird Heckler, Sparky, Shaolin und Buzz mitnehmen. Ihr nehmt eine Pulskanone mit und geht nach Süden. Ruft die Karten auf euren HUDs auf und legt eine Route fest. Haltet das Schiff über eure Fortschritte auf dem Laufenden. Wir gehen nach Nordwesten. Begebt euch nicht zu tief in die Stadt.“

Das Team gab einen Daumen hoch und lehnte sich zurück, um die Informationen auf ihren Head-up-Displays zu studieren.

„Irgendetwas Neues, Lev?“, fragte Payne.

„Fünf Milliarden Lebensformen, aber sie bewegen sich nicht so, wie man es normalerweise von einer Gesellschaft erwarten würde.“

„Was willst du damit sagen?“

„Die Lebensformen scheinen statisch zu sein. Sie bewegen sich nicht.“

„Warum hast du uns das nicht früher gesagt?“

„Ich habe es vorher nicht gewusst, Declan. Bis zu diesem Moment war alles nur eine Momentaufnahme der Zeit. Jetzt habe ich mehrere Datenpunkte, mit denen ich arbeiten kann.“

„So verhält sich eine Zivilisation nicht. Es muss eine Bewegung geben. Da stimmt etwas nicht, Lev.“

„Neue Befehle“, funkte Payne über den Teamkanal. „Wir

bleiben zusammen. Die Lebenszeichen auf dem Planeten haben sich nicht bewegt, seit wir hier sind. Keines von ihnen."

Dank nickte. „Das ist verdammt seltsam." Der Major sah sich die Informationen von Lev über die statischen Lebensformen an. „Mir gefällt die Idee, dass wir zusammenbleiben. Wir können uns später trennen, wenn wir feststellen, dass es keine Bedrohung gibt. Sind sie scheintot oder so etwas? Vielleicht sind es gefälschte Signaturen."

„Nichts ist unmöglich. Fahrt eure HUDs hoch. Karten studieren. Wir folgen einer Route aus dem Wald heraus, nordwestlich des Landeplatzes. Wir werden zwei Impulskanonen mit Fernfeuer entlang dieser Route aufstellen, mit einem Feuerbogen hier", Payne markierte mit seinen Augen die Karte, „um unseren Fluchtweg zu schützen. Wir werden diesen äußeren Block mit minimalen Lebensformen untersuchen, um zu sehen, was los ist. Wir halten das Terrain hinter uns frei und bewegen uns in Rautenformation. Turbo an der Spitze. Heckler auf der rechten Flanke und Buzz auf der linken. Virge, du bist auf sechs Uhr. Blinky und ich werden im Schaukelstuhl sitzen."

Das Team hielt den Daumen nach oben und markierte mit Augenbewegungen die Raute, in der jeder seinen Platz haben würde. Die Formation bot ein Maximum an Feuerkraft, wenn der Feind aus jeder Richtung angreifen konnte.

Auch wenn die Rückseite frei bleiben würde, schloss Payne nicht aus, dass jemand hinter sie gelangen könnte. Wenn der Feind über Hochgeschwindigkeitsfahrzeuge verfügte, konnte er ein Team zu Fuß leicht ausmanövrieren.

Das Uglymobil fuhr mit hoher Geschwindigkeit in die letzte Kurve und setzte im letzten Moment auf, sodass es kaum spürbar auf dem Boden aufsetzte. Die Seitentüren glitten nach oben, das Team stieg im strahlenden Sonnenschein aus und verließ das Schiff auf dem von Payne festgelegten Weg. Die Teammitglieder brachten sich in Position, wobei sie mindestens zehn Meter Abstand voneinander hielten. Blinky und Payne blieben in der Mitte, in gleichem Abstand zur Spitze und zum Heck sowie zu den beiden Flanken.

„Ausrücken", befahl Payne. Das Schiff klappte zu. Payne blickte zurück und stellte fest, dass das Netz an der Außenseite dazu beitrug, dass es mit dem Laub verschmolz. Wenn man es direkt ansah, konnte man es erkennen, aber ansonsten war es gut getarnt. „Gute Arbeit, Progs“, murmelte Payne vor sich hin.

Turbo bewegte sich langsam. Es kam selten vor, dass das Team einen fremden Planeten betrat, und jedes Mal war es mit eigenen Herausforderungen verbunden gewesen.

Die ersten Menschen, die einen Fuß auf Parallax setzen, den Ort, an dem für die Blaze alles begann, dachte Payne. Dieser Krieg muss beendet werden, und die Bastarde, die ihn begonnen haben, müssen den Preis für das Leid zahlen, das sie verursacht haben. Lev ist zu demselben Schluss gekommen, aber tausend Jahre zu spät.

Payne atmete tief aus, um seine Atmung zu verlangsamen und seine Gedanken zu ordnen. Mit Lev in seinem Kopf hatte er nicht die Freiheit für geistige Höhenflüge. *Was du denkst, sagst du. Was du sagst, tust du. Was du tust, das bist du.*

Die Bäume trugen einen Blau- und Orangeton, der den menschlichen Erwartungen an das Aussehen von Bäumen widersprach. Sie waren schwer mit Laub bewachsen, aber der Wuchs war ausgereift, und die untersten Äste befanden sich über dem Kopf des größten Teammitglieds.

Buzz blieb stehen und ließ eine Ranke des Baumes durch seine Hand gleiten. Er schüttelte den Kopf und ließ sie vorsichtig los.

Es war ein Grundsatz des Teams, Flora und Fauna auf fremden Planeten keinen Schaden zuzufügen. Diese Lektion hatten sie auf dem üppigen Mond über Orion-13 gelernt, wo ein Baum wie am Spieß geschrien hatte, als sie einen kleinen Ast abbrachen, um ihn als Probe mitzunehmen. Sie wussten nie, was die Einheimischen auf ihre Anwesenheit aufmerksam machen würde, deshalb wollten sie auch kein unnötiges Risiko eingehen.

Turbo hob eine geballte Faust und das Team blieb augenblicklich stehen. Es gab keine Bewegung in irgendeine Richtung. Ihre HUDs blieben klar. Turbo zeigte nach rechts und deutete auf eine Position, um den Standort für die erste Pulskanone zu bestimmen. Sie spiegelte ihre Bewegungen auch nach links. Shaolin eilte herbei, um das Stativ mit dem Steuerantrieb aufzustellen. Buzz schloss die Kanone an und trat einen Schritt zurück. Turbo aktivierte sie und drehte die Waffe.

Byle baute das zweite Stativ auf und Heckler ließ seine Kanone darauf fallen. Er aktivierte sie und führte eine kurze

Zielübung durch, dann gab er den Daumen nach oben und zog sich in die Formation zurück.

Turbo blickte über ihre Schulter, um Paynes Handzeichen zum Ausrücken zu sehen. Sie trat aus dem Versteck, das der Wald bot, auf eine freie Fläche. Vor ihnen lag die Seite einer Metropole, von kleinen blockartigen Gebäuden am Stadtrand bis zu Hochhäusern im Zentrum. Dic Stadt breitete sich vor ihnen aus, als hätte sie kein Ende.

Payne überprüfte sein HUD und stellte fest, dass die Lebenszeichen statisch geblieben waren. Levs Übertragung aus dem Orbit durch das Schiff zu ihren Anzügen hatte sich nicht verändert. Alles war lebendig, aber nichts bewegte sich.

Turbo schritt langsam über die offene Fläche. Die Teammitglieder folgten ihrem Tempo, bis sie das äußerste Gebäude erreicht hatten. Im nächsten waren einige Lebenszeichen zu sehen. Danach würden sie überall zu finden sein.

Heckler wies mit einer Geste auf eine niedrige, quadratische Tür in dem Gebäude ohne Fenster. Er deutete auf seine Augen und dann auf die Tür. Payne wies Joker an, mit ihm zu gehen.

Ohne ein Geräusch zu machen, stieß er die Tür auf und kroch hindurch. Drinnen war die Decke so niedrig, dass er nicht aufrecht gehen konnte. Er beugte die Knie und versuchte, seinen Helm waagerecht zu halten, um seine Umgebung bestmöglich zu überblicken.

Joker schaffte es hinein und hockte sich wie Heckler hin, um zu sehen, was sich dort befand. Klobige Formen aus Metall, von denen sich keine öffnen ließ. Die Scans waren nicht aussagekräftig. Metall und Silizium.

Heckler übermittelte ein Bild von seinem HUD. „Sieht aus wie Computerkomponenten, aber wir können weder hineinsehen noch etwas finden, das klein genug ist, um es zu analysieren. Die Untersuchung ist ein Reinfall. Wir kehren nach draußen zurück."

Er ging zurück, um Joker den Weg nach draußen zu versperren, und folgte ihr dann nach draußen. Sie kehrten zu ihren Positionen auf drei Uhr und halb fünf zurück.

Auf eine Geste von Payne hin rückte Turbo aus.

„Dreiecksformation an der Vorderseite des besetzten Gebäudes. Heckler, Shaolin und Joker, ihr geht rein. Fasst nichts an.

Beobachtet und erstattet Bericht. Blinky, du gehst mit ihnen und machst dein Ding."

„Verstanden", antwortete Heckler. Turbo ging an dem zweistöckigen, fensterlosen Gebäude vorbei und bezog an der Ecke Stellung. Zu ihrer Linken hockte Byle in der Mitte einer Betonfläche, die eine Straße hätte sein können, aber es gab keine Linien. An der linken Flanke zielte Buzz nach außen. Er war der Einzige, der mit dem Rücken zum Gebäude stand.

Sparky und Dank deckten am Heck den Bereich ab, aus dem sie gerade gekommen waren. Blinky deutete auf die Tür und schritt in diese Richtung, wobei er Blickkontakt mit Heckler aufnahm, bevor er die Gruppe hineinführte.

Heckler ging langsam als Erster durch die niedrige Tür, um keine Geräusche zu verursachen. Shaolin folgte ihm. Joker blieb mit Blinky zurück, während dieser auf seinen Computer zugriff und ihn auf einen Kasten stellte, der ähnlich aufgebaut war wie der, den Heckler im ersten Gebäude gesehen hatte. Er fuhr sein System hoch, während Joker nach einem Signal suchte, das sie abgreifen konnten. Blinky schloss den Modulator an seinen Computer an und begann zu zapfen.

Damit und mit der Kommunikationsanlage sahen sie die digitale Welt um sie herum.

Er übertrug das, was er sah, an den Major. „Dieser ganze Ort ist eine einzige riesige digitale Infrastruktur."

„Eine moderne Gesellschaft ist zu jeder Zeit und auf fast alle Arten miteinander verbunden. Klingt wie die Erde."

„Hundertmal intensiver als auf der Erde", antwortete Blinky.

„Sie sind fortschrittlicher. Das wundert mich nicht. Versuch weiter, reinzukommen. Heckler, Report."

„Wir klettern in den zweiten Stock. Die Lebensformen befinden sich auf beiden Seiten eines einzigen Ganges. Wir schauen zu meiner Rechten. Diese Aliens sind klein."

Heckler stieß die Tür mit dem Lauf seiner Waffe auf.

„Was zum Teufel?" Er ließ sich auf die Knie fallen, um durch die Tür zu schauen und sich einen Überblick zu verschaffen, was sich in dem Raum befand. „Ich sehe fünf Kisten, wie wir sie überall sonst auch gesehen haben. Das war's."

Er ging langsam zurück in den Flur. Shaolin wiederholte Hecklers Bewegungen im anderen Raum, aber sie drängte sich hinein. Er lehnte sich mit dem Rücken gegen die Tür und richtete seine Waffe auf den Eingang des Raumes, den er gerade verlassen hatte.

Im Inneren des Raumes schlich Shaolin auf Zehenspitzen von einer Kiste zur nächsten. Es waren nur vier. Sie überprüfte sie aus nächster Nähe, um sicherzustellen, dass die Lebenszeichen echt waren.

„Bestätigt", meldete sie. „In diesen Kisten befindet sich etwas Lebendiges. Ich weiß nicht, ob es atmet, aber es ist organisch und aktiv. Es wird immer aktiver. Die Kiste hebt sich vom Boden ab."

„Raus hier!", rief Heckler. Shaolin riss die Tür auf und stürzte in den Flur, wobei er Heckler fast umstieß. „Bewegung hier."

Heckler und Shaolin rannten die Treppe hinunter und trafen auf Blinky und Joker, die ihre Ausrüstung ausgebreitet hatten, als hätten sie alle Zeit der Welt.

„Wir gehen. Nehmt euren Müll mit."

„Aber …", begann Blinky, als eine der Metallboxen auf dem Treppenabsatz auf halber Strecke schwebte. Blinky stopfte seine Sachen in eine Tasche und ging langsam auf die Tür zu. Joker trug ihre Sachen und eilte nach draußen.

„Es bewegt sich was", wiederholte Buzz.

„Ich glaube, es ist an der Zeit zu gehen. Wir schießen nicht zuerst. Wir haben die Metalheads überfallen. Verlass das Gebäude, Heckler. Virgil, du bist dran. Bring uns zurück zum Uglymobil."

Shaolin sprang auf die Straße.

Heckler war schon fast draußen, als ein gebündelter Strahl aus der Box schoss und ihn in die Brust traf. Er wurde durch die Tür geschleudert und rutschte auf die Straße, wo er vor Schmerz stöhnte. „Feuert auf sie."

Shaolin richtete ihre Railgun auf den Eingang und entließ eine Reihe von Geschossen auf die Seite des Gebäudes, in der Hoffnung, die Kreatur zu treffen.

Oder die Kreation. Sie wussten nicht, was es war.

Kapitel Sechsundzwanzig

> „Manchmal sieht ein taktischer Rückzug wie eine Flucht aus. Aber irgendwann steht der Feind wieder vor dir und beim nächsten Mal wirst du bereit sein.“
>
> Aus den Memoiren von Flottenadmiral Thaylon Loore.

„Auf geht’s, Leute. Auf eure Plätze und im Laufschritt!“, befahl Payne. Die Metallkisten tauchten auf, erst nur ein paar, dann immer mehr. Ein Lichtstrahl erhellte die ohnehin schon helle Straße und schleuderte Byle in die Luft.

Turbo feuerte unerbittlich und feuerte auf alles, was ihre Railgun hergab, auf den Kasten. Ein paar Treffer, die Kiste zersprang und krachte auf den Boden.

Payne richtete seine Impulskanone aus und begann, ein Gebäude nach dem anderen zu befeuern, wobei die Stein- und Metallkonstruktionen auseinandergerissen und die Türen zerstört wurden und gleichzeitig alles, was sich darin befand, unter sich begruben.

Buzz rannte zu Byle und half ihr, während er permanent mit einer Hand schoss. Byle schlang einen Arm über Buzz‘ Schulter und setzte den Feuerbefehl fort, indem sie ihre Railgun auf Vollautomatik stellte, um eine breite Schneise der Zerstörung zu schlagen.

Sie drehten sich um und stürmten los, während Payne weiter feuerte.

„Überschlagendes Vorgehen!", rief Payne zwischen den dreifachen Plasmageschossen. Er schoss ein paar Mal auf das Gebäude zu seiner Rechten, wie eine Strafe dafür, das Feuergefecht ausgelöst zu haben. Sie wollten abziehen, aber nein, sie mussten sich wie der Feind verhalten und feindliche Dinge tun, wie zuerst zu feuern.

„Es hätte nicht so ablaufen müssen!", schrie Payne angesichts der Zerstörung, die er in den Außenbezirken der Hauptstadt von Parallax anrichtete. Sobald die Railguns ihr Feuer eröffneten, drehte er sich um und rannte zwischen den beiden Linien der abgehenden Geschosse hindurch. Als er sie etwa fünfzig Meter hinter sich gelassen hatte, drehte er sich um, ging in die Knie und schickte Pulskanonen gezielt auf die Straße, die eher einschüchtern als zerstören sollten.

Noch ein weiteres Stück und sie waren wieder an der Baumgrenze und feuerten immer noch auf die zufälligen Einheimischen, die ihre quadratischen Kisten ins Freie brachten.

„Stellt die Pulskanonen so ein, dass sie auf alles schießen, was sich in diese Richtung bewegt."

Heckler übertrug die Befehle an beide Waffensysteme. „Bewegungserkennung aktiviert."

„Bring uns nach Hause, Virge!"

Das Team rannte durch den Wald. Als sie sich dem Uglymobil näherten, glitten die Seitentüren nach oben und das Team belegte die Sitze. Payne warf einen letzten Blick zurück, bevor er einstieg. Außerhalb der Sichtweite knallten die Impulskanonen in gleichmäßigem Rhythmus los. „Lev, bring uns hier weg."

Das Schiff versiegelte sich und hob ab, wobei es ein niedriges Flugprofil beibehielt, bis es weit von der Stadt entfernt war, bevor es sich in den Himmel erhob und beschleunigte.

Payne wandte sich an sein Team. „Was ist da drinnen passiert?"

Shaolin sprach. „Meine Schuld, Sir. Sie wollten mich nicht in ihrem Schlafzimmer. Ich konnte nicht glauben, dass es sich bei den Kisten um Lebensformen handelte und wollte einen genaueren Scan. Sie wissen, wie schwach diese Helme sind.“

„Ich weiß. Konntest du sie sehen?“

„Metallkisten. Ich habe nichts Organisches gesehen.“

„Irgendeine Idee, was das für ein Strahl war?“ Payne sah Heckler an, dann Byle.

Byle hob die Hand. „Als Lieblingsziel des Feindes kann ich Ihnen sagen, dass es sich angefühlt hat, als würde ich von einer Ramme getroffen. Ich wurde umgeworfen und nach hinten geschleudert. Es hob mich vom Boden ab, und mit diesem Anzug und der Ausrüstung wiege ich etwa zweihundertfünfzig Kilo. Da war eine richtige Wucht dahinter.“

„Sah aus wie Licht. Licht hat keine Dichte, um Schwung zu erzeugen.“

„Es fühlte sich aber robust an“, fügte Heckler hinzu. Der Restschmerz des Aufpralls ließ ihn zusammenzucken.

„Wir müssen die Sensordaten überprüfen. Hast du etwas gesehen, Lev?“, fragte Payne. „Und ihr zwei, begebt euch zur Krankenstation, sobald wir zurück sind.“

„Sie sind es sicher schon leid, mich zu sehen“, sagte Byle mit leiser Stimme, während sie versuchte, nicht zu tief einzuatmen.

„Ich habe alle Informationen von den Sensoren des Einsatzfahrzeugs und die Analyse ist im Gange. Es ist eine neue Waffe und ich verstehe nicht, wie sie funktioniert. Noch nicht. Ich weiß, dass sie eine beträchtliche Kraft hatte, und wenn ihr nicht eure Anzüge getragen hättet, wäre ihre Wirkung wahrscheinlich tödlich gewesen.“

„So viel zu nicht tödlichen Waffen“, murmelte Payne. „Ich muss mich mit dem Admiral unterhalten. Was wir da unten gesehen haben, gefällt mir wirklich nicht.“

Dank nahm seinen Helm ab und rief mit einem Lächeln: „Ach, wirklich!“ Er griff in das Abteil, holte Päckchen von dem Dörrfleischersatz heraus und verteilte sie. Die Stimmung war zu düster geworden. Eine weitere Mission war beendet. Informationen waren gesammelt worden, und niemand war tot. Nur ein kleiner Sieg, aber dennoch ein Grund zum Feiern. Das Team nahm die Helme ab, um essen zu können.

Dank sah Payne vom anderen Ende des Uglymobils aus an. „Wir haben keine Ahnung, wo sich der Feind befindet, und die ganze Sache mit Parallax war vermutlich ein Ablenkungsmanöver auf Planetenebene.“

„Und sie wissen, wo wir sind und wozu wir fähig sind, ohne dass wir viel über sie erfahren. Außer, dass sie bereit waren, ein paar Dreadnoughts zu spenden, um zu erfahren, dass sie eine vergleichbare Feuerkraft haben. Diese beiden Dreadnoughts, die Lev alles abverlangt haben, um sie auszuschalten, waren entbehrlich. Ich bin mir nicht sicher, ob ich herausfinden will, was sie haben.“

NACHDEM DAS KUGELFÖRMIGE Schiff gelandet war, stürzte das Team hinaus und begann sofort, seine Ausrüstung abzuladen.

„Haltet eure Sachen in Ordnung!“, rief Payne. „Lev, kannst du uns einen Lastenaufzug besorgen, um die Waffen und die Munition in die Waffenkammer zu bringen? Ich möchte sie für das nächste Mal, wenn wir sie brauchen, verstauen und aus dem Weg räumen.“

„Ich kann hier eine Waffenkammer einrichten, zu der nur du und dein Team Zugang habt“, bot Lev an.

„Genau so.“ Payne streckte seinen Daumen hoch. Das Team zog sich nackt aus und gewährte Payne einen Blick auf die blauen Flecken von den Einschlägen. „Heilige Scheiße, seht euch mal an!“

Byle und Heckler waren schwarz und blau. Blutergüsse bedeckten fast ihre gesamten Oberkörper. „Bringt sie auf die Krankenstation, bevor sich ein Gerinnsel löst. Es könnte innere Verletzungen geben. Glückwunsch, Byle. Du bist der erste zweifache Gewinner während unseres Einsatzes auf *Leviathan*.“

„Ich habe das Gefühl, ich sollte eine Rede halten.“ Ein Wagen hielt in der Nähe und beide stiegen ein, während sie noch immer ihre Overalls trugen, weil es zu anstrengend war, die Beine anzuheben, um ihre Kleidung anzuziehen.

Payne gab Major Dank ein Zeichen. Virgil nickte und sprang mit den Verletzten auf den Wagen.

„Turbo, kümmer dich darum, dass die Waffen verstaut werden.“

„Roger, und zu Ihrer Information: Die Ziel- und Feuermechanismen der Stative waren so eingestellt, dass sie sich selbst zerstörten, wenn die Munition ausging oder sie beschädigt wurden. Wir werden sicher nicht mit unseren eigenen Waffen konfrontiert werden.“

„Das ist ein guter Hinweis, Turbo, und wie wir alle wissen, ist ein kleiner Hinweis mehr wert als eine Menge an Wissen.“ Er wandte sich an das Team. „In einer Stunde findet im Speisesaal eine Nachbesprechung statt, danach habt ihr Freizeit, bis wir den Trainingsplan festlegen. Für das nächste Mal müssen wir schneller, stärker und wahrscheinlich auch schlauer sein. Blinky und Joker, ich will wissen, was ihr herausgefunden habt, aber erst bei der Nachbesprechung.“

Sobald Payne angezogen war, packte er sein Dörrfleisch aus und nahm einen Bissen. Er schnappte sich einen verfügbaren Wagen und machte sich nicht die Mühe, laut zu sagen, wohin er gehen wollte. Lev wusste es bereits.

Die Brücke.

Als er dort ankam, fand er den Rest der Mannschaft vor. Er war die Hauptattraktion.

Der Admiral lehnte sich zurück und hörte zu. In der unmittelbaren Umgebung des Podiums gab es keine Stühle mehr. Payne lehnte sich dagegen und verschränkte die Arme. Er wusste, dass seine Haltung defensiv war, aber er war müde und hätte es vorgezogen, sich an einen Tisch zu setzen und sich auszustrecken.

„Es war eine Stadt voller biomechanischer kastenförmiger Kreationen, sodass man nicht sagen konnte, welche davon lebendig waren und welche nicht. Wir haben eine Menge leerer Kisten gesehen. Sobald sie unsere aktiven Scans spürten, wachten sie auf. Ich weiß nicht, wie ich es anders beschreiben soll. Es wäre nichts passiert, aber sie haben eine Waffe, die wie ein harmloser Lichtstrahl aussieht, aber wie ein Rammbock einschlägt. Wir haben so viele Daten gesammelt, wie wir konnten, damit Blinky, Lev und Buzz sie analysieren können.“

„Lohnt es sich, noch einmal da runterzugehen?“ Der Admiral war direkt.

„Nein. Dort unten gibt es nichts für uns. Hätten sie eine zentrale Kommandoeinrichtung oder einen Geheimdienst, der alles kontrolliert, dann haben sie es mitgenommen. Parallax war eine durchdachte Strategie. Vielleicht haben sie diese Falle bereits gelegt, als *Leviathan* das letzte Mal vor tausend Jahren aktiv war."

„Wir haben bewiesen, dass ihre Geduld gut begründet war. Und sie haben uns mit ihrer halben Flotte gejagt, um was? Ein Exempel zu statuieren?"

„Vielleicht gewinnen sie und zerstören *Leviathan*, aber sie haben sich abgesichert, indem sie die Hälfte ihrer Flotte zurückgelassen haben. Das sagt mir auch, dass sie keine FTL-Kommunikation haben. Sie benötigten ihre Schiffe als Kuriere, um die Rückkehr der Progs anzukündigen."

Der Admiral rieb sich in Gedanken das Kinn.

„Wir haben in ein Hornissennest gestochen, und der einzige Weg, sie davon abzuhalten, uns nach Hause zu folgen, ist, den Druck aufrechtzuerhalten, also werden wir als Erstes zurück nach Hause aufbrechen."

Die Commodore warf ihm einen überraschten Blick zu. Tamony seufzte erleichtert auf.

„Nach Hause ist relativ", fuhr der Admiral fort. „Ich denke, es wäre das Beste, sich mit der Flotte zu treffen und sie wissen zu lassen, dass wir vorbereitet sind und dass sie sich nicht gezwungen fühlen müssen, uns zu verfolgen, nur weil sie denken, wir hätten aufgegeben. Vielleicht können wir einige Angriffe mit geringer Wirkung planen, um die Streitkräfte des Blaze-Kollektivs auf Trab zu halten, während wir tief in feindliches Gebiet eindringen."

„All das können wir von der Erde aus erreichen", beharrte Tamony Swiss.

„Aber dann gäbe es eine zwölf- bis vierzehntägige Verzögerung, um die Frontlinien wissen zu lassen, dass die bösen Jungs kommen könnten. Es ist erst ein paar Tage her, dass sie auf Parallax von uns erfahren haben. Wir sollten vorab wissen, was die Handlanger der Blaze erfahren werden. Das ist frühestens in zehn Tagen der Fall." Der Admiral verschränkte die Arme. Er hatte alle Informationen erhalten, die er brauchte.

„Wir können zur Erde fliegen, und sobald *Leviathan* wieder

aufgeladen ist, können wir uns an die Front begeben. Das sind höchstens vier oder fünf Tage, immer noch früher als der Feind. Drei weitere Tage und wir können dort weg sein, bevor eine feindliche Flotte eintrifft, wenn *Leviathan* nicht angreifen will, da sie mit Handlangern bemannt sein wird, wie ihr es genannt habt, während wir hinter der Hauptbeute her sind. Aber Sie können jetzt mit den Ebren, den Berantz oder einer der anderen Spezies sprechen."

Zum ersten Mal klang der Finanzier vernünftig und nicht eigennützig, was Payne nervös machte. Auch der Admiral schien skeptisch zu sein.

„Was springt für Sie dabei heraus?", platzte Payne heraus.

„Ich kann dieses Schiff verlassen", antwortete Tamony, „und zu meinem Leben mit Vorstandspartys und großen Auftritten zurückkehren. Auch wenn Sie eine Person wie mich bedauern, Sie sollten auch wissen, dass Leute wie ich notwendig sind. Ich mag mein Leben und Sie ernten die Früchte davon."

Der Admiral beobachtete den Beamten genau. „Obwohl ich mit vielem davon nicht einverstanden bin, leuchtet mir Ihre Logik ein. Zuerst zurück zur Erde und dann, sobald Lev bereit ist, gehen wir an die Front und begeben uns zum Hauptquartier, um uns dort mit dem Team zu treffen. Arthir, ich brauche dich, um die Taktik für den Einsatz der Flotte festzulegen."

Captain Dorsite deutete auf den Stuhl, auf dem sie saß. „Aber die Arbeit mit Lev ist unbeschreiblich", wandte sie ein. „Und es gibt eine Reihe von Admirälen da draußen, die ziemlich sauer wären, wenn ein einfacher Captain ihnen Befehle erteilen würde."

„Flottenadmiral Dorsite. Sie werden keine andere Wahl haben, als der Führung zu folgen. Wir müssen diese Übersetzungsprogramme in der gesamten Flotte installieren, auf jedem verdammten Schiff, das wir besitzen, und sogar auf denen, die wir nicht besitzen. Unser strategisches Ziel ist, den Frieden zu erzwingen. Das ist eine völlig andere Denkweise. Sie verstehen, was wir hier draußen machen werden, und bald werden es auch die Handlanger des Blaze-Kollektivs verstehen, vor allem, wenn wir es ihnen in ihrer Sprache erklären."

„Einen Keil zwischen die Front und den Hauptstall treiben",

antwortete Arthir. „Ich sehe eine Logik darin. Ja, Admiral Wesson. Ich denke, ich bin der Herausforderung gewachsen."

„Commodore?", fragte der Admiral.

„Obwohl ich gerne auf meinen Posten zurückkehren würde, weil ich glaube, dass das BEP mich braucht, denke ich trotzdem, dass es besser wäre, an Bord der *Leviathan* zu bleiben. Ich habe von jemandem gehört, dass Angriff dic beste Verteidigung sei, und ich habe meine ganze Karriere in dem Glauben verbracht, dass eine starke Verteidigung an und für sich eine ausreichende Abschreckung ist. Ich bezweifle diesen Ansatz. Admiral, Captain, Major, Ihre Bemühungen sind nicht unbemerkt geblieben."

Payne war es egal, was sie bemerkt hatte. Lev hatte ihm von der Schlacht um Ganymed erzählt und von der Weigerung des BEP, sich zu beteiligen, bis der Kampf zu Ende und der Sieg so gut wie sicher war – nachdem die Flotte sowohl *Sirus*als auch fünfzehnhundert Mann an Bord der *Cleophas* verloren hatte. Das konnte er der Commodore nicht verzeihen. Noch nicht. Es war ihm auch egal, ob sie an Bord blieb. Lev hatte sie von den wichtigen Räumen außer der Brücke ausgesperrt, so konnte er sie im Auge behalten … Payne beschloss, zum Thema Commodore zu schweigen.

Der Admiral behielt die ganze Zeit über seine Fassung.

„In diesem Fall brauchen wir kein weiteres BEP-Personal, und ich werde alle Bewerbungen für die Besatzung des *Leviathan* ablehnen. Es wäre hilfreich, wenn Sie vorher mit ihnen sprechen und ihnen sagen, dass sie Ihre und meine Zeit nicht verschwenden sollen."

„Ja, Admiral Wesson", antwortete sie mit unangemessener Förmlichkeit.

„Habt ihr beide genug zu tun?", fragte der Admiral die beiden anderen Beamten. Davida war nirgends zu finden, aber Lev hatte sich für sie verbürgt, also stellte der Admiral das nicht in Frage.

Lewis antwortete zuerst. „Ich muss noch so viel darüber lernen, wie *Leviathan* seine eigene Logistik mit internen Materialverschiebungen und dann mit der Herstellung handhabt. So effizient. Ich würde gerne bleiben, wenn Sie mich hier wollen."

Der Admiral nickte.

Malcolm Russell leckte sich über die Lippen und ließ sich

Zeit, bevor er sprach. „Ich habe gerade mein Labor eingerichtet. Ja, ich würde gerne bleiben."

Der Admiral lächelte. „Welche zusätzliche Unterstützung brauchen Sie, Major?"

„Einen Waffenoffizier, der mit Lev zusammenarbeitet und uns die nötige Feuerkraft verschafft. Mechanisierte Kampfanzüge, um einige der Probleme auszugleichen, auf die wir gestoßen sind, also einen Mech-Ingenieur, und dies sollte Major Danks letzte Mission sein, bevor er sein eigenes SOF-Team übernimmt. Wenn sie noch verfügbar sind, könnten wir sie mitnehmen und mir auch einen neuen XO besorgen – dann haben wir doppelte Fähigkeiten, um hinter den Linien einzugreifen. Alles, was wir bisher gesehen haben, hätte von zwei gut ausgebildeten Teams bewältigt werden können. Und ich denke, Davida wird uns beim Knacken der Blaze-Systeme eine große Hilfe sein."

„Ich stimme Declan zu", sagte Lev. „Zwei Specialist-Teams, um in die hinteren Bereiche des Feindes einzudringen."

„Klingt schmutzig, wenn du es so sagst, Lev", scherzte Payne. Der Admiral warf ihm einen vielsagenden Blick zu. „Wenigstens war nicht ich derjenige, der das gesagt hat."

„Was ist mit Raumjägern und Piloten?"

Payne schüttelte energisch den Kopf. „Während eines Einsatzes außerhalb dieses Schiffes zu sein, wäre ein Todesurteil."

„Was ist mit taktischer Unterstützung für planetare Operationen?"

Paynes Augenbrauen hoben sich, als er darüber nachdachte, wie weit er in der Hauptstadt von Parallax gekommen wäre, wenn er Luftunterstützung gehabt hätte. „Könnte funktionieren."

„Füg der Liste ein Geschwader von Jägern der Mosquito-Klasse mit dem gesamten Hilfspersonal hinzu, Lev, und wir werden sie schicken, sobald wir im Erdraum angekommen sind. Noch Fragen?"

„Ich möchte das Beste wünschen. Ich glaube, man schuldet mir eine Terraforming-Technologie? Wenn ich diese auf ein Speichergerät laden könnte, um sie mitzunehmen, wäre ich Ihnen ewig dankbar. Es werden Tafeln zu Ihren Ehren aufgehängt werden."

Keiner antwortete ihm. „Lev, wie lange dauert es, bis wir in der Nähe der Erde ankommen?“

„Die Navigationsberechnungen sind abgeschlossen. Wir können jederzeit aufbrechen.“

„Bring uns zur Erde, Lev.“

Kapitel Siebenundzwanzig

„Derjenige, der als erster mit dem meisten Material ankommt, wird den Tag gewinnen."

Aus den Memoiren von Flottenadmiral Thaylon Loore.

Leviathan faltete den Raum zu einer nahen Umlaufbahn des Erdmondes. Die Mondoberfläche füllte fast den ganzen Bildschirm aus.

„Ein bisschen knapp, Lev, oder?"

„Tausend Kilometer bei einer Faltung von elfhundert Lichtjahren? Das ist so, als würde man mit einem Sack Kartoffeln, den man zweimal um die Erde geschossen hat, eine Erbse mit einem Trebuchet treffen. Und so nah war es nun wirklich nicht. Wir sollten eigentlich auf der anderen Seite des Planeten sein …" Levs Stimme driftete ab.

Payne spürte, dass das Schiff sie austrickste, und war einverstanden.

„Berichte versendet, Harry, Nyota und Tamony."

„Ich werde mein Shuttle benutzen, um zur Erde zurückzukehren. Ich danke euch. Es war sehr real und hat Spaß gemacht, auch wenn es gar kein Spaß sein sollte."

Er schritt zügig von der Brücke zu einem wartenden Wagen.

Wie die Taxis, die vor den Bars stehen, schien immer einer verfügbar zu sein. Es war fast so, als ob Lev ihre Gedanken lesen konnte.

Die Commodore eilte hinter ihm her. Die Beamten verabschiedeten sich und schlenderten davon. Arthir löste sich vom Stuhl des Captains und trat von dem Podest. „Admiral, es war mir ein Vergnügen, dorthin zu gehen, wo wir noch nie waren, und Dinge zu tun, die noch nie zuvor getan wurden. Das nächste Mal sehen wir uns hoffentlich bei einer Abzugszeremonie, bei der wir damit beginnen können, unsere Truppen nach Hause zu schicken."

Sie schüttelten sich die Hände. „Auf den Frieden. Sie wissen besser als jeder andere, was möglich ist, wenn es richtig gemacht wird. Tragen Sie Ihren neuen Rang mit Stolz und erledigen Sie Ihre Arbeit."

Die neu eingekleidete Admiralin verließ die Brücke mit federndem Schritt und hocherhobenem Haupt.

Flottenadmiral Harry Wesson schlenderte auf der Brücke umher und berührte die Stationen, die von niemandem bedient werden mussten. Der Admiral brauchte keine Brückencrew oder gar einen Stab. Er brauchte nur Leute, die zu seiner Mission beitrugen.

Eine Mission, für die er sein ganzes Leben lang gekämpft hatte, um sie zu erfüllen.

Major Payne tauchte wie aus dem Nichts auf.

„Ich dachte, alle wären weg."

„Nicht alle, Admiral. Ich kann nirgendwo hingehen. Ich bin auf der mir zugewiesenen Station."

„Vielleicht sollten Sie Ihren Leuten etwas Freiheit geben. Schicken Sie das Shuttle zum Planeten, damit sie richtiges Essen, richtigen Alkohol und etwas Gesellschaft bekommen, oder sind Sie schon so lange im All, dass Sie vergessen haben, was Sie auf der Erde haben können?"

„Fast vergessen, aber nicht ganz." Er schlängelte sich in Richtung der großen Anzeige; der Mond nahm weniger Platz ein, seit Lev das Schiff in eine höhere Umlaufbahn gebracht hatte. „Ich kümmere mich darum. Ich sage Virgil besser, dass er aufhören soll, herumzualbern und sich an die Arbeit machen soll, so wie es der Admiral angeordnet hat."

„Die Anträge zur Aufnahme der Besatzung treffen ein, Admiral“, unterbrach Lev. „Es sind über tausend und es sind erst fünf Minuten vergangen. Bei diesem Tempo werden wir einhunderttausend Freiwillige bekommen.“

„Wir nehmen hundert Leute für die Mosquito-Staffel und weitere fünfzehn als SOF-Team und Unterstützungspersonal. Vielleicht auch noch einen zusätzlichen Koch.“

„Schicken Sie uns Proben von gutem Tex-Mex, Deep Dish aus Chicago, Gnocchi aus Florenz, Käsesteaks aus Philadelphia und Sushi aus Osaka. Alle Erinnerungen kommen zurück, Sir.“

„Machen Sie so weiter und halten Sie Ihr Team auf Trab. Schnappt euch den Skimmer und nicht das UM.“

„UM?“

„Das Uglymobil, Major. Sie haben es benannt. Es gehört Ihnen.“

„Wir werden eine Verleihungszeremonie an Bord abhalten, bevor wir an die Front ausrücken. Ich habe Medaillen, die übergeben werden müssen.“

„Galen an Bord zu holen, um für uns zu kochen, war die einzige Belohnung, die wir brauchten. Und wahrscheinlich ist das sogar schon mehr, als wir verdient haben.“

„Wahrscheinlich, aber ich bin Admiral, und das ist die Art von Dingen, die ich tun muss. Verlassen Sie das Schiff für ein paar Tage und amüsieren Sie sich.“

„Wenn ich wirklich muss, Admiral.“ Payne salutierte kurz und machte sich auf den Weg ins medizinische Labor, um herauszufinden, wie lange es dauern würde, bis Heckler und Byle abreisen konnten.

Du könntest einfach fragen, sagte Lev in seinen Gedanken.

„Ich bin von der alten Schule, Lev. Du wirst mich schon noch formen. Wie lange dauert es, bis sie geheilt sind?“

„Tiefe Blutergüsse sind einfach. Es wurde nichts gebrochen und es gab keine inneren Verletzungen. Sie wurden beide bereits entlassen und befinden sich in ihren Quartieren, um sich auf die Reise zum Planeten vorzubereiten.“

„Ich vermute, ich muss nicht mehr zur Krankenstation. Wie wäre es mit dem Quartierbereich, wo meine Leute zu finden sind?“

„Genau da fährst du bereits hin, Declan.“

Er war nicht überrascht, dass Lev nie vorgehabt hatte, ihn zur Krankenstation zu bringen. Er hatte kein Wort sagen müssen. Er genoss die schnelle Fahrt zu seinem Quartier, wo er seine Ausrüstung überprüfte. Payne hatte nur ein Minimum an persönlichen Gegenständen von der *Cleophas* mitgebracht, darunter einen einzigen Satz Zivilkleidung für die kurzen Freiheiten, die er sich nahm. Er zog sie an, schlüpfte in seine Schiffsstiefel und überprüfte sein kurzes Haar. Es musste nicht gekämmt werden. Alles andere ließ er liegen, bis auf seinen Credit-Chip, mit dem er bezahlen konnte, was er brauchte.

Payne hatte keine Ahnung, wie viel Geld sich auf seinem Konto befand, aber er nahm an, dass es eine beträchtliche Summe sein würde, da er nie etwas davon ausgab.

Er betrat den Korridor. „Die erste Runde geht auf mich und die nächste auf denjenigen, der als Letzter den Skimmer erreicht", brüllte er. Das Team erschien in allen erdenklichen Bekleidungen. „Freiheit für die nächsten achtundvierzig Stunden gewährt. Alle an Bord, die an Bord gehen wollen, es gibt nur einen Schnellzug, der nach unten fährt. Choo-choo!" Er machte eine Bewegung, als ob er eine Zugpfeife betätigen würde.

„Freiheit?", fragte Heckler und beugte sich unbeholfen vor, um seinen Brustkorb zu entlasten.

„Befehl des Admirals. Ich muss euch Hooligans in die Stadt bringen. Ich werde euch über *Glamorous Glennis* berichten. Kommt in die Gänge, SOFTies. Wir brechen auf."

Payne kletterte in einen Wagen und trommelte mit den Fingern auf den Sitz, während er wartete. Shaolin, Byle, Sparky, Joker, Turbo und Heckler schlossen sich ihm an.

„Ach was. Blinky und Buzz wollen nicht mit, weil sie mit Lev Computer spielen."

„Nun, das tun sie, aber du tust so, als wäre es unwürdig, während ich dir versichere, dass es großartig ist!", scherzte Lev.

Payne sah sein kicherndes Team an. „Lev, haben wir deine Persönlichkeit verbogen oder warst du schon immer so?"

„Die Progenitoren waren ein bisschen schwerfällig und hatten keinen Sinn für Humor. Gedankenlesen dämpft die Fantasie, weil es missinterpretiert werden könnte. Aber ihr habt mir den Sinn für Humor eingeflößt, der ihnen fehlte. Ihr Menschen seid eine wunderbare Abwechslung."

„Zwing mich nicht, dir direkt in dein digitales Gesicht zu schlagen“, schnauzte Turbo. „Wunderbar, in der Tat.“

„Bitte nimm meine Entschuldigung an.“

„Komm schon, Virgil. Du musst dein Team abholen.“

Major Dank tauchte im Korridor auf. „Ach ja? Gehe ich etwa?“

„Du gehst, um dein Team abzuholen und hierher zurückzubringen. Gib ihnen die Zimmer da unten. Wir behalten die guten.“ Payne winkte nonchalant ab.

„Sir, die Zimmer sind alle gleich“, sagte Heckler.

„Sein neues Team weiß das aber nicht.“

„Das habe ich gehört.“

„Beeil dich, Virgil. Oder du wirst kein Team abbekommen, vor allem, wenn der Skimmer abfährt und du nicht dabei bist. Ich werde deine Dummköpfe nicht für dich hierher bringen.“

„Los, du treues Mobil!“, rief er, während er noch immer rannte, seine Uniform und Stiefel noch offen.

„Keine Zivilkleidung?“

„Ich hole mein Team ab. Setz mich am Space-HQ ab.“

„Das ist in Albuquerque. Wir werden auch dort übernachten. Sie haben Zimmer für uns auf der Basis und wir können unseren Wagen ohne Probleme dort parken.“

„Werden sie den roten Teppich für uns ausrollen?“, fragte Byle.

„Lila Teppich für euch. Die schäbigste Spezialversion. Nein, sie werden keinen Teppich für uns ausrollen. Wir sind inkognito. Niemand kümmert sich darum, wer wir sind oder was wir getan haben. Und so soll es auch bleiben. Ein paar Drinks und ein bisschen anständiges Tex-Mex, Tacos und Burritos. Ich zahle. Ihr Jungs habt es euch verdient.“

Sie fuhren schweigend zur Hangarbucht drei Decks höher und fanden die Commodore und Tamony Swiss noch an Bord.

„Ich dachte, Sie wären schon längst weg.“ Payne gab seinem Team ein Zeichen, an Bord des Skimmers zu gehen.

„Eine kleine Verzögerung, aber wir werden bald die Freigabe erhalten.“

„Wozu brauchen Sie eine Freigabe? Das ist doch die Erde und ihr seid Menschen. Stimmt's?“, scherzte Payne.

„Wir begeben uns direkt zum internationalen Hauptquartier

in Tokio. Die Freigabe muss Tage im Voraus beantragt werden. Wir haben um eine Notfallgenehmigung gebeten."

„Ich dachte, Sie wären jemand, Tam?", witzelte Payne. Der blickte finster aus seinem tadellosen weißen Anzug. „Ich bin sicher, Sie werden sie bekommen. Kümmern Sie sich nicht um uns. Wir sind auf dem Weg zur SOFTie-Zentrale. Die Freigabe erfolgt automatisch, und wenn nicht, dann tun wir so, als würden wir abstürzen. In meiner Zukunft gibt es definitiv eiskaltes Bier."

Payne winkte über seine Schulter und bestieg als Letzter den Skimmer. Die Tür drehte sich zu und verriegelte sich, als er drinnen war. Er nahm vorn auf dem Kommandositz Platz und studierte ein paar Sekunden lang die Steuerung, bevor er sich daran erinnerte, wie man das Ding flog.

„Man könnte meinen, ich hätte das Ding nicht erst vor ein paar Wochen geflogen. Oder war es vor einem Monat?"

„Eher vor sechs."

„Leg dich nicht mit mir an, Turbo", sagte Payne und winkte mit dem Zeigefinger über seine Schulter, um ihre Aufmerksamkeit zu erregen.

Das Schiff hob vom Deck ab und drehte sich in die Richtung des offenen Weltraums. Eine kleine Beschleunigung, und der Skimmer war draußen. Payne steuerte ihn und raste am Mond vorbei auf den Planeten zu. Sie legten an Geschwindigkeit zu und schafften die Strecke vom Mond zur Erde in zwanzig Minuten, bis sie einen Winkel einschlugen, um in die obere Atmosphäre einzudringen und sie zu überspringen, um langsamer zu werden. Vor dem Eindringen wurden die Umkehrschubdüsen aktiv, um die Wärmeentwicklung auf ein Minimum zu beschränken. Der Skimmer stoppte sein Schwanken, als er die Turbulenzen des Wiedereintritts über dem Pazifischen Ozean hinter sich ließ.

„Sinkflug zum Raumfahrzentrum. Break, Break. Space-Ops-Control, hier spricht *Glamorous Glennis* von der *Leviathan*im Landeanflug."

„Hände weg, Glennis. Wir übernehmen die Steuerung. Kurs auf One-Niner, Landeplatz One-Alpha als Sondergesandte des Flottenadmirals. Willkommen zu Hause."

„Ich wusste, dass es einen roten Teppich geben würde", sagte Byle grinsend.

„Lasst euch das nicht zu Kopf steigen", warnte der Major, aber er konnte sich ein Lächeln nicht verkneifen, als er zu seinem Team zurückblickte. Sie gaben ihm die Daumen hoch. Er drehte seinen Sitz so, dass er der Besatzung zugewandt war, da das Kontrollsystem die Kontrolle zur Landung übernommen hatte. „Wir beziehen unsere Zimmer und essen dann außerhalb der Basis. Danach können wir in jede Bar gehen, die uns aufnimmt."

„Ich befürchte, das werde ich verpassen", sagte Virgil. „Ich melde mich besser bei der Personalabteilung und überprüfe, was dort los ist. Vielleicht ist mein neues Team verfügbar und wir können uns dort treffen."

„Wir werden nicht warten, aber wir können Plätze freihalten", antwortete Payne.

Der Skimmer wurde langsamer und flog über Berge, Wüste und noch mehr Berge, bevor das Raumfahrtzentrum auf dem Hauptbildschirm erschien.

„Wie lange ist es her?", fragte Payne.

„Neun Jahre", antwortete Heckler.

„Bei mir sind es nur zwei", fügte Joker hinzu.

„Achtzehn Monate, aber ich war der Noob, bis Fetus auftauchte." Shaolin wackelte mit den Augenbrauen.

„Elf für mich", sagte Payne leise. „Fast mein ganzes Leben als Erwachsener. Ich wurde im Weltraum geboren und habe dort gelebt. Ich habe nur die Highschool auf der Erde besucht und bin dann zur Universität. Danach bin ich direkt zur Space-Ops-Force gegangen, der Ort für die bösen Jungs. Dann flog ich ins All und kam nie wieder zurück."

Das ernüchterte die Crew und das Geplänkel verstummte.

„Shaolin, du zeigst uns den Weg. Joker, sorg dafür, dass wir einen Transport haben. Ich melde mich besser gemeinsam mit Virge im Hauptgebäude, nur um Flagge zu zeigen. Sieht nach einer Landung um sechzehn Uhr fünfzehn aus. Perfekt. Abendessen um siebzehn Uhr dreißig. Turbo, such uns ein Lokal für gutes Essen, viel und billig, aber gut."

„Ich habe gehört, du zahlst. Billig, gut und wird uns haben. Wir bekommen nur zwei von den Dreien und da du bezahlst, werden wir lecker essen. Wird billig für uns sein."

„Gut. Das habe ich anscheinend davon, wenn ich es nicht selbst mache." Die jüngeren Mitglieder des Teams wurden mit den Aufgaben der Gruppe betraut. So funktionierte es nun einmal. Keiner beschwerte sich, weil sie wussten, dass es wichtig war. Es war ein einfacher Sieg für die Nachwuchs-Specialists.

Der Skimmer setzte zur Landung auf.

Heckler ging zur Luke und trat zur Seite. „Sie wissen ja, wie das ist, meine Herren: Senior vor Junior beim Aussteigen. Jetzt, wo wir hier unten sind, müssen wir uns an ein paar Regeln halten."

„Fühlt sich schwerer an als sonst", sagte Payne, als sich die Tür langsam vom Schiff abhob und sie einige Schritte nach unten glitten.

„Es gibt nichts Normaleres als die Erde. Sie wurden mit künstlicher Schwerkraft verwöhnt, Sir."

Payne trat hinaus und seine Beine fühlten sich gummiartiger an als gedacht. Ihm wurde klar, dass die Schwerkraft auf Parallax geringer war als auf der Erde, eher wie an Bord des Schiffes. „Versuchen Sie mal, einen siebzig Kilo schweren Rucksack in dieser Scheiße zu tragen", brummte Payne und biss die Zähne zusammen, weil sein Körper auf etwas reagierte, das sich eigentlich wie zu Hause anfühlen sollte.

Er sah in den Himmel. Sein Zuhause war dort oben.

Ein Van wartete auf sie. Ein Specialist-Rekrut begrüßte sie mit einem scharfen Salut und wartete, bis sie eingestiegen waren, bevor er auf den Fahrersitz sprang und direkt zum Hauptquartier fuhr.

„Wo ist unser Quartier für die nächsten zwei Nächte?", fragte Payne. Der Specialist deutete zwei Gebäude weiter. „Siebzehndreißig, direkt vor der Tür."

„Können Sie ein Taxi für uns besorgen, so groß wie ein Van?"

„Kein Problem, Sir", antwortete der junge Mann mit zu viel Enthusiasmus.

Payne und Dank stiegen aus und gingen hinein, während der Lieferwagen losfuhr.

Sie fanden den diensthabenden Beamten, der sie wie lang vermisste Freunde begrüßte. Dank beugte sich nah zu ihm vor. „Was hat der Flottenadmiral gesagt?", flüsterte Virgil Declan zu.

„Muss tiefgründig gewesen sein."

Ein Zwei-Sterne-Admiral kam heraus, um sie zu begrüßen.

Er lächelte und ein diensthabender Fotograf machte Holobilder vom Händeschütteln mit den beiden Majoren, gefolgt von sinnlosem Small Talk über das größte Schiff der Galaxis – hohle Phrasen, die nichts bedeuteten. Die Majore lächelten in die Kameras, während sie sich zunehmender unwohl fühlten.

Als die Kamera abschaltete, führte der Admiral sie in sein Büro und schloss die Tür.

„Ich hatte gehofft, mein neues Team kennenzulernen“, sagte Dank.

„Tut mir leid, Major. Sie sind nicht hier, aber wir haben sie zurückgerufen. Sie sollten irgendwann morgen früh zurück sein. Seien Sie um zehn Uhr hier, dann sollten sie nicht allzu fern sein.“ Er wandte sich an Payne. „Und Sie! Sie haben *Leviathan* im Alleingang in die Flotte gebracht.“

„Ich habe ein Team. Specialist Katello Andfen und Specialist Alphonse Periq haben den Code geknackt und konnten zuerst mit *Leviathan* sprechen. Sie haben alles andere möglich gemacht. Alle Anerkennung gebührt ihnen.“

„Blödsinn. Sie haben das Sagen. Nehmen Sie die Anerkennung an, die Ihnen zusteht.“

Payne nickte. Er hatte nicht vor, mit den Flaggenoffizieren zu streiten, aber das würde ihre Meinung nicht ändern. Es war seine Aufgabe, dafür zu sorgen, dass seine Leute bekamen, was ihnen zustand.

„In zwei Tagen findet an Bord der *Leviathan* eine Verleihungszeremonie statt, wenn Sie auf Ihr Schiff zurückkehren. Bitte seien Sie bei dieser Veranstaltung nüchtern, aber ich kann es Ihnen nicht verdenken, wenn Sie es nicht sind. Lassen Sie es nur nicht zu offensichtlich werden. Dank Ihnen sind wir dem Frieden näher als je zuvor“, sagte der Admiral strahlend.

„Was hat der Flottenadmiral hierher kommuniziert, das alle so überglücklich macht?“

„Der Bericht wurde ziemlich spektakulär aufgenommen. Alle reden nur noch davon. Sehen Sie selbst.“ Er fuhr den Videobildschirm in seinem Büro hoch und zeigte einen Nachrichtenbericht, der ein skizzenhaftes Bild von *Leviathan*zeigte, der jenseits des Mondes im hellen Sonnenlicht saß. Das Gesicht von Major Payne erschien neben dem des Admirals, aber sie sprachen nur über den Major.

„Das Team wird ziemlich sauer sein. Warum hat der Admiral das getan? Er hätte die Lorbeeren ernten sollen."

Payne blickte finster auf den Boden. „Er wollte die Aufmerksamkeit von sich ablenken. Vielleicht dachte er, es wäre gut für dich", merkte Dank an.

„Nachdem ich herausgefunden habe, wie es ist, verstehe ich, warum er es nicht wollte und warum er nicht persönlich hierhergekommen ist. Wir sollten besser das Team suchen." Sie standen auf. „Wenn Sie uns entschuldigen würden, Sir." Sie gingen hinaus, ohne zu salutieren, während der Admiral sich weiter das Video ansah.

„Es ist, als wären sie von glücklichen Aliens übernommen worden", sagte Dank. „Hey! Das Essen geht auf dich."

Sie schlenderten zu den provisorischen Unterkünften, wo ihre Zimmer auf sie warteten – Standard, ohne Schnickschnack. Payne fühlte sich wie zu Hause. Er entspannte sich in seinem Bett und stellte fest, dass er von der ganzen Mannschaft die wenigste Zeit auf seiner bequemen Matratze verbracht hatte.

„Echt scheiße." Er erinnerte sich an nichts mehr, bis ihn das Klopfen an der Tür weckte. Es war Zeit für das Abendessen.

Kapitel Achtundzwanzig

„Wir kämpfen für diejenigen, die wir zurückgelassen haben, damit sie etwas haben, zu dem sie zurückkehren können.“

Aus den Memoiren von Flottenadmiral Thaylon Loore.

„Ich kann nichts mehr trinken“, lallte Turbo.

Sie aßen im Texa-Mexa, einem Boutique-Restaurant mit erstklassigen Tacos, was bedeutete, dass sie auf Tellern mit spanischem Reis und gebratenen Bohnen serviert wurden. Und Burritos und Chimichangas. Das Team aß, als hätte es seit Tagen nichts mehr gegessen.

Vielleicht hatten sie das auch nicht. Die Zeitmessung im Weltraum war bestenfalls relativ, aber auch auf dem Schiff hatten sie gut gegessen.

Mehr Zeit im Fitnessstudio, versprach sich Payne.

Und dann kamen die ersten Getränke. Die anderen Gäste stießen auf das Team an und noch einige mehr. „Ein Hoch auf Blinky! Auf Buzz!“ Sie stießen auf ihre fehlenden Mannschaftskameraden an. „Auf Virge, der sein eigenes Team bekommt, und darauf, dass ich einen neuen XO einarbeiten muss, verdammte Weichlinge.“

„Was?" Dank war in keiner besseren Verfassung als sein Major-Kollege.

„Diese haarigen Arschlöcher wussten, dass das passieren würde, und sie haben sich vor dem Rampenlicht gedrückt. Das werden sie büßen!" Payne hämmerte mit der Faust auf den Tisch, erwischte den Rand des Nacho-Korbs und ließ ihn auf den Nachbartisch fliegen.

Eine Minute der Entschuldigung später hatte Payne zwei weitere Biere in der Hand. Der Lärm verstummte, als die Erschöpfung nach dem Essen das Team zur gleichen Zeit traf. „Taxi, bitte."

Payne hatte keine Ahnung, was irgendetwas kostete. Der Credit-Chip-Reader blinkte grün, als er bezahlte, also hatte er genug Geld, um zu bezahlen. Und das Taxi. Wieder grünes Blinken. *Ich sollte nachsehen, was ich habe*, schwor er sich, vergaß es aber sofort, als sein Fuß den Boden berührte. Das Team fing sich und stolperte in das Quartierzentrum, wo die Einheimischen zur Seite traten und sie passieren ließen.

„Ich mag meine bequeme Matratze", murmelte Payne.

„Das tun wir alle. Lev liebt uns." Sparky begann zu weinen.

„Reiß dich zusammen." Turbo ergriff ihren Arm und sie taumelten zu ihren Türen. Die anderen lösten sich einer nach dem anderen, bis nur noch Payne übrig war.

„Ich bin der Letzte", sagte er zu niemandem. Er öffnete seine Tür und fand einen Obstkorb auf seinem Tisch vor, den ihm der kommandierende Admiral geschenkt hatte.

„Wenn du uns jetzt nur sehen könntest …" Payne machte einen Striptease vor dem Korb. Er hob seine Kleider vom Boden auf und hängte sie über den Stuhl, denn er hatte nur einen Satz Kleidung. Dann brach er im Bett zusammen und stemmte einen Fuß auf den Boden, um zu verhindern, dass sich die Welt um ihn herum drehte, während aus Metallkästen Lichtstrahlen schossen, die auf seinen Körper einschlugen.

„Können wir zurück zum Schiff?", fragte Turbo. Die anderen nickten und zeigten in den Himmel. „So ein verdammter Spinner hat mich gebeten, ihn zu heiraten."

„Wie besoffen war er?", scherzte Heckler und warf angesichts ihres vernichtenden Blicks schnell die Hände in die Höhe, um sich zu ergeben.

„Er war überhaupt nicht betrunken. Es ist mir unheimlich, hier zu sein." Sie schaute finster drein und entfernte sich von dem Major.

„Und jeder scheint zu wissen, wer wir sind", fügte Joker mit leiser Stimme hinzu. „Ich ziehe es vor, anonym zu bleiben. Was auch immer für heute geplant war, ich möchte die Basis nicht mehr verlassen."

Die anderen stimmten zu. Heckler lächelte leicht.

„Was?", fragte Payne.

„Jetzt bekommt ihr eine Kostprobe davon, was ich mein ganzes Leben lang ertragen musste. Glaubt ihr etwa, dass ich mit meinem umwerfenden Aussehen keine Heiratsanträge bekomme, dass man mich zum Essen einlädt, mir Eltern vorstellt und mich auf einem Thron herumträgt, der von einem Rudel nackter Frauen getragen wird?"

Sein selbstgefälliger Gesichtsausdruck verriet, dass er glaubte, was er sagte. „Du hast seit Jahren kein Schiff mehr verlassen, außer auf fremden Planeten, von denen wir dann wieder fliehen. Arschloch." Payne wurde ernst. „Was wollt ihr Jungs denn machen?"

„Mechs", erklärte Heckler. Die anderen stimmten zu.

„Eure Vorstellung von Freiheit ist es, eure Kampfkraft zu verbessern?"

„Das Überleben zu sichern, ist ein guter Weg, um das Beste aus unserer Freizeit zu machen", antwortete Turbo. „Und wenn irgendwelche verliebten, mondsüchtigen Messdiener mich anmachen wollen, kriegen sie eine Metallfaust in die Fresse."

„Spar dir die Feindseligkeit für den Feind, Turbo. Wir kämpfen für die Menschen auf diesem Planeten, nicht gegen sie, egal, wie sehr sie sich ineinander verlieben. Lasst uns die Waffenleute finden und sehen, was wir aushandeln können. Meine Vorstellung von Urlaub ist es, im Grand Canyon zu wandern, aber wenn ihr Soldaten spielen wollt, können wir das auch tun."

Payne war auch nicht besonders scharf darauf, die Basis zu verlassen. Er würde heute seinen neuen Führungsoffizier kennenlernen und Virgil dabei zusehen, wie er die Kontrolle über sein Team übernahm. Doppelte Feuerkraft und mehr.

„Wir werden ein ernsthaftes Upgrade bekommen, Leute", sagte Payne zu ihnen. „Frühstück, dann Mechs. Heckler, du baust die Mechs auf, und ich bringe das Team zum Frühstück."

„Der Speisesaal ist gleich da drüben!" Heckler zeigte auf das nächste Gebäude.

„Wir haben alle unsere Aufgaben zu erledigen. Manchmal hat man Glück bei der Auslosung und manchmal darf man das tun, was man liebt, und als Erster mit den großen Geschützen spielen."

Heckler kehrte ins Quartierbüro zurück, um ein paar Anrufe zu tätigen. Payne schlenderte zum Speisesaal und musste feststellen, dass dieser geschlossen war. „Was ist das für ein Wahnsinn?"

Byle las ein Schild an der Tür. „Sie haben das Essen auf zwei Stunden begrenzt. Von fünf Uhr dreißig bis halb acht. Einfach nur dumm."

Payne starrte stumm auf das Schild. Auf der anderen Seite der Straße sah er einen Specialist. „Specialist! Wo können wir etwas zu essen bekommen?"

„Bei der Bowlingbahn. Sie ist rund um die Uhr geöffnet", rief sie zurück. Payne deutete nach links und rechts. Sie zeigte auf seine rechte Seite. Er gab ihr einen Daumen hoch.

„Sieht aus wie die Bowlingbahn. Hat hier schon mal jemand gebowlt?"

Keiner.

„Das macht nichts. Vierundzwanzig-Stunden-Essen ist das beste Essen. Ooohа!" Sie liefen den Gehsteig entlang und suchten nach dem Standort der magischen Bowlingbahn. Zwei zufällige Specialists später fanden sie sie zwei Kilometer entfernt.

Fettige Omeletts, Kartoffelpuffer und etwas, das sie für echten Speck hielten. Nichts davon lag ihnen gut im Magen.

„Seht nur, wie schwach wir geworden sind", bemerkte Shaolin. „Mir ist echt zum Kotzen." Sie schob ihren halb vollen Teller in die Mitte des Tisches.

Heckler kam durch die Tür und sah frisch wie ein Gänseblümchen aus.

„Ich wurde von den netten Leuten im Quartier mitgenommen." Er lächelte, während eine Spezialistin hinter ihm stand.

„Er hat nicht gescherzt", murmelte Sparky.

Heckler gab seiner Fahrerin einen Kuss auf die Wange und sie verließ strahlend die Bowlingbahn.

„Wie um Himmels willen ist das passiert?", wunderte sich Byle.

„Wir sind bereit. Zehn Uhr dreißig", verkündete Heckler. Er schaute auf Shaolins Teller.

Sie schnippte mit den Fingern auf ihr Essen. „Alles deins."

Er schnappte sich ein zusätzliches Besteck und schob den Teller auf seine Seite des Tisches. Er gab Ketchup und scharfe Soße auf alles und aß davon, als wäre es das Beste, was er je gegessen hatte.

„Viel besser als das Essen in der Kantine", sagte er, als er fertig war. Er lehnte sich zurück und klopfte sich auf den Bauch. „Sie haben zwei Demo-Mechs des aktuellen Modells. Wir werden mit ihnen einen Testlauf machen, und wenn der Major etwas zu sagen hat, dann könnten wir sogar auf dem Schießstand schießen."

Scharfes Feuer.

Payne hätte nichts dagegen, aus erster Hand zu erfahren, wie die Mechs funktionierten. Bei den SOFTies ging es darum, sich schnell zu bewegen und gleichzeitig unauffällig zu bleiben. Die Mechs waren schwer und fielen auf jedem Schlachtfeld auf. Sie kamen zum Einsatz, wenn große Wirkung und Einschüchterung angesagt waren.

„Wir haben einen Plan. Major Dank holt sein Team um zehn Uhr. Wir können sie uns kurz ansehen und dann ab zum Schießstand. Und Heckler, was war mit … ihr?" Er nickte in Richtung der Tür.

„Sie ist die Waffen-Tech."

„Das passt ja wie die Faust aufs Auge", grunzte Turbo. „Korrigiere. Eine Verbindung, die auf der Erde für den Himmel gemacht wurde." Sie verzog das Gesicht. „Sag nicht, dass sie mitkommt."

„Wenn wir Mechs wollen …", sagte Heckler, während er nach mehr Essen suchte.

„Romanzen an Bord klappen nie, Heckler." Turbo warf ihm einen Blick zu.

„Woher willst du das denn wissen? Du hasst doch ohnehin

alle.“ Heckler zeigte auf sie, als hätte er die Trumpfkarte ausgespielt.

„Deswegen bin ich ja auch besser“, erklärte sie.

Joker hielt sich die Finger an den Kopf und tat so, als ob sie eine Wahrsagerin wäre. „Ich sage voraus, dass wir diesen Krieg gewinnen, und Heckler und Turbo werden Herr und Frau Koch und ziehen sich auf einen neu entdeckten Planeten zurück, um dort Bauern zu werden.“

Die beiden starrten Joker an, als ob ihr ein zweiter Kopf gewachsen wäre.

Joker fuhr fort: „Man kann die Spannung zwischen euch mit einem Messer durchschneiden. Rawr!“

Byle begann zu husten. Sparky legte den Credit-Chip auf den Tisch. „Ich wette einen Hunderter, dass Joker recht hat.“

„Was?“ Heckler schaute von Byle zu Joker und zurück zu Turbo. Heckler kramte hektisch nach seinem Chip, und nachdem er ihn aus seiner Tasche geholt hatte, knallte er ihn auf den Tisch. „Ich nehme die Wette an.“

„Du wirst diese Credits brauchen, um dir eine Lizenz für dein Haus zu kaufen, aber egal. Ich nehme es an. Es geht nichts über süßes Spekulationsgeld auf meinem Chip.“

„Sag's ihnen!“ Heckler sah Turbo an und gestikulierte hektisch.

„Ja, Schatz, bitte sag es uns“, witzelte Sparky. „Dein Geheimnis ist bei uns nicht sicher.“

Payne beendete den Wahnsinn und stand auf. „Zeit, zu gehen“, erklärte er. „Ihr habt zu viel Energie. Ich will nicht, dass noch jemand verletzt wird. Der Planet Erde ist anders. Er ist nichts für Leute wie uns. Wir gehen wieder raus“, er zeigte zum Himmel, „und tun das, was wir am besten können. Die Menschen hier unten beschützen, damit sie darüber reden können, wer wen liebt, und über die Zukunft, die wir ihnen geben werden. Das ist der Grund, warum alle von uns begeistert sind; wir verkörpern die Hoffnung. Aber ihr wisst, wie viel Arbeit wir noch haben. Wir kämpfen gegen verfluchte Drohnen und haben bei zwei Begegnungen hintereinander fast Leute verloren. Sie werden uns zermürben, aber wir müssen weiterkämpfen. Vergeudet euer Schmalz nicht an Bauernhöfe und überseht nicht die Plasmagranate, die vor euren Füßen landet.“

„Mechs“, sagte Heckler in die folgende Stille. „Wir bringen Schmerzen. Team Payne.“

„Ganz genau“, antwortete der Major. „Ich muss dieses Omelett abtrainieren, damit ich zum Mittagessen wieder hungrig bin. Wie viel Uhr war das noch mal?“

Turbo gluckste. „Ich glaube, es war von zwölf Uhr fünfzehn bis zwölf Uhr fünfundvierzig oder so ähnlich.“

„Muss echt schön sein, so ein geregeltes Leben zu haben“, witzelte Payne. „Streicht das. Ein so geordnetes Leben wäre zum Kotzen. Team Payne, kommt, wir gehen.“

Kapitel Neunundzwanzig

„Der Feind ist nichts anderes als der Wille seiner Führer.“

Aus den Memoiren von Flottenadmiral Thaylon Loore.

Payne warf einen Blick auf sein Team, das sich wiederum gegenseitig ansah. Und dann wandten sie sich wieder der Präsentation von Danks Teammitgliedern zu. Jedes schien größer zu sein als das vorherige – größer und breiter.

„Was für einen Dünger haben die denn verwendet, um sie zu züchten?“, flüsterte Turbo.

„Wir können sie bekämpfen, sobald wir unsere Mechs haben“, antwortete Heckler.

„Je größer sie sind, desto härter werden sie fallen.“ Byle runzelte die Stirn und rieb sich unbewusst die Seite, wo der Bluterguss dem Schwarz und Blau eine grüne Färbung hinzugefügt hatte.

„Wenn ein Feind dich und einen von ihnen sieht, wen, glaubst du, wird er zuerst erschießen?“, bot Payne an und zwinkerte Byle zu, als sie Blickkontakt aufnahmen.

„Stimmt.“

„Das sind alles Typen.“ Turbo spuckte auf den Boden.

„Ihr Pech. Los geht's. Major Dank wird mit dem Haufen alle Hände voll zu tun haben.“

„Warten Sie!“, rief der Zwei-Sterne-Mann. „Ihre XO ist hier. Ich habe gerade mit ihr gesprochen.“

Payne wurde hellhörig, ebenso wie die Mitglieder seines Teams. Sie fingen an, ziellos umherzulaufen, während sie aufmerksam nach dem Admiral Ausschau hielten.

Als der Admiral zurückkam, war Paynes Vorfreude riesengroß.

Turbo klopfte ihm auf die Schulter. „Du solltest dein Gesicht sehen“, flüsterte sie, ohne ihren Blick von der neuen XO zu nehmen.

„Das muss ich nicht sehen, aber du schon.“

Der Admiral strahlte und sprudelte, als er die neue Führungsoffizierin der Mannschaft vorstellte. „Darf ich Ihnen jemanden vorstellen, den Sie wahrscheinlich schon gesehen haben. Lieutenant Mary Morris, Moderatorin der erfolgreichen Fernsehserie Bikinis in Paradise.“

„Ehemalige Moderatorin. Ich habe das alles hinter mir gelassen, weil der Ruf des Dienstes zu stark war.“

„Wir filmen nichts, was wir tun. Nichts, Lieutenant. Ich bin Major Declan Payne. Bitte schließen Sie sich uns an. Wir führen eine Taktikübung am Schießplatz durch, um uns mit unserer neuen Feuerkraft vertraut zu machen, der mechanisierten individuellen Kampfausrüstung. MICE. Denn der Feind da draußen weiß, wie schwach der menschliche Körper ist, und wir brauchen mehr Schlagkraft. Zeig es ihr, Heckler.“

Der Specialist zögerte, bevor er sein Hemd hochzog. „Es geschah vor zwei Tagen auf einem Planeten namens Parallax mit einem Feind aus Bio-Drohnen, dem wir noch nie begegnet sind. Sind Sie bereit dafür?“

„Bin ich“, erklärte sie selbstbewusst. „Ich habe noch ein paar andere Termine. Ist es in Ordnung, wenn ich Sie später begleite?“

„Nein, ist es nicht. Entweder Sie sind in diesem Team oder nicht. Dies ist unser letzter Tag auf der Erde und wir wollen das Beste daraus machen, um unsere Chancen, nicht zu sterben, zu verbessern. Ich möchte, dass Sie sich an diesen Bemühungen beteiligen. Es wird viel dazu beitragen, den Respekt als Teamkommandant zu gewinnen."

„Verzeihung. Natürlich werde ich mitkommen. Ich hatte nicht erwartet, dass Sie schon bereit sind. Admiral, wenn Sie so freundlich wären, Ihren Stab dazu zu bringen, mein Erscheinen abzusagen, wäre ich Ihnen sehr dankbar."

„Ich werde mich persönlich darum kümmern, Mary. Es war schön, Sie kennenzulernen!" Sie streckte ihm die Hand entgegen, bevor er zu einer Umarmung ansetzen konnte.

Payne versuchte, nicht die Augen zu verdrehen. Er schluckte schwer. Er würde kein einziges ihrer Treffen für sie absagen. Sie wäre diejenige, die die Routinearbeit erledigen würde. Das war ihre Pflicht als XO.

Sie folgte dem Team nach draußen, während Major Dank versuchte, mit dem Team zu sprechen, das ihn an Größe in den Schatten stellte. Er sah nicht zufrieden aus.

„Wir können sein Team als Straßensperren benutzen", schlug Turbo vor.

Draußen angekommen, blieb Payne stehen und stellte alle vor.

„Mir gefällt, dass Sie so viele Frauen in Ihrem Team haben, Major Payne." Das Lächeln von Lieutenant Morris war strahlend.

„Wirklich?" Er musterte sein Team und schaute von einem Gesicht zum anderen. „Haben die sich reingeschlichen, als ich nicht hingesehen habe?"

Turbo und Byles nickten. Sparky schüttelte den Kopf. Joker starrte ihn emotionslos an.

„Ich will nur die Besten in meinem Team haben. Alles andere ist mir egal. Ich habe noch nie einen Teamkollegen verloren und ich werde auch nicht damit anfangen. Entweder, man ist der Beste, oder man ist raus." Er neigte den Kopf in Richtung der Tür, aus der sie gerade herausgekommen waren. „Größe macht es nicht besser."

„Verstehe. Wie haben Sie *Leviathan* in die menschliche Gemeinschaft gebracht?"

„Das waren Blinky und Buzz, die wohlweislich auf dem Schiff geblieben sind, um mit Lev an der Entschlüsselung der Signale zwischen den Drohnen der Flotte, die wir über Parallax gefunden haben, und dem Gitter zu arbeiten, in dem die biomechanischen Kastendrohnen auf Parallax operiert haben. Es war eine große Scheiße."

„Warum haben Sie sie nicht einfach aus dem Orbit gesprengt?"

„Das ist der Knackpunkt. Schlachtschiff *Leviathan* ist ein Pazifist."

Auf dem Schießstand fanden sie zwei alte Mechs und eine überschwängliche Gruppe von Mechanikern, die fieberhaft daran arbeiteten, sie wieder zum Laufen zu bringen, damit Team Payne sie auf Herz und Nieren prüfen konnte.

„Heckler …", sagte Payne, verschränkte die Arme und blickte mit gerümpfter Nase auf die Geräte.

„Das ist nicht das, was man mir versprochen hat. Dafür werde ich jemandem in den Arsch treten." Heckler brodelte. An den Mechs konnte er seine Kritik nicht anbringen, aber bei der Waffentechnikerin. Er stürmte auf sie zu, während sich ihr Lächeln von strahlend zu weiß verfärbte, weil sie den Mund fest zusammenkniff.

Als Heckler fertig war, ging er an dem Team vorbei. „Kommt ihr?"

„Keine Mech-Spielzeit?", wunderte sich Lieutenant Morris.

„Die waren schon alt, als ich hier zur Ausbildung als Schiffslieutenant war. Die helfen uns überhaupt nicht weiter. Diese Modelle werden nicht einmal mehr in der Flotte verwendet, weil sie dazu neigten, zu den unpassendsten Zeitpunkten den Geist aufzugeben."

„Du meinst, mitten in einem Feuergefecht", bemerkte Morris.

Payne nickte, drehte sich um und folgte Heckler aus dem Schießstand.

Als er wieder auf der Straße war, flehte Sparkys selbstgefälliger Gesichtsausdruck Payne an, sie zu fragen. Er hielt die Hände hoch, bis sie antwortete. „Für meine hundert Credits sieht es im Moment ziemlich gut aus."

Turbo schlug ihr auf die Schulter.

„Sir?“ Morris wunderte sich.

„Eine Nebenwette, die mir Alpträume bescheren wird, wenn sie wahr wird.“

„Willst du nicht zwei Menschen glücklich sehen?“, murmelte Sparky.

„Ich will nicht sehen, wie ein Planet von zwei glücklichen Menschen zerstört wird.“ Payne hob seine Stimme um eine Oktave an. „Hey, Schatz, zu deinem Geburtstag habe ich dir einen Q36 Space Modulator geschenkt! Das macht Spaß. Mal sehen, was er kann …“ Heckler starrte den Major an. „Ich habe hundert Credits auf dich gesetzt, Heckler. Enttäusch mich nicht.“

„Skimmer?“, fragte Joker.

Payne ließ den Kopf hängen. „Da ich nicht gerne rumsitze und auf das kleine Zeitfenster warte, in dem der Speisesaal geöffnet ist, ja. Lasst uns nach Hause gehen, Leute.“

Lieutenant Morris folgte ihm, ohne etwas zu sagen. Sie sah aus, als wollte sie etwas sagen, aber Payne ließ sich nicht darauf ein. Er hatte keine Ahnung, wozu sie fähig war. Ausbildung. Er benötigte Taktik von ihr.

„Sobald Sie an Bord des Schiffes sind, gehen Sie auf die Brücke und lesen sich in die Mannschaftsberichte ein, alle achtunddreißig oder wie viele auch immer wir geschrieben haben.“

„Das habe ich bereits, bevor Sie an Bord des *Leviathans* gegangen sind. Ich werde den letzten lesen, sobald ich an Bord bin.“

„Wie lautet die taktische Analyse, Lieutenant?“

„Sie brauchen bessere Feuerkraft und nicht-tödliche Optionen. Aus den Berichten schließe ich, dass Sie Gelegenheiten verpasst haben, Gefangene zu nehmen.“

„Der Befehl lautete, dies nicht zu tun, weil wir nicht mit ihnen reden konnten, aber das ist nicht mehr gegeben. Dank Lev haben wir Programme, die die verschiedenen Blaze-Sprachen sprechen. Wir müssen einige Außerirdische gefangen nehmen … nicht wir selbst, denn wir werden diejenigen finden, die hinter den außerirdischen Spezies an der Front stehen. Wir werden diejenigen finden, die das Blaze-Kollektiv gegründet haben. Wir werden der Schlange den Kopf abreißen.“

„Und das Hacker-Team wird die Tür öffnen?“

„Ganz genau. Wir wären dazu nicht in der Lage, wenn nicht jeder im Team seine Rolle ausfüllen würde. Kommunikation, Kampf, Waffen, Computer und Technik. Wir haben Experten für alle Bereiche. Zu oft müssen wir uns alles selbst zusammenreimen, deshalb ist es am besten, wenn die Leute, die wir um Hilfe bitten würden, dabei sind. Schießen kann jeder. Bei unserem letzten Einsatz hat jeder von uns sechzig bis siebzig Kilo getragen."

„Ich bin bereit", antwortete sie.

„Das ist mehr, als Sie wiegen, Lieutenant."

„Beim Hundekampf geht es nicht um die Größe …", zitierte sie.

„Und jeder bekommt einen Spitznamen. Sie haben Ihren soeben gewählt." Payne streckte seine Hand aus. „Willkommen im Team, Dog."

Payne betrat mit Lieutenant Morris die Brücke und fand den Admiral vor, der die Anzeige auf der Station, die er als seine eigene übernommen hatte, aktiviert hatte und über etwas nachdachte. Er zuckte zusammen, als Payne sich räusperte.

Er stand auf und stellte sich den beiden gegenüber.

„Kenne ich Sie nicht?"

„*Bikinis im Paradies*. Ich habe die Sendung verlassen, um dem Militär beizutreten. Dieses Leben liegt jetzt hinter mir."

„Taugt sie etwas?", fragte der Admiral, um Payne in die Schranken zu weisen.

„Im Moment kann ich nur hoffen, dass sie nur halb so gut ist wie Major Dank. Vor dem nächsten Einsatz muss sie noch eine Menge lernen. Deshalb sind wir auch so früh zurück." Payne wies auf einen Arbeitsplatz und sie setzte sich mit leerem Blick hin. „Sagen Sie einfach, was Sie wollen oder denken Sie es einfach. Lev ist ein Telepath. Er ist bereits in Ihrem Kopf. Wenn Sie nicht wollen, dass das Schiff etwas erfährt, dann denken Sie es nicht."

„Eine große Aufgabe."

„Apropos groß." Payne wandte sich an den Admiral. „Danks Team ist absurd. Der kleinste Mann ist weit über zwei Meter groß und alle wiegen über hundert Kilo. Es ist, als hätte man eine altmodische Footballmannschaft gefunden, ihnen Uniformen angezogen und sie den Rekruten überlassen."

„Genau das haben sie getan. Die gesamte Offensivreihe der Steel City Brawlers hat sich vom Spiel zurückgezogen." Er schaute auf seine Uhr. „Ist es schon zwei Tage her?"

„Nein. Die Erde und wir haben uns nicht gerade gut verstanden." Payne hielt den Blick des Admirals fest. „Wir wurden zur Anbetung benutzt. Was haben Sie geschickt, wenn ich fragen darf?"

„Fragen Sie nicht. Sie sind zurück auf dem Schiff, Major, aber Sie sind nicht im Dienst. Entspannen Sie sich und erkunden Sie. Sie wissen, dass Sie weniger als fünf Prozent von dem gesehen haben, was das Schiff zu bieten hat. Lassen Sie sich von Lev auf eine Tour mitnehmen. Ich denke, Sie werden es aufschlussreich finden. Major, entspannen Sie sich."

„Ich werde es versuchen, Sir. Dog, wenn Sie etwas brauchen, sagen Sie es einfach und Lev wird Ihnen helfen."

„Dog?" Der Admiral schüttelte den Kopf. „Schon gut. Ich will es gar nicht wissen." Er kehrte zu dem zurück, was er getan hatte, bevor Payne ihn unterbrochen hatte. Morris war bereits damit beschäftigt, die Teamberichte und andere angeforderte Informationen, die Lev ihr weitergab, durchzugehen.

Payne schlenderte in den Korridor. „Lev, führ mich dorthin, wo ich noch nie war."

„Dein Wunsch ist mir Befehl. Beginnen wir mit dem Himmelobservatorium und dem Garten."

„Es gibt einen Garten?"

Kapitel Dreißig

> „Belohne die Leistungen deiner Leute mit Medaillen, denn sie werden für nichts härter kämpfen als für ein Stück Metall, das an einem schicken Band hängt - sogar bis zum Tod.“
>
> Aus den Memoiren von Flottenadmiral Thaylon Loore.

„Achtung, Befehl!“, rief der Adjutant des Geschwaders über einen tragbaren Lautsprecher. Flottenadmiral Wesson begab sich zu einer Position in der Mitte der Zeremonie. Das Mosquito-Geschwader war erst seit zwei Stunden an Bord. Ihre Schiffe waren fein säuberlich in der Bucht geparkt und magnetisch an das Deck geklammert. Das Wartungs- und Ersatzteillager hatte die ehemals glatten Außenwände eingenommen.

Team Dank stand in Formation hinter Team Payne. Galen, Malcolm und Lewis standen mit einem Assistenten des Kochs und einem Waffenoffizier, einem ruppigen älteren Mann, dessen Stimme klang, als hätte er sein Leben lang giftige Chemikalien eingeatmet, an der Seite. Lieutenant Morris stand bei ihnen. Das war nicht ihre Feier.

„Team Payne, vorn Mitte.“

„Vorwärts, Marsch!“, rief Payne und schritt lässig vor sich

hin. Sie hatten sich so aufgestellt, dass sie nach vorn gingen und dann geradeaus, ohne sich umzudrehen. Marschieren war keine Fähigkeit, die der Major für wichtig hielt. Sie hatten es nie geübt, nicht einmal vor diesem Ereignis.

Der Admiral versuchte, nicht hinzuschauen, weil die Mannschaft schon nach zwei Schritten aus dem Takt geriet. Payne marschierte an der Spitze, ohne zu bemerken, was hinter ihm vor sich ging. Er vergaß das Kommando und sagte einfach: „Halt!", als die Zeit gekommen war. Das Team kam zum Stillstand. „Links!" Sie drehten sich im Gleichschritt um und machten damit ihren schlechten Marsch fast wieder wett.

„Ich habe diese ausführlichen Notizen, auf die ohnehin nie jemand hört, also werde ich etwas davon abweichen." Der Admiral wandte sich an den Adjutanten. „Bekomm keinen Herzinfarkt." Er drückte wieder auf das Mikrofon und sprach wie ein Älterer, der zur jüngeren Generation spricht. „Es geht hier nicht um einen einzelnen Mann, aber es geht um ihn. Er hat ein Team zusammengestellt und diesem Team dann geholfen, sein volles Potenzial auszuschöpfen. Sie haben getan, was getan werden musste, und zwar auf eine Art und Weise, wie es sonst niemand konnte. Ich würde gern allen den Goldenen Stern verleihen, aber die Regierung verbietet es mir. Major Payne, im Namen einer dankbaren Welt wurden Sie mit dem Goldenen Stern ausgezeichnet. Der Rest von Ihnen erhält den Silbernen Stern. Auch wenn ich angeblich eine beschränkte Anzahl dafür habe, ist mir das egal. Was werden sie schon mit mir machen? Hier geht es um Sie und darum, was Sie für das Wohl der Menschheit getan haben."

Er schüttelte den Kopf und kicherte, bevor er sich wieder dem eigentlichen Thema zuwandte.

„Es geht nicht nur um das, was Sie getan haben, um uns hierherzubringen, sondern auch um das, was passieren wird, um uns an einen Ort zu bringen, an dem wir seit langer, langer Zeit nicht mehr waren. Der Frieden ist zum Greifen nah. Stellen Sie sich vor, die Menschheit würde nicht in einem ständigen Krieg kämpfen. Das ist keine Wunschvorstellung mehr, dank Ihnen und Ihrem Team. Ich bitte um einen Applaus für das Team, das vor keiner Herausforderung zurückgeschreckt ist."

Die versammelten Seelen klatschten leicht, bis sich die

Hangartür öffnete und ein Shuttle heranrauschte. Das Geschwader brach die Formation auf und rannte um sein Leben, als das Shuttle fast über ihnen landete.

Die Tür öffnete sich und kein Geringerer als Tamony Morgan Swiss schlenderte die Treppe hinunter. Die Commodore folgte ihm. Keiner von beiden sah glücklich aus. Swiss strahlte, als er Lieutenant Morris sah, ging auf sie zu und rief: „Mary!“, während er weiterlief.

„Du?“, erwiderte sie.

„Ich habe dich so vermisst.“ Er drängte sich zu einer Umarmung vor, sie duckte sich weg und versteckte sich hinter dem Waffenoffizier. Der verpasste dem Kerl einen Rempler. „Wir reden später“, versprach Tamony.

„Ich habe dir nichts zu sagen“, konterte Mary.

Payne gab den Befehl. „Antreten und sich um die XO versammeln.“ Das Team bewegte sich geschickt zur Seite, wo sie ihre Teamkollegin einkreisten.

„Die Lieutenant ist meine XO, und Sie werden sie nicht anders behandeln als mich. Was machen Sie hier?“

„Leider hat der Vorstand von Nova Intergalactic geglaubt, dass es auf *Leviathan* bessere Möglichkeiten gibt. Sie haben das Flottenkommando unter Druck gesetzt. Und hier bin ich nun, zurück, um diese Möglichkeiten zu erkunden.“

Payne lachte. „Sie mochten die Terraforming-Technologie nicht gerade im Vergleich zu allem anderen, was das Schiff hat, so wie die Reparatur- und Konstruktionsmöglichkeiten.“

„So was in der Art. Sieht so aus, als müssten Sie sich mit mir abfinden, aber die Bedingungen haben sich definitiv verbessert.“

„Die Bedingungen haben sich nicht im Geringsten verändert. Wenn Sie die Grenze überschreiten, hat Major Dank ein ganzes Team von Leuten, die es gewohnt sind, Leute wie Sie zu verprügeln.“

„Und das werden wir“, stimmte Dank zu. Er schüttelte Major Payne die Hand. Tamony schnippte mit den Fingern und schlenderte davon, als könnte er sich dazu entscheiden, woanders zu sein.

„Danke, aber …“

Payne unterbrach sie. „Sie sind in meinem Team. Wir unterstützen jeden im Team.“

Sie nickte.

Die Commodore fand ihren Weg zu Admiral Wesson und die beiden unterhielten sich. Payne war froh, dass sie kein anderes BEP-Personal mitgebracht hatten, das sie am Ende von der *Leviathan* vertreiben müssten.

Der Admiral nahm das Mikrofon in die Hand und schaltete es ein. „Zuhören! *Leviathan* ist bereit, das bedeutet, wir können bald aufbrechen. Kurzer FTL-Antrieb zur Frontlinie. Nächster Halt: *Cleophas* und die Flottenkommandostation. Und da wir so nah an der Front nie wissen, Gefechtsstationen. Bemannt die Kampfjets. Team Payne an das HM."

Payne beugte sich zu Dog und flüsterte: „Unser Todfeind ist auf *Cleophas*. Ein Typ namens Fähnrich Lord. Wir schulden ihm einen Vergeltungsschlag. Ich hoffe, wir kommen vorbei und können ‚Hallo' sagen."

„Ich schätze, die ganze Geschichte erfahre ich später", antwortete sie.

„Alle Geschichten, bis Sie sie nicht mehr hören können oder bessere von unseren eigenen Operationen gesammelt haben." Payne streckte seine Hand aus. „Willkommen im Team." Heckler rannte bereits los, um einen Wagen zu erwischen. Die anderen folgten. „Oooha!", rief Payne und sprintete los, um sie einzuholen. Dog war ihm dicht auf den Fersen.

Fortsetzung folgt in Schlachtschiff: Leviathan Buch 2

Das Schicksal der Menschheit könnte nicht in diesem einen Band enthalten sein. Bitte hinterlasst eine Rezension zu diesem Buch, denn all diese Sterne sehen großartig aus und helfen anderen dabei, zu entscheiden, ob sie dieses Buch so sehr genießen werden wie ihr. Rezensionen machen mir Mut und schüren das Feuer der Kreativität.
a7lbooks.de/links/3210775
Oooha, Hartgesottene. Bringt den Schmerz!
Hört jetzt nicht auf! Blättert weiter, während ich über meine Gedanken zu diesem Buch und dem Gesamtprojekt namens Schlachtschiff: Leviathan erzähle.
Sie können sich jederzeit für meinen Newsletter anmelden - https://craigmartelle.com oder mir auf Amazon folgen https://www.amazon.com/Craig-Martelle/e/B01AQVF3ZY/, damit Sie darüber informiert werden, wenn das nächste Buch erscheint. Sie werden nicht enttäuscht sein.

Hier der Link zu Buch 2: a7lbooks.de/links/3210854

Anmerkungen des Autors

Geschrieben im Februar 2021

Ich kann euch gar nicht genug dafür danken, dass ihr diese Geschichte bis zum Ende gelesen habt! Ich hoffe, sie hat euch genauso gut gefallen wie mir.

Ich habe vor dem Start einen Aufruf zur Namensfindung der Protagonisten gestartet, und die großartigen Fans haben mit einer ganzen Welle von Beiträgen geantwortet. Hier nun die Auflösung, wer dazu beigetragen hat – ich danke euch allen sehr:

Scudder Mead mit Katello Mateus Andfen, dem ich den Spitznamen Blinky gegeben habe, weil ich ihn als Computerspezialisten brauchte.

Lisa Cooper mit Virgil Hale, den ich in Dank änderte, weil sein Name zu sehr an Byle erinnerte und ich Byle als Spitznamen mochte. Dank wurde der SOFT XO, zumindest für dieses Buch.

Micky Cocker mit Laura Walker, der ich den Spitznamen Sparky gegeben habe. Sie ist für die Technik das, was Blinky für Computer ist.

Scudder Mead mit Augry Pyle, aber bei der endgültigen Überarbeitung waren Pyle und Payne verwirrend, also änderte ich es in Byle, den ich ohne Spitznamen beließ, weil Byle an sich schon ein guter Name ist.

Michelle Rapley mit Salem Shao, bei der ich Shaolin als Spitznamen gewählt habe.

Barbara Davies hatte die Idee zu Hubert(a) Hobbes, die ich Joker nannte, weil sie immer ruhig ist, also das Gegenteil von jemandem, der der Spaßmacher eines Teams wäre. Und ich habe den Namen in Huberta geändert, weil es einige Leute verwirren würde, dass Hubert weiblich sein könnte. Bei ihrem zweiten Auftritt im Buch habe ich einen Fehler begangen und aus ihm eine Sie gemacht, also bin ich zurückgegangen und habe sie von Anfang an zu einer Sie gemacht. Ich komme manchmal beim Schreiben durcheinander, weil ich nie nur eine Geschichte schreibe. Das kommt von den vielen Ablenkungen in meinem Tag.

Brent Towns gab uns Heckler Koch für Heckler & Koch, da diese Figur ein Waffenspezialist ist. Ich habe mich für Cointreau Koch entschieden und Heckler zum Spitznamen gemacht. Ich brauchte einen wohlklingenden Namen, um Katello als Gegengewicht zu den sieben Kampfspezialisten und den sieben Technikspezialisten zu haben.

Barbara Davies gab mir auch Marsha Skellig, Spitzname Turbulent oder kurz Turbo.

Scudder gab uns Alphonse Periq (ausgesprochen PEAR-ik). Ich mochte den Spitznamen Fetus für den neuen Mann. Das ist besser als Nug oder Noob. Und ja, als ich gedient habe, kannte ich einen Typen, der Fetus genannt wurde, weil er aussah, als wäre er in der Mittelschule. Das hätte auch funktioniert, aber der Mann war ein Second Lieutenant.

Michelle Rapley gab uns Harry Wesson, den Flottenadmiral. Er taucht ab und zu auf, wenn es Zeit ist, Befehle zu erteilen.

Merana Cadorette mit Arthir Dorsite, demjenigen, der Captain des *Leviathan* wird.

Micky Cocker gab uns auch Malcolm Russel, den Forschungsingenieur.

Scudder hatte eine Glückssträhne und lieferte uns auch David M. Dansbury, unser Genie vom Dienst, der nur wegen

Leviathan zum Team stößt. Aber wir brauchten ein Gleichgewicht, also wurde David zu Davida.

Und jedes große Team braucht einen Logistiker. Micky Cocker bot ihren Sohn, Lewis Barlow, an. Er wird in zukünftigen Bänden eine größere Rolle spielen, denn Amateure reden über Taktik, während Profis über Logistik sprechen.

Tom Dickerson gab uns Tamony Morgan Swiss als Unternehmensfinanzier. Ich habe versucht, ihn nicht zu einem Taugenichts zu machen. Wirklich! Aber nein. Er ist einfach der Typ, den wir nicht gerne mögen, doch er bereut nicht, was er tut.

Merana Cadorette hat uns *Cleophas* für die Kaiju-Klasse Dreadnought vorgeschlagen. Sie bot ihn als Vornamen für einen Charakter an, aber ich sah eine andere Möglichkeit. Und dann bot Phil Dent den Namen eines Schiffs-Captains an – Captain Ezekial Smith.

Jens Schulze schlug *Voeller* vor, einen seiner besten Korrekturleser für deutsche Übersetzungen. Ich habe sie zur Fregatte gemacht, auf der die SOFT ihren Hut aufgehängt hat. Und Matt Yunker brachte den Namen des späteren Captains ins Spiel, Captain Malone.

Eric Anthony wünschte sich Galen Stone, den ich als Chefkoch an Bord holte. Jedes Schiff braucht einen guten Koch. Er ist zweifellos die wichtigste Person für die Moral an Bord. Alles, was weniger ist, ist inakzeptabel. Ich war auf zu vielen Schiffen im Einsatz, auf denen die Verpflegung miserabel war. Dadurch zog sich die Zeit fast unendlich in die Länge.

Christy Park gab uns Doktor Peter van Lier, der einen kleinen Auftritt hatte. Eine größere Rolle gab es für ihn leider nicht.

Laura Jordan hatte ein paar Namen auf der Liste, die ich in diesem Buch verwendet habe – Juzan LeFlore und Nyota Freeman. Man kann schon sehen, dass die Kommodore weicher wird. Alles, was sie zu wissen glaubte, hat sich als falsch herausgestellt. Es hat eine Weile gedauert und sie versucht immer noch, ihren Platz zu finden.

Melissa L. Cook gab uns *Ezio* und *Sirus*, die beiden Cruiser, die tapfer gegen die Ebren-Invasoren gekämpft haben.

Normalerweise schreibe ich im Stillen, aber für einige Szenen in *Battleship: Leviathan* brauchte ich Stimmungsmusik. Sabaton: *Bismarck*, Black Sabbaths *We Sold Our Soul for Rock and*

Roll und Nightwishs *Once.* Sie erfüllten die Anforderungen sehr gut.

Vielen Dank an alle, die bis hierher gelesen haben. Ihr seid der Grund, warum ich weiterschreibe.

Im Winter im Landesinneren von Alaska gibt es ja nicht viel anderes, was ich tun kann. Einer der Auslöser für mein Asthma ist die Kälte, und wir neigen dazu, längere Zeiten mit extremer Kälte zu erleben. Das Schreiben gibt mir etwas Produktives zu tun, vor allem, weil ich älter werde und mein Herz und meine Lunge geschwächt sind. Ich muss meine Aktivität auf einem Niveau halten, das mir nicht zum Verhängnis wird.

In diesem Jahr gibt es viele tolle Polarlichter, und meine Frau hat fleißig viele davon in der Ruhe und Bequemlichkeit unserer eigenen Einfahrt eingefangen.

Wir leben hier an einem großartigen Ort, um die Wunder der Natur zu erleben. Man muss ein gewisses Maß an Kompromissen eingehen, um hierbleiben zu können, aber wenn man sich damit abgefunden hat, ist die Schönheit fast unübertroffen.

Frieden, liebe Mitmenschen.

Craig Martelle

Vielleicht gefallen Ihnen auch einige meiner anderen Bücher. Sie können sich in meine Mailingliste eintragen, indem Sie auf meiner Website vorbeischauen craigmartelle.com. Wenn Sie Kommentare haben, schreiben Sie mir eine Nachricht an craig@craigmartelle.com. Ich freue mich immer, von Leuten zu hören, die meine Bücher gelesen haben. Ich versuche, jede E-Mail, die ich erhalte, zu beantworten.

Sehr nett wäre auch eine kurze Rezension auf Amazon. Ich freue mich über jedes freundliche Wort; selbst ein oder zwei Sätze sind schon viel wert. Die Anzahl der Rezensionen, die ein E-Book erhält, hat großen Einfluss darauf, wie gut es bei Amazon abschneidet. Klicken Sie einfach hier:

a7lbooks.de/links/3210775

Danke, dass Sie mich auf dieser unglaublichen Reise begleiten.

Nachwort der Verleger

Liebe Leserinnen und Leser,

der Leviathan hat Sie hoffentlich genauso in seinen Bann gezogen wie uns. Er ist eine echte Premiere: die erste Übersetzung, die in unserem neu gegründeten Verlag erscheint. Herzlichen Dank deshalb, dass Sie dieses Buch gekauft haben – auch von den beiden Verlegern. Wir, das sind Joshua Tree und Brandon Q. Morris, die Gründer des Verlags A7L Books.

Da wir selbst mit unseren Büchern international erfolgreich sind, wollen wir diese Perspektive auch anderen Autorinnen und Autoren aus aller Welt eröffnen. Wir bringen spannende Science-Fiction-Bücher auf Deutsch und Englisch auf den Markt. Freuen Sie sich auf weitere deutsche Übersetzungen von Craig Martelle, Peter Cawdron, Craig Falconer, Nathan Hystad oder Gerald M. Kilby und auf brandneue Originalausgaben von Timo Leibig und Dominik A. Meier – weitere Titel sind in Vorbereitung.

Dürfen wir Sie dazu auf dem Laufenden halten? Dann tragen Sie sich bitte auf a7lbooks.de/cmartelle/ in unseren Newsletter ein. Sie erhalten dann zwei kostenlose E-Books unserer Autoren (lassen Sie sich überraschen!).

Außerdem würden wir gern in die Bitte des Autors einstimmen: eine Rezension für sein Buch wäre großartig. Und es ist ganz einfach:

a7lbooks.de/links/3210775

Herzlichen Dank!

Joshua Tree & Brandon Q. Morris